祖国

下

PATRIA

FERNANDO ARAMBURU

フェルナンド・アラムブル
木村裕美 訳

河出書房新社

祖国（下）

目次

上巻　目次

《主な登場人物》

チャト　バスク地方の個人企業経営者。ETAに暗殺される
ビジョリ　チャトの妻
シャビエル　チャト、ビジョリ夫妻の息子。病院勤めの医師
ネレア　シャビエルの妹

ホシアン　もと製錬所の労働者。定年後は菜園の農作業に従事
ミレン　ホシアンの妻
アランチャ　ホシアン、ミレン夫妻の長女。急発症で全身不随になる
ホシェマリ　アランチャの弟。ETA戦闘員。刑務所で服役中
ゴルカ　ホシェマリの弟。ラジオ局でバスク語の番組をもつ

ドン・セラピオ　村の在俗司祭
ギジェルモ　アランチャの夫。サラマンカ出身
ジョキン　ホシェマリの幼なじみ。ETA戦闘員
セレステ　アランチャの介護をするエクアドル人女性
ラムンチョ　ゴルカの庇護者、伴侶

66 クラウス＝ディーター

クラウス＝ディーターと知りあった。クラウス＝ディーターに恋をした。あのブロンドの直毛が特別ステキに揺れるのは、彼が踊るとき。あと歩くときも、まあそうかな。身長一九〇センチ、ものすごくカッコいい男の子。ドイツ人。そこから想定される新たな展望。つまり新しい国、別の文化、別の言語、別のジェスチャー、別のにおい、それでたぶん、いまあるものとは永久にさようなら。耐えられない母親とさようなら、昔は愛したけど、いまはどうでもよくて、時には憎悪さえ感じる故郷とも、さようなら。それに、わたしをとりまくすべて、こんなに退屈で、これほど先の見えたものと、さようなら。ここでサッパリお別れするか、でなければ、このまま老いまで一直線だもの。

青年は、人文学部で半年間勉強する年度毎の若いドイツ人グループのひとり。なにを学ぶって？正確には知らない。言語に関連することか言語そのものか。大学のカフェテリアで午前中、日によって九人か十人の男女が目についた。最初のころは全員いっしょ、一か所にかたまって、ニコニコして、ちょっぴり間の抜けた感じで、人数のわりに騒がしくない。その後、一年のいまごろの時期になると決まったことが起こる。すこしずつネイティブのスペイン人学生に溶けこんでいくのだ。別世界の人種ではまったくない。友だちになり、恋人同士になり、むこうの彼か彼女が帰国しなくてはいけない日まで、つきあいがつづくというパターンだ。

ネレアは二度ほど青年を見かけていた。目についたのは、ほんとうに彼がすてきだったから。でも、だからどうなの？　ネレアはともかく惚れっぽい、男性教師にまで惹かれた。ドイツ人の彼とはパーティーでもバルでも会っていない。チャンスがなかったし目もあわず、もちろん話なんかしたことがない。スペイン語ができるのかしら？　せめて勉強ぐらいはしてる、そうでしょ？　それに話すというのは状況によりけりで、必要ないときもある。知るという意味なら、彼を知ったのはずっと後。

そのあいだに父《アイタ》が殺された。ネレアは人づきあいをやめたのか？　あまり出かけなくなったのか？　家にこもったのか？　それはない。ただし条件つき。学部の同級生との会話が政治的な方向に行くと興味をなくすし、視線をそらして洗面所に立つ。父を亡くすまえは体験しなかった性的欲求のようなものに強く駆られた。すくなくとも以前はこんな激しくなかった。歯止めのきかない性欲に理由を見つけようとしてもだめ。快楽、文字通りの快感はわずかしか得られないから。もともとオルガスムスにそう簡単に達するほうではない。セックスをしていると心が休まるという、それだけだ。あと（性行為の前と最中、どちらかといえば前に）自分に自信がもてるということも。

完璧に自信のなくなる日があった。とくに授業で、いくら注意を集中しても教師たちの説明が理解できないのに気づくとき。苦しげな目を周囲の同級生にむけると、みんなノートをとり、手をあげて討論に参加し、時には教授に反論までしている。誰もが自分より賢くて優秀で、輝かしい未来が待っているように見え、わたしはといえば、世間のいいなりで、単純な未来、人に興味をもたれも好かれもしない人間、鏡のまえで自分にたいする拒絶感をはっきり抱く人間の未来しかない。

ボーイハントに頻繁に出かけた。誰でもいいわけじゃない。スポーツマンタイプで、きちんとした外見の人。ネレアはかわいくて感じがいいし、気さくなので、たいてい獲物をしとめられた。何メートルか離れてニッコリするだけで蜘蛛の巣に蠅が寄ってくる。たまにサラゴサの街角に北風が吹くか、どしゃ降りの雨になるか、単に服を着がえるのが面倒なときは、いちばん楽な選択をした。近くの公衆電話からホセ・カルロスに電話をかけて〝来てよ〟と言う。すると若者がピソに来てくれて、彼女を満足させて帰っていった。

クラウス＝ディーターとの物語がはじまったのは三月、彼の帰国の旅が、あと何週間後かにせまったときだった。あんなに急《せ》いたのも勘違いしたのもそのせい、だって、とんでもない誤解だったから。いまでも思いだすと笑いがでる。彼と続いたあいだは素敵だったし、むこうは知らなくても、ネレアが大学の課程をおえるのに彼が一役買ってくれたのは否めない。どうやって？　相手のあとを追うために彼女はせっせと勉強し、全科目で合格点をとって、大学の課程を修了するという亡き父との約束から解放されたから。ついでに言えば、ネレアにとってはどうでもよかった課程。

パーティーは金曜日、学生寮ペドロ・セルブナで催された。ネレアは気分が落ちこんで、出かけるのはよそうかと思っていた。電話に出ないだろうと思いながらも、ホセ・カルロスに電話をしたら、ピソのルームメイトが電話口に出た。本人は留守、実家の村に行って日曜日に帰ってくるという。日曜の午後にいつもの腸詰製品（血詰ソーセージ、辛口のチョリソとか、そういうもの）の箱を持って帰ってくる相手を思いうかべた。そして帰るまえに――土曜日と、たぶん日曜日も――公認の彼女と川岸を散歩でもするのだろう。恋人とは手をつなぐだけ、それ以上のことは相手の女の子が許してくれないらしいが、ホセ・カルロスは痛くも痒くもない。射精行為にはネレアがいるし、ネレアはネレアで、賃貸ピソの狭くてきしむベッドで脚をひろげ、彼の小村でのエピソードをききながら、とてもいい思いをするからだ。

電話を切る寸前に、ネレアはきいてみた。

「今晩、市内で、なにか楽しい動きがあるかどうか知ってる？」

若者は、たしかパーティーだかコンサートだか、よくわからないけど、ペドロ・セルブナであるよ、と教えてくれた。そしてネレアが意見をもとめないうちに、マヌケどものどんちゃん騒ぎだよと、言

13

い足した。ネレアは同居の女の子たちに、いっしょに行かないかきいてみた。ふたりとも行かないという。じゃあ、どうしよう？　小説でも読んで一日のおわりの時間をつぶそうと部屋にこもった。でも残っていたコーヒーを一杯飲んで元気をつけ、夜の九時ごろボーイハントに出かけた。

ドイツ人の彼はそこにいた。人にかこまれていると、なおさら背が高く、髪をステキに揺らして踊りまくっていた。シャツを着ないで、踊りが激しすぎて顔が赤く、髪はブロンド、けっこうぎこちない。二十歳、二十二歳、二十四歳ってとこ？　この男の子が乗りに乗っているのはまちがいない。体を激しく揺すって身をくねらせているが、自分の国ではこんなふうにしていないはず。でも、ここでは数人の学部の同級生以外に、誰が彼を知ってるっていうの？

突然、いくつかの頭ごしに彼と目が合った。ネレアには、それでじゅうぶん。感じたことを、とても言葉にはできない。常套句を思いうかべる。心の震え、魔法の瞬間、ひと目惚れ。彼は彼でうっとりするネレアに気づいたのだろう、驚いた表情でこちらをじっと見つめ、踊りの激しさまで和らいで、美しい歯で笑ってみせた。

外の通りでむさぼるように彼にキスをした。ネレア、なにしてるの。ネレア、どうしちゃったの。彼の首にぶらさがらなくてはいけない。相手は四十センチも背が高く、ネレアのもどかしげな貪欲な口に、頭を低くしてやっと達した。ネレアは獲物に逆に捕まり、彼の体に自分の体を押しつけて、股間が濡れて、ほとんど叫びかけていた。わたしったら、どうなっちゃったの？

彼はかなり遠くに住んでいた。二人のドイツ人学生と共同で借りているピソがサンホセ地区にあるという。ネレアは距離なんかどうでもいい。たとえ世界の果てまででも、ついていっただろう。彼は強いアクセントで話し、彼女を〝ネゲア〟と呼ぶ。パンに挟んで食べたくなるぐらいチャーミング。彼はこのアクセントで断然魅力が増した。文法的な誤りこそあれ、ネレアにとって、こんな心憎いほどステキなものはない。ドイツ語の言葉なんて生まれてこのかた発音したこともない彼女が〝クラウス〟

ディーター〟の名を口にすると、相手の笑いから想像するに、たぶんアクセントが変だったか強すぎたのだろう、この人ったら意地悪、人に何度もくり返させて、どう見てもおもしろがっている。

夜中の二時をまわっていた。ふたりは歩きつづけた。涼やかな空気、月はあそこの屋根のうえ、通りはほとんど車もなく、夜ごとふたりのものだった。これほどの自由なんかありえない。たまに立ちどまっては舌を絡めあい、顔をゆっくり撫であい、木陰やどこかのポーチの暗がりで、おたがいの体を激しく探りあった。

彼女はアイドル歌手に恋した十五歳の少女のよう。彼はもっと慎重だが、けっして素気《すげ》なくはない。たぶん内気なのだろう。

長い道のりのすえに、ベッドイン。

67　愛の三週間

三週間、同棲した。寝るのは彼のピソか、彼女のピソか、どちらかだ。ネレアのピソの利点？　大学の目と鼻の先。いちばんの不都合？　ベッドが狭く、彼の背には小さすぎた。クラウス＝ディーターのピソはその反対。ピソは遠いけれど、かわりにダブルベッドがあって好きに転げまわれるし、ゆったり眠れた。

なんという三週間！　あの夜と昼、朝と午後、あの三週間を、ネレアは二十年経ったいまでも、人生の輝く時々の想像上のシークエンスにそっくり書き写せる。タイトルが頭にうかぶ。〝幸せのアンソロジー〟。分厚い本とか長編映画用ほど自伝的材料が集められるとは思わない。入るとすれば、幼少時のエピソードや、思い出深い旅のいくつか、散り散りの喜び、そしてもちろん、サラゴサでドイツ人の青年と過ごした三週間。あれほど全身全霊の情熱で誰かを愛したことはない。キケにさえも――あんなうぬぼれ男になんか、とんでもない――。ちょっと大げさじゃないの？　嘘なら、いますぐ死んでもいい。

悲しいのは、クラウス＝ディーターと出逢ったのが遅すぎたこと。サラゴサでの彼の半年がほぼ終わりかけ、学び舎のゲッティンゲン大学にもどる時期だった。ふたりともこの状況を意識して、急いで愛しあった。でも言っておくけど、強引にじゃないわよ（まあ、そういう夜もあったかな）。たゆまずに愛しあったのであって、それとこれとは違うもの。ネレアはブロンドの彼のそばにいつもいるために、できるかぎりのことをした。自分の大学の授業はお座なりにし、彼の授業に一緒に出るか外で待ち、廊下のベンチでタバコを吸っていた。彼と一緒に食事をし、一緒に眠り、ときには一緒にシャワーも浴びた。

クラウス＝ディーターより先に目覚める朝があり、ネレアはうっとり、いつまでもながめていた。ステキな顔、よく整った体。彼に手を近づけて、規則的な呼気を手のひらに感じて愉しんだ。そして相手を起こさないように気をつけて、彼の髪に指をからめて遊んだ。うなじの毛をこっそりハサミで切ったりもした。長さ六、七センチの美しい金髪の束。なんのために？　彼が帰国したあとでも、ながめたり触ったりできる彼の一部をもっておくため。

光あふれる一日のはじまりに、ネレアは片方の乳首でクラウス＝ディーターの顔をそっと撫でるのが好きだった。眠っているくちびる、閉じたまぶた、ひげ剃りまえの頬、金色のひげが、彼女のとても感じやすい部分をチクチクと心地よく刺激する。そうやって、やさしく彼を起こしていった。戯れを知っている彼は、目をあけずにほほ笑んだ。あなたの寒々しい国で、こんなふうに愛してくれる女なんかいないでしょ？　ネレアは、たまに声にしてそう言った。でも言っていることの半分もわかっていない彼に、どう応えろというの？

ネレアは温かな乳房で、こんどは下のほうを愛撫していく。彼の下腹、体毛で薄っすら被われた内腿でしばらくとまり、キスをして、陰茎を舐める。朝の光が窓からさしこむ。これが日々の悦楽、でもそう長くは続かない、短いからこそ、それが続くあいだは美しく、熱烈で、すばらしい。

ドイツ人の恋人を喜ばせようと、大のコーヒー好きの彼女が、この時期は紅茶に凝った。妙味も神秘もなしに、カップに単にティーバッグを入れるだけのお茶ではない。金属缶に入った紅茶はクラウス＝ディーターがドイツからもってきたもの。布製の茶漉しもそう、さんざん使って黒ずんでいた。キッチンで、ネレアはこの単純な儀式をうっとりながめた。様々な手順、葉の適量、ティーポットの熱湯に茶漉しを入れておく正確な時間に着目した。ミルクも砂糖も入れたりしない。最初のひと口を、彼はたいてい目をつむって飲んだ。火傷をしないように、くちびるを先にふれ、彼女は横にすわって、聖なる儀式に参加する者のように黙って彼を見つめていた。

もっとも、意思の疎通はそう易しくはない。クラウス＝ディーターは片言のスペイン語。ネレアは使わずにサビついた英語をあやつるのに苦労した。おたがいの言語を知らないばかりに、深い会話がなかなかできない。それでもわかりあえたのは、身ぶり手ぶりや、バラバラの言葉、短いフレーズや、辞書を使いながらでも、ともかく理解しあおうとするふたりの決意によった。彼は彼女と実践しているおかげで、スペイン語がかなり上達した。彼女は愛の三週間をつうじて――自分の専門の本にはさわりもしないくせに――サンフランシスコ広場の書店で入手したマニュアルの助けをかりて、ドイツ語を学びだした。クラウス＝ディーターだけじゃない、彼のピソのルームメイト、ヴォルフガングとマルセルまで、ネレアが彼らの母国語で言葉を発音するたびに爆笑した。しかも、あの意地悪なやつらったら、もっと楽しもうと思って、辞書で卑猥な単語を指さしては、ネレアに声にだして読ませるのだ。

クラウス＝ディーターはベジタリアン。ネレアは相手のまえで肉を食べなくなった。彼は魚もシーフードも口にしないのに、例外がひとつ。エビのグリル。これが死ぬほど好物だった。〝ドイツに、これ、あんまりない〟と言う。午後たまに、ふたりでタパス街《エル・トゥボ》まで歩き、エビと車エビを飽きるほど食べた。クラウス＝ディーターには、どちらもおなじ、小さいエビと、大きいエビだ。彼はタバコを吸わない。これがネレアにはもっと問題。嫌がられるといけないので、バルの洗面所にこもって吸った。学部の廊下で彼が教室から出てくるのを待つあいだ、何本もたて続けに吸うときもあった。

ある日、ベッドでクラウス＝ディーターが、真顔で、自分は信者なのだと、うちあけた。

「ぼく、神に信じてる」

「神を」

「ぼく、神を信じてる。きみは？」

「わかんない」

彼はルター派のプロテスタント教会に属していた。ネレアはもう彼といっしょにドイツで生きる気でいたので、喜んでもらうために改宗するつもりでいた。

かならずゲッティンゲンまで会いにきてほしいというのは、彼の考え。彼は何度も言った。

「きみ、ぼくに来る、会いに？」

ネレアは約束した。なぜって当然よ、彼を逃がすはずないでしょ。こんな男性《ひと》、ほかにどこにいるっていうの？　ポルティージョの駅で、また約束した。恋仲のふたりはホームで体を寄せあい、その間にも愛の最後の数分がすぎていく。ヴォルフガングが友人の手を無理やりひっぱって車両に乗せた。わずか数秒で列車が動きだした。

ネレアは、彼が車窓から顔をのぞかせて去っていくのを見送った。さようなら、ブロンドの髪。さようなら、ステキなほほ笑み。こんなにも彼のことが好き。そう、こんなにも、こんなにも……。

窓から別の顔がのぞく別の車両が後につづき、別の手が人と別れを告げていく。一分もするかしないうちに、ホームに人影がなくなった。ネレアはひとりポツンと残り、列車が視界から消えたあとのレールや、ケーブルや、柱から目が離れない。悲しい？　それはそう、でも泣いたりしない。だって夏のおわりにゲッティンゲンで会う約束をしたんだもの。そのころにクラウス゠ディーターは大学の新学期がはじまるという。ドイツに着いたら手紙を書くよと、彼は約束していった。書いてくれるかしら、くれないかしら？　もし約束を果たしてくれたら、愛があるということ。そうじゃなかったら、単にオルガスムスを得るための道具でしかなかったってこと。

毎朝ネレアは玄関口におりては、郵便受けをのぞいて見た。午後もそう。郵便配達人はふつう午前十一時から午後一時のあいだに来て、その後に来ないのがわかっていながらだ。一週間がすぎて、自分の期待に最初の小さなキズを感じた。そのキズは後に亀裂になった。駅で流さなかった涙を、いまはひとりぼっちで流している。気落ちして、毎日机にひろげているドイツ語のマニュアルを閉じた。ブロンドの髪の束をページにはさみ、家具の引き出しに放りこむようにしまいこんだ。

数日後に手紙が届いた。文通の一通目。こんどの涙はうれし泣き。間違いだらけの、その手紙、サインの横に青いハート形のシールが貼ってあるのが、なおさら愛おしく、ネレアの疑念は吹きとんだ。

未来は、かならずドイツで待ってくれている。彼女はその足で、大学の学部にむかった。何人かの同級生に授業のノートを借りてコピーをとった。もう授業は欠席せず、パーティーも夜出歩くこともしなくなった。こんどは図書館か自分の部屋にこもって時間をすごし、この学年をつうじて今までにないほど勉強した。ネレアのプラン、この夏に学士号を取得して、旅支度をして、それで、さようなら。

試験が近づくころ、ある朝大学のキャンパスで、ホセ・カルロスと行きかった。彼は言葉巧みに、ずいぶん久しぶりじゃん、電話もしてこないでさ、具合でも悪かったの？　よかったら、きみのピソに行こうか？

相手が目のまえにいないかのように、ネレアは彼を見た。軽蔑の目？　それより無関心。来ないでいいわと返事をし、そのまま歩いていった。

68　卒業

ネレアは試験にすべてパスして学士号を取得した。二か月の集中学習で、そこそこの知識の量が得られた。土曜の午後は、一週間の頑張りのごほうびに、パラフォックスの映画館に映画を観にいった。映画自体はどうでもいい。前の週とおなじのを観ることもあった。いい印象が残ったという、単にそれだけの理由でだ。

パラフォックスを選んだのは意識的。なぜ？　近くにタパス街《エル・トゥボ》があり、映画館を出てから密かな愉しみ、儀式を果たしたいから。バルに入り、テーブル席につくか、空きがなければカウンターに立って、エビのグリルを堪能しながら、ドイツ人の彼の思い出にうっとり浸る。いまごろ彼、なにしてるんだろう？　わたしのこと覚えてるのかしら？　このエビ料理と、たぶん後に自分のピソでヨーグルトを食べて、それで夕食はおわり。夜は部屋にこもって、法律の本とノートにまた向きあい、夜中の十二時ごろ、時にはそのまえに自分の頭が言ってくる。きょうはもういいわよ、ネレア。二か月で四キロやせた。

　試験は知識だけで臨んだわけでもない。ちょっと工夫して、袖の内側にメモ書きのカンニングペーパーを隠していた。単に自信がなかったから。救命具のようなものよ、と自分に言う。無知という不測の深度の海で遭難した場合にそなえて。事実、使ったのは一度きり、法哲学の試験で些細なことを書き写したときだけだ。

　成績の〝秀〟は？　皆無。その必要もない。目標に達したという実感より、やっと重荷を降ろしたという感覚。ほんとうに？　ぜったいにそう。最後の試験結果を知った朝、学部を出るときに玄関口の階段で、空にうかぶ雲をひとつ選んだ。どれ？　あれ、あのいちばん向こうの雲。その雲にむかってささやいた。

「パパ《アイタ》、パパに言われたこと、ちゃんとやったわよ。これでもう自由よね。自分の将来は自分できめる」

　ドイツへの旅を阻むものはなにもない。道を歩きながら独り笑いをした。わたしったら、どうかしはじめてる、ママみたい。母がポジョエの墓地に行って父の墓と話をしているのは、何か月かまえにシャビエルにきいた。話しながら兄は動揺を隠せなかった。母の鬱状態を心配する兄自身が落ちこんでいる。お母さんは強烈なショックから立ち直れない、そう言うシャビエルが立ち直れていないのだ。ネレアはたいして気にかけなかった。会話の悲劇性を消そうと、〝墓地が入場料をとったら、ママは行かないでしょうね〟と言ってあげた。妹のジョークが面白くもなんともなく、兄は眉をひそめた。

　大学都市の出口で、ネレアはふと思った。電話ボックスに入って、ママに朗報を伝えようかな。電話する？　しない？　ちょっとしたためらいが疑念を育てた。ボックスに目をやって通りすぎた。フェルナンド・エル・カトリコ通りで、かなり迷ったすえに心をきめた。だって当然でしょ、大学の課程をおえたこと、ママに黙っているわけ？　コインを入れて、電話番号の頭から三つナンバーを回したが、そのまま切った。理由は？　ママのことはわかっている。せっかくの勝利の日に、こっちが嫌な気分になることを言われるにきまってるもの。

けっきょく二週間、朗報を隠していた。明日かけよう。でもその明日は訪れず、ネレアは翌日にまた電話を延ばす。そんなくり返し。時間稼ぎをするために、穏やかな心でいるために。母はサンセバスティアンのピソにもう落ち着いている。ママと住むの？　勘弁して。村に帰る？　もっとだめ。最後に村にいたとき、友だちも昔からの知りあいも、あいさつひとつしてくれなかった。いろいろ先を見込んで、ルームメイトに相談してきめた。なにを？　ひと夏サラゴサに残ること。彼女たちに言われた。

「サラゴサの夏はオ、ー、プ、ン、よ」

かまわない。それにクラウス＝ディーターが手紙を送ってくる先はここだもの。ブロンドの彼にサンセバスティアンの住所を教えることも、そりゃできるけど。ああそう？　住所って、どの？　母の住所があるだけ。ゆえに〝ノー〟。場面を想像してみた。ネレア、あなたにドイツから手紙が届いたわよ。誰が書いてきたの？　あなた恋人がいるの？　だいいち、もしや封筒をあけられて、〝あら、誰宛てか見そびれちゃって〟と母が言い逃れすることもありうる。やりかねないわ。

ルームメイトのうち、ひとりはネレアとおなじで、七月末に賃借契約をキャンセルしていた。もうひとりはあと一学年あって、このピソに残るつもり。ただ、と彼女。休暇からもどったら、新しいルームメイトを二人探そうかと思って。ネレアは、わたしの部屋を八月と九月いっぱい確保しておいてくれない？と、きいてみた。その期間ルームメイトがピソ代をひとりで負担しないですむように、家主でなく、あなたに直接支払うからと、もちかけた。相手は喜んで承諾した。

八月のサラゴサ。三十八度、四十度、四十四度。太陽、街は人影もない。こんな日がいつまで続くのかと思われた。ネレアは小説を読み、暑さがやわらぐ午後のおわりに散歩に出かけ、ドイツ語の学習に励んですごした。難解な言語。彼女にはとても理解できない。歴史上の現時点で、ベーカリーや病院で、家同士の窓ごしで、人々が古代ローマ式の格変化で物を表現しているなんて。イエローページで、集中コースのあるドイツ語のアカデミーをさがした。八月に？　かけたところで電話口にさえでてこない。

停滞の日々、退屈の日々。それでも燃えるほどの孤独と、黄昏どきの散歩、時には、おもしろくて夢中になれる本、探偵物や楽に読める本でも持って馬術競技場のプールで過ごすほうが、朝から晩まで母の小言を蒐集して過ごすよりいい。たまに電話をすればしたで言われる。大学がおわったのに、なんでサラゴサにまだいるの？　うん、でも。口から出まかせを言い、その舌の根も乾かないうちに、よくきこえないんだけど、え、なに？　ママの声、全然きこえない、とか、もうコインが切れちゃうから。ドイツのことも、クラウス＝ディーターの〝ク〟の字も言わない。

孤独と、窒息しそうな暑さのあの季節で、ネレアがなによりつらかったのは郵便が来ないこと。七月に、もうクラウス＝ディーターの手紙はまばらになってきた。八月は一通も届かなかった。ネレアは理由がわかっている、それでも郵便受けを見て、空っぽなのがわかるたびに幻滅を感じたってしかたない。昨日もそう、一昨日もそう。どうしたの？　べつに。クラウス＝ディーターはエディンバラに旅して、一か月あちらにいる。そのあいだ彼女は、ゲッティンゲンのピソに、ドイツ語の言葉をちりばめた十通以上の手紙を送っていた。マニュアルを写したものもあれば、心もとない辞書にいつも頼りながら、慣用的とはいえない、でたらめに作った文もある。九月に入ると、やったわ《アレルヤ》！　返事。彼が旅からもどってきて、彼女に会えなくて淋しいと。〝きみが恋しいよ《ジョ・アニョロ・ア・ティ》〟。そして十月に会いにいくというネレアの約束に念をおしてきた。

彼女をサラゴサに送ったのが父とすれば、サラゴサに迎えにきたのはシャビエル。

「お母さん《アマ》に頼まれてね。きょうは勤務がないから参上したよ」

迎えにきたわけは？　彼女のたくさんの所持品を運ぶため。車に積みこむのに、けっこう長くかかった。本だけで大きな箱二個分。シャビエルは後部座席の背を前に倒して、トランクのスペースを広くした。天井までいっぱいだ。

「食事、どこでできる？」

出発まえに、兄妹は近くのレストランに行った。嚙み、飲み、しゃべる。

「ネレアが帰ってこないんで、お母さん心配してたよ」

「サラゴサを出るまえに、やっておくことがあるって言ったのに」

「ぼくはそう思っていたよ。大学のこと？」

「恋愛」

きっぱりしたひと言、若く挑戦的な声色で表現したその言葉に、シャビエルは動揺した様子もなく、何事もないかのように牛ヒレ肉のカツをナイフで切りつづけている。たまに気もそぞろに、周囲のテーブルの客に目をそらした。妹の告白は、好奇心も呼ばなければ、なんの印象もおこさないらしい。そう、その語を耳にするまでは。その語って、どんな？　きまっている。〝ドイツ〟

兄のフォークが宙で静止した。肉が一切れ、フォークの先に刺さったまま、シャビエルはネレアをじっと見た。あ然とした目？　いずれにしても警戒の目ではある。

「どうするつもり？」

「九日に列車でむこうに行くわよ。買うのは行きの切符だけ」

「お母さん、それ知ってるのか？」

「いまのところ、お兄さんが知ってるでしょ」

会話はしぼんだ。沈黙の島にはさまれて、交互に言葉がポツリポツリ流れた。言い訳や、遠回しの表現や、どうでもいい質問を、不連続のゆるやかな言葉の川が力なく押し流していく。シャビエルはまだ食べきらないうちに会計を頼んだ。

「それともデザートほしいか?」

「え?」

「デザートを食べるんなら、もうすこしいるけど。急がせるつもりじゃないから」

「いい、いらない。ただ出るまえにタバコ一本吸っていい?」

二十分後、ネレアいわくサラゴサの最後の建物とおぼしきものを後にした。シャビエルが運転し、彼女は大げさな祝賀ふうのしぐさで、嘘っぽい郷愁をこめて、お別れの短い即興スピーチを披露した。ふざけて深刻な声色をつくり、わたしの人生の一時期がこれでおわります、サラゴサの良き思い出をもっていきましょう、でも、あと三千年経つまでこの都《まち》にもどるつもりはありません。

シャビエルはしばらくして、やっと沈黙をやぶった。

「ぼくから見ると、お母さん、すごくひとりぼっちで、現実の感覚が完全になくなったんじゃないかと心配なんだよ。できるだけ、そばにいてあげようと思うけど、仕事で時間がとれない。お母さんはネレアに弁護士になってほしいって。その話、してないか?」

「法律なんか大嫌い」

「まあ、ぼくだって病院は楽しくて行ってるわけじゃない。でもなにかしらで食っていかなくちゃいけない。だろ?」

「そうよ。だけど、なんでもいいわけじゃないし、わたしにしてみれば弁護士業はそれ以下。正直に言うけど、自分の将来はここから遠いところにあると思ってる。つきあってる人がいるのよ。うまくいくか試そうと思って」

「幸せそうだな」

「悪い？」

「もちろんそんなことはない。まあ、お母さんのまえでは、すこし控えめにしてほしいってことぐらいか。わかるだろうけど、うちは楽しんでばかりもいられないから」

「お兄さん、そういう穴ぐらい知ってるわよ。でも、わたしは落ちませんからね。ひとつきいてもいい？　単なる好奇心。いやなら答えなくていいけど」

　シャビエルは道路に目をすえたまま、うなずいた。

「パパ《アイタ》が死んでから……」

「死んだんじゃない、殺されたんだ」

「結果はおなじことでしょ」

「ぼくには本質的な違いがある」

「いいわ。パパが殺されてから、何か月にもなるけど、お兄さん、笑ったことある？　まあ、自然にでた笑いでも、病院の誰かがバカバカしいこと言ったとか、たとえば映画を観ながらでもいいけど。いろんなことを一瞬忘れて、大げさじゃなくても、せめて声をだして笑ったこと」

「あるかもしれない。覚えてないが」

「それとも、お兄さんは幸せになっちゃいけないの？」

「幸せってなんだかわからないよ。ネレアには得意の分野なんだろう。その手のプロに見えるから。ぼくは呼吸して、自分の仕事をはたして、お母さんのそばにいてやる、それぐらいだな。それで十分だと思ってる」

「ママのことばっかり」

「いい状態じゃないからさ。ネレアの言う穴に落ちて。心配なんだよ」

「孝行息子よね。逆にわたしは心配してないみたい。そう言いたいの？　なにもかも無関心？　自分のことしか考えてない?」

「誰もネレアに要求も非難もしていない。その面では安心していい。お父さんの会社は清算した。うちは経済的には悪くない。ネレアは若いし、できるあいだは楽しみな」

話題を変えようということになった。ナバラに入ったところ。太陽、平原、乾いた風景。たまに村のシルエット。

「アランサスはどうしたの?」と、ふいにネレア。

「彼女の話は長いこときいてないなあ。ぼくが知ってるのは、ガーナに協力隊員として行ったっていうことぐらいだけど、確かなわけじゃないから、話半分にきいてくれれば。なんでそんなこと言いだすんだ?」

「べつに、なんでもない。彼女とは気が合ったから」

そこで会話が中断された。

もっと先、トゥデラをあとにしてから、ネレアはラジオをつけた。

69 決別

チャトへの落書きがホシアンの食欲をそいだ。最大の友人をも奪っていった。これが都市ならまだしも、村では誰もが顔見知り、後ろ指をさされた人間とつきあうわけにいかない。

あの日曜日、スマイヤからのサイクリングコースで、それがホシアンの考えてきたこと。行きはチャトといっしょだったのに、帰りは彼なしに帰ってきた。〝ムス〟のゲームで、こんどは誰とペアを組めっていうんだ？　昼食といっても口に入らないし、食べきれなかったが、ともあれ、ほかの連中とバルから出た。でも最初の上り坂で力が入らず、後れをとった。その後ゲタリアに着くまえに自転車をおりて、海に臨む岩に腰をかけ、考えをまとめることにした。海は広い。海は神のようだ、近くにありながら遠い。おれたちが、いかにちっぽけかを思いださせてくれるよ、こんちくしょう、おれたちを壊そうと思えば壊せるってわけか。

いつになく村に着くのが、しんどかった。オリオでバスに乗りそうになった。自転車はどうする？　そのへんに鍵をかけて置いておけばいいだろ。じゃあ盗まれたら？　おい、このあたりは、よそ者がいくらでもいるんだぞ。元気なく、車の交通にも集中せず、暗い思索にばかり気をとられて、ホシアンはペダルを踏みつづけた。

家に入ると、エプロン姿のミレンが台所から視線をむけてきた。きびしい顔でも、しかめ面でもない、問いかけるみたいな表情だ。こっちの帰りが遅いので、またガミガミ言われるかと思ったら、相手はひと言。

「ほら、シャワー浴びてきなさいよ」

その言葉が、昔の情愛をとりもどしたようにさえ響いた。いつもみたいにキツイ口調ではないし、日常のことをすごくヤンワリ言いながら、声とか態度でさっそく雷が落ちるのに気づかされる場合ともちがう。

「まるで腹がすいてない」

「だったら、すわって、あたしが食べるの見てれば？」

ふたりは話をした。ぼそぼそと、淡々と、スープをすすり、骨付きのラム肉を嚙み嚙み、子どもは不在、夫婦水いらずでテーブルに腰かけて。

「もう知ってるでしょ?」

「ホシェマリのことがあったと思えば、こんどはこれだ」

「それとこれとは、ちがうわよ」

「泣きっ面に蜂ってやつだよ」

「あの女が電話してきてさ。十時ごろ。切ってやったけど」

「きのう、いっしょにカフェテリアに行ったばっかりじゃないのか」

「昨日は昨日、今日は今日よ。もう友だちじゃないからね。あんたも頭に入れといて」

「長年のつきあいだろうに。悪いと思わないのか?」

「バスクの国に、よっぽど申しわけないわよ。自由にしてもらえないんだから」

「おれは平気になんかなれない。チャトは、おれの友だちだよ」

「友だちだったの。まちがっても、あの男といっしょにいないでよ。どこか、よそに行きゃいいのにさ。あれだけお金があるんだもん。もっと別のところで家ぐらい買ったって、痛くも痒くもないでしょうに。人に見せびらかしたくてウズウズしてるんだから」

「どこにも行きゃしないだろ。チャトは頑固もんだから」

「戦いが許さないわよ。出ていくか、追いだされるか。自分たちで選べばいいんだわ」

さっき、午前の十時すこしまえに電話が鳴った。

ミレンは頭からきめてかかった。あの女だわ。その一時間半まえ、もう一本の電話で起こされた。ファニだった。ねえ、きいたわよ。でも不思議じゃないよね。もうしばらくまえから云々。相手はこうしめくくった。

「労働者階級から搾りとって金持ちになったんだから、こんどは自分たちが払う番ってこと。あたしだけが言ってるんじゃない、村の人みんなが言ってるよ。あんた気をつけなさいよね、あの女とすごく親しいの、誰でも知ってるんだから」

ミレンは洗いたての、まだ生乾きの髪で頭にスカーフをかぶり、室内履きで外に出た。遠くまで行くこともない。教会の壁にまで落書きがしてあった。〝チャト、密告屋、抑圧者、ここから出ていけ《アルデメンデイク》、バスクは許さない《エリアク・エス・ドウ・バルカトウコ》〟。そんなぐあい。落書きは一つや二つどころじゃない。十二、十五、二十、それが通りの端から端までつづいている。大勢の手によるもの。大がかりな計画的行為だ。

ミレンは予感した。あの女、きっと電話してきて、このことを知ってるかどうか、きいてくるにきまってる、それでいっしょにつきあって、話に乗って、解決に手をかしてほしいとかって。いつだって人を利用して歩いてるんだもの。

そのとおり、ビジョリから電話があった。まだ教会の鐘が十時を打つまえ。ミレンはバスルームでヘアカーラーを巻いている最中だったが、きっぱり手を切るつもりで電話機に走った。

「もしもし」

「ミレン、わたしよ。あなた、もう……」

声をきいて相手がわかったとたんに、ミレンは受話器をおいた。なんて図々しい。うちの息子がバスク国のために命を懸けてるときに、あの連中ったら村を搾取することしかしてない。取れば取られるのよ。そうブツブツ言いながら、バスルームにもどり、カーラーを巻きおえた。

ミレンがビジョリと会わないまま、日々がすぎた。何日？　かなり、すくなくとも二週間。家から出ないのかしら？　夫のほうはいちど見かけた。ガレージのある通りから車で出てきたときに遠くで。

あの女のことはファニからきいただけだ。なにを？　しゃあしゃあと店に入ってきてね。順番を待って、買いたいものを言うのよ。ファニは返事をしたらしい。〝ありません〟。そしたら、ほかの品物を言ってきて、なんだか覚えてないけど、それで、また〝ありません〟って応えてやったの。そうしたらあの女、すごく強張った顔で、すごくお高くとまって〝じゃあ、このヨークハムを二百グラム切ってちょうだい〟って指でさしてさ。だから壁に穴が開くぐらいに、ぎゅっと見て言ってあげたわよ。〝おたくに売るものは、なにもありません〟

ミレンはある朝、通りで彼女を見かけた。ほんの一瞬、二秒ほど。たまたま在俗司祭と鉢合わせ、〝ホシェマリから音信はありましたか？〟ときかれたので、〝まだ待ってるところです〟と答えておいた。嘘ばっかり。これまで手紙を二通、アラノ・タベルナのパチに届けてもらっている。でも家《うち》だけの内緒にしておくほうがいい。

ドン・セラピオと話をした。神父はいつもながら、やたらに人にきいてくる。ちょうどそのときだ。神父の肩ごしに、あの女が見えた。例のハンドバッグをもって、やってくる。土曜ごとにサンセバスティアンにもっていた古くて擦りきれたバッグ、さんざんお金を稼いでいるくせに、物乞いみたいなハンドバッグなんかもって。ケチなのよ。

ミレンは素早くドン・セラピオの横に立ち、むこうから来る相手に背をむける格好になった。司祭とふたりで歩道いっぱいに場所をとった。ちょっと気をつけてよ。あちらさんは、やむなく歩道をおりて、そのまま歩いて立ち去った。ミレンはあいさつしないし、むこうもしてこない。こちらのふたりは彼女に目をむけず、相手もこちらを見なかった。ミレンは、すぐもとの位置にもどり、神父の正面にまた立った。

ドン・セラピオが一拍おいて言った。

「あなたたち、話をしないんですか？」

「あたしが？　あの女と？　冗談でしょ！」

「彼らのためには、村から出ていってもらうほうがいいんだが」

「だったら、神父さま、行って、そう言ってやったらどうですか。あちらは自覚したくないみたいだから」

ホシアンのほうは、チャトと一度こっそり話をした。相手のガレージの近くで待ちぶせたのだ。いつ？　ある晩、夕食のあとで〝ゴミを捨ててくる〟と家には言い訳をして、チャトに会いに出かけた。ホシアンは良心の呵責に苦しみ、心の負担を軽くしたかった。まえにも試みるには試みた。チャトとすれ違いざまに、あいさつがわりに眉をちょっとあげたのだが、うまくいかなかった。それで最近は、ゴミの袋を捨てに表に出ることにした。ほんとうなら息子のゴルカの役目ときまっている。

ところが、チャトは仕事からもどる時間が日によってまちまち。きっと用心しているのだろう。ホシアンにしても、相手のガレージのある、あの暗い通りでしか近づきたくない。

ある晩、やっとチャトに声がかけられた。

「おれだよ」

「なんの用だ？」

ホシアンは手がふるえ、声がふるえ、ひっきりなしに通りに目をやった。チャトと話をしているところを、人に見られるのが怖かった。

「べつに。申しわけないと、ひと言言いたくてな、あいさつができなくて。面倒なことになるから。でも道で見かけたら、いつも頭のなかであいさつしてると思ってくれよ」

「おまえさんに、卑怯者だって、言ってやったことがあったかな？」

「自分の心に、四六時中そう言ってるよ。だけど、だからって、なにが変わるわけじゃない。抱擁させてもらえるか？　ここなら誰にも見られないから」

「やるんなら、昼間の明るいところでやってくれ。そのときまで取っておきな」

「そっちを助けてやれるもんなら、まちがいなく……」

「心配するな。頭のなかであいさつしてくれれば、それでいい」

チャトは平然とした足どりで立ち去った。彼のシルエットがぼんやり、ほの暗い街灯のしたを行く。昔ながらの友人が道の角を曲がり、自宅につづく通りに入るのをホシアンは待った。

こんな近くでチャトを見ることは二度となかった。

チャトは片手をズボンのポケットにつっこんで歩いていった。やがて、その位置を通りすぎた。

まさにそこの場所で、ある雨の午後、日一日と近づくその午後に、ＥＴＡの一戦闘員が彼の命を奪うことになる。

70 祖国と、ばかげたこと

人が語り、うわさをし、新聞に書かれたのは、羊飼いが彼を見つけたということ。放牧のヒツジを連れてブルゴス県の荒れ野を歩いていたら、顔がくずれて、害獣に半分食い荒らされた死体がそこにあったという。

羊飼いは治安警察隊に、死んだ男のそばにピストルが一丁あったと証言した。その状況なら自殺の仮説が十分成り立つと、内務大臣が判断した。武器の種類から、死んだ人物とＥＴＡとのつながりが導きだされた。

死体の服のポケットに、治安警察隊が偽名の身分証を見つけだした。夜、国営テレビのニュースが顔写真を公開した。誰の写真か、村の全員が認識した。

武装集団がジョキンの音信を失って久しいことは、パチが個人的に両親のホセチョとファニに伝えていた。

「最悪のことも覚悟しておいてほしい」

柩はバスクの旗《イクリニャ》に包まれて到着した。雨と傘。〝人殺しの警察め！〟村の通りで何百という声が唱えた。ジョキンの葬儀には、おびただしい数の人が参列した。こぶしを高く掲げて歌い、復讐を約束して、人々はこの若者を埋葬した。夏になると、守護聖人の祝祭のたびに、ジョキンの大きな肖像写真が村役場のバルコニーに掲げられた。

　両親は打ちのめされた。精肉店は何日も閉めきりだった。母親のファニが祈りに癒やしを見いだして、苦悩を胸裏にとりこみ、すこしずつ立ち直るそばで、父親のホセチョは深い鬱状態におちいった。まあ、人様はそう言っている。誰が？　近所の人。それにファニも。そのころ彼女は何度かミレンの家に行き、悩みを吐露していた。いつまで続くともない夫の沈黙、ホセチョは日がな寝てすごし、どうやっても寝床からひっぱりだす術がないという。

　女同士、話しあって決めた。ホシアンを話し相手にさせて、ホセチョのそばにつきそってもらえばいい。ひょっとして男同士なら、励ましてやれるかもしれないわ。

　ホシアンは夜、帰宅して言った。

「言われたとおりに行ったが、こっちは最悪だった」

　彼はうなり声をあげ、罵り、悪態をついた。おせっかいの女房め、他人事によけいな世話焼いて、いらぬ口をはさみやがって。ミレンは無表情、窓をあけて魚に衣をつけている。ネジ巻き時計のネジが止まるまで待つ者みたいに、夫に勝手にしゃべらせておいた。

　その後に寝床で。

「ねえ、いやなら、行かないでいいけど。あしたファニに、あんたが断ったって言っとくから、それでおしまい」

「おまえは黙ってりゃいい。きょうだけで、もうさんざんだ」

それでもホシアンはまた出かけ、道々ぶつくさ言った。こんどもおなじだ、相手が泣きの涙になるのがわかってる、なのに、おれに、どう平気でいろっていうんだ。

ほぼ店じまいの時間。精肉店には客がいない。肉のにおい、脂肪のにおいがした。

ホセチョはショーケースのむこう、血痕の飛び散った白いエプロン姿で、ホシアンを見るなり肩を激しくふるわせて泣きだした。喉もとから深くしゃくりあげている。大柄のたくましい男がこちらに駆けよってきて、体にしがみついた。ホシアンは、がっしりした相手の背をポンポンとたたき、自分なりの励ましを伝えてやった。

「ちくしょう、ホセチョ、ちくしょうめ」

ほかに言うことが思いうかばない。いくら言葉をさがしても、卑語と罵倒しか見つからない。この場にふさわしい態度や声で口にしているかどうか、その自信もない。それにホセチョは、そう、まあいいやつだが、すごい友だちとまではいかない。おれの親友はチャト。そりゃそうだ、いくらもう話をしなくたって。精肉店の主人とは、バルにトランプゲームをしにも、自転車にいっしょに乗りにも行かない。そこまで打ち解けた間柄じゃない。

ホセチョは、ふだんより早めに店をしめることにしたらしい。ホシアンに〝シャッターをおろしてくれ〟と頼んできた。自分のこんな姿を、通りを行く人間に見られたくないという。そのあと両手を腰にあて、憂いのまなざしを天井にむけて、すこしずつ気を鎮めた。そして大きな片手をホシアンの肩におい て、もうだいじょうぶだ、いまからなら、ちゃんと話ができるよと、示してきた。

「来てくれると思ってたよ」

「おたくの女房と、うちのやつの約束だから。ただ、おまえさんと、またこうしていても、なにを言ってやればいいかわからないが」

「やっと正直に言ってくれる人間がいた。感謝するよ」

店の奥で、彼はホシアンに椅子をすすめた。冷蔵庫にある飲み物（アルコールでないものにかぎる）をすすめた。食べるものをすすめた。気兼ねなしに言う。なにかつまみたければ、店のショーケースに行きな。

「なんでも好きなもん、もってこいや。パンはないけど」

ホシアンは、椅子だけあればいいと言った。

「おれを慰めようなんて思わんでいい。おまえさんに、ちっとでも頭があったら、いますぐ自分の息子を探しにいくことだ。フランスだろうが、どこだろうが。それで捕まえて、顔をぶん殴って、家に連れて帰るか、警察に引き渡すかだ。いますぐでも逮捕されるように祈ってろよ。刑務所にぶっこまれるだろうが、すくなくても、おまえさんは息子を亡くさないですむ。うちの息子みたいにはならないから」

椅子にすわったまま、ホシアンは場をとりつくろうような顔で黙っていた。

「埋葬さえ手出しさせてもらえなかった。うちの息子をとりあげて、愛国的なお祭りにしやがった。連中にとっちゃ、ジョキンが死んでくれて、これ幸いってわけだ。政治的な目的につかうためにな、わかるか？　誰も彼もそうやって利用していやがる。単細胞の集まり、そういう連中だよ。なかにはお人よしもいるさ。ホシエマリもそうだろうが。頭に血をのぼらせて、武器をあたえて、さあ、殺してこいって寸法だ。家《うち》じゃ、政治の話なんかしたこともない。おれは政治になんか興味もない。おまえさんは興味あるか？」

「まるでないね」

「うちらの息子たちに悪い考え吹きこんでよ、若い者《もん》だから罠に落ちる。それでピストル持たされて、自分を英雄かなんかだと思いこんで。なんの報いもないことに気がつかない。そうだろうが、だって、最後のごほうびは刑務所か墓場だ、仕事やめて、家族も友だちも捨てて。なにもかも手放して、数人のハイエナもどきの連中が命じるままに動くわけだ。人様の命を奪って、そこいらじゅうに寡婦だの、親のない子を残すためにだよ」

「そういうこと、外で言って歩くなよ、いいか？」

「おれは言いたいことを言ってるだけだ」

「苦しむだけだろうに」

「息子がいたのに、亡くしたんだ。おれの人生なんて、なんの意味がある？」

「チャトを見ろよ。もう誰も話もしない」

「おまえが話せばいいじゃないか。友だちだろ」

「そんなことしたら、あいつと、おんなじ目に遭わされる」

「嘘つきと卑怯者だらけの〝国〟ってわけか！　いいか、ホシアン、おれの言うことききな。くだらんこと言ってないで、さっさとホシェマリを探しにいけ」

「おまえさんが思うほど、単純なことじゃない」

「ジョキンがどこにいたか知っていれば、おれは警察に通報した。そしたら、いまごろ息子は生きていたんだよ、たとえ刑務所のなかでもだ。息子が父親のおれと口をきかなくなろうと、かまわんよ。刑務所なら、いつかは出られる。でも墓場からは二度と出られないんだ」

一時間近く話をしたあと、ホシアンは、うなだれて精肉店を出た。ほんとうは、パゴエタにトランプゲームをしにいくつもりでいた。でも、あの男にあんな話をきかされたあとで、トランプになんか、集中できるわけないだろうが？

ホセチョにもらった腸詰と血詰ソーセージの包みをもって帰宅した。

ミレンが不思議そうに言う。
「ずいぶん早かったじゃないの。元気にしてやれた？」
「これっぽっちもだ。かわりに、こっちが落ちこんだ。もう会いにいけって言わないでくれ」

71 ひねくれた娘

一月だった。火曜日だった。よくも、そんなこと思いついたわね！ ある火曜日の朝。灰色の日、雨模様の平日。人生のこれほどの一大事、一生記憶に残ることなんだから、春か夏の週末にするのが常識でしょうに、まったく冗談じゃない！ 真っ青な空、心地よい気温、親族一同着飾って、教会の門でカメラマンのまえに集まって、みんなでニッコリ笑うもんでしょ。当然だわよ、ほんとに程度の低い人たち。

朝、アランチャが電話をしてきた。何時？ 十一時すぎ。ミレンが電話をとった。〝おめでとう〟なんて言うもんですか。つっけんどんに、きびしく〝そういうことを母親にするもんじゃないわ〟と言ってやった。母は細かいことになんか興味がない、なにも興味がない、別れのあいさつを言って、電話を切り、泣きたいとも思わない。あたしが？ こっちはこっちよ。

午後の二時をすぎて、ホシアンが製錬所から帰ってきた。

「悪いニュース」

「あいつ、捕まったのか?」

「結婚したの」

「誰が?」

「あんたの娘」

「それが悪いニュースか?」

「あんた、バカじゃないの? サラマンカの男と、役所で籍だけ入れたって。じっくり考えて、気持ちを集中させて。神さまの祝福もなしに、あたしたちに知らせもしないで、披露宴もなしによ。ロマだって、そんなことしやしない!」

ホシアンは、いきなり目を大きくひらいた。疲れきった顔のまんなかのフクロウの目。朝六時から炉に張りつきっぱなしのあとだ。彼は妻に反論した。まず、娘の結婚はなによりのニュース、喜んでやることだろうが、ちくしょうめ。だいいち同棲して何年になる? わからない。二年、三年か? いずれにしても、かなりだろ。ミレンが若いふたりに文句ばかり言うのも、そのせいなのに。だから、もういいかげん正式にする時が来てたってことだ。娘が好きな男と結婚して、こっちが不機嫌になる話か、まったく逆だよ。それに、あの若者、うちの娘婿はサラマンカじゃなく、レンテリーア生まれだろうに。仮にサラマンカで生まれたとしても、だからなんだ?

「おれは中国人でも黒人種でもロマでもおなじだよ。うちの娘が相手を選んだ。それでいい」

「あんたバカだわよ。いままでずっとバカだったし、バカのまま死ぬんだわ。自分でなに言ってるか、わかってないんでしょ。けさ、頭のうえに屋根瓦が落っこったんじゃないの? 自分でそんなにお利口だと思ってるんなら、ドン・セラピオのところに行って、話してきなさいよ、あんたの娘が教会の外で、バスク語もしゃべらない男と結婚したって」

「きちんとした男で、働き者で、娘を大事にして愛してる男とな」

そこまでいくと、ミレンにはもう耐えられない。やけになってエプロンをもぎとり、椅子の背に投げつけた。そして悲鳴をあげると、言葉を呑みこんだまま、台所をバタバタと出てバスルームにこもり、誰にも見られないように泣いた。

「ああ、ひどい、誰もわかってくれない、誰もわかってくれない！」

また何日かすぎて、また雨が降った。

二月、両家のあいだで、レストランで会おうという話になった。ミレンは皮肉たっぷりに〝内輪の儀式、まるで埋葬だわよ〟。結果、七人の会食者。若夫婦、それぞれの両親、そしてゴルカ。母親の考えに反して、末息子はスーツにネクタイで行くのを嫌がった。食事のあとに友だちとの約束があって、バカにされたくないからというのだ。ミレンは頑として譲らず強要したが、アランチャとギジェルモが少年に口添えをした。ゴルカは、ジャージとスニーカーで食事に行き、まっさきに席を立った。

ほかの男性陣は、慣習と妻たちの命じる服装。スーツは、やれ、ここが広いだの、あそこが緩いだの、ダブついているだのというぐあい。三人の男たちは、それぞれの配偶者に服を見立てられ、仮装させられて、ふだんにないお洒落をする日の無産階級者《プロレタリア》という外見だ。じっとしててよ、ちょっと動かないでと、ネクタイを結ぶ仕事も同様に妻たちが受けもった。

彼女たちのほうが、お洒落といえばお洒落。センスがいいし、品もある。三人とも美容院で髪をセットしてきた。アランチャは結婚した日に着たダークグリーンのワンピースに、同色の布製のバラの造花を髪の片側につけていた。母ミレンはネービーブルー系、サンセバスティアンの店で買った服。義母のアンヘリータは、ポッチャリの体を白のブラウスとベージュのスカートに押しこみ、これがまたミレンにとっては、夜の寝床での非難の種になった。

ホシアンは壁に顔をむけながら、自分の耳もとにあるその口を黙らせようとしたが、無駄だった。妻は早くも言葉の噴火状態に入っている。長い一日だったし、もういいかげん寝させてくれないか？

ミレンは、ヘッドボードによりかかり、夫の頼みになど耳もかたむけない。

「きょうのこと、どう思った？」ときいてくる。

「よかったんじゃないか。肉がすこし硬かったけど」

〝べつに〟と、なぜ返さなかったのか？　これでまた会話がダラダラ続くのが、わからないのか？

返事そのものより、返事をしたことにホシアンは後悔したが、時すでに遅し。

「硬い？　あんなの板だわよ。コンソメだって、なんてことない。もっと美味しくて、あんな高くないところ、あたしたち行ってるもの。でも、そりゃそう、しっかりしてないと、そういうことになるんだわ」

「いちおう言っとくが、あした、こっちは仕事なんだよ」

「アランチャと、あちらのお母さん、仲が良さそうだこと。布ナプキンを広げてあげてたの、見てくれた？　そのあとだって、ひげについたマヨネーズを、あんなふうにきれいにしてあげて。あれがひげじゃないなんて言わせるもんですか。あんなに優しいところ、アランチャは自分の母親にいちどだって見せなかったのに、いまごろ、サラマンカの太ったセニョーラに見せてるわけよ」

「まあ、まあ。やめとかないか」

「あんただって、娘婿とうまくやってたわよねえ。なに笑ってたの？」

「義理の息子にまで文句か？　人のいい男だし、あんな穏やかなのに。うちの娘の尻に敷かれそうで心配なぐらいだ」

「うちとけて話してたみたいだけど」

「おたがいスポーツ好きだから」

「で、あんたのおセンチな騒ぎは？　みんなのまえで、あんなにワンワン泣いて、あれ、なにさ？　ああいうときは外に出るか、トイレにでも入るもんよ。そうすりゃ、みっともないところ見せないですむでしょうに。こっちは生まれてこのかた、あんな恥ずかしい思いしたことないわ」

「どうにもならなかったって、もう言ったろうが」

「発泡《カ》ワイン《バ》を飲みすぎないことぐらい、どうにかできたでしょ。あたしは、ちゃんと目がついてますからね。脇腹を掻きだしたの、すぐわかったわよ」

「味噌もクソもいっしょにするな。息子のことを思いだしたんじゃないか。家族で祝ってるときに、どこにいるか行方もわからないで」

「あたしたちが笑われたのよ。あちらさんのまえで、あと、ホシェマリの話でもしてごらんなさい、あんたにお皿投げてやるから。覚えときなさいね」

「わかった。眠らせてくれるか？」

ミレンは横のナイトランプを消した。ホシアンはとっくに、自分のほうのを消していた。夫婦はこれで黙ったか？　夫はそう。ミレンはベッドでの体勢をかえず、次から次へと、コメント、批判、非難を、まだ暗がりで続けている。

「あたしには場違いの人たちに見えたわよ。そりゃねえ、ご親切だし、礼儀正しいし、あとは好きでいいけど、土地の人間じゃないのは見え見え。あのしゃべりかた、あの物腰。嚙みかたまで違って見えたわ。いまから覚悟していなさいよ、うちの孫の名字が〝エルナンデス〟になるってこと。あんなスペイン人の名字、考えただけで、お腹が痛くなる。ホシェマリのことより、あたしはそっちのほうが、よっぽど泣きたいわよ。息子はバスクの大義のために戦ってるんじゃないの。わかんないわ、ホシアン、わかんない。あたしたち、なに悪いことしたの？　あんた、わかる？　どうして、あんなひねくれた娘が生まれたのよ？　ホシアン、寝ちゃったの？」

72 神聖な使命

サンセバスティアンで若者向け文学賞の受賞作品が決定した。ギプスコア県貯蓄銀行が毎年公募する賞だ。ミレンは、電話できかされた報《しらせ》を半分だけ理解した。それで昼食の時間、ゴルカが帰宅すると、その分を息子に伝えた。

「男の人から、あんたに電話があったけど。貯蓄銀行のなんかに、あんたが当たったとかって」

ゴルカはもうすぐ十八歳、予感し期待していたことが、翌朝やっと確認できた。バスク語の詩部門で最優秀賞を獲得したのだ。タイトルは『山の声《メンディコ・アオツア》』。彼の成功の第一歩。

誰ひとり、いちばん親しい友だちでさえ、ゴルカがこの文学コンテストに応募したのを知らない。はじめての応募ではなかった。賞がとれたらすごい。とれなくたって誰に知られるわけでもない。けっきょく、村じゅうに知れわたった。授賞の日の午後に新聞記者のインタビューがあり、若き作家の写真とコメントが翌日〝バスク日報〟の文化欄に出たのだ。ほかの地方紙にも掲載されたが、写真やインタビューはない。各受賞者には一万ペセタの賞金が出ることになっている。

「一万ペセタ？　そりゃすごい！」と、ホシアンは祝いのしるしに、息子の背を力強くたたいた。よしよしとばかりに、得意に下くちびるを突きだして、笑顔で息子を見た。「さあ、早く部屋に行って書いてきな。金持ちになれるぞ」

「そのお金、どうするつもり？」とミレン。

「まだ、もらってないもん」

「もらったらよ」

「服と靴がいるし」

このささやかな勝利——ささやかでも勝利は勝利——に誰より喜んだのはホシアンだ。パゴエタで、仲間たちの罪のないジョークを気分よく受けとめた。おまえさんがそんな抜け作なのに、どっから、あんな賢い息子が出たもんかね？と、そんな調子。ホシアンは子どもみたいにうれしくて、息子を自慢の種にした。遺伝子さ、と言ってやる。すると返事がかえってくる。

「かみさん似だろう」

彼は彼で、上機嫌で守備にまわる。

「あいつの？　まさか！」

トランプゲームの仲間には、おれが勝ってもワインはおごりだと、約束するハメになった。バルに分散する他の客の分まで、ごちそうしてやった。

グランフィナーレは翌日。事業主が直々に製錬所の炉にやってきて、なんと祝いの言葉をかけてくれた。ホシアンはどぎまぎして、黒ずんだ手袋を慌ててはずし、その権力にみちた白い手をにぎった。相手は腕にブランドの時計をしている。なんのブランド？　知るわけない。

ゴルカに台所で。

「あんな代物買おうと思ったら、父さんは、さんざん働かされるし、おまえだって、ごっそり賞をとらないとなあ」

ミレンは誇らしい気持ちを、言葉もなく温めた。吸収式の誇らしさ、外から内へ、水分が浸みこむスポンジみたいなものだ。たまに首をのばすとき以外、満足感など顔にもださない。

「うれしい、お母《マ》さん？」

「そりゃそうよ」

その数日というもの、ゴルカが家に入ると、ミレンはさっそく〝誰それと、彼それから、おめでとうって言われたよ〟と伝えた。幸福感らしきもので瞳孔がひろがり、道で行きかってお祝いを言ってほしいと頼んできた相手を数えあげた。作家さん？　それよりも一万ペセタの獲得者、新聞に写真が出た者、こういうものに人は心から感嘆する。そして、これがミレンのなかで強烈な、無言の愉悦の収縮を生んだ。自分の骨、内臓、器官、筋肉、血管にいたるまで体の中心点に圧縮された感じ、そこから来る快感はなにものにも代えがたかった。

「うちも、やっと人様に、うらやましがられる時期がきたのよ」

アランチャは電話での会話で〝気をつけなさいよ〟と弟にアドバイスした。もちろん姉は喜んでいた。ものすごくうれしい。やったわね、チャンピオン、そう言って当人の疑念を払拭してやった。ゴルカのこと、ずっと信じていたわよ。ギジェのお祝いの言葉も忘れずに伝えた。彼から、くれぐれもよろしくって。そのあとで言ったのが例のこと、あまり目立ちすぎないようにと。

「わたしの言う意味、わかるでしょ？」

ゴルカにはわからない。姉は察したのだろう、会話がしばし途切れたあとで、こう言い足した。

「あなたは自分の好きなことだけ書いて、人に才能を利用されないようにしなさいね」

「いまのところ、みんなぼくに親切だけど」

「それはそれでいいのよ。でも、あなたが賞をとった詩に興味をもった人が、誰か村でいた？　誰か詩を読んでくれた？」

「誰も」

「こんどは、言ってる意味がわかる？」

「わかってきたと思う」

ゴルカは後日、姉の警告を思いだした。ドン・セラピオの待つ教会に向かって歩いている最中にだ。ミレンがこの日の午前中に会ったとき、神父はゴルカと話がしたい、個人的に〝おめでとう〟を言いたいからと、母に伝えていた。

「午後五時に行けば、香部屋にいるわよ」

「ぼくに、なに言いたいんだろう？」

「なにって？　お祝いでしょ」

「なんでもかんでも、ちょっと大げさだよ。ぼく、詩を書いただけなのに」

「この村で詩の賞がとれる人なんか、そういないの。だから五時に神父さんのところに行って、大事にしてもらいなさい、いい？　それより、行くまえに、ちゃんとシャワー浴びなさいよ」

気が進まないまま、臆病風で縮こまって行った。神父とふたりでいたことなんて、いままでない。相手の口臭から身を守るのに、しょっちゅうゴルカは鼻を掻いた。

ドン・セラピオはしゃべりながら、両手の指先同士をぶつける癖があった。痛ましい慈愛の表情が顔に頻繁にうかぶ。ゆっくりと、古くさい慣用句をちりばめて、神学校で身につけた几帳面なバスク語を神父は披露した。

「わたしたちバスク人は進取の気性と冒険心に富み、信心深い勇敢な男たちの民族として生きてきた。木材と石と鉄で物をつくり、世界の海という海を渡ってきたんです。だが残念なことに、バスクは長い歴史上、文学に十分な気を配ってこなかった。まあ、いまさらわたしが言うことでもないが。わたしの理解によれば、きみは大の読書家だし、こんどは詩人だということもわかったのでね」

ゴルカは、おずおずうなずいた。正面の壁にかかる鏡、上祭服《カズラ》を掛けた横の鏡が、ひょろっと背の高い、鼻のすこし（かなり）つぶれた自分の姿を返してくる。神父は神父で、自分の言いたいことに徹している。

「神はきみに才能と天職を授けてくださった。そしてわたしはね、わが息子よ、神の名において、お願いしたいのだ。自分自身を鍛えて、われわれバスクの国のために、きみの能力を生かしてほしい。この仕事はなにより、きみたち若者にかかっている。物を書くことを、いまはじめたわけだし、きみたちにはエネルギーも健康も、この先の長い未来もある。われらの言語を擁護する大黒柱としての文学に形をあたえるのに、きみたち以上の誰がいるのだろう？　わたしの言うことがわかるかな？」

「もちろんです」

「バスク語《エウスケラ》、バスク人の魂は、独自の文学に支えられる必要がある。小説、演劇、詩。そういうすべてにだ。子どもたちが学校《イカストラ》に行き、両親とバスク語で話したり、歌ったりするだけでは足りない。この言語を最高の高みにまであげてくれる偉大な作家が、いまだからこそ必要なんだ。バスク語のシェークスピアや、セルバンテスがいたら、それこそ、すばらしいじゃないか。想像してごらん」

　ゴルカは自分の姿を鏡で見つめ、うなずいていた。

「ああ、わくわくするよ！　きみに言いたいのはね、まだまだ学んで書きつづけてほしい、きみの手でも、われらの民族がひとつの文化を築けるということなんだ。きみが物を書くときは、バスク国《エウスカレリア》がきみの内部から物を書くときでもある。ご承知のとおり、これは大変な責任だ。おそらく、きみのようにまだ若くて未熟な人間には、いまは大きすぎる責任だろう。しかし、いいかね、これは美しい使命、ひじょうに美しい使命ですよ。われわれの歴史の現時点においてはなおのこと、こう言っても大げさとは思わない、つまり神聖な使命なんだ。わたしはきみに祝福をあたえよう、ゴルカ。なにか必要なことに迫られたら、どんなことでもかまわないから、わたしのところにいらっしゃい。いつ何時でも手をかして、きみが物を書くという気高い仕事に熱中できるようにしてあげますから」

　三十分を経て、ゴルカは当惑して香部屋をでた。神父は抱擁のあいさつで彼を送った。この思いがけない胸同士のぶつかりは、若いゴルカに複雑な印象を呼びさました。こういう親近感は考えてもいなかった。

ぼくは選ばれた人間だと思われているのか？　通りを歩きながら、胸にぽっかり空洞ができた。実存的不安感、奇妙さの産物。変だよ、ドン・セラピオはホシェマリのことをいちども口にしなかった。変だよ、ぜったい言われると思っていた小言がなかった。〝きみ、ミサにほとんど来ていないね〟とか。それで思いだした──思いださないわけがない──、このあいだアランチャに電話で言われたことをだ。神父は、だいいち、ぼくの詩を読みたいという興味さえ見せなかった。

家に入ると、母親がさっそくきいてきた。

「ドン・セラピオ、なんの用だって？」

「きまってるじゃん。お祝いだよ」

「そうだろうと思ってたわ」

数日後、ゴルカに文学賞のことを言ってきた人間がいたか？　誰もいない。家に帰るたびに、毎日の〝おめでとう〟リストを伝えてきた母さえも。したがって、平穏。やっとだ。というか、ゴルカ自身はそう思っていた。助かった、もううんざりだ。お祝いの言葉とジョーク、背をポンポンたたかれること、励ましもあるにはあったが、からかわれるほうが多かった。なによりうんざりなのは自分自身の詩、部屋でひとりで読んでいるうちに、急につまらなく思えて、見るだけで恥ずかしくなった。

要は、もう人にわずらわされずに、土曜日の午後、アラノ・タベルナに入った。不快な気分が店に入るたびに募る。兄の写真が目について、ホシェマリはどうしているか、ときかれるからだ。それにタバコの煙、喧噪、におい、きちんと洗っていないコップ、口紅の跡がついていることもある。それでも仲間にひきずられて行く。行かないと目立つ。目立つのはまずい。

そんな状況下でカウンターに寄った。仲間たちはカリモチョのお替わりを頼んだところ。こんどは、ゴルカがコップをとりに行く番だ。カウンターのむこうのパチが、きつい表情で、きびしい目をゴルカにすえた。こちらに身をかしげてきた。

「おまえは勘違いしている。それが気にくわない」

ゴルカは、きゅっと眉がつりあがった。驚いて、顔が二、三秒凍りついた。店主の冷ややかな目とむきあうのが怖かった。

「どうすればいいの？」

「ファシストの新聞社と話したり、労働者を搾取する銀行機関の金を受けとるのは、これ限りにしろよ。はじめのは、いまさら仕方ない。くり返さないことだ。もうひとつのほうは解決がつく。これがなにか、わかるか？」と、水で汚れたカウンターのうえで、おびえるゴルカの顔のまえに、ＥＴＡの服役囚用の募金箱をつきつけた。「ここに、きっちり一万ペセタ入るだろ」

73　ここにいるかぎりは数のうち

靴店での一日の勤務がおわり、アランチャが外に出ると、彼がそこにいた。日暮れで陰になってきた場所に、不機嫌で悲しげな顔をした弟のゴルカが待っている。どうしたの？　お願いがあってさ。ピソに二、三日泊めてもらえないかと思って。なんで？　村で生活するのが、すごいキツくなって。

「お父さんとお母さんは、なんだって？」

「姉さんに最初に話したかったから」

「家《うち》、ベッドひとつしかないのよ。わたしたちのしか」と彼女はくぎをさす。床で毛布に寝てもいい、タオルを枕にしてでもいいんだ。アランチャは片手でジェスチャーをまじえて、まあ落ち着いてよと言った。ソファがあるし、ただ小さすぎるかもしれないけど。

「ゴルカったら、背が伸びるばっかりだもの」

警察から逃げてきたのかと、きいてみた。返事。そうじゃないよ。ぜったい？ ぜったいに。アランチャは安堵の息をついた。だったら仲間のこと？

「仲間と、ほかにもまだ」

姉弟はともあれ、レンテリーア行きのバスに乗り、ゴルカが村で起こっていることをみんなギジェのまえで話すという約束にした。

「うちに何日か泊まるんなら、ギジェだって理由を知る権利があるでしょ、そう思わない？」

「もちろん」

状況。夕食まえに、ギジェルモとアランチャが、そこのソファ、ゴルカはキッチンからもってきた椅子にすわり、ふたりに面とむかった。若夫婦は働いても働いても十分な貯金ができず、ピソに家具を揃えきれていない。ゴルカはバスで来る道々姉に話したことを、なるべく詳しくギジェにも語った。義兄のまえで、まず結論から切りだした。

「村を出るか、ホシェマリとおんなじ道をたどるか。ほかに選択肢がないんだ。まわりがプレッシャーをかけてくるから。こっちが軟弱に見られてさ。頭が本に食われかけてるって、みんなして笑ってるよ。〝カルトゥジオ修道士〟なんて呼ぶんだ。最悪なのは、だんだん言うとおりにさせられて、やりたくないことまで、やらされるってこと。いま、きいてもらってるみたいな話、もうできる友だちがいないんだ。面倒なことになるのが怖くて、ほとんどしゃべってもいないしね。夕べのことで、さすがに限界。疲れちゃったよ。ぜんぜん眠れないし。山に隠れようかと思ってたところで、姉さんたちのこと思いだしてさ」

「バスのなかで話してくれたこと、ギジェにも話してあげて」

きのう、アラノ・タベルナの隅の席で、ペイオが、ゴルカや仲間にこっそり言ってきた。火炎びんを四本隠してるんだって。

ペイオって誰だ?とギジェ。

「仲間のひとり。日毎に、やつ、過激になってくよ」

アランチャが詳しいことを口添えした。

「父親が村いちばんの酔っ払いだった人。千鳥足で歩いてるの、毎日道で見かけたわ、もう亡くなったけど」

どうも店主のパチが、ペイオに空きびんを何本もやったらしい。あいつ自分でガソリンを手に入れたんだ。買ったの? まさか! 車やトラックのタンクから管で抜きとってさ。いくらでもできる。それで火炎びんを作ったんだ。エンジンオイルを加えるのは、やつに言わせると、もっと粘着性がでるからだって。ひとりで石切り場で試してたって。それが四本残ったんだよ。

「武器とか武装闘争にすっかり夢中でさ、いつETAに入ってもおかしくない」

ペイオは〝暗くなったら、テロ《エキンツア》をやろうぜ〟と言いだした。ただ標的が思いうかばない。誰かアイディアないか? はじめ、村の集会場はどうだ?と話がでた。いちどやったときの焦げ跡が、いまもドアに残っている。

「じゃあ、バスク民族主義党支部《バツオキ》は?」

「ヤバいよ。あそこ、うちの親父が〝ムス〟のゲームやってっから」とジュアンカル。

ゴルカは黙っていた。無言でカリモチョを飲みながら、こっそり時計に目をやっては、席の立てるチャンスを待っていた。ほんとうにマズいことになりかけている。あとの二人はもう実行する気で、アルコールで目がぎらついていた。しくじったよな、とペイオが言った。きょうの午後は騒動がなくって、でなかったら自治警察野郎《シパジョ》の二人や三人、焦げ焦げにしてやれたのによ。バスク国の敵なら相手かまわず火をつけてやろうと、こんどは話している。ベラベラしゃべって、やたらに手をふり動かし、この仲間が店の隅で堂々と悪事をたくらんでいることに、店じゅうの客が気づいていた。

そのうち店主のパチが席に来て〝外に行かないか〟と勧め命じた。だって当然だ、むこうはアラノ・タベルナで面倒事をおこしてほしくない。人にきかれたくない相談なら奥に部屋がある。そのとき、ついでのことみたいに〝あのへんに、トラック持ってるやつがいたよな〟と、思わせぶりに店主がなにげなく口にした。

「ぼく、はじめわかんなくてさ、帰ることしか頭になかったから。ペイオとジュアンカルはすぐわかったよ、パチがチャトのこと指してるんだって」

チャトって誰だ?と、ギジェ。アランチャが言う。

「彼のこと、まえに何度か話してるわよ。運送会社の事業主、ETAの脅迫にも屈しないひとり。革命税を払ってないらしい、それか、支払いを延ばしてるか、十分に払ってないか知らないけど。いろんなうわさがありすぎて！　問題は、チャトに脅しをかける大々的な嫌がらせがはじまったこと、村じゅうが彼を敵にしてるの。いい人なのに。うちの父にとっては兄弟同然だし、わたしには叔父さんみたいなもの。いまはもうチャトとも、彼の家族とも話をしない、うちなんか、ひとつも悪いことされてないのによ。この〝国〟は、まともじゃない人間ばっかり」

店でゴルカはテーブルと壁にはさまれ、仲間に追いつめられながら言い訳をした。だめだ、マジにさ、できない、もう帰らなくちゃいけないから。仲間は譲らない。せいぜい一時間ありゃいいんだから。それでもだめだ。プランは単純。火炎びんを四本投げて、村に帰って、おまえはクソったれの本にもどりゃいいだろ。

口論し、ジェスチャーをしている戦闘員《グダリ》の見習いどもに、カウンターのむこうからパチが目をむけた。そして、また隅の席にやってきた。こんどはコップを片づけるという口実だ。

「おまえら、いったいどうした？」

「ここの、カルトゥジオ修道士だよ、来ないって言うから」

「いまごろ、ビクついてやがんの」

「これでも、ホシエマリの弟だってよ」

ゴルカが黙っていると、パチが、こちらをむいて、きびしく冷静な顔でこう言った。

「おい、おまえ、グループで起こすプランを知ったら最後までやれよ、裏切るもんじゃない。参加したくなけりゃ、そのまえにさっさと消えてろ。誰も無理強いしない。だけど、ここにいるかぎりは数のうちだ。三人とも、もう行きな。飲み代は明日のつけだ。サービスにしてやってもいい、働きぶりによってはな」

連中はゴルカを〝裏切る〟という言葉に結びつけた。その先は〝密告屋〟、遠くから指をさされることになる。その考えがゴルカの抵抗力を削いだ。ふいに羞恥心にさいなまれ、素っ裸で道を歩いている気分になった。ひょろっと背の高い体で村じゅうの目にさらされている自分。喉に入りこんだ嫌悪の球、まさに自己嫌悪だ。自分が臆病者、見下げた人形、変わり者、水の外の魚、羽をむしられた鳥みたいに感じられた。ほかの連中に憂いを察知されるのが心配なだけだった。

仲間はどうしたか？　通りに出ても、こちらを責めたてる調子で、パチの主張をくり返す。けっきょくゴルカは言った。わかったよ、もうやめろ、行こうぜ。はしゃぎ、狂喜し、ＥＴＡ万歳《ゴラ・エタ》、全員大赦《アムニスティア・オツア》云々、それでペイオが隠している火炎びんをとりに行った。

袋にびんを詰めて、川の方角に下った。暗いといえば暗い時間、それでも山の端に空の薄紫の帯がまだ残っていた。火炎びんを投げるのは一人一本ずつ、ペイオは作った本人なので二本という話になった。標的の近くに行くと、ジュアンカルが〝シーッ〟と言った。黙れ。入り口のフェンスがしまっているのを確認する。飛びこえるには高すぎた。それに金属製の有刺鉄線が上に張ってある。アンラッキー、トラックが二台しかない。しかも一台は倉庫の戸口の近くだ。

「ちくしょう、あんな遠いぜ」

敷地の外から投げたびん一本では届きようがない。もう一台は、運転席を塀にくっつけて停めてあった。難点？　すくなくとも三つ。まず有刺鉄線のせいで、火炎びんを臼砲弾《きゅうほうだん》みたいに投げるしかない。それだと命中しない。二つ目の難点は、塀のまえに生い茂るキイチゴの深い藪《やぶ》。これでは的に近づけない。では三つ目の難点は？　木立にかこまれて周囲が真っ暗。自分たちの歩いている場所さえ見えなかった。

オフィスに灯りはない。

「やったぜ。おれたちだけだ」

ペイオは我慢できずに、一本目を投げた。有刺鉄線にぶつからないように高く放り投げた。当たりもしない。火炎びんはアスファルトのうえで爆発した。よかったのは、炎のきらめきでトラックが、さっきより見えるようになったこと。

「こんどは、ぼくの番だって言われてさ。トラックに当てるつもりなんてない。ペイオだって当たらないのに、責められるわけないから。そしたらいきなり、どなり声がきこえたんだよ。ちょうどボロ布に火つけてるときにさ。〝ば－か－野－郎！　ば－か－野－郎！〟それだけじゃない、〝パン！〟って銃声。誓ってもいいよ。チャトが敷地のほうから走ってきて、もう一発撃ったんだ。狙い撃ちしたのか、それは知らない。だけどピストルもってたのはまちがいない。〝ちくしょう、ちくしょう、やつに殺される〟みんなで駆けだしたよ。頭にかぶるフードも、顔を覆うもんもない。いずれにしても暗かったから、こっちの正体はバレなかったろうね。チャトは追いかけてこないで、その場で火を消していた。正直言って、三人とも生きた心地がしなかった。ぼくはひと晩じゅう眠れなかったし、きょうだって何時間もうろうろ歩いてるだけ。何日か、ここにいさせてもらえたら助かるよ。そのあとは、どうやって村から出るか方法を考える。あそこにいたままじゃ、ホシェマリとおなじになっちゃうから」

アランチャはソファを立った。

「わかった。夕食を支度するわ。そのあいだに、ゴルカは家に電話して、お父さんとお母さんに事情を話しなさい」

「きのうのことは言えないよ」

「なにかしら考えれば」

「なにを?」

「ギジェ、あなたなら、なんて言う?」

「おれ?　さあな。人に殴られそうだとか、そんなとこか」

74　個人的解放運動

しばらくのあいだ、ゴルカは孤独を逃げ場にした。友だちとすこしずつ距離をおいた。アラノ・タベルナには足も踏みいれない。勉強し、本を読み、詩や物語を書いた。そのあとで、これでは物にならないと納得して破りすてた。気落ちはしない。ぼくは学びつづけている。そのあいだ、いつかは働こうという漠然とした希望を温めた。でもどこで？　父に何度も勧められたみたいに製錬所で？　ホシアンは、よかったらオフィスで話をしてやるぞと言う。冗談じゃない。彼はまだ両親の家にいた。父親は変わった子だと嘆いている。母親はしょっちゅう小言を言ってくる。目をさましてやるのよ、と母。ぐうたら息子が自分から生まれたと、母は頭から信じていた。

たまにゴルカは、サンセバスティアンで、本のサイン会や、講演会や、討論会に参加して、物書きの人たちとも近づきになり、何人かと知りあった。村の図書館で本を借りるのはやめにした。知った顔と道端で行きかったり、閲覧室で出くわしたりするのを、ただ避けたかったから。かわりに、サンセバスティアン旧市街の公立図書館に足しげく通い、午後いっぱい、本や百科事典や新聞に身をかしげてすごした。

それでも両親と住んでいるかぎり、村を離れられないのがわかっていた。村祭り、政治的行事、友人からの電話が彼のなかで吸引効果を生み、すっかり手を切ろうにも切れない。うまくかわす術を身につけて、場をとりつくろうのが得意になった。参加を避けられないデモ行進では、戦略的な位置にうまくすべりこんだ。まずは友人の横、つぎに何歩か離れて、自分の存在を気づかせたと確信したところで、立ちどまって誰かと話す。できれば年配者がいい。それで、なにげなく後に残り、適当なときに逃げるというわけだ。

村を何日かよく留守にした。そうアランチャときめていた。姉のピソで寝泊まりすることで仲間と離れていった。だけど、ただの居候と思ったら大間違い。姉と義兄にできるだけ手をかした。ふたりが仕事に行っているあいだに、ピソをピカピカに磨きあげた。サロンに壁紙を張るのを手伝い、ひとりでキッチンの天井のペンキ塗りもした。ついでに助けあいの精神で、バスク語の基本を義兄に手ほどきしようとした。ただ、これは無理だとわかり中止になった。ギジェには、まるで言語のセンスがなかったのだ。

幸運が、ある日ゴルカと鉢合わせをし、彼の味方をしてくれた。どういうこと？　ゴルカが仕事を見つけたのか、仕事のほうが彼を見つけたのか、しかも村の外。手当はそんな良くもない。それはそうだが、好きな仕事。サンセバスティアンの書店員だ。店主夫妻が彼のことを知っていて、本のサイン会に訪れてきいてきた。ねえ、きみ、よかったら云々。ゴルカは迷わなかった。心のなかで言う〝個人的解放運動〟の成功の第一歩、その目的はただ一点に絞られる。ぼくの自立の獲得だ。小遣い稼ぎだけじゃない。この勤め仕事で、人にいちいち説明しないでも毎日村を離れられる。朝バスに乗ってどこに行くか、村じゅうが承知しているからだ。

書店員をしているあいだ、バスク語の本の書評を書いたり、雑誌に短い文章を載せたり、ほんのたまにだが、左派分離独立主義系のエギン紙に文化関連のコラムも出した。〝エギン〟に記事を載せるのは、村での安全通行証がわりになった。誰も非難しないし、誰も不信を抱かない。ゴルカの姿をあんまり見かけない？　まあな、でも、あいつ〝エギン〟に記事書いてるぜ。

ある午後、通りでパチを見かけた。道路をはさんだ歩道でだ。

「きのうの、おまえの記事、すごくよかったな。なに書いてあるか、わかんなかったけど、気にいったよ。そのまま続けな」

バスク語がいちばんの収入源になった。実入りがいい？　いまのところ、なんとかやっている。ゴルカは手当たりしだいに仕事をした。本の裏表紙のコメント、パンフレット作り、短い翻訳を請け負った。子ども向けの薄い本の出版を、ある出版社がひきうけてくれた。でも彼本人に相談なしに、編集者が、ぎりぎりでタイトルを変えた。『海賊の青い船《ピラテン・イツァソンツィ・ウルディナ》』。気に入らなくはないが、自分でつけたほうが好きだった。作品にたいする他人の介入のせいで、ゴルカに苦い思いが残った。

アランチャは、そんな気にするのはよしなさいと言い、将来、子ども向け文学の創作に努力をかたむければ？と励ました。

「子どもの本を書いてるあいだは、放っておいてくれるから。でもね、ゴルカ、土地のことでよけいなこと書いたら、そのときはただじゃすまないわよ。いずれにしても、大人向きの本書くんだったら、バスクから遠いところの話にしなさい。アフリカでも、アメリカでも、ほかの作家がやるみたいに」

幸運は彼を愛おしく思ったのか、まさに最高の条件で故郷の村を永久に後にする夢をかなえてくれた。なにがあったか？　そう、ある午後、ラムンチョと出逢ったのだ。

ゴルカはもともと、あのギャラリー〝アルチェリ〟で催されたバスク絵画展のオープニングに行く予定はなかった。ところがバスに乗りそびれ、雨降りで、近くにあったのが、あの場所だった。

時間つぶしに、見えない糸に引っ張られるかのように展覧会場に入った。そこに、エビと、ゆでたまごにマヨネーズを添えたカナッペを手にもつラムンチョがいた。

ふたりで話がはじまった。ラムンチョはゴルカより十一歳年上、それでもゴルカの操るすばらしいバスク語に相手は圧倒された。ふたりは意気投合した。もっと落ち着いて話ができるように、ギャラリーを出て、階下のバルに行った。ますます気が合い、最後に夜の十時ごろになると、ラムンチョは自分の車でゴルカを村まで送っていくと言いだした。ゴルカはうれしかった。足を確保できたことだけではない、姉以外に心から打ちとけて話せる相手がこの世の中に存在したのだと、ほんとうに久しぶりにわかったからだ。

二か月後、ビルバオのラムンチョのところにゴルカは引っ越した。当初の考えは、彼の秘書として、またラジオ番組のテキストの編集者として仕事をすることだった。離婚し、目に入れても痛くない愛娘アマイアの父親であるラムンチョは、リセンシアド・ポサ通りのピソにゴルカをいっしょに住まわせた。寝室と仕事部屋を提供し、サンセバスティアンの書店主より、よほどいい手当を払った。

エギン紙にはいっさい物を書くなと、彼はゴルカに頼み、禁じた。

「自分を無駄にするな。おれの言うことをきいておけ」

ゴルカのテキストは、とても美しく深遠で、すばらしく書けていた。それで、しばらくすると、ラムンチョはラジオ放送局に彼をひきいれた。自分の若い友人をスタッフのひとりとして雇わせることになんの支障もなく、ゴルカにとっては天にも昇る思いだった。

視聴率のそう高い放送局ではない。番組の約八〇パーセントがバスク語。アナウンサーのなかには文法がメチャクチャな者もいた。ゴルカにとっては是幸い、物を読ませればすばらしく、表現はよどみなく、言語の広い知識をもちあわせているし、そのうえ声がいい。テキスト作成者、アシスタント、レコード係、コーヒーメーカー担当、使い走りの若者は、早くもマイクに向かってしゃべるようになり、はじめはラムンチョとふたり、その後はひとりで担当した。

ゴルカは仕事がものすごく好きで、勤務時間が過ぎても局に残った。音楽担当の横にすわり、コントロールパネルの操作を習った。作家の誰かや、アーティスト、ミュージシャンがサンセバスティアンに来るという情報も常々押さえて、録音用のレコーダーをもって駆けつけてはインタビューをした。スポーツ選手や、ともあれ有名人で、自分の質問に答えてくれる人物にたいしてもだ。

ゴルカの熱心さを見て、ラムンチョは、バスク文学の番組をひとりで持たせてやった。土曜、日曜以外の毎晩十時からの三十分番組。

ゴルカは幸せだった。

75　陶磁器の壺

　サングラスをかけたアランサスは、船首のデッキでくつろぎ、シャビエルが櫂《かい》を操った。船尾に名前が読める。〝花Ⅱ《ロレア・ビ》〟。以前の名は〝花Ⅰ《ロレア・バト》〟。アランサスの兄のボートで、彼女がキーを借りている。若いころから彼女は〝花Ⅰ《ロレア・バト》〟で港から湾に出て周遊するのが好きだった。いまのこの船より重量があり、操作も難しかった。高校時代の女友だち、その時々の恋人、めったにないが一人のこともあった。

〝花Ⅱ《ロレア・ビ》〟は船外機付きボートだが、シャビエルは櫂を使うことにした。いずれにせよ、アランサスの兄が入れたタンクの燃料を空にしながら、午後を過ごす気はない。

「あなたったら、いくらでもないのに！」

「すこしぐらい運動するほうがいいんだよ。患者さんにそう勧めてるくせに、そういう自分がすわったきりで患者をとがめるなんてな」

　係留を外した。接舷する船舶の列のあいだを、船体に接しないように注意しながら、ゆっくり進んだ。アランサスが水先案内をした。どこそこに気をつけて、どこそこの方角にちょっと舵を切って、そんなに云々行かないで。それで広々としたエリアまで漕ぎだすと、彼女はタバコに火をつけて、あとは彼にまかせた。

完璧な日。春のおわりの青い午後。港の海水は凪《な》ぎ、魚たちが素早く避けると、まぶしい銀色の光線が暗い海底に放たれる。先のほうでは狭い港口の縁に六、七人の釣り人が一列にすわっていた。ほとんどが若者だ。干潮で、海藻に被われた壁の幅広い帯がうきあがっている。亀裂に蟹《かに》たち。猜疑心の強いシャビエルは、ろくなことを考えない。

「あとはぼくらが、あそこの不注意な誰かの釣り針に掛かるだけの話か」

湾に出た。開かれた空間で〝花Ⅱ《ロレア・ビ》〟は揺れだした。すさまじい海水量がもう感じられ、波の力が警告がわり。なんて言ってる？　言い古されたこと。海は生きていて、きみたちは水面に浮く殻のうえの小虫でしかないって。大波？　まさか、でも海のコツをうまくつかまないと、重なる揺れが脅しをかけてくるし、潮風が強気になる。それで攻撃的に包みこんで打擲《ちょうちゃく》してくるの。こちらが無防備なのを承知しているからよ。

なんてすてきな女だろう。アランサスは乱れた髪を結いあげた。

彼女が怖れるのは、もっと別のことだった。

「あなたのひたいに穴をあけて、その脳を時々のぞきこみたいわ。あなたがなにを考え、なにを感じているのか知りたい。小さいころ、わたし近所の女友だちといっしょにタイムカプセルをつくったの。一人一人が土に小さな穴を掘って、そこにマーガレットの花とか、クローバーの葉とか、小物のアクセサリーや、切った巻き毛を入れて、ガラスの破片を被せてふたをして、別の日にもどって見てみるの。そう、あなたにもおなじことをしたい、ひたいに穴をあけて、なかで、なにが起こってるか見られるように」

「ぼくなら遠慮しないでいいよ。眠ってるときに頭蓋骨に穴あけられても、きっと気がつかないから。眠りが深いの、知ってるだろ」

シャビエルはゆっくりしたリズムで櫂を漕ぐ。手をマメだらけにしたくない。力を入れなくても休まずに漕いでいけば、軽量（ファイバーグラスで強化したプラスチック製の船体）の〝花Ⅱ《ロレア・ビ》〟は水面をすべっていく。ふたりはどこに行くのか？　あてもない。サンセバスティアンを正面にしてふたりきり、湾から沖にむかうにつれて、耳にとどく都《まち》の音が小さく、さらに弱音になる。

　アランサスはよろめきながら船尾の席に移り、話しかけられるときにシャビエルの顔が見えるようにした。サングラスはもう外している。万全を期して、ボートの端から端に行くのに一瞬、彼の肩をつかんだ。彼女の手は温かい。しなやかな手で、恋するビロードの肌触りがある。アランサスは室内履きふうの靴をぬぎ、ブルーのブラウスと、ジーンズをぬいで、ビキニ姿で心地よさそうに太陽に身をさらした。黒っぽい赤のペディキュアを塗った足は小さく、まだ若々しい。

「ねえ、愛しいあなた《マイティア》、お母さまに気にいられるのに、どうすればいいかと思って。わたしの努力不足じゃないと思うんだけど、ほんとうに、もう方法がないの。アドバイスしてくれない？」

「うちの母は、メンタリティーのかなり狭い世界で生きてるんだ。心配しないでいい。そのうち、きみがすばらしいってわかって、親しくなれるだろうから」

「そうかしら。看護科の助手でしかない女が息子さんを奪ったから、それで許してもらえないのね」

「そんなこと、母が言ったのか？」

「見えるのよ、シャビエル。わたし、ちゃんと目があるもの」

「ぼくが生まれてこのかた見たこともない、すてきな目がね」

　またお世辞か？　もちろん。彼女にはその価値がある。きれいな女、熟れかけて、ぼくのタイプ。年がいき過ぎず、子どもっぽくもない。食べごろの女性、まぶたの縁にしわができはじめ、俗な経験の付加的要素がなお魅力を添えている。悲観主義やあきらめには陥らず、離婚で心的痛手をうけて方向性を見失っても、健康だし、希望や喜びの蓄えがある。そこに現れたのがシャビエルだった。

　くちびる、完璧で、たぶん彼女の愛くるしい顔でいちばんすてきなもの。口をあけると、さわやかで真っ白のすばらしい歯がのぞく。どんなに彼女を思いだすか！　人間味のある美しい彼女、麗しく熱い彼女。

　島とウルグル山のあいだで、そばに船もボートもなく、軽く波間にゆれているときに、アランサスは背中に日焼け用のローションを塗ってほしいと言ってきた。人体は毎日見ているが、これはぼくの愛する肉体。彼女を愛している。すごく愛している。

「最近、よく見る夢があるんだけど、話してもいい？」

「話して」

「森か、おそろしい崖のある山を、ひとりで歩いているの。腕に陶磁器の壺を抱えて。描写はできない。誰かが耳もとで、とっても高価な品物だって言うのよ。割ったら大変なことになるって」

「結末は予想がつくよ。壺がきみの手から落ちて、すごい音立てて割れるんだろ」

「ここ何週間かで、五回以上は見てると思う。なんだか気になってきて。壺はボトルのこともあって、でも割れるのはいつもおなじ。夢のなかで泣きたい衝動にかられるんだけど、恥ずかしいのね。人に指さされて、みんな助けてくれるかわりに、わたしを批判するのよ。どこにも隠れる場所がない。それで、どうかしちゃったみたいに走りだして、ふと気がつくと、また壺かボトルか、こわれものを抱えている。割れそうなもので、たしかに、かならず割れてしまうのよ」

「物を書くといいよ。アイディアに恵まれてる」

　背中にローションを塗りながら、シャビエルは彼女のビキニのトップスをめくりあげた。ローションを塗るという口実で、ただ乳房をさわるため、愛撫するためだ。彼女が頼んできたのか？　いや、でもアランサスは体のことで嫌がることがない。さわりたければ、さわって、吸いたければ吸って、わたしのなかに入りたければ入れて。ローマで過ごしたあの幸福な日々のまえから彼女は言っていた。欲望を隠さないで、いつでも好きなときに好きなように、わたしの体をあなたの快楽のためにつかって、ほんとうに愛してさえくれれば。それだけでいいの。ぼくは彼女の気持ちを理解してやっているか。もちろんだ。

　アランサスの乳房はどちらかといえば小さく、いくらか垂れているが、とてつもなく感じやすい。だからマッサージして、締めつけ、細心の愛情をこめてデリケートにキスすると、彼女は愉悦で身もだえして、もっとやってほしがった。

　目をとじて快い感覚に集中しながら、彼女がきいてきた。病院で美しい女性と接しているときに、エロチックな衝動に駆られたことはある？

「手術室ではぜったいにない。診察の最中は、ノーとは言わないけど。香水がフワッときて、自分が人体の技師だってことを一瞬忘れることはあったかもしれない。誰でもあることじゃないのか、きみは、そういうことない？」

「そんなには」

「ほんとうにきれいな女性の患者さんたちを扱ったこともあるよ。だけど、その体のなかで腫瘍が大きくなっていたり、腎臓が機能しなくなったのがわかってて、どう夢中になるんだ？」

　湾から出ようという話になった。どこへ？　向こう、島の後ろ、あそこなら完全にふたりきりになれる。シャビエルはまた漕ぎだした。

「仕事中に勃起したことがあったか、いまは記憶にないな」

　櫂を漕ぎながら思いうかべた。痛みの表情、血のとまらない傷口、疾患。裸体を思いうかべた。そう、若い肉体、プロポーションのいい体も。だけど、どれも苦痛と苦悩にみちて、管につながれ、今日か、明日か、三週間後かに確実な死が待っている。ぼくはその体たちに性の衝動を感じる立場にはない。ほら、言えよ。同情にすら動かされる身じゃないと。

〝花Ⅱ《ロレア・ビ》〟は軽やかに進んだ。海が小波《さざなみ》を立てている。オールの水かきがなめらかに海水に入り、その水がだんだん暗くなる。深くなるほど暗い。すこし波立ってもきた。誰もいない。ヨットの一艘、大型船の輪郭すら、ここから遠い水平線のあいだに見あたらない。

アランサスはタバコに火をつけ、船尾のデッキにひろげたタオルに背をもたせて日を浴びた。座席の台に両足をのせている。シャビエルは遠近感のある彼女の体をながめた。よく、こんなきれいな女がいるものだ。すらっとのびた脚、つややかで、曲線が美しく、これまでの人生を歩いて、このぼくにたどり着いた。両ひざ、蜂巣炎の気《け》がある腿、街を歩くのが彼女にはつらい。気取り屋さんだから。自分ではそうじゃないと言う、自己愛の問題だと。赤いビキニに彼は目をすえた。ほかの時なら、布地に軟らかな浮彫をなす彼女の陰部に心がうずく。でも、きょうの午後は違った。

「はじめての相手は誰だったの?」

「兄の友人、両親の家で。わたしが十五歳のとき」

「おませな女の子だったんだな」

「ひとつは好奇心にくすぐられたのね。もうひとつは、もし体を許さなければ、その男に強姦されるのがハッキリ見えたから。それだけはまちがいないもの。家に誰もいなかった。兄はまだ帰ってきていなかったし。だから自分でしたいと思うことをしたの。おとなしく従うふりして。二分もかからないで、おわったわ」

「一生のトラウマになったなんて言わないでくれよ」

「それはないわね。とくべつ痛くもなかったし」

一時間後、帰途についた。高潮がはじまっている。まえとおなじ力で、二倍の距離が進めた。オールの一漕ぎを、波の勢いにうまく合わせられるときもある。それで〝花Ⅱ《ロレア・ビ》〟は急進した。あっというまに湾に入った。

太陽がかたむいていた。水平線が、あの西の彼方に、空の濃い黄色を映していた。空気が涼感をおび、アランサスはもう服を着はじめている。ふたりでプランをきめた。旧市街でピンチョスの夕食、そのあとは家に帰る。翌日はふたりとも朝番の出勤だった。

　水族館のあたりで最初の轟音がした。すぐに二発目。祭りの爆竹にきこえたが、土地の人間は知っている。警察がデモ行進者にゴム弾を発砲しているのだ。

「並木通り《ブレバル》で騒乱だわね」

「未来のテロリストたちが予行演習してるんだろう。一時間騒いで、なにかに火をつけて、そのあと旧市街のバルをはしごだよ」

　シャビエルは漕ぎ進みながら、辛辣に言い放ち、その激しい彼の口ぶりにアランサスは驚いた。どうして？　だって。

「あなたがそんなふうに言うの、はじめてきいた。別人みたいよ」

「父のことを考えてるから。抑えがきかない」

「嫌がらせ、まだ続いてるの？」

「やまないよ。ついこのあいだは、若いやつらがトラックに火つけようとしてね。父は用心していたんだな。けっきょく、やられずにすんだけど。危うく過ちを犯しそうになったって父にうちあけられて、背筋がぞくっとしたよ。人間の犯す最悪のことだって言うから」

「いやだわ。なんの過ちのこと、お父さま、言ってたの？」

「こっちからは、きかなかった。話に深入りしてほしくないって顔に書いてあったから。だけど、もしかしてと思うことはある。いや、確実だと思う」

「まさか、暴力的な手段ってことじゃないでしょうね」

「オフィスに銃を持ってるんじゃないかと思う。それで、自分の身を守るために、それを使いたい強い誘惑にかられたんじゃないかって」

港に近づいた。むこうのほう、人家のうえに黒煙の柱があがっている。

「そういう過ちは仕返しの口実を生むだけだわ。過激な連中は、誰も彼もが自分たちのゲームに参加すれば大歓迎だもの。あの人たちの頭のなかだけに存在するその戦争の証明になるんだから。あなたを傷つけるつもりはないのよ、愛しい《マイティア》シャビエル、だけど、わたしはそう思う」

「いや、それは父もおなじ考えだ。〃おれはいつ殺されてもおかしくない〃って、冷静そのものだけど。こっちは何度も言いきかせてるよ、きみとふたりで購入に手をかしたサンセバスティアンのピソに住んだほうがいいって。本人は近いうちに決断すると言っている。父は強がってるんだよな、でも寝床で泣いてる晩もあるって、母からきかされてね」

「お父さまを、なぜそこまで痛めつけるのかしら、善きバスク人で、バスク語を話す人《エウスカルドゥン》なのに？」

「そう、しかも事業主だからね。この譫妄《せんもう》状態の武装闘争には、資金が要ることを忘れちゃだめだ。村の通りには、いまも父にたいする落書きが残ってる。近所の人間が消そうという気になると、きみは思う？　考えれば考えるほど、腸が煮えくりかえる」

「あなたが苦しんでるのがわかるから、愛しい《マイティア》シャビエル、わたしも胸が張り裂けそう。ピンチョスは、また別の日にしましょうか？」

「そのほうがいいな。急に食欲がなくなったし」

76　あなたは、好きなだけ泣きなさい

誰にも言われなかった。自分は知らなかった。ぼく息子です。誰の息子か明示しない。必要なかった。顔の表情でわかったのだろう。それに白衣だと、自分が望もうが望むまいが、直感的な敬意を相手におこさせる。

すぐ通してもらった。灰色の午後、心臓が激しく打ち、最後になって血痕に気がついた。雨に濡れた地面でよく見えない。血を踏みそうになった。つまり、ここだったのか。知らなかった。誰にも言われなかった。靴底形の赤い跡が道につくのを思い描いた。両親の家までの短い道、いまでは母ひとりの家？

チャトが死んでいたら、地面に横たわっているんじゃないか？　シーツがかぶさって、判事が遺体の移動許可を出すのを待っているところじゃないのか？　バスク自治警察のパトカーのそばに救急車は見えない。ということは、搬送されていった。ということは、医療行為のあるあいだ一縷の希望が残っている。

自治警察の警官二人が、くだけた調子でしゃべりながら家から出てきた。ひとりの口から笑いがふきだした。建物の階段で〝白衣〟と行きかい、警官たちは口をつぐんだ。短いあいさつ。もしも云々の場合、相手が悔やみの言葉をかけてくるだろうと、シャビエルは想像した。身内の方ですか？　死

者、犯罪の犠牲者、殺害された人物、処刑された人物、つまり亡くなったご本人の？　それは大変お気の毒でした、心からお悔やみ申しあげます。でも悔やみのかわりに、警官たちは階段を下りつづけた。その直後、二人が半分開けていったドアをシャビエルが押したとき、彼らの軽薄な悪ふざけが再開するのがきこえてきた。

入った。用心深い足どりで入った。眠っている人間の休息をじゃまするまいと気遣う者みたいに。懐かしいにおい、薄闇の玄関。何か月ぶりかの実家。理由は？　自分が村を避けていたからだ。はっきりしている。人が見ているのを感じた。いい目では見られていない。通りを歩きながら、すでに二度あった。旧知の人間があいさつも返してこない。だから前々から、両親と会うなら、自分が村に帰るより、ふたりにサンセバスティアンに出てきてもらうほうがよかった。

壁の洋服掛けに、チャトの着古しの毛皮のジャケットがかかっていた。ずいぶん昔から着ていたやつだ。シャビエルは知らずに手をのばして、さわっていた。なぜさわったのか自分でもわからない。ほんの二秒ほど、持ち主の命の跡が、その服にまだ残っているのをたしかめようとするみたいに。

家で唯一灯りのある場所にむかうと、思ったとおり、そこに、そのサロンに、母がいた。悲嘆に暮れて？　涙を流して？　嗚咽して？　そのときビジョリはブラインドのすきまから通りをじっとながめていた。それで息子が来たのを察すると、さっとふりむいた。母の顔には、怒りにみちた冷静さ、高慢な毅然さ、誇り高い緊張感に似たものがあり、その表情から苦悶の片鱗さえも消していた。

「注射なんか、しないでちょうだい」

ひとりでいられれば気持ちが鎮まると母は言う。でも彼はちがった。胸がつぶれて母の腕にとびこんだ。

「それで気がすむなら、あなたは、好きなだけ泣きなさい。わたしが泣いている姿は誰にも見せないから。むこうが喜ぶことなんか、してやるもんですか」

だがシャビエルは抑えがきかずに、母のほうに身をかしげ、思い余って母を抱きかかえた。悲しみで胸が張り裂けた。母は古い室内履きをはいて、片方のパイル地に血が飛び散っていた。母は強気を装っていた。白髪まじりのぼくの母、かわいそうなぼくの母。見ると、ふたりのすぐそば、テーブルのうえに、チャトが家で使っていた老眼鏡と、ボールペンと、クロスワードパズルの紙面をひろげた新聞がある。発作に似た号泣に襲われるぼくに、なにか食べるものを用意してあげましょうか、と言う母の声がした。ショックが大きすぎて、母は現実の概念をすっかり失ってしまったのか？　起こったことを拒絶しているのか？

　ところがビジョリは逆に、微塵も疑念をもっていない。

「お父さん、死んだのよ。そのつもりでいなさいね」

「誰がそんなこと？」

「わかるもの。わたしが見たときは、まだ息をしていたの。でも、もう虫の息だったから。言っておくけど、助かりっこない。頭を撃ちぬかれた感じだったし。チャトはもうおしまい。いまにわかるわ」

「病院に搬送したんだと思うけどな」

「そう、でも無駄よ。いまにわかるから」

　かわいそうなネレア、これを知ったら……。ともかく連絡しておかないと。

　シャビエルは、いくらか落ち着いてから、母に言われた引き出しを探り、連絡先の電話番号を記したメモ用紙を見つけた。先方はすぐ電話に出た。ベルは二回も鳴らなかった。バル特有の声や喧噪がきこえた。細かいことは言わずに伝言を頼んだ。こちらが何者か名乗り、頼み事をした。どんな？　一刻も早く家族に電話をするように妹に伝えてください。緊急の用件だからと、何度も強調した。念には念をいれて、ネレアの住む階《ピソ》をくり返した。バルの男は、だいじょうぶですよ、あの若い娘《こ》なら知ってるからと言ってくれた。

「救急車に運びこんだとき、お父さん《アイタ》がまだ生きてたの、まちがいない？」

「一瞬も目を離さなかったもの。まぶたが動いたから。それで、ずっと話しかけてたのよ、話しかけてないと、この夫《ひと》、死んじゃうと思ったし。でも、お父さん、応えられなかった。死にかけてたの、血まみれで。わたしが家に帰って服を着がえなくちゃいけなかったぐらいに」

「意識があったか、なかったか、できれば言ってほしいんだけど」

「ちょっと、むずかしいこと言わないで。まぶたは、たしかに動いてたわ。ほんのすこしだけど」

「お母さんが、警察とか救急車呼んだの？」

「わたしは誰も呼んでない。いきなりサイレンをガンガン鳴らして来たのよ。近所の誰かが知らせたんじゃない？　わたしが、ものすごい悲鳴あげてたから。あれじゃ、隣の村まできこえたでしょ」

午睡《シエスタ》のあと、チャトはコーヒーを飲んだ。じっさいはコーヒーメーカーの底に冷えて残っていた分。ビジョリは、チャトがぶつくさ言うのをきいて、よかったら新しく淹れるけど、と言った。でも彼女がソファで腕をくんで転寝《うたたね》の格好でまどろんでいるのを見たからか、それとも、いつもながら急きたてられていたせいか、チャトは、いいよと断った。

〝残ってる分でたくさんだ〟

彼は家をでた。何時に？　午後四時すこしまえ。

玄関まで行ってチャトにキスしなかったことが、ビジョリは、いまさら悔やまれてならない。彼の人生で最後のキスになったのに、まったく。もっと愛情のある別れにエネルギーを注ぎたかったのに、これだけ長い結婚生活で、子どもがふたりいて、それなのにコーヒーが温かいとか冷たいとか、そんなくだらない会話で浪費するなんて。

「あなたがきくんなら言うけど、覚えてるのは音だけ。はじめはドアの音、お父さんが仕事にいくときの。それから階段をおりていく足音、あとはなにもない。わたしはソファで目をつぶって考えてたの。あと三十分ぐらい眠ろうかなって。そしたら、いきなり銃声がしたのよ。何発かなんてきかないで。でも銃声は銃声、いい、あの瞬間まちがいないと思ったわ。だからバルコニーに駆けよったの。見たら、チャトが歩道に倒れてて、ほかに誰もいなかった。撃った人間なんか目に入らないし、むこうが一人だったかもわからない。まあ、ずっと見てたわけじゃなくて、それで夢中で階段をおりて、通りに出て、血を見たとたんに、どうかしちゃったみたいに叫び声あげたのよ。誰かが助けに来てくれたと思う？　とにかく、お父さんを起こしてあげたかったから。心のなかで、この夫《ひと》、わたしが起こしてあげなくちゃダメだって。ものすごく重かった。二人か三人がかりで、やっとぐらい。でも誰も来ない。だから話しかけることにしたの。どれだけ混乱してたかわかる？　お父さんに言ったのよ〝愛してる〟って、いちども言ったことがないのに。結婚まえだって言ったことがなかったのに。おたがい口に出しては言わなかった、ただ愛を示しあってきたから、それでよかったの。ともかくしゃべってなくちゃいけなかった、でないと、死んじゃうと思ったから。もしチャトがお墓に行くんなら、せめて、わたしが愛しているって知ってほしかったのよ。手をかしてくれる人なんかいなかった。道端でひとりきりだった。どこの窓も閉まったまま。それに、あの雨のすごかったこと。そう、誰も来てくれない。きっと薄いカーテンのむこうで一部始終目撃した人がいて、警察と救急車に連絡したんでしょう。でなかったら、どうしてあんなすぐ来たのか、わたしには説明がつかない。十分後にはもう自治警察《エルチャンチャ》が現場にいたもの。そのちょっと後に救急車が来たし」

電話が鳴った。ネレア？

ビジョリは息子に合図した。ほら、早く早く、電話をとってちょうだい。電話機の横に立っていたシャビエルは、向きをかえて手をのばせばよかった。

「もしもし」

「ETA万歳《ゴラ・エタ》！」

プツリと切れた。

「ネレアじゃなかったのね」

「ぼくらを痛めつけようとする人間がいるんだ。電話は、とらないほうがいいな」

「でもネレアがかけてきたら？」

ビジョリは病院からの電話も待っていた。

「心配しないでいいよ。そっちは、ぼくが引き受けるから」とシャビエル。

ダイヤルを回した。あいさつをし、話し、尋ねた。電話の相手が誰にせよ、むこうが別の番号を言ったので、シャビエルはブロックメモに書きとった。すぐにその番号にかけた。母は真後ろ、ソファにいる。彼は母に背中をむけて衝立がわりにした。

「申しわけない、シャビエル、どうにもならなかった」

抑揚のない声で〝ありがとう〟と言った。ありがとう、なんのために？　理由はない。冷静さを偽るひとつの形式だ。シャビエルは電話を切った。

ぼくの背後、真後ろにいる母、ふりむくのがつらい瞬間。自分の目に映るものを読まれないように、正面から母を見るのは避けた。言葉をさがした。たったいま伝えられたのは云々、知ってもらいたいのは云々。

だが、そのかわりに彼は言った。報告を受けに病院に行ってくるよ、むこうから電話で状況を知らせるから。

そして母に言いおいた。

「侮辱する声がきこえたら、すぐ電話を切ること。約束してくれるね？」

77　不吉な考え

葬儀の二日後、チャトは、ポジョエの墓地に埋葬された。送葬者は数えるほどだった。

ビジョリにとって、ネレアの不在ほど心の痛むものはない。お葬式にこんなつらい思いをさせて、あの娘《こ》なんか許すもんですか。シャビエルは思慮深く、思いやりをもって、母と娘の調停役にまわった。無力。こちらを慰めることも、あちらを説得することもできない。母の眉間にできた怒りの筋は、見れば深くなるばかり。彼はサラゴサのバルに何度も電話をし、妹と連絡をとって、一刻も早く実家にもどるように説得を試みた。そもそも連絡をとるのが困難だし、気分のいいことではない。バルの主人の迷惑になりだしているのがわかった。それに、単に説得がうまくいかなかった。父の死の現実に面とむかうまいと、ネレア自身が決意しているからだ。

ああ、そういうことなの？　憤りもついに限界にきて、母はシャビエルに言い放った。だったらどうでもいいわ、ネレアは自分で好きにしなさい、わたしはわたしで、おなじようにするもりだから。そして言い足した。

「教えてあげましょうか？　わたし、もう神さまを信じないの」

埋葬のあの灰色の朝。雨が降らず風もないのが、せめてもの幸いだった。でなければ、あんな高台でどこに身を寄せられるのか？　十字架、墓碑、道。さらに下は秋の霧につつまれた都《まち》の屋根。いい墓地だと人は言う。なんて慰めかしら！

　霊廟のまえに何人か集まり、墓石を動かすと、祖父マルティンの柩が目のまえにあらわれた。アスペイティアから親戚が来た。結婚式と埋葬のときだけ会う人たちだ。ビジョリの姉も来るには来たが、なにもわかっていない。かわいそうなこの姉は、頭があさってのほうに行っているのだ。村の人間は五、六人。小声で悔やみを述べてきた。彼らといっしょにチャトの会社の従業員が二人。わかるわ。村から遠いんですもの、誰も姿を見ないし、批判する者もいやしない。ビジョリは目に隈をつくり、落ち着いて、参列者全員にそれぞれ感謝を述べた。

　葬儀の午後、アスペイティアの親戚が、ネレアはどうしたのかと、きいてきた。

「ええ、来られなかったの。サラゴサで勉強しているもんだから」

　シャビエル、ボディーガードの息子は、ビジョリから離れなかった。ぼちぼち帰りはじめた人を送るとき、母のそばにいた彼の目に、サングラスの女性がひとり映った。ほかの墓参りに来た者みたいな顔で、参列者から二十歩ほど離れた場所にいる。

　彼女だよ。誰？　きまってるじゃないか、アランサスだ。

　あのことがあって以来、シャビエルは彼女とまた会うとは思ってもいなかった。偶然の鉢合わせならしたかもしれない。やあやあ、と、病院のカフェテリアとか駐車場とかで。

　彼は母に言った。

「出口で待ってるよ」

「どこに行くの？」

　返事はしない。必要もない。ビジョリは看護助師の姿をみとめた。だけど、もう別れたって言ってなかったかしら？

　いつにも増してきれいなアランサスに近づきながら、背後がピタッと静かになったのにシャビエルは気がついた。職業人らしい、まじめな態度で彼女に握手した。その場に集まる参列者のまえで、さすがにキスのあいさつはしないだろ、な？

ふたりは、おたがい半メートル距離をおいて歩きだした。ほかの人間と離れるのに、すこし回り道しながら墓地の出口にむかった。

「おじゃまにならないようにと思って、すこし離れてたの」

「きみが、じゃまになるわけないだろう」

「お父さま、よくしてくださったから。最初の日からご親切で。お母さまはそういうわけにいかなかったけど」

「その話はやめないか。頼むよ」

「お父さまにお別れを言いにきたの。それにテロへの抗議もそう。このバスクがまともな国なら、墓地はいまごろ、人があふれているはずだもの」

「しかたないよ」

「ついでに、あなたにお別れを言おうと思って。これも永遠に」

「行っちゃうのか？」

おい、シャビエル、おまえには、どうでもいいことだろ？　そのとおりだ。どうしてそんなことをきいたのか？　じっさい、なにもかも話しあって別れた。ふたりで話をし、彼のほうから別れを告げた。ホテル・デ・ロンドレスのカフェテリアの隅のテーブルで。

彼女――思いやりのある人、それは否定できない――は、チャトの埋葬に参列するという気高い行いをした。それは、愛の埋葬でもあった。彼女が多くの希望を託し、身も心も捧げ、たくさんのエネルギーを注いだ愛。これは比喩。まあなんであれ。あんなにも脆く、ガラスや陶磁器にあれほど似た愛、それをおまえは打ち砕いた。そう、おまえだよ、シャビエル、それで、父親とおなじ墓におまえも死んで横たわったんだ。

　二日まえ、アランサスは、とめどもない涙をさんざん流し、それが諦めに道を譲りだすと、こう言った。

「あなたのお父さまを殺した人間が、あなたとわたしを結ぶものも壊したわけね」

　恨んでいる感じではない。そうする理由はいくらでもあったのに。シャビエル、恥知らず、よくも彼女をそんなふうに扱えたもんだな。どういうふうに？　しらばっくれるな。

　アランサスは、はじめは理解できなかった。チャトが亡くなった直後で、シャビエルが、やりきれない怒りと苦しみで目がふさがれて行動しているのかと思った。それで無邪気に、純真に、情愛を見せて、苦しみを軽くしてやろうとした。あなたと苦しみを分かちあって、わたしの分はこの背中にみんな負うからと。アランサスは愛を誓った、かつてないこの悲劇の時に、誠実に彼に寄りそうことを。そして涙にぬれた目で言った。

「あなたを幸せにするわ、愛しい《マイティア》シャビエル、ほんとうに」

「でも、ぼくは幸せになる資格がない」

「誰がだめだって言うの？」

「ぼくが自分で禁じるんだよ。いまこの瞬間、幸せになろうとするほど惨《むご》い罪は思いつかないね」

「虚しいわ」

　アランサスはみとめた。わたし、男のひとに運がないのねと、自分にむかって言うように。そして〝さようなら〟と言い、あのときカフェテリアを出ていった。

　その彼女がいま墓地にいる。灰色の日に、サングラスをかけて。

「かまわなければ、女友だちに、わたしの持ち物をとりに、あなたのピソに行ってもらうわね。わたしのピソに置いてあるあなたの持ち物も、そちらに運んでもらうから」

「好きでいいよ。信じてほしいのは……」

彼女が言葉をはさんだ。

「わたしがなにを信じるかは、どうでもいいこと。思いがけないときに新しい展望が見つかったの。知人の勧めで〝国境なき医師団〟の入団申請をしたら、正式な返事はまだ来ないんだけど、電話連絡があったのよ。至急に看護師が必要で、わたしの経歴なら問題なく受理されるだろうって。だから病院を辞めて、この都《まち》を出て、もうすぐ準備のコースを受けることになると思う。じつは、おとといの夜、お別れのあとに、パセオ・ヌエボを歩いていて、不吉な考えにとりつかれてね」

「やめてくれよ」

「誰もいなかった。真っ暗で。その気になれば、あっけなくできたと思う。ロマンチックな自殺向きのすてきな光景だった。強い衝動にかられたわ。でも、ふと思ったのよ。ねえ、アランサス、この世の中にはあんなにも多くの人が苦難を生きている、飢えや疫病や戦争に苦しんでいるんでしょ？　だったら身投げするかわりに、自分の悲しみを海に放りだして、なにか、ほかの人たちのためにしたらどう？　助けを必要とする人たちに手をかして、自分の人生にプラスの意味をあたえられることを……。それが自分で決意したこと」

「すばらしい決意だと思うな」

ふたりは墓地の出口のすぐそばに来た。

「あなたも、ひょっとして、そんな感じの冒険に漕ぎだしたらいいかもね」

「考えておくよ」

型どおりの握手で別れた。彼女は何歩も先に行かないうちに、笑顔をむけた。

「すてきな時をありがとう」

「こちらこそ」

「ローマで石を投げたのが、よくなかったわね」

フェンスのそばにたたずんで、シャビエルは彼女が離れていくのを見送った。あのアランサスの最後の笑顔が、甘く苦い感覚を残した。涙と大声と非難のシーンのほうが、はるかに消化しやすかった。彼女の歩きかた、スリムな体、まっすぐな肩が、痛みをともなう敬愛の念を呼びおこした。裸体の彼女を思いだした。名前を呼びそうになった。それだけじゃない、彼女のあとを走って追いかけたい強烈な衝動にかられた。

でも、そのとき母が来て腕をつかんだ。

「別れたって、言わなかった？」

「あいさつに来たんだよ。遠くに行くからって」

「よかった。あの女、あなた向きじゃなかったもの。紹介された日に、もう気がついてたけど」

78 短期コース

予備軍の長い期間をすごすことになる、それはとっくに知っていた。ジョキンとも話していた。ブルターニュの灰色の雨、いつまで続くともしれない待機、退屈は、あいつといればまだ耐えられたし、適度に遠慮しながらも楽しみには事欠かなかった。ひとりならずの戦闘員が規律を破っているのは承知していた。だけど、おれたちはちがう。まあ、ちょっとはそうか、でも反抗者と評判になるほどじゃない。

　家主の自転車をかりて、ふたりで野辺を走りまわることがあった。果物をこっそり盗み、カエルをつかまえ、ナイフで木を削って人形をつくり、チャンスがあれば近くの村の祭りに行って、リンゴ酒《シードル》の類い――なにかしら名前で呼べばそうなるが、ホシェマリに言わせると小便《ピシャ》の味――を飲んだ。だけど、ジョキンは戦闘グループに編入された。ホシェマリはひとり残り、あとでパチョと組んだ。感じのいいやつだが、ジョキンみたいなわけにはいかない。それほど信用もおけなかった。なぜ？　さあな。いつも距離感があった。つきあっていると肌でわかる。うまくやっていりゃ、オーケー。でもエンジンの微音って感じか。どこかギクシャクした。

　その後しばらくして、司法警察のメンバー、ＰＡＦ要員、総合情報局の秘密諜報員と組んだフランス憲兵《ジャンダルム》が、アングレの一軒家でサンティ・ポトロスを逮捕した。あんなに用心しろと人に命じておきながら、その当の首領格が、よりにもよって革製のトランクを押収されたのだ。中身は警察にとって宝物。活動中のＥＴＡ戦闘員四百人以上の名前が載った原簿で、各戦闘員の通称、居住地、電話番号、使用している車とそのナンバーまで記載されていた。つづく何週間かで、逮捕者がごっそり出た。

　パチョは思った。そのまえにテロ部隊に編入されていたら、自分もホシェマリもいまごろ捕まっていただろう。それに、こうも思った。

「武装集団は欠員を埋める必要がある。きょうか明日にも、おれたち言われるぜ。〝ほら、おまえら、思いきりやってこい〟って」

　でも、そうはならなかった。ふたりの無活動は、さらに何か月かつづいた。その期間中、武装集団内の連絡員を介して、両親からの手紙が一通、ホシェマリのもとに届いた。同封してあるエギン紙の切り抜きに、ジョキンの〝奇妙な〟死にかんする詳細が書かれていた。ホシェマリには強烈な打撃だった。子どものころでさえ、あんなに泣いたことはない。パチョに見られないように、具合の悪いふりをして二日間食事もせず、ベッドからも起きあがらなかった。

「おまえ、武装闘争のこと、はっきり見えてるのか？」

パチョには迷いがない。

「結果もなにもかも考えて入ったからな」

「親父さんを車椅子であちこち連れて歩かなくちゃいけないって、おまえ、言ってなかったっけ？」

「そうだよ、だからなんだ？」

「助けてやんなきゃ、いけないいんじゃないか？」

「そのために姉貴たちがいるんだよ」

この男とはどうも、うまが合わない。それにホシェマリにすれば、自分の村の人間じゃないやつと朝から晩までくっついてること自体が妙だった。パチョはラサルテで育っている。バスクの名字じゃないし、バスク語もしゃべらない。こいつ、なんで闘争に首つっこむんだ？　何者だよ、自分で縞《しま》を描いてシマウマになったロバの典型か？　治安警察隊の潜入者《モグラ》か、とも疑った。いずれにしても個人的なことは話さないにかぎる。

後年、刑務所に面会に来た母に、ホシェマリはうちあけた。当時ジョキンのことを知ったとき、武装集団を辞退させてほしいと願いでる寸前まで行ったんだ。

「いまさらそんなこと言って。コルドなんか、メキシコ人の奥さんと子どもたち連れて、村を悠々と歩いてるわよ」

ほとんど彼は心をきめていた。事実、こんど連絡員と会ったら言うつもりでいた。ところが、そのとき連絡員がもってきたのは封をしたメモ。遅滞なき闘争編入に備えて、近々集中訓練のコースがはじまる旨が記されていた。

パチョは、はっきり気持ちが固まっていた。

「同志よ、もう後もどりはなしだ。いよいよお祭りだぜ」

「ここから出られりゃ、なんでもいい」

どしゃ降りの雨のなかで、ふたりは列車に乗った。移動する間じゅう雨がやまなかった。ひとつの都《まち》で乗りかえ、また別の都で乗りかえ。午後半ばにボルドーに着いたが、ここでもひどい雨が降りつづき、まったく朝と変わらない。

駅のバルで迎えの男と合流した。相手はやたらに人を急がせやがって、おれなんか、いま来たばっかりのワインを一気飲みさせられた。車に入ると、サングラスをかけさせられて、うずくまる格好をしろと言う。このやり口を、ホシェマリは知っていた。ジョキンとふたりでサンティ・ポトロスに面会したときもこうだった。あちこちを一時間すこし車で走り、入った家で音楽がきこえた。そのとき、やっとサングラスが外せた。

八日間、窓のない部屋に閉じこめられた。幅三歩、長さ五歩。ふたりでいるには、いかんせん狭すぎて、否応ない体の接近がホシェマリの神経を逆立てた。ジョキンなら下着だって共有したところだが、パチョにはそこまで信頼がない。夜を過ごすのが、また最悪だ。ごぞんじパチョは、鼻中隔が横にそれているらしい。なんといっても、眠ったとたんにすごい呼吸音がして迷惑千万。いびきじゃない。いびきをかくのはホシェマリのほう。やつのは、ヒューヒュー唸る音をだす、まるでふいごだ。それで一時間、二時間経つうちに夜が明ける。

部屋を出られるのはトイレに行くときだけ、これは下階《した》にある。なるべく見ないし、思いださないようにした。家のなかから大音量でよく音楽がきこえた。こうやって、家にいる人間が別の人間のしていること、話すことを知らずにすむというわけだ。

インストラクターに言いきかされた。テロ部隊《タルデ》は孤立した一部隊として作動する、だから、きみたちが捕まっても、武装集団全体の機能をおびやかすような情報はひきだせない、わかったか？ ふたりは同時に首を縦にふった。

午前中、理論の講義は、ホシェマリにとって死ぬほど退屈だった。さりげなく時計を見ては、昼食まであと何時間か頭のなかで計算する。勉強が得意だったことはいちどもない。子どものころ、そもそも学校《イカストラ》で集中するのに大変な努力が要った。戦闘員の講義中もおなじこと、だが午後になって実習に移り、武器を操ると、こんどこそ、そう、こうなれば胸が弾んで夢中になり、さっそくあの昔みたいに、仲間と村の石切り場にのぼって、火炎びんや、かんしゃく玉や爆竹の実験をしたときの気分になる。行動、動くこと、これこそが、おれの領分というもの。爆弾理論の長ったらしい説明なんぞ、どうにもならない疲れを呼ぶだけだ。

パチョとホシェマリは、武器の組み立てと解体の訓練をした。致命的な罠や車の爆弾の仕掛けを学ばされた。あとは？　時限装置の設置。その後に砂を詰めた金属樽に起爆装置を埋めて爆破させる。地下に掘る隠し穴《スロ》について、その偽装に必要ないっさいのこと、車の鍵の開けかたも習った。インストラクターは安全策を強調し、よく用心しろ、注意しろ云々。逮捕された場合にどうふるまうべきかを説明した。射撃の練習は、ある午後にいちどきり、しかも使うのはピストルにかぎられた。フランスの警察が見張っているからという。どこか近くの森に射撃に出かけた数年まえみたいなわけには、もう簡単にいかない。ホシェマリは残念だった。標的を撃つほど楽しいことはないのに。

ブローニングの握りにキスをした。

「女とやるより、こいつのほうがいい」

ほかの連中が笑った。とんだマヌケら、おれが冗談で言ったとでも思ってるのか？

「おいおい、だからって楽しみが減るわけじゃない」とインストラクター。

夜、その家に幽閉された最後の晩、ホシェマリは眠れなかった。頭にうかぶこと、記憶に新しい射撃音、パチョのヒューヒューいう呼吸音。それで、ひとりでしゃべりだす。小声で？　まさか、ふつうの声で誰かとしゃべるみたいにだ。夜中の二時ちょっと。もう脳裡で銃口をむける自分が見える、紙の的ではない。

　相棒が目を覚ました。暗闇で言う。

「なに、ペラペラしゃべってるんだよ?」

「ETAで処刑の最高記録もつのって、誰だ?」

「知るかよ。デ・ファナか、マドリード部隊の誰かだろ」

「あの男、五十人以上処刑したのかな?」

「そんなの、おれにきくなよ。もう真夜中だぜ、あと二、三時間で行動はじめなきゃいけないのによ」

　ふたりは押し黙った。暗闇で、数分間。パチョが例の耳ざわりな呼吸をしはじめ、ホシェマリの癇《かん》にさわった。いきなり言った。

「ジョキンを死なせやがって、スペイン国家はさんざん血を流せばいい。この先、イヤっていうほど、おれが処刑してやる。それで、いつかETAで最高に残虐な戦闘員として記録に載ってみせる」

「よお、おまえ、いいかげんにしろよ」

「おれの友だちの価値は、すくなくとも百人を下らない。数えていくからな。一人殺すたびに、ノートに一本ずつ、しるしをつけて」

「それは、武装闘争を個人的問題と理解してるってことじゃないか」

「だから、なんだってんだよ、くそ野郎。それより眠るとき息することでも、おまえは習ってろ」

79　クラゲの触覚

ひょっとして、ホシェマリが思う以上に、出発まえから空気は冷たかったのに、むこうに着くまで気づかなかっただけかもしれない。

なにも見ず、なにも察知しないように、パチョとふたりで後部座席にうずくまって顔をひざによせ、ETAのトップだか、リーダー格の誰かの待つ家まで行った。上層部との面会に連れていくとインストラクターに言われたとき、パチョも彼も、テルネラに会わされるのだろうと思った。でもボルドーか郊外か場所はともかく、その家にいたのはパキートだった。

では、ひんやりした空気はどこから来たのか？　武装集団のトップ、顔に死んだような笑いをうかべ、腐りかけた魚とおなじ眼の相手をまえにした瞬間、冷たい旋風がホシェマリをおそい、ふと思った。ひえっ、セーターを着てくるんだった。スーパーで冷凍食品のコーナーに入ると、いきなり温度が下がってビクッとする、ちょうどあの感覚だ。見れば窓はしまっている。ホシェマリは冷気がこの男からくる気がした。トップの地位にありながら、相手はいかにも遠慮がちにふたりを迎えた。

それとも自分の想像にすぎないのか？　あれほど不吉で残虐な経緯の持ち主とされる武装闘争のベテランにたいして新米戦闘員の怖れと憧れが掻きたてたものなのか。モレノ・ベルガレチェ、通称ペルトゥルを殺害した男、同郷のオルディシア出身の元ETA女性幹部ジョジェスの処刑も、サラゴサの治安警察隊本営爆破も、この男が命じたといわれている。

むこうがパチョに握手の手をさしのべた。おれは背をポンとたたかれたが、クラゲに触られたみたいな感覚だ。祝福のしるし、これで完全にETAに入団した。不動の笑み、魚の濁った眼はまだそこにある。

相手がふたりにソファを勧めた。

「きみはハンドボールをやるんだったかな?」

すばらしく狡猾だ。情報を耳に入れて、すっかり知った顔をしているわけか。ただ、ほかにもこの男と話した者によれば、こちらを喜ばせたいだけのことらしい。事実、テロ部隊《タルデ》のメンバーになって満足を感じてほしいと言ってきた。

綿密で計算高い男はギプスコア県の地図をひろげて見せた。そして紙のうえで、人差し指で円を描いた。

「これが、きみたちの領域だ。ここで好きにやっていい。スペイン国家警察官、治安警察隊員、バスク自治警察官、きみたちの行く手にいれば誰でもかまわない。国家が交渉の必要性を感じるまで、激しくたたきのめしてやることだ」

まずホシェマリの目についたのは、自分の村がパキートの指す圏内に入っていること、それがいいとも悪いとも思わない。基本的な指標はビラボナのオリア川から下。そこで〝オリア部隊〟と呼ばれ、三名のメンバーで構成された。三人目はチョポ、賃借ピソでふたりを待っているという。

「ドノスティアでは行動しなくていい。あそこには介入するな。別の部隊がいるから。だが、この領域は」と、もういちど地図をさす。「きみたちが主《あるじ》だ。ここで思う存分、打撃をくわえてほしい」

つづいて、ふたりにブローニングを一丁ずつ、それに弾倉と銃弾をあたえた。偽造身分証、現金の入ったビニール袋、最後にもっと大きい袋をよこした。爆薬と導火線、爆弾製造用の各種部品が入っている。

「きみら自身が担当地域の標的をマークしろ。いいか？　それで打撃をくらわす。怯《ひる》むんじゃない」

フランスからスペインへ徒歩で国境を越えるための道案内人《ムガラリ》に問題ができた。なんの問題？　そんなの知るか。ともかく新米戦闘員二名はフランス人夫婦の家に足どめされた。家は人影もない場所にポツンと建ち、ユリューニュからアスカンにつづく道路を片側に見てたどり着ける。

六日の待機期間を利用して、ふたりは山歩きをした。散歩をするなとは、誰にも言われていない。ある午後、ピストルを試してみた。戦闘短期コース中に受けた助言に従ったわけだ。インストラクターいわく、実地の行動で使うまえに正常に機能するか確かめておくほうがいい。そう、だから土の道をのぼって深い木立のある離れた場所に行き、交代でひとりが見張りに立つあいだ、もうひとりが何発か撃って楽しんだ。

ある晩、不快な出来事におそわれた。

ホシェマリは、まあ、しかたない、なんとか相棒のヒューヒューいう寝息に慣れてきた。それでもたまに我慢しきれず、そばに行って殴って鼻をへこましてやりたい衝動にかられた。

どうにも眠れずに灯りをつけた。真夜中だ。そのとき目についた。壁にかかる絵の下から出てきて、ベッドの上のほうに来る。なにが？　小虫。黒っぽい腹の小虫があちこち動きまわっているのだ。素早くもなければ鈍くもない。適当に一匹つぶした。ほかのより大きいやつだ。指を離すと、壁に血がくっついた。ちくしょう、蚤《のみ》じゃないか。

「オリア部隊、活動開始！」

パチョをたたき起こし、ふたりで一時間以上つぶしまくった。

「おい、パチョ、おまえニックネームがほしけりゃ、すごくいいの、つけてやる。おたんこなすだ」

ホシェマリは自分でも気がついた。よく眠れない夜のせいで性格がとげとげしくなっている。ちょっとしたことで、すぐカッときた。やたらに喧嘩を売りまくり、ピリピリして、人に難癖をつける。フランス語がまるで話せないので、バスク語で家の女主人と口論になった。原因は食事。こんなマズイもん食えるかと、攻撃的に大声をあげた。量がすくなく、味がしないし、ちゃんと調理できていないと言う。午後、主人が仕事からもどると、家から追いだすぞと脅してきた。

夜になってすぐ、パチョといっしょに部屋に閉じこもり、母の食事をなつかしく思いうかべた。

「お袋ほど美味い飯《メシ》つくる人間なんか会ったことない。いまごろ家で魚のフライでも揚げてるよ。うちの夕食、いつも魚でさ。ここまで、におってくるぜ。におわないか？ ヒメジの衣揚げ《サルモネーテ》とニンニクの唐揚げ、におわないかよ？」

それで首をのばし、部屋の空気に鼻をヒクヒクさせた。まるで自分の鼻先に母親のヒメジが浮遊でもしているようにだ。

「おい、センチになるなよな、おまえ」

「センチも、へったくれもない。この家に押しこまれてから、腹が空いてしょうがないよ。このぐらいデッカイ骨つき肉と、揚げピーマンとフライドポテトを食らってやる」

テレビもなかった。そんなわけで、蚤を四、五匹もつぶしてから、ふだんより早く灯りを消した。パチョがヒューヒューいう寝息でわずらわせだすと、ホシェマリは極力こっそりとマットレスを廊下にひっぱりだし、ひと晩じゅう、それこそ必要なだけ眠りこけた。翌朝早く、野辺に出て、野の花を摘んで小さな花束にし、朝食の時間におどけた感じで、にこにこして家の女主人にプレゼントした。この気のきいた思いつきで、相手の心を動かせた。

同日夕暮れどきに、黒の〝ルノー〟のワゴン車が戦闘員ふたりを迎えにきた。

イバルディンの方角に走った。天候？ 曇り空、でも空気は乾燥して晴れ間がのぞき、そのうち星が見えだした。日暮れに、木立のある場所で車をおりた。茂みから若者の人影がふたつあらわれた。

会話する間もなく、若者ふたりはメチャクチャ重いおれたちのリュックを背負うと、山の上のほうに歩きだしたので、こちらはその後を追った。さっそく真っ暗闇、歩く先も見えやしない。この国境越えの道案内人《ムガラリ》たちが、どう方角をつかんでいるのか見当もつかないが、道をすっかり記憶しているんだろう。そのうち月が出た。こんどは形や輪郭や塊が見てわかるし、おたがいの姿も見えた。

四人は無言で小一時間も歩きつづけ、やがて丘の高みに到着した。そこからラルン山のシルェットと、ベンタス・デ・イバルディンの点在する灯火が見わたせた。ここで一行は足をとめた。道案内のひとりが、しばらく耳をそばだててから、山羊の鳴き声を模した鋭い音を発した。そう遠くない場所で、似たような音が応えた。道案内人の交代の合図だ。ホシェマリとパチョは、これで国境を越えたのだとわかった。すぐに、ベラ・デ・ビダソアへの下りの道がはじまった。

墓地の小聖堂の裏手につくと、ここから動くなと指示された。三十分ほどリュックをもったままそこにいて、そのあと道路に歩いておりるように合図された。川からあがる霧が家並みを消していた。正直言って寒かった。空が白みだしたころ車に乗った。イルンに向かう途中、何度か停車し、バイクでまえを走る人間が、行く先に警察のいないことを、ふりかえっては知らせてきた。

ドライブは朝いちばんに、サンセバスティアンのサラウス通りでおわった。

バス停の屋根のしたでチョポと合流した。ふたりの知らない三人目のメンバーだった。

80 オリア部隊

独房のベッドで横になってホシェマリは思いだした。なにを？ あの年、二十一歳になり、三人で自分が最年少だったこと。それほど年齢差があったわけでもない。チョポが二十四歳でいちばん上だった。

「なんでチョポっていうんだ？」

「ガキのころの話だよ」

子どものころ、彼は家の近くの野原で、よくサッカーをやっていた。金属製の柱のついた物干し場がゴールがわりになった。ほんとうの試合をやれるほど子どもの人数も、広い場所もない。だから三人対三人、四人対四人で遊ぶのが関の山、彼が唯一のゴールキーパーで、二チーム分のシュートをかわしながら、試合の中継をするのが好きだった。

「どういうことか説明しろよ」

ひとりひとりに有名サッカー選手の名前をつけて、ゴールから大きな声でラジオ解説者みたいに試合の状況をコメントする。当時の彼のアイドル選手、イリバルの思い出に、自分を終始〝チョポ〟と呼び、永久にニックネームにしたという。

パチョもサッカー好き、レアル・ソシエダードのファンだった。

「まさか、アスレティックのファンだなんて言うなよな」

「謹んで」

「おれたち幸先いいぜ。なあ、どうしてビスカヤ部隊に入らなかったんだ？」

「おまえみたいなやつと共生するハメになるなんて、誰も言ってくれなかったからな」

ホシェマリが仲介がてら、割って入った。

「よお、おまえら、いいかげんにしろよ。スポーツなら、ほかにもあるだろ」

「まあな、どれ？」

「ハンドボール」

ホシェマリをからかおうと、ふたりが反論した。

「おい、おい、ありゃ、スポーツとは言わないぜ」

「なんだよ、じゃあ？」

「サッカーとハンドボールじゃ、テニスとピンポンみたいなもんだ」

「それか、女とやるのと、マス掻くのの違いぐらい」

ふたりして、ヒ、ヒ、ヒ、ハ、ハ、ハと笑ってやがる、ちくしょうめ。ホシェマリは、まばたきひとつせずに、ふたりを見すえた。

チョポは援護戦闘員という独自の仕事を請け負った。例の根深い怒りを買わないように、本人のいないところで、パチョは〝おれたちのメッセンジャーボーイ〟とか、単に〝使い走り〟と呼んでいた。武装闘争、戦闘員、武器について、けっして無視できないほど多くをチョポは知り、フランスでの徴募ルートを経由せずに、そのすべてを独習していた。抜けめのなさも、物事をやりくりする腕にも不足はないし、実践を積んでいる。ホシェマリやパチョと合流するまえ、チョポはテロ行為《エキンツァ》に直接参加したことはいちどもないが、後方支援の分野で〝ドノスティ〟の複数の衛星部隊の陰で協力者として動いてきた。彼が腕を発揮するのは、まさにそこだった。

「いつか、おれはETAのトップになる」

おれには、やつが蜘蛛に見えた。じっとして、隠れて、獲物を待つ。デモ行進に参加もしなければ、警察と悶着をおこしたこともない。チョポの戦略は、本人の言葉によれば、冷静さを失わず、学び、できるかぎり人の注意を引かないこと。

パチョには理解できない。

「おまえの齢《とし》で、よくそんな年寄りくさくなれるよな?」

「頭がすこしハゲたら、おまえにもわかる」

チョポは警察のブラックリストに載っていない。逮捕歴がなかった。大義を確信し、行動重視のパチョやホシェマリが持ちあわせないイデオロギーの下地が、彼にはあった。デウスト大学のムンダイスのキャンパスで、地理歴史学を一年学んだ。学年末の試験には欠席した。しばらくやりすごし、再度編入学した。裕福な家の出だった。

ホシェマリは最初から、彼とうまが合った。理由? チョポは実践面でことごとく〝斧〟だった。難しいことを容易にし、問題があれば解決し、用心深く、先見の明がある。それに料理の腕がいい。

サラウスのピソ、エレベーターつきの四階の家は、一か月ほどまえにチョポがすでに借りていた。家賃をきちんと支払い、家主とは口頭契約だけで、内密に現金で手渡していた。ガレージは? ある、だが共同だし、家賃が高くなるので断った。ピソに引っ越して、同志たちの到着を待った。建物の玄関で鉢合わせをする人間には学生だと思いこませた。そのために、毎日出入りするときは、ファイルとなにかしら本をもっていた。

ピソの利点。近くにバス停があって、県内を移動したり、市の中心街に行くのにもバスが使える。

チョポが言った。

「襲撃しない場所で住むほうがいいんだ。打撃をくわえて退避したら、そのへんの人間とおなじ、ふつうの生活をすること。ここドノスティアでは、こういう地区だとカムフラージュするのに、なおさら都合いい。村じゅうが顔見知りで、おまけにバルもろくにないような村に三人の新参者が移ってきたんじゃ、それだけで目立つだろ」

「ひえー、チョポ、おまえって、メチャクチャ頭いいな」

おれたちが到着する数日まえに、チョポは地域をチェックしていた。言ったとおり。蟻のごとき働き者、蜘蛛のごとく計算高く、なによりも先に罠を張る。行き、もどり、探す。イガラへの車道を歩くうちに、隠し穴《スロ》を掘るのに絶好の場所を見つけたという。そう遠くなかった。徒歩で十五分。

日曜日、おたがい百歩ほど離れて歩きながら、三人で行った。屋根が陥没した廃屋のあたりで道路を離れて、急勾配の丘をのぼり、守護天使《アンヘル・デ・ラ・グアルダ》小聖堂の方角をとる。まもなく松林に入りこんだ。そこまで歩いてきた小道には、キイチゴやイラクサが生い茂り、長いあいだ誰も通っていないという証しだった。パチョとホシェマリは、その場所でオーケーを出した。

隠し穴がなければ活動はない。その点では、おれたち三人とも合意した。幹部宛ての最初の報告書はそのすこしまえに送ってあった。拠点のピソについての詳細をならべ、地区について記述し、車と物資を請求した。こちらはすでに準備がととのっている。ピソに武器弾薬や爆発物を保管すりゃいいだろうと、パチョは言う。だがチョポは断固反対し、理由を述べた。テロ部隊の責任者としての決定権をもつホシェマリは、チョポの側につき、緊急時に使う護身用の武器だけを例外にした。

「物資を隠しておけば、おれたちが警察の犬《チャクラス》どもに捕まった場合でも、ほかのメンバーが使えるだろ。ともかく穴をすぐ掘ることだ」

第一段階。ポリタンクを買うこと。これは容易い。だが、疑いを呼ばずに運ぶには？　車が要る。

「よう、一台盗んでこようぜ」とパチョ。

チョポがいらだった。

「おまえ、映画の観すぎだよ」

自分がひきうけると、チョポは言う。どうやって手に入れた？　そんなの知るか。青いポリタンクを二個確保した。完璧な新品で、ネジぶたがつき、それぞれ二百二十リットルの容量がある。ライトバンを借りてきた。誰から？　そんなの知るか。チョポは答えようとしない。こっちがふたりで、しつこくきくと、配管工の従兄弟に借りたと言うが、知れたもんじゃない。さらに、イガラに向かう道の例の廃屋にポリタンクを二個隠してきた。そのポリタンクのなかに、これまた新品のスコップ。穴を掘るためだ。この男は、どんな細かいことも抜かりがない。

「ちくしょうめ、チョポ、おれたち、なんにも役に立ってないのに、なんで、ここにいるのかわからないぜ」

「物事はちゃんとするか、しないかだ」

チョポはすごい。チョポは大したやつだ。ＥＴＡの幹部で、彼の半分も値打ちのないやつだっていた。

ある朝三人で松林に行った。悠々と、小鳥のさえずりをききながら、ポリタンクを埋めた。ひとつはここ、もうひとつは、すこし上のほう。そのあと土の掘った場所に松の枯葉をかぶせた。最後には、そこが掘った場所とは、見ても気づかれないくらいになった。

独房のベッドで横になって、ホシェマリは思いだした。

81　悲しみのドクターだけが見送りに行った

午前の半ば、十月九日。ネレアはパリに向かう列車に乗った。午後はパリで別の駅に行き、夜行の寝台列車に乗るまえに、北駅周辺を何時間か散策できる余裕がある。安全な場所に荷物を預けられればの話だ。

午前のほぼ同じ時間、ビジョリは墓地に行った。娘を見送りに駅になんか行くもんですか。わたしが？　あの娘《こ》は好きにしてらっしゃい。ビジョリはこれが最初で最後とばかりに、エギアの坂道を歩いてのぼり通した。胃袋で燃える怒りをなだめるのに、澄んだ空気と運動が必要だ。ぎりぎりの時間まで信じていた、ネレアが部屋に来て〝ママの言うことが正しいわ、わたし行くのやめる〟と言ってくると。ほんとうに行かないのね？　うん、あんなバカなこと考えて、わたしったら、どうかしていた。でも娘は部屋に来なかった。だから母は〝行ってらっしゃい〟も言わなかった。一時間もまえに目がさめて娘の旅支度に耳をそばだてていたのに。

急いだうえに腹が立ち、ビニールの四角い敷物を家に忘れてきた。かまいやしないわ。晴れた朝、墓石は乾いている、土ぼこりぐらいスカートを掃《はら》えばすむんだもの。

「あの娘《こ》ったら、行っちゃった。そう、チャト。あなたのお気に入り、目に入れても痛くない娘よ、覚えてる？　わたしたちをおいてったの、どうも永久みたい。ドイツにいい男《ひと》ができたんですって。

気軽に話してくれたなんて思わないで。シャビエルにきいたのよ。でなかったら知りもしなかった。旅行に出るって、それは言ってきたけど、でもわたし思ったの、考えたのよ。あなた、わかってくれるでしょ？　あの娘、もう帰ってきやしない。親のことなんか、どうでもいいの。好きな人の名前、言ってたわ。だけど、あんな変な名前、覚えていられると思う？　娘の教育に、あれほどお金かけてやったのに、いまになって自分の将来を無にするわけよ。言葉も知らないくせに、あちらでなにするつもり？　ドイツ人のワイシャツにアイロンかけてやるの？　相手の写真一枚見たことがない。で、あなたはそこで横になったきり、あのどうしようもない娘に文句ひとつ言えないんだものね。まったくネレアは身勝手もいいところ、弁護士にだってなろうと思えばなれるのに、ごらんなさいよ。開業して、裕福な暮らしをして、亡き父親の誇りになれるのに。でもだめ。あなたが遺してあげたお金なんか、あっというまに使っちゃうから、見てらっしゃい」

駅に思いがけなく現れたのは、シャビエルだった。

「こんどいつ会えるかわからないから、見送ってやりたくて」

「仕事はいいの？」

「同僚に、かわってもらったよ」

その場しのぎの言葉をかわし、朝晴れて良かったね、などとお茶を濁した。でも、さっそくネレア。旅行の理由を、ほんとならママに言ってほしくなかったのよ、ドイツから電話するか、長い手紙で説明しようと思ってたのに。遅かれ早かれ、ママだってわかるんだから。でも反応は？　まあ、それはおなじでしょうけど、でも、すくなくとも母と娘が前日に、いやな口論をしないでもすんだはず。

シャビエルは反論し、声の調子も顔つきも教師っぽい。

「いや、いいか、それなら自分のプランを、ぼくにも隠しておくべきだったな。話の内容がどうあれ、お母さんに秘密にしておくつもりはないからね。むこうが、そのうち気づくとか気づかないとかの問題じゃない。お母さんが相手のときは、隠し事をしないで正直でいる、単にそれしか考えられないってことだ」

「お兄さんが間に入ったおかげで、わたしはつらい思いをさせられたのよ。ウキウキして旅に出るなんて思わないで。まあ目的地に近づけば、物事がうまくいくと思いたいけど。昨夜《ゆうべ》の口論、けっこう激しかったから。その証拠にママは見送りになんか来ないでしょ。家で〝行ってらっしゃい〟も言われなかったし。お兄さんが黙っててくれたら、わたしの思うように事が運んだかもしれない、ここまでの状況にはならなかったと思う」

「作戦の失敗。それが言いたいのか？」

「お兄さんに保護者になってもらわなくてもいいって言いたいの。わたし、もうそれなりの年齢なのよ。嫌味で言ってるんじゃないから安心して。自分がどこに行くか、なんで行くか、そのぐらいわかってる。まわりを見てよ。誰か見送りにきてくれた友だちがいる？　男の子でも女の子でも、この土地で友だちなんか、もういないのよ。こんなところで、どうしろって言うの？　ひとりぼっちで朽ちるの？　ママと住んで、毎週日曜日にローストチキンを食べて、食後のデザートに、三人で涙をこぼす？」

「その言葉はフェアじゃないし、嫌味があるな、いくらネレアが否定しても」

「旅をやめさせたい、そうでしょ？」

「とんでもない。万事うまくいってほしいから、こうやって来たんじゃないか」

「ありがとう。でもお兄さん、わかる？　もっとうれしそうに言ってくれたら、わたしだって元気がでるってこと」

「うれしさは、ネレアのためにとっておくよ」

「それ、嫌味で言ってない？」

「もうやめよう、きりがない。ネレアは行くのがいいんだろう。だいいち、後になにが残る？　こわれた家族、殺害された父親」

「後に残るのは、お兄さんとママよ。パパはちがう。パパはここにいるから」

　ネレアは力強く、激しく自分の片手を心臓にもっていった。

「よく言ったな、ネレア。こちらの悲しみはもう言わないよ。ひとつだけ頼みたいのは、ときどきお母さんに電話してやってほしいってこと。楽しいことを一つでも二つでも言ってあげて、手紙を送ってやりな、いいか？　あちらの食材を小包で送るのもいいかもしれない。自分は大事にされてるんだって、お母さんが感じるように、わかるか？　簡単なことだろ」

　話をするうちに列車が来た。むこうに着くのはいつ？　あちらの人が迎えにきてくれるのか？　住所を連絡してくれる？　そんなことを話し、あとは思いやりを見せた。もしなにか必要だったり手続きしなくちゃいけないときは、遠慮しないで云々。

「で、彼、なんて名前だって？」

「クラウス＝ディーター」

　シャビエルはうなずく格好をし、独り言みたいに名をくり返した。了解らしきもの？　それからネレアにまた頼んできた。お母さん《アマ》のこと忘れないでやってくれ。だってお母さん《アマ》は云々、それにお母さん《アマ》は云々、口をひらけば、お母さん《アマ》。

　車両のまえで、兄は妹に情愛をこめて頬にキスをした。そして重いトランクをあげるのを手伝った。そのあと、いきなり背をむけて、列車が動きだすまえに、もう出口のほうに歩きだした。ネレアは思った。お兄さんったら、涙もろくなるのを見てほしくないのかも。

兄、悲しみのドクター。背が高く、日に日にやせて、もみあげに（いつから？）白髪まじりの男性が、床に目を落として歩いていく。知りあいと行きちがっても、あいさつしないですむように？　立ち去るその後ろ姿に孤独があふれていた。ふりむいて、妹に〝行ってらっしゃい〟と手をふるだろうか？　ふりむかない。

ネレアは、列車の窓から思案顔で兄を見つめつづけた。泣かないで行くわ。歌詞みたいに響いた。かわいそうなシャビエル、一生涯、いい社会的地位を確保するのに努力している、自分のママと自分のパパを喜ばせるために。ほらあそこ、身をかわしながら歩いていく、いちどもお皿を割ったことがない男性、自分で買う服が選べない男性、マリンブルーのセーターを肩にかけ、胸のところで袖を結んで、チェックのシャツのアイロンをかけてくれる人もいない。駅のホールに入るまであと数歩。それでも、こちらに目をむけない。

すぐに改札がしまった。列車が走りだした。ゆるい速度でグロス地区に入った。線路に面した建物の窓で、洗濯物を干しているところもあった。ネレアは長いこと立ったまま、別れの強烈な感覚を楽しんでいた。パサヘスの峠、ハイスキベル山、レンテリーア郊外、どこも目にするのはこれで最後と思いながら、それでもなんとも思わない。

泣かないで行くわ。

国境の手前に来て、ようやく席に着いた。そうだ、パスポート！　心臓が飛びでそうになりながら、ハンドバッグのなかを探した。あったわ。フーッ、ドキッとした。

82　ヒー・イズ・マイ・ボーイフレンド

十月十日の午後のおわりに、眠くて死にそうになりながら、ネレアはゲッティンゲンの駅で列車から降りた。

なんて雨！　とても言葉につくせない。ホームの屋根のむこうは、地面の高さに霧がただよっている。雨粒が地面で砕けるたびに蒸気にかわる、というか、そんなふうに見えた。遠くのほう、人家の屋根や木々の樹冠のうえで、雨雲のすきまにまぶしい光明がのぞいていた。午後じゅうが不思議な光と、激しい雨の音だった。

人？　ほとんどいない。ブロンドの青年はそこにいなかった。悪天候を避けるために、もしかして駅のホール？　いない。それとも外、広場とか？　ここもいない。待ちくたびれて、きっと行っちゃったんだ。ほんとは何時間もまえに着いているはずだったのに、ベルギーの鉄道ストで――これが、そもそもアンラッキー――夜行列車は大きく迂回するはめになり、当然ながら、ネレアは乗り継ぎの列車を逃した。いまはひとり重いトランクをもって、二十四時間以上の旅の疲れをひきずり、ゲッティンゲンの駅にいた。満悦の目を周囲にむけた。そのうち、これがみんな見慣れた風景になるんだわ。

クラウス＝ディーターの住所は暗記していた。旅の最中に、通りと番地の発音を練習しつづけた。ドイツ語で百まで数えられた。しかも旅のあいだに長い語彙リストも頭に入れてきた。自分で選んだ二百五十五の言葉。日常語とおぼしき言葉。要するに、これの名前、それの名前、形容詞を三十ばかりと、動詞を多数。きょうの午前中と午後いちばんは、リストを何度も復習した。いつかドイツ語が母語になるかもしれないもの。わたしと、三人の半ブロンドの子どもたち、女の子がふたりに、男の子がひとり。すべてを夢見て予想して、笑みをこぼす。ひとりひとりが栗色の目とブルーの目。ああ、男の子には亡き父の名前をつけてあげよう。

　住所を紙切れに書いておいた。クロイツベルクリング二十一番。クラウス＝ディーターはエジンバラに行くまえに、愛おしいミスだらけの手紙に〝大学の裏にある通り〟だと書いてきた。駅から歩いて約十五分だという。大学はどこ？　まるでわからない。雨は降りやまない。ネレアは〝クロイツベルクリング〟という語をわかるように発音するなんて無理だと思った。それに、なんとかうまく発音できたって、そのあとの相手の説明をどう理解しろっていうの？　そこで、土地の人に助けをもとめるかわりに、タクシーに乗って、運転手に紙切れを見せた。

　タクシーのなかで眠りそうになった。自分の新たな世界の印象を集めたくて、車の窓から都市のディテールをながめてみるが、疲労のセロファン越しに見ているようだった。当たり前。ひと晩じゅう列車のガッタンゴットンの音を我慢してすごし、ほとんど一睡もしていない。ひと晩じゅう揺れと暑さと、好ましからざる同行者五人、見ず知らずで、寝息を立てて、靴を脱いだ体が、それぞれの二段ベッドに横になっていた。ネレアはそれでも上の段に寝られてよかったが、真下は老人、下着一枚で、旅の半時間後には、さっそく、しゃがれたカウベルみたいないびきを掻きだした。

　タクシーは五分も走らなかった。ネレアはドイツマルクに慣れていない。お金を数えずにすむように、百マルク札でタクシー代を払い、確信はないが、たぶんチップが多すぎたのだと思う。でなければ、タクシーの運転手があんなに熱心に手伝ってくれる訳がない。相手はトランクを建物の玄関まで運び、彼女にはわからないが、まちがいなく親切な言葉をさんざんくり返した。

ネレアは郵便受けのまえで足をとめた。まあ、そんなにきれいとは言えない。

そこにあった。

《クラウス＝ディーター・キルステン》

細い紙にサインペンで書いてあり、ほかに二つ名前が並んでいる。彼女の送った手紙を、この金属製の郵便受けに入れるドイツ人の郵便配達人の手を想像した。サラゴサの灼熱の夏の最中に書き綴った、愛情と思慕と孤独にみちた何通もの手紙。

ハンドバッグから香水びんをとりだして、香水を二滴ふってから、階段をあがった。両手でトランクをもち、板のギシギシきしむ段を二階、三階、四階。ドアのそばの踊り場に、壁に寄せた家具がある。素通しの靴置きの棚板が五段あり、靴がぎっしり詰まっていた。

ネレアはさっと髪をなおしてから、呼び鈴を押した。抱きついて、くちびるにキスするばかりの体勢だ。

まもなくフラットのなかで歩きまわる足音がした。板張りの床を近づいてくる。ドアがあいた。ショートヘアの、ブロンドの若い女性がじろっと見た。敵意はない、さすがにそれはないが、友好的でもない。はじめにネレアの目を、つぎにトランクを見、こんどは眉をひそめて、もういちどネレアの目を見た。ずんぐりむっくりの女の子、くちびるが薄く、ネレアと話そうという気も、なかに招きいれる気もないらしい。

最高の笑みをうかべて、ネレアはきいた。

「クラウス＝ディーター？」

相手の女性は声にして名をくり返し――発音を正し？――ながら、住居のなかに顔をむけた。そして呼ばれた本人が登場するまえに、ドイツ語で彼にしゃべり、けんか腰になった。そう、キーキー叫んでいる。ネレアはひと言も理解できないが、手にとるようにわかった。すさまじい顔つき、大声、これは万国共通だ。

まもなくドアのところにクラウス＝ディーターがあらわれた。おずおずと、顔を赤くして、深刻な顔で、愛想なく〝やあ《オラ》〟と言うが、情愛の影もない。ネレアに礼儀正しく握手の手をさしだすだけで、踊り場に出てくるでも、抱擁するでも、家に招きいれるでもない。バカでかい手製のボロ木底靴をはいていた。肘当てつきのウールの上着も、プリンセスたちを夢中にさせる代物ではない。

むこうの女の子がネレアに話しかけたのは、これが最初で最後。英語で。

「彼はわたしのボーイフレンド《ヒー・イズ・マイ・ボーイフレンド》よ。あなた、誰？《アンド・フー・アー・ユー》」

その時点で、ネレアは状況の意味を把握しきっていた。まずは若い彼女にむかって、強い訛りの発音で、冷静さを保って言った。

「彼はわたしのボーイフレンドだと思っていた《アイ・ソート・ヒー・ワズ・マイ・ボーイフレンド》の」

そのあと、相手の返事を待たずに、こんどは彼にむかって、穴のあくほど目をしっかり見つめて。

「わたし、外で寝るのかしら？」

知らない言語で自分の恋人と話す知らない女の意図に、若い女の子が神経を逆立てたのは、どうやらはっきりしている。こんどはもっと金切り声をあげて、こちらを脅すようにクラウス＝ディーターを指さして見せ、彼の腕を激しくたたくと、罵りながら家のなかに入ってしまった。

「問題ごめんなさい。きみ、ここ待ってください。ぼく、ヴォルフガングに電話します。いい？ 彼、ピソ大きい、きみ眠れます」

彼はゆっくりドアをしめ、神経質に、おずおずと、すきまに顔をくっつけて、欠点だらけのスペイン語で〝友だちのヴォルフガングに電話する〟とくり返した。

ネレアは踊り場に一分ほどいた。笑おうか、それとも泣きだす？ いったいどうすればいい？ 仕切りごしに女の子の叫びと泣き声がきこえてくる。彼をとっておけば？ かわいい娘《こ》ちゃん、まるごとプレゼントしてあげるわよ。

　重いトランクをもって表通りに出た。そう、キャスターはついている、でも階段でなんの役に立つ？　最初からなにもかも誤解だったのか？　彼がもしかして、うまく表現できなかったのか、もしかして、わたしがよくわかっていなかったのか？　でも、だったら、なぜ、どうして？　あの手紙、会いに来てくれと何度も言ってきたこと、彼の住所、到着の日、それに……。あいつ、ただのバカ男だったの？　つまり、わたしはバカ男に恋したってこと？　母親とけんかみたいになったのは、バカ男のせい？　バカはわたしのほう？　で、こんどはどうすればいいの、ひとりきりで外国にいて、メチャクチャ疲れて？

　雨が降りつづいている。でもさっきほど強くないし、空の明るみはもっと大きく、ほぼ都《まち》じゅうに広がった。まだ暗くはないが、夕暮れは近い。英語で〝中心街はどこですか？〟ときいてみた。教えてもらった方角に歩きだす。大学のキャンパスらしき場所を抜けたとき、反対方向から歩いてきて十メートルほど離れて行きちがった若者は、まちがいなくヴォルフガングだと思った。定かではないし、たしかめる気もない。サラゴサのことはサラゴサ、ここことは別の話だ。

　眠くて目があかなくなり、喉は渇くし、脚が痛んだ。なにも考えていなかった。なにも？　嘘じゃない、あの瞬間、なにもかもどうでもよかった。それでも建物のファサードに注意の目をむけて、救いの言葉を探した。どんな言葉？　きまってるじゃない、〝ホテル〟。あちこちの通りのなかで一軒見つかった。高い、安い、清潔、不潔？　なんでもいい。

　部屋に入ったとたん、ミネラルウォーターのボトル一本を空にした。夕食に出かけた。まだ夜の九時にもなるまえに横になった。すぐに眠りについた。

83 悪運

朝八時。シャワーを浴びてリフレッシュしたあと、ネレアは朝食をとりに階下におりた。皿を山盛りにしながら、父を思いだして感謝した。パパ《アイタ》がいなければ、とてもこんな贅沢許されなかったもの。きのうの落胆は、悲しみの傷ひとつ残していない。おかしいわよね？　ふつう絶望にかられるもんじゃないの？　この安堵感はどこから来るんだろう？　納得した。わたしがサラゴサで恋焦がれた若い男の子は、木底靴を履いてウールの上着を着た、きのうの惨めな男とちがう。スペイン語でしゃべった時の、もうひとりの彼のアクセントは魅力的に思えた。きのうのおバカさんのアクセントは、たとえおなじでも嫌悪感をもよおした。半分ブロンドの三人の子どもは、では、どうなるの？　べつにいいわよね、ネレア、かわりに、もっと違う子たちが生まれるだけだもの。富くじにでも当たるみたいに世の中にやってくる。ナントカちゃん、おめでとう、あなたの生まれる番でしたね。体をあたえられて、子宮内に場所をもらって、一般的に母と呼ばれる人に最後に産んでもらう。

　クロワッサンが二個運ばれてきた。要注意よ、ネレアちゃん、幸福は太るもと。何種類ものジャムや蜂蜜が小鉢に入ったトレイは、とてもすてきに見えた。

　上機嫌で、疲れもとれて（十一時間半、一気に眠った）、体はさわやか、朝食もすんだ。で、こんどはどうする？　カーテンを開けて部屋の窓から外を見た。曇りだが雨は降っていない。低い家並み、ゴミ清掃車、蛍光色のベストを着た作業員二人が排水溝のなかで働いている。これじゃ村って感じよね。ポチャポチャの彼女を連れたクラウス＝ディーターか、サラゴサ時代のドイツ人学生の誰かと街でばったり遇う可能性を思い、ゲッティンゲンに滞在して親しもうという考えは断念した。家に帰る？　そんな惨めな！　ずいぶん早く帰ってきたのね？　うん、じつは。

　出発まえにトランクを軽くした。音楽のCD、本、サラゴサ名物のお菓子、フルーツゼリーの詰め合わせ、むこうのバルで彼とふたりでよく飲んだ缶ビール四本、ほかにも〝生涯の愛〟へのプレゼントは、みんな却下。分厚い西独辞典、文法のテキスト、後ろのページに解答のついた語学演習マニュアルは、じっさいドイツでの滞在が長引く場合だけ意味があった。この部屋にサンタクロースの姪が宿泊したのがわかって、ホテルの清掃係はさぞ喜ぶだろう。それに、愛の情熱の聖遺物もどき、きのうはまだ崇拝の対象、きょうは嫌らしいイボみたいに吐き気を呼ぶブロンドの髪の束（ネレア、意地悪にならないの）は、トイレの便器に放りこんだ。

　ホテルのフロントの女性にもらったゲッティンゲンの地図で、近くの駅に簡単にたどり着けた。ネレアの考え。最初に来た列車に乗って、おもしろそうな都市に連れていってもらい、新しい土地を知ること。要はヨーロッパを漫遊してから、家に帰り、法学部の博士課程を修めて、仕事をさがし、子どもを身ごもるかどうか、その先はまた。

　午後一時にはフランクフルトにいた。落ち着いたのは中心街のホテル、前日よりすこし安い。昼食はイタリアン・レストランで、アラビアータふうペンネ、これがすごく美味しかった。ショッピングをして、あてもなくぶらついた。二階建ての書店で、すわって地図帳を見ていった。ひざのうえに本をひろげ、行けそうなルートを研究した。まずはミュンヘン、これは決まり。そこからオーストリアかスイス方面に南下するか、それとも西のフライブルクと黒い森《シュヴァルツヴァルト》に向かうか。スイスに入るとしたら、勝手気ままにイタリアまで旅をつづけるわ。

そのあとでホテルの部屋から母に電話をした。恋する女から観光客に転じたと話してもよかった。でもビジョリは受話器のむこうで口数少なく、あまりに素気なくて、とげとげしいので、ネレアは冒険談を伝える気が失せて、天気がどうの、食べ物がどうのと、どうでもいい話だけきかせて電話を切った。どこから電話しているかも言わなかった。母のほうでも尋ねなかった。ビジョリは娘が元気にしているか、旅は順調だったか、そんなことも尋ねない。なにもきいてこなかった。

十月十二日の夜が明けた。快晴と、心地よい気温が、フランクフルトの散策を誘ってくる。そんなプランでカメラと市街地図をもち、ネレアは午前の半ばにホテルを出た。翌日は新たなルートをとるつもり、各都市で二泊ずつして中一日、ただし、その場所がすごく気にいれば滞在をのばすまで。臨機応変に決めていけばいい。いずれにしても束縛のない自由の身、ほんとうは一生こうして送ろうかと考えている。旅費については学士課程を修めたごほうびと解釈した。母親がわたしの努力にたいして労をねぎらってもくれなかったから、せめて自分で旅をプレゼントして、それで楽しむだけ楽しめばいい。

のんびり写真を撮りながら、川を探すうちに、偶然ゲーテの生家が見つかった。ホテルでもらったパンフを読んだ。戦後に修復された家。なかには入らなかった。なぜ、だってオリジナルでもないのに？　それでも有名なファサードをまえに、文化と歴史への強い興味にかられた。一日のバランスをとるために、午前中は教養、昼食は土地の料理、午後は気晴らしとショッピングにあてることにした。

そう決めると、角を左に曲がり、聖パウルス教会の赤っぽい外壁と塔が遠目に見えたので、そちらに行った。教会に入ったら、あまりたいしたこともなく、出口から川に直接向かわずに、そのまま道を進んだ。どうしてもモダン・アート・ミュージアムに行こうと決めていたからだ。アートというか、いまどきアートと呼ぶものを観た。大聖堂を一周して、それぞれのアングルから写真を撮り、リングラスを買ったところで、そろそろ足が疲れたし、食べ物と飲み物がほしくなった。川に着いて橋をわたり、対岸の岸辺のそばで木立のある狭い小島をつっきった。

この橋から、ネレアはザクセンハウゼン地区に着いた。ホテルのフロントで勧められた場所だ。地図の脇にレストランの名前と住所を記しておいた。昼食はその店、長い木のテーブルで、ほかの客との相席だ。ローストリブとポテトの鉄板焼き、ソースは味がしつこくて後が残った。土地のリンゴ酒《シードル》で喉の渇きをいやした。実家の村のバルで飲むのよりも甘くて濁りがない。ひとつ、わずらわしいことがあった。なに？　男性の視線が集まること、おなじテーブルの若い男性客たちの目がまっすぐ彼女の目を追って、笑いかけ、感じよく、ふざけ半分に、乾杯の格好でビールのジョッキやグラスをあげては、度々会話に誘いこもうとする。彼女は本気で相手にせず、礼儀の基本的な範囲内にとどめた。ごめんなさいね、善き人たち、でも、ドイツ人用のわたしの割り当ては、もう一生分、使い切っちゃったから。

コーヒーは場所を変えてとった。どこで？　マイン川の遊覧コースを行く船の甲板にすわって。秋の陽光が心地よく顔にあたり、彼女はただ気持ちよくて、腕をくんで居眠りするばかり、スピーカーの英語とドイツ語の説明にも耳をかたむけず、両岸沿いに列なる建物にしばし目をむけた。たまに、そよ風が軽く顔をかすっていく。さわやかな愛撫に似て、幸福感がなおも深くなる。サービスにクッキーのついたコーヒーを給仕してくれた女性の短い言葉以外、誰も声をかけてこない。自分ひとり、なにも考えず、悩まず、思いだしもせず、解放されて。完璧なひと時。目をあけると、都市のうえに青い空がひろがっている。目をとじれば、また船のモーター音が心地よく響いてくる。

その後、ふたたび地上にもどると、なにもかもが逆転した。すぐにではない。ネレアはショーウインドーをながめ、店に入り、服を試着する時間があった。ところが午後五時十五分、そちらの別の道ではなく、この道をとるように悪運にみちびかれて〝光景〟に出くわした。

百メートルほど距離をおいて、見ると人がかたまっている。そのすこし先、人々の頭の線のうえに、停止した路面電車、それに救急車も二台止まっていた。彼女は純粋な好奇心に負けて、これが不吉な決心だったのだが、ショッピングバッグを手に見に行った。数人の警察官が、事故現場に近寄りすぎないように通行人を遮断していた。

人をかきわけて、ネレアは歩道の端まで進んだ。突然心臓が激しく打ち、あまりの動悸に一瞬気を失うかと思った。すぐに身を引いたが遅すぎた。見てはいけないものを、もう見てしまったのだ。

死の現実のイメージ、動かない体、毛布を被せたその下から両足がのぞき、横に止まった路面電車、救急隊員がそばにいるが、すでに尽くせる手がない。

フランクフルトの地図が手のなかで震えていた。これがないとホテルの場所がわからない。

〝パパ《アイタ》、パパ《アイタ》〟と彼女は言った。通行人のなかには、ふりかえって見る人もいた。外国人の顔つきの若い女性が、しゃくりあげて泣きながら急ぎ足で歩いていく。ホテルのフロントでどうしても涙声を抑えきれないまま、早朝五時に起こしてほしいと言った。

翌朝早く、タクシーが彼女を空港まで乗せていった。

84　殺し屋バスク人

親子三人でサラゴサに行こうというのは、シャビエルのアイディアだった。両親に提案し説得して、まる一日有効に使えるように早く出発し、車は彼自身が運転した。

一月末の日曜日、あの不吉な年だが、そんな状況を、当時彼らは知る由もない。遠出の目的、というより口実は、ロマレダのサッカースタジアムで午後五時から、レアル・ソシエダードがレアル・サラゴサのチームと対戦すること。シャビエルは父に言った。アランサスが勤務日程を変更させられたんだよ、ひどいだろ、それで彼女と行けなくなってね。ひとりでなんか遠出したくないし、あんな高いチケットを買って二枚も無駄にしたくないから。

チャトは返事をするまえに、窓のほうに目をやった。さっとながめて、窓ごしに見えるのは雲だけ。そして応えがまるで天から下ったかのように言った。よし、レアルの試合に喜んで行ってやるか。だらしないチームだけどな。

ビジョリは、どこに目をむけるでもない。〝行きましょうよ〟と、一も二もなく言った。サッカー？　どうでもいい。それより去年の末からネレアに会っていないもの。知りたがりの母親は目が届かないと気がすまず、ついでに今度のピソが見てみたかった。大学からかなり遠いトレロ地区にあった前の住まいは知っている。いいところだと思っていた。まあ、清潔なピソだし。だけどいま住んでいる家は、まだ様子を見ていない。さてさて。

道中、父と息子は意見が一致した。ネレアと待ち合わせるのは本人の住まいじゃなくて、別の場所がいいよ。でないと、とシャビエルが言う。

「家具にほこりがついてないか、ぼくらが調べにきたと思われてもしかたない」

「ちょっと、掃除ぐらいで、誰も傷つきゃしないでしょ」

チャトは黙っている。

「お母さん、ルームメイトが二人いるんだよ。検査官の一行みたいに、ピソに乗りこむわけにいかないだろ」

「そうは言ってませんよ」

「でも、プライベートな来客があったら？」

「わたしたちが会いにいくって、あの娘《こ》、木曜日から知ってるのよ」

「言い方がまずかったかもしれない。プライベートな来客っていうのは、内密の客ってこと」

「そんなの、こちらの知ったことじゃないわ」

ビジョリは、なにがなんでも、ネレアのピソに上がらないわけにいかない。なぜ？　手製の小イカ《チピロン》の墨煮のびん詰め、トマトの缶詰、農家のサヤインゲン（一キロ二百八十ペセタよ、すごく高いんだから）、トロサ産のインゲン豆、ほかにも、あれやこれやと、後部座席にひとりですわる彼女は、人差し指の腹で、もう片手の指の腹を順に押しながら数えあげた。

「わかるでしょうけど、食べ物をもってサラゴサを歩くつもりはありませんからね」

チャトが口をはさんだ。

「先に言ってくれればトラックで来たのになあ。娘がひもじい思いでもしてると思ってるのか？」

「あなたは黙ってて」

「なんで黙ってなくちゃいけないんだ？」

「あなたは母親じゃないし、わたしがそう言うからよ」

ビジョリに頼まれ、バルティエラのサービスエリアで車をとめた。彼女が用を足しにいくあいだ、父と息子は車を降りて脚をのばした。カフェテリアにでも入るかと、なんの気なしに、ひとりが言った。もうひとりは、なるべく時間を節約したいと言い、ふたりはその場にとどまった。当時まだ喫煙者だったチャトが、タバコに火をつけた。

「金曜日に、郵便受けに鶏の内臓をつっこまれたよ。ひどいザマにしてくれて。おまけに、あの悪臭ときたら話のほかだ。お母さんには言うなと口止めされたがね。おまえを心配させるからって」

「ぼくにできるんなら、きょうにでも、お父さんたちを村から引っぱりだすところだよ。サラゴサからの帰り道に」

「まあ、それは無理だな。郵便受けは掃除したし。おれを潰そうたって、そうは問屋が卸さない。村の連中だよ。ほかに誰がいる？　若いやつらだ。ひとりでも捕まえたら、どんな目に遭うか覚えてろってことだ。うちの弁護士がやってくれるさ」

シャビエルは周囲に目をはせた。

「会社をここに持ってくればいいのに。見てみなよ、この野原。平和そのものじゃないか。近くに高速道路があるし。バスクまで、あっというまの距離だろ。どうなの？」

チャトは息子の開拓者ふうの視線に倣った。

「いささか乾いてるがね」

「だけど、ここにいれば呼吸ができる」

「空気なら、村にもあるさ。それに従業員と修理工とトラックの運転手もだから、忘れるな。ここじゃ知りあいの一人もいない」

「お父さんと会うたびに嫌な思いさせる気はないよ。ただ言っとくけど、お父さんやお母さんに、もしものことがあったら、ぼくは自分をぜったいに許せないから」

「ほらほら、そんな思いつめるな。まったく、お母さんの言うとおりだ。おまえに話なんかするんじゃなかった」

十時にサラゴサの家並みがはじめて遠目に見えた。天候、寒いといえば寒いが（街角の寒暖計は九度）乾燥している。ロペス・アジュエ通りに駐車スペースはない。でも、平行した通りにはあった。あれだけ言い合いながら、けっきょく三人でネレアのピソに入った。彼女本人が〝上がってきて〟と、くり返したのだ。

階段でビジョリが、めずらしく冗談めかした。

「言っとくけど、このお二人さん、あなたがちゃんと掃除してるか、チェックしたいらしいから」

　ピソに入ると、チャトが言う。

「ほかのルームメイトは？」

「いない。週末は実家に帰ることがあるの」

　家族が勢ぞろい。最後に四人が一緒だったのはいつ？　大晦日の夜。このつぎに一緒になるのは？

つぎはない、でも彼らは知らずにいる。

　その話をビジョリがチャトにするのは一年後、墓の縁に腰をかけて。

「あれが四人そろった最後だったの、覚えてる？」墓石の下で故人が反論するのを想像した。「わたしの言うことが正しいに決まってるじゃない。あの後の夏は、ネレアが一週間ちょっと家に帰ってきただけ。そのあいだシャビエルは看護師と休暇に出てたもの、ほら、うちの息子を狙ってたあの女。わたしの記憶にまちがいあるもんですか！」

　チャトはあのとき、いかにもチャトらしいことをした。ビジョリは彼が自分の領分を示す方法だと解釈した。犬が自分の通った所々に小便の跡を残していくのとおなじ。チャトの場合はそれをお金でやるところが違うだけだ。夫が素知らぬふりをしても彼女には見えないところまで見えたし、見えなくても嗅ぎとった。誰も見ていないと思って五千ペセタ札を二枚、ネレアの机の本の下にそっと隠しているところを、チャトはビジョリに見つかったのだ。

「すばらしかったわよ、あなた、とくに娘が相手だとね。あなたの大好きな娘、なのに、あの娘《こ》ったら、あなたのお葬式にも埋葬にも来なかったじゃないの」

　ネレアは家族にピソを案内していった。ここがなにで、こっちがなにで。中には入らないが、視覚的印象がもてるように、ルームメイトたちの部屋も見せた。情け深き検査官たる家族は、合格の身ぶりやらコメントをしながら、ピソじゅう彼女のあとについてまわった。自分の知らない家、知らない都市、知らない環境に娘がいるのを見て、チャトは胸がいっぱいになったらしい、おなじ言葉を三回もくり返した。

「必要なものがあれば、いつでもな」

三度目にビジョリが、いいかげん切りをつけた。

「さっきから、おなじことばっかり言って」

四人で外に出た。ネレアは父の腕につかまって案内した。仲良く話をしながらゆっくり歩き、グランビア通りを進んで、この時間ほとんど人気のない独立通りを端から端まで歩いてタパス街《エル・トゥボ》に着くと、揚げ物のにおいがただよってきた。まだ正午にもなっていないのに、チャトは〝どこかにいいレストランはないか?〟と言いだした。四人でエル・ピラール大聖堂に入った。ビジョリは片ひざをついて〝柱の聖母〟に祈りをささげた。このころは彼女にもまだ信仰があった。かつて修道女になりたかった女性〝シスター・ビジョリ〟を家族は外で待ち、本人がきいていないのをいいことに、三人で示しあわせたようにジョークを言って笑った。

広場に出ると、レアル・ソシエダードのロゴマークをつけた人たちが、そぞろ歩きをしていた。シャビエルの青と白のマフラーに目をつけて、あいさつしてくる人たちもいた。

「誰だ?」とチャト。

「知らない」

昼食？　なかなかよかった。ひとり文句を言ったのはビジョリ、支払いのときに頭からきめてかかった。

「アクセントで、わたしたちが外から来た人間だってわかって、こう言ったのよ。こいつらは、できるだけふっかけてやろうって」

ほかの三人は〝そんなことはない〟と言い、サンセバスティアンとくらべたら、そこそこの値段だという意見で一致した。表に出るとネレアは、サラゴサは（ピソの家賃も、食費も娯楽も）ほかの場所ほどお金をかけないで、ゆったり暮らせる都市よと言った。

　ビジョリは頑としてゆずらない。

「だけど、やっぱり、ボラれたんだと思うわ」

　スペイン広場で父と息子はタクシーに乗って、スタジアムの近くに行ってもらった。母と娘はまず独立通りのアイスクリーム店にむかい、そのあと歩いてピソに行った。ビジョリは〝いいからママにまかせてちょうだい〟と、窓ガラスをせっせと磨いた。ついでにバスルーム、そしてキッチンの家具。ピソはきれいにしてあるわねと、くり返し言いながらだ。

「それでも、じっとしていられなくてねえ」

　かたや父と息子はサンセバスティアンのファンクラブに混じり、スタジアムのカーブになった一角のスタンド席についていた。選手はまだピッチに出ていないが、並びのスタンドから罵声の嵐がはじまった。〝ETA、クソったれのバスク人、殺し屋バスク人〟等々。こちらはこちらで歌い、バスクの旗《ィクリニャ》と、白と青のチーム旗を翻して、負けじと対戦相手を罵った。

「気にするなよ。ぼくら、チームを応援しに来たんだから」

　チャトは不信にかられている。

「これは、予想もしていなかったな」

「まあ、まあお父さん。もっと、ひどいスタジアムもある。慣れの問題だよ、耳をかたむけないようにしていれば」

「すぐそこだろ。あそこから石を投げられてもおかしくない」

「だいじょうぶだよ。こういうのは、みんなお祭り事の一部なんだから。こっちのチームが勝つんだし、むこうが頭から湯気を立てるのを見て、ご破算だ」

レアル・サラゴサが二対一で勝った。ゴールキーパーのシュートで入ったペナルティー勝ち。試合終了十分まえで、得点はまだ、ゼロ対ゼロの引き分けだった。勝利は地元ファンの激しい士気をやわらげ、いまはレアル・ソシエダードのファンにむかって、曲げた腕をたたいて中指を突きあげる卑猥な軽蔑のポーズをしているぐらいだ。

スタジアムの外に出ると空は暗く、シャビエルはマフラーをとって、コートのポケットに入れた。

「下手な刺激をしないほうが利口だからね、だろ？　慎重にしていないと」

空車のタクシーをつかまえるのが大変だった。やっと一台に乗りこみ、ロペス・アジュエ通りまで行ってもらった。家族はネレアに別れを告げた。建物の玄関まえでキスと抱擁のあいさつ。チャトは涙をこぼしかけた。

「ネレア、必要なことがあったら、いつでもな」

三人で車を探した。サイドミラーが左右とも割られ、ボディーは蹴飛ばされたのか？　側面がへこんでいる。前後に駐車している車はなんの被害もない。まあ、すくなくとも家には帰れる。シャビエルは道中言った。

「考えてなかったとは思わないでくれよ」

「考えるって、なにを？」

「サンセバスティアン・ナンバーの車を、まる一日、外に駐車しておくことのリスクをさ」

ワイパーも壊されていた。わかったのは、もっと後、イマルコアインのサービスエリアで、トイレにすぐ行きたいから止めてと、ビジョリが言った場所だった。

チャトはタバコに火をつけて、シャビエルに言った。

「修理のことは心配するな。こっちでやるから」

「お父さんは、なにもしなくていいよ」

「金はおれが出す」

「お父さんは出さないでいい」

そうこうするうちに、ビジョリがもどってきた。

85 ピソ

チャトは、サンセバスティアンのピソの購入を息子に任せ、シャビエルはシャビエルでアランサスにこう言われて、彼女に一任した。

「わたしに任せて、愛しい《マイ》シャビエル、兄に話してみるから。兄はプロなの」

ただし目玉の飛び出るほど金のかかる御殿はご免だと、チャトは言う。

「贅沢な家なんか住んだことないし、その必要もない」

「でも、お母さんを掘立小屋に入れる気はないだろ?」

「お母さんは、村の外で気にいる場所なんかないさ」

「ピソの購入は投資だと思いなよ」

サンセバスティアンに住むという考えが、チャトにはピンとこなかった。すくなくとも当面はだ。シャビエルは、すぐにでも引っ越したほうがいいと何度も言った。ネレアもそう、村じゅうの壁に落書きされた話をきいてからだ。あの兄妹《ふたり》、おれに内緒で口裏を合わせていたな。チャトは子どもたちと対立しないように譲った、というか譲ったふりをした。ぐずぐずして時をやり過ごし、サンセバスティアンにピソを買うのは、まあ同意したが、事態が相当ひどくならないかぎり村は出ないと言う。

「いまだって、ひどいだろ」

「もっと、ひどくなったらな」

　チャトはこうも言う、船を捨てるのは嵐が来たときじゃない、船が沈んだときだと。だけど〝人民《エリ》〟でも〝連合《バタスナ》〟でも、ともかくＥＴＡの息のかかった連中のせいで、お父さんたちが生活できなくなったら？　まあ、そのときは、お母さんとサンセバスティアンに引っ越してきて、当地から――落ち着いて？そのうちわかる――会社を移す方法を検討するまでだ、リオハ県かどこか、バスクの地に近くて、なるべく顧客の大半から離れずにすむ場所にな。

「新しいピソはネレアが使えばいい。大学を卒業したら、いずれどこかに住まなくちゃいけないんだから」

　アランサスの兄はさっそく二件のオファーをもってきた。いずれのピソも個人の家主で価格は直接交渉できるという。この兄という人は、きちんと物を言うし、外見もいい（髪は整髪剤で固めすぎだが）。最後にこう言った。

「二件とも、お買い得ですよ。保証します」

　チャトが買わなければ自分が買うと相手は言う。アランサスいわく、兄はそれで稼いでいた。安く買ったピソを高く売る、その利鞘で三か月も四か月も海外を旅行して過ごすらしい。

　チャトにすれば、月曜日から日曜日まで年がら年じゅう働かずにいるという考えが、不思議でならない。シャビエルは、その手のコメントはしないようにと、父に合図で諭した。チャトは話の矛先を変えた。

「よしよし、ともかく物件を見てみないとな」

いずれの物件もビジョリは拒絶するだろうと思いつつ、それでも意見を言わせるのに連れていった。グロス地区は広々として、スリオラ通りの眺めがいい、でも彼女にすれば、冷たく陰気で、海の湿気を直接受けるという。しかも六階でしょ。論外よ。もう一件のピソはウルビエタ通り、ここも印象が悪かった。床板が擦れて、天井が高すぎて、たまたまとは言え、上階のピソからドリルの穿孔音がきこえてくる。きっと壁や天井がそんなに厚くないんだわ、表通りの音もうるさいし。

「ここにいても、車の排気ガスの臭いがするもの」

チャトの言うとおり。この女性を理解しようというのが土台無理な話。〝村を出たほうがいいわよ、どこか安全な場所にトラックをもっていって、わたしたちの周りにいる妬み深い悪い人たちと顔をあわせないですませたいわ、なのに、あなたは自分から率先して生活環境を変えようとしないじゃない〟などと家では言っているくせに、その当の本人が拒否しているわけだ。

しばらくしてアランサスが、ピソの新たなニュースをもってきた。自分の兄の言葉を引いて〝これほどのお買い得を利用しないのは愚の骨頂〟。またもお買い得と来たもんだ。このたびは父と息子で示しあわせ、ピソの購入をきめるまではビジョリを枠外におこうという話になった。

チャトとシャビエルは、アルダペタの上り坂を歩いていった。

「お母さんがこの坂にまた文句をつけるから、見ててごらん」

ふたりでピソをよく見てまわった。エレベーターつきの四階、仲の悪い三人の被遺贈者の所有で、この遺産を早く資金化するために安価でも売ろうという話らしい。アランサスの兄はチャトの代理人として、それなりの価格で購入したが、この三人がもっと利口なら要求できたはずの金額より、それでもはるかに安かった。

ビジョリは鍵の引き渡しのときにも居合わせなかった。といってもピソを買ったことを、そう長くは秘密にしておけない。アランサスが自家用車で彼女を迎えにいき、その到着を待つあいだ、チャトとシャビエルはバルコニーに出た。

美しい午後、気温もちょうどいい。サンタクララ島が見えた。ウルグルが、イゲルドの山頂が、夕暮れの黄色に染まる空のしたに海の帯が見えた。

「いい景色だ。お母さん、きっと喜ぶよ」

「おまえは、お母さんがわかってないな。グラナダのアルハンブラ宮殿をプレゼントしても、あの女性《ひと》は村にいたがるから」

父と息子は手すりにひじをついていた。ふたりのまえにマロニエの樹があり、樹冠が四階のピソに、あと一メートルほどで届きかけていた。近くの家屋、駐車した自家用車、人のいない通りにふたりは目をやった。静かな場所、裕福な住人たち。

「仕事に行くとき、ルートは変えてるの？」

「たまに、思いだすとな」

「約束しただろ」

「あの連中は、おれを捕らえたきゃ捕らえるさ。きょうはこの道から、あしたはその道から行くには行ける。でも、どこを通ろうが、遅かれ早かれ、連中は待ち伏せてるんだよ」

「お父さんが平然としてるのが心配だな」

「神経質になってほしいか？」

「神経質じゃない。警戒してほしいんだ」

「いいか、シャビエル。侮辱だの脅迫だので電話してくる卑怯者や、落書きする連中なんかどうでもいい。おれはだまされないよ。村の愚かな野郎どもだから。どうしたいのか？　こちらが怯えながら村にいるか、でなければ外《よそ》に行って暮らせってことだ。おれは怖くもなんともない。連中がうちの生活を妨害するのは、おれたちが裸一貫でやってきたからだろうって、お母さんは思ってるよ。もっと苦労した時代、うちも連中とおなじ恵まれない人間だったころからの知りあいだ。ところが、いまは医者になった息子がいて、大学に通う娘がいて、おれ自身はトラックの会社をもってる、それが連中には我慢ならなくて、あの手この手で、こちらの人生を台無しにする気でいるんだろう。おれの持ち物がみんな盗んだものだと思ってるわけだ。こっちは働くだけ働いてきたのに、冗談じゃない」

「相手が悪者なら、よけいに用心しなくちゃ」

「ふん、来たけりゃ来ればいい。夕食でもごちそうしてやるさ、どうだ。いくらうるさくしてこようが、今年は行事にも寄付してやらない。チャトがどんな男か、わからせてやる。おれは連中を全員合わせたより、よほどバスク人だからな。やつらはそれを知ってるよ。五歳までスペイン語なんかひと言もしゃべらなかった。うちの死んだ親父はエルゲタの前線でバスクを守りながら、機関銃の嵐を浴びて脚をメチャクチャにされたんだ。齢《とし》がいってからも、ひどい痙攣があるたびに歯くいしばってな。父さん、痛むのか?ってきくと〝フランコの野郎め、ちくしょう〟って応えたもんだ。親父は二年間、牢獄にぶちこまれた。銃殺されなかったのが奇跡なぐらいだ」

「だからどうなんだよ、お父さん?　お祖父さんが遭わされた目に、ETAが関心あるとでも思ってるの?」

「くそ、やつらはバスク人を擁護するって言ってるんじゃないのか?　このおれがバスク人じゃなかったら、いったい誰がバスク人か、ききたいもんだね」

「お父さん、頼むよ!　ETAがどんな連中か理解しないとだめだ。どう言ったらいいんだろう、あれは活動のメカニズムなんだ」

「そんな言い方されたって理解できない」

「ETAは断続的に行動する必要がある。それしか方法がないんだ。手当たり次第の機械的行為に陥って久しい。打撃をくわえなければETAじゃない、ETAは存在しない、なんの役目もしないからだよ。この作動のマフィア的方式はETA構成員の意志に優先する。幹部だって逃れるわけにいかない。そう、たしかに決定は下すさ、だけど単に表面上のことだ。そもそも決定を下さないこと自体、ぜったいに許されない。テロの機械装置はいちどスピードをつけたが最後、もう止めることができないんだ。わかるかな?」

「まるでわからん」

「新聞を読めばいいだけだよ」

「おまえは心配しすぎに見えるな」

「やつらは血も涙もなくジョジェスを殺したんだ、ETAの幹部だった彼女をだよ。仲間うちで同情もなにもない連中にむかって、お父さんに情けをかけろって言うのか? 五十年まえにバスクの大義をかけた戦いでお祖父さんが戦ったからって? なあ、頼むよ。お父さんがあんまり無邪気で、心配だ」

「シャビエル、おれは、おまえみたいに学がない。おまえが言うことはみんな、哲学みたいにきこえるよ。バスク語を擁護しようっていう連中が、バスク語で話す人間《エウスカルドゥン》を殺すこと自体理解できない。バスクの国家《エウスカディ》を建設したくてバスク人を殺すのか? 治安警察隊員や、よそから来た人間を殺《や》るんなら話は別だ。けっして賛成しないが、テロリストの論理からすれば意味がないわけじゃない」

「そんな論理なんかないんだよ。譫妄でしかない、それに、たぶんビジネスでもある」

「いい、いい、

「ほとぼりが冷めるのを待つことだ。時がたてば、おれのことも忘れるさ。見てな。村であいさつしてこない連中がいるって? 勝手にしてろ。いいか、おれが不愉快なのは、日曜日に自転車に乗れないことだけだ。でも、それ以外は痛くも痒くもない」

アランサスの車が低速で傾斜路を下った。最初に車を降りたのはビジョリ。彼女は膨れっ面で上を見あげ、夫と息子がバルコニーからのぞいているのに目をつけた。そしてピソにあがるまで待たずに、通りから、ほかの家にきこえるのも気にしないで言った。

「わたしに相談しないで、あなたが買ったことぐらい、わかってるからね」

チャトは、こっそりシャビエルに言った。

「あのほうが、おれにはよっぽど怖いよ。なんたって手強いから！」

86 まだ人生のプランがあった

ベッドにいると雨の音がする。灰色の雨音がこんなふうに言っている。

チャト、チャト、目を覚ませ、起きて、雨に濡れていけよ。

悪天候に身をさらす瞬間をのばしたいのか。淡い光明がカーテンから忍びこみ、体がけだるく、まぶたが重たくなったのか。ベアサインの顧客との昼食がキャンセルになって、午後はオフィスで仕事らしい仕事もないせいか、ともかく、ふだんより午睡《シエスタ》が長くなった。どういう意味？ つまり夢も見ず、気に病むこともなく、一時間たっぷり昼寝したということ。いつもなら二、三十分も眠ればお釣りがくるところだ。

ベッドの縁に腰かけて、一瞬タバコに火をつけたくなったが、それはしない。克服した中毒、吸いたくてジリジリすることが、まだあるにはある。最後の喫煙は百十四日まえ。日を数え、その数字のまわりに自負心の球が日ごとに膨らんでいく。親戚で肺や食道に悪性腫瘍の先例があった。ビジョリの血縁にもいるし、村の人もそうだ。自分はそんな運命をたどりたくない。まだ人生のプランがあった。

靴を履いた。なにをする？　もし独身ならオフィスで寝泊まりするような男が、よけいな問いというもの。だいいち監視の必要がある。従業員は信用できない、連中だけにしておくわけにいかない。それに電話が鳴ったらどうする？

ふいに急《せ》いた気持ちになった。急いた気持ち？　仕事よりもベッドで一時間ちょっと眠るのを優先した後ろめたさ。ベッドカバーのしわを、できるだけ手で伸ばした。夜になってビジョリに文句を言われないようにだ。

サロンで、クロスワードパズルの紙面をひろげた新聞と読書用のメガネが、まだテーブルにあった。こんなに眠らなければ、最後まで終えようとしたところ。四文字の、いまいましいフィリピンの島名、以前も出たが、名前なんか思いだせやしない。ピレネーの谷地でよくある果物。そんなの知るか。

彼が来たのを感じたのか、腕をくんでソファにすわるビジョリが重いまぶたをあげた。何時？

「もうじき四時だ」

「いつもより、ゆっくり昼寝しちゃったの？」

キッチンに行って、がっかりした。コーヒーがない。コーヒーメーカーの底に冷たいのがすこし残っているだけ、朝食用の残りだ。チャトが小声でぶつくさ文句を言うのをビジョリがききつけた。彼女は半眠り、ぐっすり眠ったためしがない、夜でもだ。

「いま淹れてあげる」

彼がいつもみたいにしてほしかったのは目に見えた。待たないでもコーヒーが淹れてあること、慌てて仕事に出かけずにすむようにだ。

がっかりした軽い腹いせに、チャトは急ぎを口実にした。

「残ってる分でたくさんだ」

それで、この黒い液体をポットから直接飲んだ。ビジョリはまだソファでまどろんでいる。まずい飲み物の苦みで、思わずチャトは顔をしかめた。最後に小声で悪たれ口をたたき、ドアのすきまから顔をのぞかせた。ビジョリのそばには行かず、彼女もこちらに来ない。彼はあいさつの言葉をかけた。そっけなくはない、さすがにそれはないが、言葉短に言った。

「夕食の時間にな」

ビジョリは〝わかった〟という合図に、首をこっくり揺らした。こんなふうに言っているようだった。あなたのあいさつの返事よ、でも眠くて死にそうで、しゃべる気がしないから、この合図で我慢して。

建物の階段室でチャトは灯りをつけた。午後の深い灰色がそこいらじゅうから入りこみ、色彩を蝕んで陰を濃くしている。玄関ホールに着くと、郵便受けをのぞいてみた。郵便物を探すわけじゃない。郵便配達人は午前中にもう来ている。汚いものや、侮辱や脅し文句を書いた紙が度々入っているからだ。ここ二か月ほど、その手の嫌がらせからは解放されていた。だが数日まえ、広場の野外音楽堂《キオスク》の壁に、射撃の標的のなかに彼の名を書いた落書きがあらわれた。近所の婦人がビジョリに、ささやき声で言ってきた。〝ねえ、知ってる?〟でなければ、気づきもしなかった。ふたりとも広場に久しく行っていなかったからだ。いずれにしてもひどい。嫌がらせや侮辱をされるのと、村の人間（まあ一部にせよ）が、こちらの死を望むのとはわけが違う。

玄関のポーチに出るには出たが、中途半端。片足を踏みだして、すぐに身をひいた。雨、どっぷり灰色。車の往来はない。ああ、一台、ライトバンが坂のむこうに走り去った。この時間なのに誰も道を歩いていない。なんたって、このどしゃ降りだ。庇《ひさし》の下にたたずんで、傘をとりに家にもどりたい気になった。へん！　あいつは転寝してるんだし、いずれにしても、ここからガレージまで、わけないじゃないか。

　チャトは元気をだして走りだそうとした。そのまえに、いちおう雲に目をやったが、どう見ても雨はやむ気配がない。ちょうどそこに垂れ幕がある。道のうえ、彼の家のバルコニーと、向かいの街灯のあいだに掛かっていた。

〝服役囚を解放せよ《プレソアク・カレラ》。全員大赦《アムニスティア・オソア》〟

　時々垂れ幕が掛けられる。いつも政治的スローガンなわけではない。村の祭り関連のこともある。何年かまえに伺いをたてられて承諾した。気は進まなかったが、まあな、村の人間、とくに若者たちと不和になるつもりもない。そんなわけで、一定の期間ごとに誰かが脚立をもってきては、垂れ幕の端をバルコニーの手すりに結びつけていく。でも、なんで家《うち》のバルコニーなんだ、もっと手前とか先でもいいだろうに？　そこのクソいまいましい街灯のせいだ、ご丁寧に真正面にありやがる。

　郵便受けを汚物だらけにされた日、チャトは怒りまくって家にあがった。気が急いて、やたらに罵り、手にナイフをもつ彼を見て、ビジョリは〝どこに行くの？〟と問いただした。

「あの垂れ幕の糸を切ってやる」

　彼女が止めにでた。

「あなたは、なにも切っちゃだめ」

「どいてくれ、ビジョリ、えらく頭に血がのぼってるんだから」

「だったら頭を冷やしてちょうだい。問題はもうたくさん。そうでなくても問題だらけなのに」

　ビジョリは、その場をどこうとしなかった。チャトは悪態をつき、罵倒し、怒りまかせにベレー帽を壁に投げつけたが、しぶしぶあきらめ、以来、度々バルコニーの手すりに垂れ幕をつけられても放っておくことにした。

子どものころみたいに数える。

「一《バト》、二《ビ》の三《イル》」

それでガレージの方向に飛びだした。走って？　いや、最初の三歩だけ。そのあとはスピードを落とした。じっさい、歩くでも走るでもない。かたや雨ざらしの時間を延ばさないよう、かたや濡れた地面ですべらないため、採用したのは、お尻の重たい熟年男のだく足だ。せいぜい距離は十メートル、いや、そこまでもいかない。いずれにせよ、オフィスに着替えがおいてある。

それにしても、よく降ってくれるなあ。ちくしょうめ。人の頭にいっぺんに降らせるつもりで、おれが出てくるのを雨雲が待ってたわけか。道路脇は小川になっている。まだ午後四時の鐘も打っていないのに、村にもう夜が来たみたいだ。この時間では、まだ街灯がつくには早い。

若い人影、身軽でぼんやりした姿が、向かいの歩道に停まる二台の車のすきまに現れた。フードをかぶっていて、チャトには相手の目が見えない。こちらに歩いてくるが、まっすぐではない。誰だ？　二十歳すぎの男、村の若者だろう、顔をふせて雨をよけている。

男はさっと道をわたり、チャトの真後ろに来た。チャトはそのまま歩道を進み、あとすこしで角に着きかけた。

そのとき、背後で、至近で銃声がした。

そのあと、もう一発。

もう一発。

もう一発。

87　キノコとイラクサ

製紙工場の経営状態については、以前から不穏なうわさが流れていた。これこれこういう話、かくかく云々。ギジェルモは、夜あまりよく眠れず、職を失うのではないかと案じはじめた。当時息子のエンディカは二歳半。女の子はまだ生まれていないけれど、もうアランチャのお腹にいた。地味な生活に安住しつつ、将来の豊かさに期待をかける下層中産階級、彼とアランチャは幸せだった。というか、幸せだと信じ、そう口にした。ふたりにとってはおなじこと、でも経済的基盤を失えば、すべてが無に帰す。

寝床で、夜も更けてから。

「会社の給料がなかったら、どうやっていけばいいいんだ」

「もしかして、運よく、ほかの人が解雇になるかもしれないし」

「誰が？」

「もっと小さい声でしゃべってよ、子どもが目覚ますじゃない」

「オフィス勤務で、おれ以外にクビにできる理由のある人間が、あといると思うのか？」

「もっと年齢《とし》の行った人とか。そうすれば若い人が残るでしょ。ねえ、でなくても、なにかしら見つかるわよ。そのあいだ、わたしのお給料でなんとかすればいいわ。多くはないけど、いくらか足しにはなるんだから」

「とてもやっていけないよ、アランチャ。計算したけど、やっていけない。もうすぐ食い扶持が四人になるんだぞ」

彼女は靴店のトラブルを隠していた。なんのトラブル？　人一倍愛想のない女店主が、妊娠をもっと先にできなかったのかと、文句を言ってきたのだ。人のいないところでアランチャを非難していたと、その後に同僚の口から知らされた。よけいに心配させるので、ギジェルモには内緒にしておいた。

ギジェルモは心配性で気が休まらず、自分のことで頭がいっぱいだ。

「休暇も、新しい車も、なにもかも忘れるんだな」

「だいじょうぶよ、ギジェ。ふたりで一緒にがんばれば、やっていけるから見てなさいよ」

「おれは家族で幸せになりたかったんだ。でも幸せになんか、なれっこない。この世の中は、ぜったい幸せになれないのか？　だったら、なんのために生まれたのか、わかりゃしない」

「ギジェ、頼むわよ。完璧な幸せなんて映画でしか存在しないの。あなたは贅沢言いすぎる」

「贅沢じゃない、当然のことなんだ。おれは働き者で、きちんとした男だよ。命じられたことはやる。しっかりやっている。自分の分、ささやかな取り分がほしいだけだ」

数日後、ふだんより早く彼は帰宅した。キッチンのテーブルに解雇通知書をおいて、エンディカをずっと抱きしめていた。子どもは、ほんの二歳、彼は職なし、未来の展望もない。おれは役立たずだ。

「そんなこと言わないで」

「だって、そうだろ。おれがいなくたって工場はちゃんと回りつづけてる。バルで生ビール一杯飲むために、女房に小遣いもらわなくちゃいけない、あわれな男だよ」

ギジェルモ、漂流した男。午前中に山に行って、野イチゴや、キノコや、イラクサを持ち帰った。キッチンのテーブルに腰かけて教示する。イラクサは食用で、煎じて飲めるからな。これで家族を食わせているると、本人は納得しているわけだ。深靴を履き、収穫物を入れるリュックを背負った登山者の格好で夜明けに家を出た。なんでも持ち帰った、どこの畑から持ってきたのか、リンゴもあったし、ハシバミの枝はあとで短く切って、子どもに城を作ってやった。時間が許せば釣り竿をもって、港口や、ハイスキベルの岩場に釣りに出かけることもあった。黙りこくって、ひたいにしわをよせ、目に怒りをたたえて帰ってきた。ひとりで歩きまわり、こちらが逆らいでもすれば、すぐに爆発する。アイノアが生まれたときは、もっとひどかった。

はじめて娘を腕に抱いたとき、こう言った。

「不幸だったな、おチビちゃん。貧乏人の家に生まれて」

長い沈黙をやぶっては、急にそんなことばかり口にした。言葉にいつも恨みの響きがこもっている。アランチャは口をつぐみ、我慢し、あきらめて、状況が悪化しないようにした。いいかげん耐えられなくなることもある。冗談じゃないわ、わたしにだって感情があるのよ。そして相手を逆上させないようにしながら、意見を言った。

「自己愛についた傷が痛むんでしょ」

「おまえになにがわかる、バカやろう」

そんなぐあい。相手は過敏で、攻撃的で、苦渋にみちている。〝かわいこちゃん〟とか〝愛しいきみ〟とか〝おれの最愛の女〟とか、以前みたいな呼びかけもない。ベッドでは彼女が受けいれた。それはそう、だってこうでもしなければ、この男は頭がプツンと切れて、わたしが殴られたって不思議じゃないもの。ふたりの習慣的な性交はあった。彼女は悦楽などないし、彼はさっさと欲望を処理した。情愛など皆無。ただし逆でもない、それはない。下腹部がぶつかって悲しいきしみを立てる、むしろ儀礼的行為。

ギジェルモは失業して数日後にはもう落ちこんで〝列車に飛びこんでやる〟などと愚かなことを言

いだした。その後は子どもたちのいるまえで、しかも、まだ年端もいかない子たちなのに、お先真っ暗の将来を予言した。なんだか不吉な文句だけれど、子どもには理解できないし、理解させようと口にする言葉でもない。いきなりアイノアのベビーベッドに身をかがめて、大人向けのスピーチでもするように〝窮乏〟という悲惨なパノラマを描いてみせた。エンディカにもおなじことをした。急に両腕で子どもを高くもちあげて、否定的なこと、縁起でもないこと、悲痛なことを言いだすのだ。

　製紙会社で働いていたときよりも、家事をやらなくなった。理由？　掃除機をかけたり、食器を洗ったり、ガラスを磨いたりするのを屈辱に感じるらしい。

「おれは主婦になるために生まれたんじゃない」

「まあ、じゃあ、わたしはそうなの？」

　ギジェルモが〝列車の線路に飛びこんでやる〟とか〝漂白剤を容器ごと呑んでやる〟とか、真剣に言いだしたのは、そんな状況のときだった。アランチャは頭にきたが、歯をくいしばり、目に涙をうかべながらも、まだこんなに幼く、こんなにか弱い子どもがふたりもそばにいるので、ぐっと堪えつづけた。仕事先の同僚にこぼす日もあった。こんなことを話したり、あんなことを話したり、まとまりのない些事、でも洗いざらいではないし、立ち入った話もしていない。それほど強い友情で結ばれた相手でもない。女友だち、文字どおりの女友だちがアランチャにはいない。結婚して、村の遊び仲間とは疎遠になった。レンテリーアでは、ごくたまに近所の女性たちとつきあうぐらい、ギジェルモと親しい人たちとの交流のほうが頻繁だった。それ以外、母にうちあけるぐらいなら片目を引っこ抜かれるほうが、まだまし。ミレンは娘婿が失業したのを知っている。なのに、助けが必要かどうか、きいてくることさえ頭にうかばないのだ。

　アランチャはそれでも、義父母のラファエルとアンヘリータには心を許した。彼らの息子が、列車に飛びこむとか、漂白剤を呑むとか、脅すことまでうちあけた。ふたりが言う。〝心配しないでいい〟

とラファエル。〝あなたは安心してらっしゃい〟とアンへリータ。そして惜しみなく寛大に若夫婦を助けてくれた。ラファエルは一年間ピソのローンを毎月負担し、アンへリータはアンへリータで、毎週アランチャにつきあって、スーパーでの買物（カートがいっぱいになるまで）をクレジットカードで支払ってくれた。では、ギジェルモは？　彼は気づきもしない。あの夫《ひと》はイラクサを摘み摘み、独り言を放ちながら山を歩きまわるのが精一杯なのだ。

職を失って十か月、予想外の出来事があった。

ふだんと変わらないある午後、アイノアのベビーカーを押してフエロス広場を歩いているときに、ギジェルモは、友人のマノロ・サマレーニョと鉢合わせをした。マノロは彼を見つけて〝ちょっと待て〟と合図した。そして、にこやかな顔で近づいて、願ってもない朗報におまけまでつけて持ってきた。なに？　紙切れに記した電話番号。ここにかならず電話しろ、できれば今日がいい、スーパーの〝マムット〟のオフィスで空きがでて、代わりの人員を至急で探しているんだ。

「電話してみろ。ひょっとして、うまくいくかもしれないから。ただ急いだほうがいい」

こうしてギジェルモは、キノコとイラクサから、数字の世界に移った。製紙会社より給料はすくないが、それでも稼ぐのは稼いだ。何日もしないうちに上機嫌にもどり、生きる意欲がわいた。気さくで、下世話なジョークを言い、鷹揚になって、アランチャに謝った。何か月も嫌な思いをさせてすまなかったが理解してくれよ、あの間ずっと、ものすごくつらかったから。

「子どもがふたりいて、食わせてやることもできなかったんだ、わかるだろ」

最初の給料で彼女にレストランでごちそうした。後日、仕事帰りにバラの花を一本、プレゼントにもってきた。アランチャは入れ物に水を入れて、さっさと活けた。例によってアイノアが部屋で泣きだしたからだ。

翌朝、彼が出かけるとすぐ、アランチャは花をゴミ箱に投げ捨てた。

88　血みどろのパン

木曜日、六月二十五日だった。

ギジェルモとアランチャは、なんとかやりくりして、一週間いっしょに過ごせる休暇をとった。いつもうまくいくわけではないが、今回はふたりとも休みがとれた。当時は共稼ぎで、ささやかながら、ある程度の楽しみが許されたし、子どもたちもすこし大きくなって（エンディカが六歳、アイノアはもうすぐ四歳）、赤ん坊を連れていく不都合さや制限なしに遠出ができた。

きのうは家族四人でビアリッツの海岸に行った。きょうは、ミレンおばあちゃんの家、あしたは、さて、どうするか。中古で買った車がある。たいしたものではないが、それでも十分役に立った。

その木曜日の問題。夕食用のパンがない。そんなの簡単に解決がつくさ、わが家の災難がみんな、この程度ならなあ。ギジェルモは〝いますぐベーカリーに行って、大きなバゲットを半分買ってくるよ〟と言いだした。玄関のドアをあけて陽気に声をかけた。〝誰がパパといっしょにいきたいかな？〟子どもたちが喧嘩ばかりしているので、ふたりを離すためにアランチャが言った。

「エンディカを連れてってよ。うるさくてしかたないから」

それで〝じゃあ行こうな、チャンピオン〟と父が息子を連れて出た。

二度と忘れられない木曜日、父と息子が命を失ったかもしれない日。ふたりが最初ではなかったろうし、たぶん最後でもない。事実、父子《おやこ》で手をつないで爆弾の隠してあった黒いスクーターのそばを通ったのだから。嘘なら死んでもいいよ。ギジェルモは後からそれを思いだして言った。

「ほんとなの?」とアランチャ。

ぜったいだ、歩道にスクーターが停めてあるのを見て、頭にきて子どもに教えてやったんだから。これはやっちゃいけないんだぞ、こういうのは悪いことなんだ。とか、そんなふうに言って。

何メートルか先にベーカリーの入り口があり、ギジェルモはそこでマノロ・サマレーニョと、ばったり遇った。むこうはバゲットをもって出てきたところだった。十一時五分、それとも十分すぎぐらいか。マノロはギジェルモと軽い立ち話をし、エンディカをかわいがるように髪をくしゃくしゃにした。

通りでは、すぐそばにボディーガードが待っていた。

ボディーガード? そう。彼の友人のホセ・ルイスが十二月にフランス国境に近いイルンのバルで殺された。それでマノロが交代して、民衆党からレンテリーア市役所の市議会議員になったのだ。

ギジェルモはそれを知ったとき、家で。

「よっぽど度胸がすわってないと、できないことだよ」

「わたしが教会のミサに行く人間ならねえ、ギジェ、マノロのためにお祈りするわよ。全能の神が守ってくださるように。だけど万が一、彼がどうかなっても、あなた、代わりに議員になろうなんて思わないでよね?」

「おれが? バカ言うなよ。おれは生きていたいからな」

マノロは議員職に就いて数日後に、まず車が燃やされた。侮辱の言葉を浴びて、彼の写真を使った中傷のポスターが張られ、射撃の標的を示す落書きに名前が書かれた。それでも彼は怯まなかった。マスコミに宣言した。

〝わたしはここで生まれました。だから、ここレンテリーアに居続けます〟

そう、マノロは居続けた。一週間、また一週間、だが何週間もいかないうちに、あの六月の木曜日、運命の時がやってきた。日々のパンを買いに出かけ、すこし立ちどまってギジェルモと話をした日。

ひとりがベーカリーに入り、もうひとりは外に出た。短い会話のあと、マノロはボディーガードを背後に、歩道を歩きだした。ギジェルモは店のショーケースのまえで順番を待った。

突然、とてつもない轟音がおこった。エンディカが床に転倒した。ガラスの割れる音。ギジェルモは急いで子どもを抱きおこした。気持ちが高ぶりながら、それでも父親らしく無理に落ち着いてみせて息子に言った。

「泣くんじゃない、ここを動くな、すぐもどってくるからな」

それで外に出た。

通りの七番の建物のあたりでスクーターが爆発していた。マノロは？　姿がない。ボディーガードは見えた。地面にすわりこんで車に背をもたせ、顔が黒ずんでいる。車は全壊。一瞬の重苦しい煙だらけの静寂。その後に第一声、女性の悲鳴、人々（近所の人間）が見に、助けに寄ってきた。

マノロは？

あそこだ。どこ？　二台の車のあいだ、自分の血にまみれて横たわっている。大量の血。炸裂で真っ黒な彼、どうやら爆弾がまともに達したらしい。ほぼ全裸で下着と靴だけ。片方の腕に時計が見える。ついさっき買ったパンが半分にちぎれていた。

息子を腕に抱きかかえ、見るな、見るなと言いながら、ギジェルモは脇を通らざるをえなかった。破壊された場所、死んだ友人、地面にすわりこんだボディーガード、まだ警察が来て非常線を張るまえだった。

「見たのか？　ほんとうのことを言いな」

「見てないよ、パパ」

「誓うか?」

「なんにも見てない」

途中でアランチャと会った。目に不安をうかべ、大急ぎで駆けつけたのだ。

「ふたりとも、だいじょうぶ? なにがあったの?」

「マノロ……」

「え?」

「マノロ……」

口をあけて出る言葉はそれだけ。マノロ……。

「マノロ・サマレーニョ?」

子どもをまだ抱きかかえたまま、ギジェルモはうなずいた。説明の必要もない。アランチャはあ然とした顔で、手のひらでひたいをたたいた。それ以上ふたりとも話をしない。急いでピソに駆けあがった。アランチャが爆音に慌てふためいて、フライパンに火をかけっぱなしで幼いアイノアをひとりにしてきたからだ。いくらもしないうちに遠くでサイレン音のうなりがきこえ、だんだん近くなって、もう地区に入ってきた。最初のサイレンだ。

そうこうするうちに電話が鳴った。アンヘリータだった。なにがあったの? ものすごい音がしたから。アランチャは子どもたちがそばにいて、言うに言われず、話すに話せず、いまひとりじゃないのでと告げると、義母は状況を察して〝だいじょうぶよ、わかったから〟と言ってくれた。

ギジェルモは尻に根が生えて、ここから動くもんかと言わんばかり、キッチンに苦渋と怒りを据えつけて、テーブルの椅子にすわり、両手で頭を抱えていた。残りの家族は子ども部屋に退避した。子どもたちは怯えて口をつぐみ、母親に従った。父親の嗚咽ぶりが、なにしろ激しい。アランチャはトランジスタラジオをもっていった。音量を低くして耳をくっつけて聴くうちに、最終的な確認を得た。爆弾テロ、カプチーノス地区、死者一名。

彼女はアイノアの三つ編みを結った。ほどいては、またやり直す。実家に食事に行くまで、まだ二時間あった。でも、なにかしらで時間を潰さないといられなかった。落ち着きをとりもどし、胸をなでおろす。深い安堵感、フーッ、子どもたちといっしょにいられる、子どもたちに触れて、感じて、健康で無事にいるのが実感できるという安堵。

エンディカがそばでじっとして、市内バスで手すりにつかまるみたいに彼女のスカートの端をつかんでいる。母親が離れて、チェストの引き出しにあるヘアピンをとりに何歩か行くと、子どもは黙ってくっついてきた。もどるときも一緒、スカートを離さない。

半開きのドアから、ギジェルモのむせび泣きが、かすかにきこえてくる。さっきみたいな鋭い泣き声でなく、もっと深い、途切れ途切れの不規則な低い嗚咽。はじめ、子どもを守りたいばかりに、アランチャはドアをしめたい誘惑にかられた。でも、すぐに考えを変えた。子どもたちは聴いたほうがいい、事を理解して、自分たちがどんな〝国〟で育たなくてはいけないか知るほうがいい。

キッチンでギジェルモは、こんどは政治について、言いたい放題しゃべっている。バスクのナショナリズムを罵倒し、あれこそが良心に毒を盛っていると言う。バスクの若者をどんどん犯罪の道に放りだしていると。そして、その罪を分配していった。二枚舌のバスク自治州政府首相《レンダカリ》、偽善者のカトリック司教、他人の血でどっぷり汚れた左派〝アベルツァレ〟、それに、悪辣な近所の密告屋、犠牲者が何時に、どこそこを通ると、ETAにこっそり告げている連中だ。

やけになって、猿まねをしてみせた。

「なあ、ここにスペイン人がひとりいるぞ、パンを買いにいくとき問題なく殺せるぜ。一家の父親だって？　だったら議員になるまえに、よく考えることだな。善人で、これまでの人生に蝿一匹殺したことがないって？　なるほど、だけど、おれたちを抑圧するスペインびいきの党員じゃないのか、だいいち、ここは紛争中だろうに」

　ちょっと、ちょっと、この夫《ひと》、窓を開けっ放しでしゃべってない？　アランチャは言いきかせようとした。

「人にきこえるじゃないの」

「きこえりゃいいんだ」

　キッチンの窓はしまっていた。

「あなた、ひとりで住んでるんじゃないのよ」

「この憎しみはどうにもならない。イラクサが体のなかでチクチクしてるみたいなもんだ。アランチャ、愛しいアランチャ、なんか言ってくれ。おれをズタズタにしているこの憎しみが、どうすりゃ治まるんだ。この人生で憎むことだけは、したくなかったのに」

「言いたいことはすっかり言いなさい、抗議しなさい、でも大声はあげないで。家のドアの外では黙ってること、いい？　面倒事は起こさないでちょうだい。わたしたちふたりでマノロのお葬式に行って、お悔やみを言いましょう。でも節度をなくす必要はどこにもないでしょ」

「こんな状態じゃ、きみの両親の家に行くわけにいかない。子どもたちと行ってきてくれ」

「もちろん、行かないほうがいいわ。うちの弟の名前をあなたが口に出しでもしたら、母と大げんかになるに決まってるもの。母が、あそこまで激しいシンパになっちゃったから」

「あわれな服役囚の息子、ピカ一の殺人者だ」

「ちょっと、やめてよ。うちの両親のまえで、その話は出さないって、わたしに約束したでしょ。子どもたちは、おじいちゃんと、おばあちゃんに会いにいく資格があるのよ」

　午後一時半近く、アランチャは、おしゃれな格好をして清潔で、いいにおいのする子どもたちを連れて家をでた。アイノアは父親にあいさつのキスをしに近寄った。エンディカは後ろで、しっかりした声で言った。

「悲しいの、パパ《アイタ》？」

「すごく悲しいよ」

「マノロにあったことで？」

「おまえ、じゃあ、見たんだな」

「でも片方の目でだけだよ」

ギジェルモは子どもを抱きしめ、アランチャを抱擁し、玄関まで三人を送って、階段室の最初の踊り場に着くまで見守った。〝バイバイ〟と言いに三人がふりむくと、彼は片手で投げキッスを送ってきた。

89　ダイニングの空気

ミレンがもし知ったら……。知ったらって、なにを？　ミレンが目のまえにいないとき、自分の孫たちによく〝悪いおばあちゃん〟と呼ばれていること。アランチャがいくら考えを変えさせようとしてもだめ。せいぜい、わたしに気に入られるように口をつぐむ程度。それでも感じることを感じるなと言うわけにはいかない。

もうすぐ四歳の幼いアイノアまでが、ミレンおばあちゃんに、どこか拒絶感をもっているし、エンディカのほうは、場合によっては敵意をむきだしにした。

アンヘリータとラファエルが相手だと逆だった。ひとつには、義父母は孫たちと過ごす時間が長いこと、毎日顔をあわせて、できるかぎり子どもたちを楽しませ、愛情をかけてやれた。それに、そもそも義父母は穏やかだし、おおらかで楽しい。ふだんミレンが見せるようなとげとげしさや、辛辣さがない。ミレンに悪気があるわけではない、単にそういう人間、昔からずっとそうだった。気難しくて抑えがきかないのは、自分の子どもたちにも、夫にたいしても、事実、誰が相手でもそうなのだ。

祖父のホシアンはどうかというと、まあ正直に言って、この人は影が薄い。というか存在感がない。アイノアとエンディカは、だいたい一か月に一度か二度、顔を見ているが、会っても祖父は椅子にすわったきり、じっとして、そっけなく、黙りこみ、なにか率先して遊びを提案するでもない。大体そこにいないのと同じなのだ。

あるとき、エンディカは母親に、〝ホシアンおじいちゃんは、なんで、あんまりしゃべらないの？〟ときいたことがあった。

「なんにも言うことがないからよ」

「パパは、ホシェマリおじさんが刑務所にいるからだって言うんだよ」

「そうかもね」

木曜日、レンテリーアでの爆弾テロの日、アランチャは子どもたちを連れて実家に着いた。ホシアンおじいちゃんは、まだパゴエタから帰っておらず、そのせいでミレンはつむじを曲げていた。母親がドアをあけた。うれしい？　全然。その逆もいいところ、この不機嫌な眉間、この怒りでギラついた目。

「あんたのお父さんかと思ったわよ。まだバルから帰ってこないから。あとで思い知らせてやるわ」

それから孫たちに、ぶっきらぼうな愛情表現をむけた。履き古した室内履き、蒸気のしみが飛び散ったエプロン。身なりを整えるとか、表情をやわらげるとか、子どもたちの笑みを誘ったり、なつく気持ちにさせたり、ちょっとしたプレゼントとか、とっておきのものとかを用意してあげる気にならないの？

孫たちがキスできるように、低く身をかがめてやりもしない。あいさつなしにピソに入ったと言って、案の定、エンディカに文句を言う。

「どうして黙ってんの？」

女の子には〝そんな曲がった三つ編み、誰に結ってもらったの？〟ときき、アランチャにはこう言った。

「あんたのダンナ、来ないの？」

「具合がよくなくて」

病気かとも、どこかにぶつかったのかとも、きいてこない。ひと言も。なぜ？　そういうことが思いうかばないのだ。なにが母の頭にあるのか探りだそうとすれば、わたしは年がら年じゅう働いているのよと、自己弁護するだけ。ほら見なさいよ。食卓の用意がしてあって、美味しそうな食事のにおいとオーブンの熱で家じゅうムンムンでしょ。今日だって精いっぱい。支度に午前中かかったのよ。いや、コロッケのクリームソースを作るのに前日も。きっと疲れているのだろう。自分がなにをしても、誰にも感謝されないと納得しているのだ。

それに、ミレンのバスク語にたいする固執。このしつこい要求的態度、孫たちが訪ねてくるたびにテストをする。子どもたちに質問をして〝祖国〟の言語をしゃべらせようとし、孫たちは孫たちで、幼い年齢なりの限界はあれ、自然に流暢にしゃべってくる。ただ、ギジェルモが居合わせれば、子どもたちが知らずにスペイン語にかわっても不思議はない。

そういうとき、さっとミレンは割って入り、きびしく言う。

「ここではバスク語《エウスケラ》で話すの」

そうやって、ギジェルモをのけ者にした。彼としゃべるときは大体アランチャを介してだ。

「あんたのダンナにききなさいよ、もっとヒヨコ豆がいるかって」

アランチャは、しかたない、ギジェルモのほうをむいて問いを通訳する。ギジェルモはユーモアのセンスを失わない。

「十八粒ください、って言ってくれ」

ホシアンが脇腹を掻きながら帰宅した。飲んできた証拠だ。ミレンは夫の酒の量が多かろうと少なかろうと関係ない、あの無意識のしぐさが一度でも出れば、彼女はもう頭に血がのぼる。家に娘と孫たちがいるので、それでも我慢したらしいが、父が靴を脱ぐあいだ、母が小声でしかりつけているのが、ダイニングからアランチャの耳にきこえてきた。遅く帰ってきたから？　だって二時二十五分じゃない。食事は二時半からって約束だったのに。それとも、早めに帰って手をかしてもらえると思っていたとか？　だけどこの父が家で手伝ったことなんかあったかしら？

前菜の皿がいくつも並んだ食卓、どれほど支度が大変だったか！　そのテーブル上にただようダイニングの空気がピーンと張りつめて見えた。弾力性のある物質みたいに空気がひっぱられて、いまにもプツンと切れそうだ。子どもたちも、それなりにこの不穏な現象を察知したのだろう、行儀よく黙りこくって、どうなるかと見守り、母親の命令で、陶磁器の深皿に几帳面にならぶ美味しそうなコロッケの誘いに耐えていた。

手製の室内履き姿で、いま受けた叱責をなんとかごまかしながら、おじいちゃんがダイニングに入ってきた。さっき外から帰ってきたときに、もう簡単なあいさつをし、やさしいキスをし終えている。バルコニーの戸を背にした自分の席にホシアンがすわろうとしたとたん、〝手洗ったの？〟と、ミレンがきいた。孫たちと娘をまえに、本人は返事をしないで、おとなしく席を立ち、事なきを得るためにバスルームに手を洗いにいった。

　五人で席について、食べ物を噛み、飲み物を飲んだ。ホシアンは、みんなといっしょで水にした。ワインは午前中に、あれだけ飲めば上等だ。

　皿にかたむける頭同士のあいだで、ダイニングの空気は気体的緊張、人的緊張がつづいている。知覚できるほどの感触があり、ふだんなら、はしゃぐ子どもたちまでが、いまは不思議とおとなしい。とりつくろうために、大人たちは、どうでもいいような話をした。でも、きょうのテーマが宙に浮き、誰もが知っているのに、誰も口にしなかった。家族の集まりをこわさないように？　そういつも顔をあわせているわけじゃないし。いずれにせよ、一時間か一時間半後には帰るのだから。

　ホシアンはパゴエタで爆弾テロのニュースを知り、この一件が胸にわだかまっているのが目に見えた。ミレンが汚れた皿を台所に運び、デザート用に戸棚からきれいな食器を出しているあいだに、父親はアランチャに小声できいてきた。誰がやられたんだ？　彼女はおなじように、ボソボソと答えた。

「ギジェの友だち」

「嘘だろ」

「仕事を紹介してくれた人」

「嘘だろ」

　ミレンがダイニングにもどってきた。皿を抱えている。

「なに話してんの？」

「いや、べつになにも」

　べつになにも？　空気が、なおさら張りつめた。あと一回ひっぱれば、プツンと切れる。でも、すぐにカスタードクリーム《ナティージャス》のデザートがきて、子どもたちがキャッキャと喜び、ホシアンが、このときとばかりに、孫たちに百ペセタ硬貨を一枚ずつ小遣いにやった。

平和とデザート。だが、そのあと彼はよけいなことをしかけた。どうしたって？　無意識にテレビのリモコンをつかんだのだ。さっそくテレビのほうにリモコンをむけて、いましもスイッチを押すところ。つまり、レンテリーア、爆弾、カプチーノス地区で死者一名。アランチャはテーブルのしたでこっそり、素早く父の足を突《つ》いて、スイッチを押す寸前でやめさせた。もしやミレンが気づいたか。それとも、ちょっとまえから父と娘のひそかな会話を勘ぐっていたのか。

　不審にかられたミレンは、そんなわけで、ひとり台所で食器を洗っているときに頃合いを見計らい、なにやら口実をつけて、ほんの六歳のエンディカを呼びつけた。これで空気が破裂した。ミレンは、なんでパパが食事に来なかったのか、うまく子どもにききだした。子どもは、おばあちゃんの巧妙な手口をかわすようには教えられていない、なので、ほんとうのことを話した。子どもの目から見ての話、でも事実は事実。話の合間にこう言った。

「悪い人たちがパパ《アイタ》の友だちを殺したんだ」

「それで食事に来なかったの？」

「午前中、ずっと泣いてたんだ」

「まあ、そんな泣くなんて、それでも男って言えるのかねえ？」

　その言葉がエンディカは気にいらず、ダイニングにもどって母親に話した。ホシアンはすぐ反応した。娘の腕をつかんで止めようとしたが、老いて関節の曲がった手では敏捷さに欠けて止めきれない。アランチャは怒りまかせに思いきりテーブルを立つと、その勢いで台所にむかい、いずれは避けられないことが起こるべくして起こった。

「ちょっと、お母さん、子どもになに言ったの？」

「あんたたちこそ、悪い人たちがなんだって、子どもに言ったのよ？」

ゆがみきった顔同士、怒りに燃えた目同士、口から銃弾のように発する言葉同士。

アランチャは攻撃的、挑戦的に、いきなりスペイン語でまくしたてた。

「わたしが子どもを亡くさなかったのも、夫を亡くさなかったのも奇跡なのよ。ふたりは爆発する寸前に爆弾のそばを通ったの」

「ここじゃ、罪のない人間相手には戦わないけどねえ」

「ああ、でも、お母さんは戦ってるの？　けさのことで、お母さんに〝おめでとう〟って言わなきゃいけない？」

「あの議員、あんたのダンナの友だちのそいつ、民衆党だったでしょ」

「お母さん、どうかしたんじゃない？　彼はなによりも善人で、一家の父親で、自分の思想を守る権利をもった人だったのよ」

「抑圧者でしょうが。言っておくけど、その善人たちのせいでスペインの刑務所で腐りかけてる弟が、あんたにもいるんだからね」

「お母さんの息子、そんなに誇りに思ってる息子は、殺人の罪が立証されたのよ。だから刑務所にいるの、テロリストだからよ。もういちど言ってあげる。テロリストだからなの。バスク語をしゃべるからじゃないわ、エンディカには、まえにそう言ったらしいけど。嘘つき、嘘つきどころじゃない」

「あんたに、わたしの息子のなにを言う資格があるの？　バスク国のために命を懸けてる闘士でしょうが？」

「だったら、お母さんの息子が殺した犠牲者の家に行くといいわ。さあ、説明してきなさいよ。あちらの家族の目を見て言えるのかどうか」

「あんたのダンナの友だちじゃないの。だったら、あんたのダンナに行かせなさい」

「どうして一度もギジェルモって名前で呼ばないの？　言ったら口が火傷するから？　お母さんから

すれば、抑圧者なんでしょうよ」

「文句なしのバスク人とは言えないわね」

「彼、ここで生まれたのよ、わたしより先に」

「エルナンデス・カリソの名字で、バスク語をしゃべらない。それがバスク人だって言うんなら……」

ここまで来て、アランチャは会話に切りをつけた。ホシアンのまえを通りかけた。父は眉に悲しみをたたえて、台所の入り口で諍いを見守っていながら、介入できずにいたのだ。

「かまわないで、お父さん。あんな女性《ひと》に、よくこんな長年我慢してこられたわね」

「おまえ、行かないでくれ」

アランチャは子どもたちを呼び、ふたりの靴をつかんだ。階段室でも、表の通りでも、どこかしらで履かせればいい。ひと言も言わず、あいさつもせずに、子どもたちを連れて、押しだすように家の外にやった。ミレンはミレンで台所にいて、怒りにみちた、頑なで揺るぎない沈黙を守っている。

ホシアンは胸のつぶれる思いで、ふらつきながら、娘と孫たちの行く手をふさごうとした。

「行かないでくれ、頼むから」

無駄だった。

そのあと五年間、アランチャは母親と口をきかなかった。

90　冷や汗

　当時、自転車用ヘルメットは流行りではなかった。やめてくれよ。プロ気どりのマヌケが似たのを被ってたかもしれないが、それぐらい。正体を見破られないように、ふたりとも帽子とサングラスとサイクリングウエアを着用した。ホシェマリは、ある午後、道の左右を盗み見しながら故郷の村を通り抜けた。その前日パチョに挑まれたのだ。

「そんな度胸、おまえ、ないだろうに」

「かえって都合いいさ。うちの村はみんな自転車に乗って歩いてるから。じっくり見るやつなんか、いやしない」

　そのとおり。帽子にサングラスの、あの体格のいい自転車乗りが彼だとは、どうやら通行人の誰も気づいていない。広場をめぐる道を走り、パゴエタのまえを通過して川のほうに下った。対岸から見ると、父親（ベレー帽、チェックのシャツ、曲がった背、なんて年寄りだ）が畑で作業をしている。なに見てるんだ?と、パチョがきいてきた。

「べつに。村とお別れしたくてよ」

　雨さえ降らなければ、車や公共のバスより自転車のほうが、ふたりには都合がいい。標的を探して県内を走りまわる、唯一とは言わないが、それがこの日々のメインの仕事。おなじ場所に行くにも、自転車だとおたがいを見失わずに別々に行けた。合図をきめておいて、危険があれば、先にペダルを漕ぐほうが後から来るほうに知らせる。ふたりのあいだの距離は五十メートル以上、百メートル以内。どこかの市や村に着いても、おなじバルには入らない。遠出がおわると、ひとりが先に、もうひとりが後からエレベーターでピソに自転車をあげた。縦にすればエレベーターに載る。ふたりはピソでチョポと合流した。チョポはこの役目が放免で、学生らしい並みの生活を送るというか、そうしようと努めた。

戦闘短期コースで〝何事も疑ってかかれ〟と教示されてきた。一日の何時であれ、部屋に電灯がついていれば、誰かひとりがピソにいて、なにも問題がないという意味。電灯がみんな消えて、郵便受けに硬貨《コイン》が一枚入っているときはピソが留守。最後に出かける者が硬貨を入れておく。硬貨がなければ〝気をつけろ、ピソに上がるな〟。おなじように、窓の外にタオルが半分掛かっているか、家じゅうの電灯がついているか、ドアマットが定位置にないときもそうだ。パチョはいちど、この決まりを遵守し忘れた。チョポの仲裁がなければ、彼はホシェマリに顔を殴られるところだった。

灰色の寒い平日、でも雨は降らず、風もなく、ホシェマリとパチョは午後いちばんから、アンドアイン、ビラボナ、アステアス一帯を動いた。なにより無活動状態に陥らないため、それに悪天候の冬の一週間の後、やっと自転車で一周できる天気になったのだ。あちこちを漕いで歩くしかない。連絡員経由でETA幹部からのメモがとどき、〝新たな告知があるまで活動するな〟との命令だ。そこから推測できること、ドノスティ部隊が大規模のテロ《エキンツァ》を準備しかけているので妨害しないようにということか、あるいは、ETAが政府と秘密裡になんらかの合意に達したか。

ホシェマリは気落ちした。

「おれたち、二流のテロ部隊《タルデ》ってことかよ」

パチョが士気をあげようとした。

「心配するな。チャンスがきたら、ブッ飛ぶような打撃をくらわしてやろうぜ、そうすりゃ一目置かれるってもんだ」

「国家が屈服しないうちはな。武装闘争がいきなり中止になれば、おれたち、なにに貢献したかわかりゃしない」

「おい、そんな悲観的になるなよ。まだ何年もいけると思うぜ」

レカルデ、葬儀場付近、遠出もおわりに近づくと、ホシェマリはいつもながら止まって、パチョに何分かリードさせた。それからペダル漕ぎを再開してピソに着いた。見ると、相棒が建物の玄関の外にいる。あいつ、外でなにしてやがる？　ホシェマリは不思議に思った。上階は電灯が消えている。建物の角でパチョと合流した。

「硬貨《コイン》がないんだ」

「行こう」

急いでアンティグオ地区にむかった。ベンタベリ広場のすこし先まで止まらなかった。行った先で〝どうする？〟まず落ち着こうと決め、つぎにプランを考えた。

完璧に暗くなった。夜の九時の鐘。周辺を走る車がだんだん減っていく。ペダルを漕ぐあいだは、そんなに感じなかった寒さが、いまごろ骨身にしみてくる。それにホシェマリは大きな図体が夕食を欲しがりはじめた。バナナとリンゴのほかに遠出にいつも持ち歩く最後の板チョコにがっついた。

ひとつ明白なことがある。夜、街中でサイクリングウエアなんか着ていたら、人目をひいて、しょうがない。

「こんな格好で、どこ行くんだよ？」

「だいいち、メチャクチャ寒くて、こんな薄着で外にいたんじゃ、体が凍っちまう」

「ちくしょうめ」

てるし」

「もどって、ちらっと様子見よう。チョポが硬貨《コイン》を入れ忘れたのかもしれない。おれも、いちどやっ
「へまだったら、やつの脳天、カチ割ってやる」

「行こうぜ」

ピソの窓の灯りは消えたままだ。人気のない通りに怪しい動きはないが、駐車してある車や、近くの家のカーテンの奥に警察の犬《チャクラス》どもがいないともかぎらない。ふたりは自転車を交通標識に立てかけた。口から吐く息が白い。パチョは寒さにふるえ、これじゃ病気になるぜと、心配を隠さない。ホシェマリは跳躍や体操で寒さをしのごうとした。口をひらけば愚痴ばかり。俗語と罵詈《ばり》をさんざん言い散らすが、なかなか心が決まらない。

「ひとりが上がればたくさんだ。待ち伏せされてても、ひとりが捕まるだけで、もうひとりは逃げられるだろ」

「おまえ、アホと違うか？　おまえが捕まりゃ、おれも捕まるようなもんだし、逆だってそうだ。治安警察隊の野郎どもに営舎で殴られてみろ、ラテン語だろうがロシア語だろうが、おまえの知らない言葉だろうが、主の祈りでも唱えるみたいに、いくらでもペラペラ吐くにきまってる」

しんしんと冷えこみ、この時間にも場所にもそぐわない服装、空腹と寒さと疲労、なにもかもが決断をうながし、ふたりは最終的に決断した。

別々にピソに上がった。ひとりはエレベーター、もうひとりは階段。ドアマットは？　定位置。いい前兆。だが用心しろ。ドアに鍵が掛かっていない。かまうもんか、鍵穴に鍵をさしこんだ以上、なにか起こるんなら起これという話。

パチョが先に入って玄関の灯りをつけた。静寂。ふたりはブローニングの安全装置を外した。どこに行くにも銃は必須。自転車で出かけるたびにウエストに携帯ベルトをつけていくのはそのためだ。

チョポは自分の部屋にいた。おまえ、なにされた？　意識があるにはあるが、床で体をまるめて、吐瀉物に片頬をくっつけている。

「動くと最悪なんだ」

疑り深く、能天気な二人組は、同志の問題が自然に起因するのをなかなか理解しない。壁に、大井に、家具に、当のチョポにまでピストルを向けるうちに、〝おまえら、どこにいたんだよ、ちくしょうめ〟と相手が言った。そっちこそ、なんで電灯をつけてないんだ？　バカ、動けないんだよ、見りゃわかるだろうが？

ものすごい痛みがはじまったのは、外から帰ったとたん。エレベーターのなかで、いきなりだ。チョポは最後の力をふりしぼって、やっとピソに入ったという。どこが痛むんだ？　ここだよ。ここというのが腿かと思えば、こんどは背中、そのうち横腹になる。どうすりゃいい？　誰か助けをよこさないと、大声で助けてくれって叫んでやるぞ、と相手が脅しをかけてきた。ふたりで起こそうとしたが無理だった。病人の痛みは増すばかり。しかも、この吐瀉物と悪臭だ。

「これ、片づけなきゃな」

「おまえがやれよ」

台所に来いと、ホシェマリはパチョに合図した。ふたりでひそひそ話、ドアはしめておいた。

「ピソに救急隊を入れるわけにいかないだろう。リスクが大きすぎる」

「でも大急ぎでなんとかしないと、あいつが死んだら、問題がもっとデカくなる」

自分の部屋の床でチョポのあげるうめき声に、ホシェマリは神経が逆立った。会話に切りをつけた。独断、リーダー、きっぱりと。

「服を着がえるか、上にジャンパーをひっかけろ。車をもってきて、玄関口のまえで待ってな」

「おまえ、どうかしたんじゃねえか？　トランクに銃や弾薬の箱が入ってるんだぜ」

ホシェマリの目が口答えを許さない、その目はブローランプの炎だ。もしヤバイことになっても、おれのせいじゃないからな、とパチョ。そして、ぶつくさ言いながら急いで服を着た。ピソを出しなに、責任がどうのとモゴモゴ言う。ホシェマリはチョポの部屋をのぞいて言った。安心しろ、心配するな、我慢しろ、とかそんなこと。それで自分も素早く服を着がえた。

台所の窓から見ると〝セアト127〟が通りを走ってくる。車盗難専門部隊に支給された車だ。トランクのなかは箱だらけ。よく言うぜ。武器だの爆弾製造用の材料を一式送ってきながら〝当面活動するな〟ときたもんだ。宵闇を利用してスポーツバッグに詰めこんで、なるべくこっそりピソに運びあげてチェックし、どれを隠し穴に埋めて、どれを残さなくてはいけないか決めよう、そういう話になっていた。

ぐずぐずしている暇はない。ホシェマリはチョポの足をひっぱって、吐瀉物のたまった場所から顔をよけさせた。まったく胸クソ悪い。こういうときに母さんがいてくれりゃ、助かるんだけどなあ。タオルですこしきれいにしてやった。いちど階段室に出て、エレベーターのボタンを押しておく。近所の人間は？　みんな自分たちの家。めったに顔をあわせない。どこかでテレビの音がする。

ホシェマリは荷袋でも扱うみたいに、情け容赦なくチョポをかついだ。ドアの覗き穴から再確認すると、エレベーターには誰も乗ってこない。それで相棒を肩にかついだまま建物の玄関口までおりた。車のパチョが〝通りはオーケー〟と合図を送ってくると、ホシェマリは痛みでうめく相棒を急いで後部座席にどさっとおろし、自分は助手席に乗りこんで、車をだせとパチョに命じた。

「どこに行く？」

「そっちに走れ。いま言うから」

ふたりはチョポを言いようのない体勢――すわって？　体をまるめて？　よくわからないが――のまま、外のベンチに置き去りにした。イゲルド山にあがる車道のそば、オンダレタの庭園のベンチだ。

パチョが相棒の命を危ぶんだ。

「あいつ、死んじまうぜ」

でもホシェマリは無言、そのうちマティア通りを渡ったところで、公衆電話ボックスが目にとびこんだ。

「止まれ。おれはここで降りる。おまえはピソにもどれ」

まっさきにホシェマリがしたこと。すぐそこのバルに入り、スリートを飲みながら電話帳を見ていった。そのあと電話ボックスから赤十字病院に電話をした。通りのむかいに病院の正門が見えている。あれこれ説明せずに言った。

「もしもし、ここに、ものすごく痛がってる若いやつがいるんですけど」

場所を告げ、先方が理解したのをしっかり確認してから電話を切った。一分もするかしないうちに救急車がそばを通り、自分の指示した場所に向かっているのだと思った。

二日がすぎた。チョポの音信がないままの長い二日。

呼び鈴が鳴った。ふたりは、ビクッと跳びあがった。あいつかな? インターホンから〝開けてくれ〟

病院に入った同夜に、尿といっしょに腎結石を放出できたらしい。そいつに死ぬほど苦しめられていたわけだ。大事をとって二十四時間安静にさせられたという。迷惑かけてすまなかったと、チョポは同志ふたりに詫びを言い、助けてもらったことに感謝した。お祝いしようぜ。どうやって? 夕食に最高のごちそう作ってやるよ。小イカ《チピロン》の墨煮でも、白身魚《メルルーサ》のソース煮込みでも、おまえらの好きなもん、なんでもいい。

「母さんのこと思いだすなあ。いつも夕食は魚でさ」とホシェマリ。

食材はおれが買ってくる、みんな任せろよとチョポが言った。おまえらは、腹だけ空かしていりゃいいから。よーし、オーケー。

そのままチョポは部屋にひっこんだ。床には、まだ汚れたタオルと、乾いた吐瀉物が残っていた。

91 リスト

いつもの連絡経路から、テロの標的の名前と住所のリストを受けとった。地元の事業経営者、レストランや店のオーナー、つまり財産をもちながら、その金をＥＴＡに還元していない人物だ。ぜんぶで九人の何某《なにがし》か。メモには指示もないし、その必要もない。

パチョがひとりの名前に注目した。

「ここに、おまえの村の人間がひとりいるぜ」

「〝チャト〟って呼んでる男だよ。川のそばにトラック会社をもっている。うちの親父の畑のちょっと上だ。金を払わない連中のひとりとは知らなかったな。厚かましいやつだ！」

チョポの提案。標的が知れた顔で捕まえやすい。だったら、こいつからはじめたらどうだ？　どこを通るか、何時に通るか、ボディーガードがいるか云々を調べりゃいいことだ。

この時とばかりに、パチョがからかった。

「ひょっとしてホシェマリは、その考えが気にいらないかもな。村の近所の人間だと事情もいくらか変わるだろうに」

「なにが変わるって？　おまえ、バカじゃねえか？　敵がどこの誰だろうが、おれは関係ない。たとえ自分の身内でもな。懲らしめるんなら懲らしめる。ここでは命令にたいする意見も討議も余分だ」

ホシェマリが見張り役には加わらないことで三人は合意した。本人も部隊《コマンド》もリスクにさらさないためだ。それでも最初の晩、相棒たちと村に行くことは行った。セアト127、彼は車から降りずに説明していった。ここが会社だ。チャトはここに住んでる、二階のピソだ。ああ〝アラノ・タベルナ〟って看板のある店、あそこでパチって男を訪ねな。その後は、サンセバスティアンのピソでテロ部隊《タルデ》の監督に終始した。誤解のないように仲間に告げた。

「最終的にやることに決まれば、そのときは、おれも現場にいる」

アラノ・タベルナのパチは、いつもながら用心深く、第三者をつうじて寝泊まりできる場所を都合してくれた。けっして表にでない男、けっして警察に捕まらない男、たとえ地元の騒がしい〝アベルツァレ〟の連中をひとまとめに仕切っていてもだ。そのあとパチは、自分はこの件にはいっさい関係ないからとくぎをさし、この店にも来ないでほしいと言ってきた。

ホシェマリは理解をしめした。

「やつの言うとおりだ。あそこの村はみんな顔見知りだから。よそから二人来りゃ目立つにきまってる。ひとりいれば、じゅうぶんだ」

パチョが一週間、村に滞在した。チョポが毎日情報と伝言と用事をたずさえて、むこうとこちらのピソを行き来したが、寝泊まりはいつもサンセバスティアンの家、ほかに報告書を書くのもひきうけてくれ、ホシェマリは心底感謝した。文字はまるで苦手なのだ。

七日間でパチョは、じゅうぶんな情報を集めた。お釣りがきたぜ、と彼は言う。それで同志ふたりに追跡の結果を報告した。

「おれに部屋を提供したのが、なんと、標的の会社で働く男でさ」

「なんて名前？」

「アンドニ」

「やつなら知ってる。ＬＡＢの労働組合の問題児だ」

「あの男のおかげで〝資本家〟の生活のくわしい情報が山ほど手に入ったぜ。雇い主のことが気にくわないんだとよ」

　ホシェマリは反論し、事を明確にした。

「武装闘争は隣人と気があうとか、気にくわないの問題じゃないと、おれは思ってる。つまり、うまの合わない人間を痛めるのが仕事じゃない。もしそうなら、いますぐアンドニの野郎に銃弾四発お見舞いしてやるところだ。なんでかって？　やつはあくどい男だから。そういう家族の出だよ。伯父貴のソテロってのが、フランコの時代にバルコニーにスペインの旗掲げてたくせに、いまは人民連合党《エリ・バタスナ》で、のうのうとしてやがる。おれは、そういう卑劣なやつは信用しない、そりゃそうだろうが。チャトは人として、ずっと気がおける。だけど標的だったら、当然行動はおこさなくちゃいけない。バスク国の解放がそれを要求するからだ」

「わかった、そう熱くなるな。それよりパチョに報告させろよ」

「話をもどすとさ、この事業主はしょっちゅう道順を変えるってこと、といっても選択肢はそうない。車をつかってるんだ。この男のことをアンドニから山ほどきいて、仕事の時間は不規則なのがわかった。いかにも会社のボスだ、仕事をはじめるのも終えるのも好きなときだって。でも、いいか。家の建物の門をでて最初にやるのがガレージまで歩くこと、家のまえの通りじゃなくて、曲がった先だ」

「初耳の情報だな。子どものころ、あのなかで、さんざん遊んだよ」

「建物の玄関から、そのガレージまでの四、五十歩で楽に捕まる。帰りもおなじだ。とくにガレージと曲がり角のあいだはテロ行為《エキンツァ》にもってこいだと思う。通りは狭いし、かなり暗い、人も車もほとんど通らない。拉致なんて、お茶の子さいさいだ」

「ああ、だけどインフラがない。どこに監禁しておくんだ？　それに、ETA幹部に相談なしにやるわけにはいかない。だから拉致はなし。チャトは目つぶってても、声だけでおれだってわかる。その考えはやめな」

「拉致しようって言ったわけじゃない、簡単だって言ったんだ」

「じゃあ、もっと、わかりやすく説明しな」

「この男はバルには行かない。その点はアンドニから先にきかされた。まえは行ってたらしい。でもいま行かないのは、村の〝アベルツァレ〟の連中が、ちょっとばかし脅しをかけてるからだって。あと、とんでもない早起きだ。午後一時から一時半に家に食事をしに帰る。おれが村にいたあいだ、違ったのはいちどきり。アンドニいわく、日によってオフィスでメシを食うこともある。昼食後、家を出て仕事にもどるのは三時半ごろ、いくらか前か後かってところだな。月曜日は四時十五分前に出てきた。いつもどおり、歩いてガレージにむかって車に乗る。赤のルノー21だ。一日のおわりにテロをやるのは厳しいと思う。おとといは夜の十一時になっても、やつは出てこなかった。それで、こっちは引きあげたよ」

「ボディーガードは？」

「つけてない。言っとくが、絶好の標的だぜ」

ホシェマリはそこまでの確信がなく、頭を横にふった。躊躇している。まずは斯々《かくかく》、やるべきは云々《しかじか》、彼の挙げる反対理由を、同志ふたりは事もなげに、くつがえしていく。朝メシまえじゃないか、後方支援にそんな手間はいらない、犠牲者には逃げ場がない、村は街灯までが〝アベルツァレ〟、現場から退却するのもわけがない。これ以上なにがいる？　ダメなものはダメ。ためらい、〝でも〟をくり返しながら、ホシェマリは頑として譲らない。アラノ・タベルナのパチが、だいぶまえから落書きと村八分の活動で地盤を固めてきているんだぞ、と同志たち。

「いま、あの企業家のために指一本動かす人間もいやしない」

「くそ、おれが気にいらないのは、パチだの、アンドニだの、そういう連中が寄ってたかって、自分たちがETAのテロのスポンサーだと思いこんでることだよ。こっちは、やつらの猟犬じゃないぜ。ああだこうだと、連中が後になって村じゅうで触れまわらないと断言できるか？　あのなかに潜入者《モグラ》がいないともかぎらないだろうが？　やつらが協力してきた。それはそれだ。でも、いつ、どこで、どうやるか、あとは、ここでおれたちが決める話だ」

「よし、そういうことなら、しばらく様子を見て、それから打撃をくわえてやろう」

「それが言いたかったんだ。おまえらのプランは、あんまり急すぎる。関与する人間が少なけりゃ少ないに越したことはない」

　決めたとおりにした。そのあいだ春の末から夏いっぱい、秋のはじめまで、リストの他の名前に専念した。なかのひとりはラサルテの冶金工場主。標的は年ごろ六十がらみの太った男、ふだん工場のそばの空き地に駐車しているので、三人は考えた。車に爆弾仕掛けてやったらどうだ？　なにより試しにだ。戦闘短期コース以来、爆弾を一個も製造していない、そろそろお披露目してもいいころじゃないか。

　そんなわけで、ある日ホシエマリが現場に行き、車の下に素早く爆弾を仕掛けた。そこから午後いっぱいパチョと近くのリンゴ酒店《シドレリーア》で過ごし、爆発の轟音がするのをゆったり待った。ふたりは飲み物を賭けあった。

「午後八時よりまえに爆音がしたら、おれの勝ちだ」

　爆発はなかった、轟音はなかった、ふたりとも賭けに勝たなかった。夜になってリンゴ酒店を引き揚げた。まるで変だよな。工場主が、ひょっとして歩きか自転車で家に帰ったのか、誰かが迎えにきたのか、知るかよ、ちくしょうめ。

　ピソに帰り、チョポにきいた。まったくわからんな。まずはテレビに注目し、そのあとラジオに耳をかたむけ、最後に警察の通信をキャッチする盗聴装置に頼った。皆無。翌日、今か今かとニュースを待った。待っても甲斐がない。あと二十四時間やり過ごし、それから現場に足をむけた。こんどは自転車で移動した。太った工場主の車は空き地にない。もしかして工場の脇か後ろか？　そこにもない。結論。爆弾の失敗。

　ホシェマリは不機嫌になり、インストラクターに常々言われた言葉を思いだした。

「失敗したのは爆弾じゃない、おれたちがしくじったんだ」

　三人で爆発装置の製造過程を順にチェックしていった。戦闘短期コースで、事前に試験するように何度も言われていた。試験はしている。いったい、なにがあったんだ？

　パチョいわく。

「おれの考え言おうか？　太っちょがヤバそうなのを嗅ぎとって、警察呼んだとかさ」

「それはないだろ。爆発物処理班《テダックス》が介入したんなら、動きがマスコミに届くはずだ。おれは爆竹が外れて、どっかの路肩にでも転がってってったんだと思うね」

　失策の埋めあわせをするために、太っちょの工場をぶっ飛ばそうという話になった。基礎から根こそぎにしてやるぞ、ちくしょうめ。

　それで、ホシェマリとパチョがある朝、現場を視察した。最大限メチャクチャにするには、どこに爆弾を仕掛ければいいか見ようとしたら、冶金工場のかわりにあるのは空っぽの倉庫。入り口の看板もなくなっていた。工場主がビビって工場を閉鎖したのか、もっと安全な場所に移したのか。爆弾は六キロのアンモナールと時限装置で準備ずみ、そこでリストの別の人物にむけた。バルの店主だ。

　マスコミは、破壊の規模の大きさを取り沙汰した。幸い負傷者は出なかったという。

92　最愛の息子

面会室での訪問が知らされた。ガラスのむこうに、きょうも母の目がある。はじめは気がかりな、期待まじりの不安をうかべる目、見ると息子がやってくる。大柄で、髪こそないが、見た目は健康そう。それで母の目が穏やかになる。明るく情愛にみちた母親の目、老いの荒廃が日に日に刻まれる顔のなかで、その目だけは若さの名残を保って見えた。

親父はほとんど刑務所に来ない。一年に、せいぜい一度か二度。バスの長距離の旅で疲れるのよ、お父さんはもう昔のお父さんじゃないからと母は言い、バスクの服役囚の分散配置策をとる国家（ミレンはけっしてスペインと言わない）にたいして激しく非難した。でも母が父を来させたくないのを、ホシェマリは知っている。親父が涙もろくなるからだ。来るたびに涙をこぼす。うちの息子、こんなに長い歳月、釈放される姿を見ないで父さんは死ぬのか。そんな調子ではホシェマリが元気をなくすと、母は思っている。

それに旅の最中にすぐ喧嘩になる。つまらないことでだ。出発前からしてそう。家で、やれひげの剃りかたが悪いだの、やれ耳から毛がでているだの、バスに乗れば乗ったで、あれやこれやと注意をし、ガミガミ叱り、ほかの服役囚の家族がいるまえで文句をならべる。ミレンはこうやってホシアンの自己愛を蝕み、ホシアンはホシアンで傷つくばかり、最後はくってかかるが、不器用で、癪にさわっても覇気がない。帰りもおなじこと。だから家にいるほうがよほどいい。

　ホシェマリはいつものレパートリーを待っていた。バスの長旅の不便さ、非人道的な分散配置策、アンダルシアの暑さにたいする不平不満。どうして服役囚の家族を懲らしめなけりゃいけないの？　あいかわらずの村のうわさ話、最近亡くなった人、アランチャのリハビリの進度の緩慢さ。

　だけど、きょうはそうじゃない。ともかく言うことに気をつけなくっちゃ、監視の目が感じられる。バスク語でしゃべっても、看守連中がこっそり会話を録音して、誰かに通訳させるにきまってる。だからデリケートな政治の話題には触れずにいるか、ほかに方法がなければ、ささやき声で、遠回しに、暗黙で、言葉半分に伝えあう。母子は長年のうちに、この手のコミュニケーションが得意になった。言わないでも通じ、気心が知れ、目を交わすだけで相手の考えが推し量れた。生まれてこのかた、そっけない感情表現しかしてこなかったミレンが、いちどガラス越しに手を口にそえて〝あんたは最愛の息子よ〟と言った。

　では、きょうのニュースは？　会話がはじまって十分後、ミレンは突然ボソボソと謎含みのしゃべりをはじめた。なんだよ？　問題があって夜眠れないの。母の心配気な顔つきで、ホシェマリは、面会室で大っぴらに話さないほうがいい話題だろうと察した。親父？　アランチャ？　ミレンは首を横にふる。あの女《ラ・ロカ》？　母がうなずく。またかよ？　母はまたうなずき、ガラスに片手を近づけて、手のひらに細かく書いてきた文字を見せた。

《あんたが夫を撃ったのか、知りたいんだって》

「クソでも食らえって言ってやれ」

「すごく、しつっこいの」

「なんで、そばに来させるんだ？」

「あたしとは話してない。やれるもんなら、やってみなさい！　でもお父さんがさ、わかるでしょ。

断りゃしないし、いつ畑で捕まえられるか、あちらは、ちゃんとチェックしてるのよ。それにアランチャだって、会うと、iPadでなにか書いてみせてさ。あたし、セレステに言ってやるのよ、〝あのセニョーラを見かけたら、別のほうに行ってちょうだい〟って。だけどねえ、ホシェマリ、誰もあたしの言うことなんか、ききやしない」

会話に当たり障りのない話を入れて、ごまかした。最近、おいしいもの食べさせてもらってる？

「なんでもかんでも、塩っ辛い」

そのすきに、ミレンはもう片方の手のひらを息子に見せた。

《どう答えればいい？》

「そうしないと、こっちまで変にさせられるから。言ったでしょ、眠れないって」

「村に一人や二人、若いやつで、その黒バエ追っぱらってくれるのがいないのか？　おれがいたころなんて、そんなこと、ありえなかったけどな」

「村は昔とちがうから。もう前みたいに落書きもポスターもないし。ああいうのはみんな、どっかに行った感じ」

「ちくしょう、だけど、誰かしらいるだろうに？　あいつと話せよ、わかるだろ」

「店やめてから、ほとんど見かけないわよ。誰もなんにも知りたくないみたい。こんどは口をそろえて平和プロセスだの、犠牲者に謝罪しろだのってさ。謝罪なんかとんでもない。こっちこそ犠牲者じゃなかったの？　味方はどんどん減ってくし、置いてきぼりにされて。ちょっと口をひらけば警察が乗りこんできて〝テロリズムの賛美〟だって連れていかれるんだからさ」

ベッドに伏せて、ホシェマリは窓の四角にかこまれた空の断片を見つめた。夕暮れどきの青い空、飛行機雲の白い跡が走っている。落ちこんでいるのが自分でわかる。胃袋が燃えている。服役囚をおとなしくさせるのに、食事に粉薬を入れてるって話だ。おれは強硬派のETA戦闘員で通っているから、倍の量を入れられてもおかしくない。それか、もっと最悪なことか？　ぞっとする前途。ここで悪性腫瘍で死んで、二度と村にもどれない。何度となくそれを考えた。そういうケースがあったのだ。

　青い空のかわりに、いま窓ごしに見えるのは、お袋の両手、その手のなかに読める文字。悲しみに暮れた寡婦だのなんだのって、こっちはご免だ。歴史を巻きもどしたいんなら、文書庫に行きやがれ。過ぎたことは過ぎたことだ。武装闘争がおわったって？　そりゃ、けっこう。〝ＥＴＡ万歳《ゴラ・エタ》〟が世々にいたるまで。そして未来に向かえってか。

　突然、意に反して、かなり激しい雨が降ってきた。どこで？　記憶のなかで。すこしずつ落ちていく。強硬派のＥＴＡ、ハンガーストライキを最初にはじめて最後におえた戦闘員。同志の全体会議で発言し、社会復帰のエサに釣られた仲間の服役囚を軽蔑した戦闘員。だけど人間は船みたいなもんかもしれない。人間は鋼の船体かもしれない。それで年月が経って亀裂ができる。そこから郷愁の海水が入りこむ。孤独に侵された郷愁、自分がまちがっていたという意識の海水、過ちの修正がきかない海水、さんざん人を蝕むその海水、肌で感じる後悔の海水、それでも臆病だから、恥ずかしいから、その後悔の念を口にしない、同志たちに格好をつけたいから口にしない。そうやって、すでに亀裂のできた船みたいな人間は、いつ何時にも沈んでいく。

　独房の窓が、急に灰色に被われる。

　あの前日の午後から雨が降りやまなかった。メリットは、悪天候のおかげで通りから人が消えること。誰も立ち話などしたくない、誰もが行くべきところに急いで行く。曲がり角のそばに公衆電話ボックスがあった。まさにこの場所でテロ行為《エキンツァ》がしやすいように、わざわざ設置されたみたいだな。なぜ？　だって、なかに入っていれば雨に濡れずにすむ。それにボックスが隠れ場所にもなれば、絶好の見張り場にもなる。土地の人間が近づいてきたら？　こっちは電話をかけているふりができるし、適度に曇ったガラスが助けになる。あとはフードをかぶれば言うことなし。村の誰かが顔をつっこまないかぎり、このなかにいるのが彼だとは確認できまい。

見ると、赤いボディーの〝ルノー21〟が通りの端にあらわれた。心臓がドキンとした。神経の高ぶり？　まあそうだな、いくらかは。だが最初の時期ほどじゃない。あのころは脚がふるえた。テロのおかげで冷静さを保つことを学んだ。パチョには、そのことを話していた。相棒が言うには、行動の瞬間が近づくと、やつも毎回そうなるらしい。

「ふつうだよ。おれたち病的人間じゃないんだから」

直感的衝動で、パーカーのポケットに入ったブローニングの塊に手がふれた。なにがなんでも失敗しないこと。車のなかにチャトの輪郭がおぼろに見えた。あの大きな耳はせいぜい、あと三分か四分の命だ。安心できる点。標的はひとりでいる。村で偵察しながら毎日すごしたパチョは、行きも帰りも人を乗せているのは見たことがないと言っていた。

チャトが角を曲がったあとぐらいに、ホシェマリは腕時計の秒針に目をやり、三十秒待ってボックスから外に出た。チャトにくれてやる臨時のおまけの時間、警戒したり不審にかられたりしないでガレージの戸をあけさせるためだ。ふだんより時計の針がゆっくり動くように思えた。ほら、行くぞ、行くぞ。

通りの角についたとき、チャトがちょうど車にもどって、ガレージに入るところだった。プラン。相手が出てきたところで、こちらから行って処刑する。一発では足りない気がした。犠牲者がこっちの正体を知り、生きのびたりしないように安全を期すること。そのあとは遅滞なく、よもや近所の目をひいたり、慌てて走ることもせずに、パチョが車で待つ場所に行く。

チャトは、なかなか外に出てこない。なに、ぐずぐずしてるんだ。そのうち雨がやむとでも思ってるのか？　雨に濡れているのはホシェマリのほう。建物の隅で壁に身をぴったり寄せて、なるべく雨に当たらないようにした。ガレージのなかに出入口がないのはわかっている。遅かれ早かれチャトは外に出てきて、家に向かうはずだ。

出てきたぞ、傘はもっていない。あそこだ、人生最後の酸素を肺いっぱいに吸いこんでいる。ほんの十歩ほどの距離。こっちが横顔を見ているあいだ、相手はガレージの戸の鍵をまわし、小声で独り言を言うか、歌でも口ずさむように、軽くくちびるを揺らし震わせている。

歩きだしてすぐ、チャトがおれに目をむけた。ポケットのなかでブローニングをにぎりしめた。

チャト、なにしてる、なにしてやがるんだ、彼は通りのこちら側に移り、まっすぐおれのほうに歩いてくる。このシーンは脚本にはない。

「やあ、ホシェマリ、帰ってきたのか？　会えてうれしいよ」

あの目、あの大きな耳、あの人なつこい顔つき。うちの親父の友だち、おれが子どものころアイスキャンディーを買ってくれた人。

教会の鐘が午後一時を打った。あのなつかしい音、金属製の、決定的な音が〝ノー〟とおなじに響いた。〝やめろ。殺すな〟

おたがい口をつぐんだまま向かいあった。愛想のいい言葉にたいする、こっちの返事を相手が待っているのが目に見えた。おれはＥＴＡのメンバーだ、あんたを処刑しに来た。でも言わなかった。口をついて出なかった。教会の鐘が高みから〝ノー〟と打ったのだ。だって、チャトじゃないか、ちくしょう。彼の目、彼の耳、彼のほほ笑み。

ホシェマリは背をむけて立ち去った。走りはしない、それはしないが、早足で。

車に乗りこみ、バタンとドアを閉めた。

「無理だった。近所の人間が、あいだにいたんだ。車を出せ。食事に行こう」

「見られたのか？」

「いや、だいじょうぶだと思う」

「むこうが仕事にまた出かけるときに、やれるかもしれないな。どう思う？」

「わからない」

「おれたち、何日も打撃をおこしてないぜ」

「わかった、だけど、こんどはおまえが電話ボックスに入れよ、おれが車で待つ。きょうは、もうさんざん雨にあたったから」

「おれは、かまわないが……」


セニョーラ、面会時間はもう終わりです、とミレンは指示された。彼女は自分に話しかける刑務所の職員に目もむけない。椅子から立ちあがって、息子に別れのあいさつをはじめた。

「さあ、愛しい《マイ》ホシエマリ《ティア》、元気をだして、いいわね？　一か月したら来るから、あんたの姉さんが、ぶりっ返さなきゃ、それより前かもしれないし」

「あの女《ラ・ロカ》と口きくなよ、母さん。約束してくれ。ひと言もだ。知りたきゃ、高等裁判所の公式記録を見ろって」

「あたしたちの生活に首つっこもうとしてるのよ。なにしろ、しつっこいからねえ」

「母さんは相手にするな。そのうち離れていくさ」

93　沈黙者たちの国

ラムンチョは家にいて、ニュースをラジオで知った。かたや、ゴルカは局にいながら、はじめは一編集者へのインタビューの録音に忙しく、その後はビルバオの書店主のインタビューで、なにが起こったのか知りもしなかった。

ありきたりの平日の午後半ば。となりの部屋で同僚二人がしゃべっている。ひとりは外から帰ったばかり、いろんな話のついでに、こう言っていた。

〝雨がやまない。テロがあった〟

ラムンチョはいつ着くのか？　ゴルカは同僚たちの言葉を気にも留めなかった。勤務がおわるのは、まだ何時間も先なのに、雨なんかどうでもいい。二番目の件は、ＥＴＡの過激なテロ行為に慣れすぎて、また起こっても簡単に驚かなくなっている。年月とともにテロに目をつぶるかさぶたができてきた。ぼくだけのことか？　武装集団の殺人に無関心なわけじゃない、こういうのが日常化して、怒りと悲しみの器官を不活発にさせているのだ。あのバルセロナの大型スーパー〝イペルコル〟みたいに多くの死者を出したテロ――たしかに、あのときは一日気分がふさいだ――や、犠牲者に子どもがいれば別だが、ふだんはテロの発生を認識するにとどめ、意見は自分の内におさめている。

そのくせＥＴＡのテロ部隊の逮捕について報道があると、そのたびに心臓が高鳴り、逮捕者のなかに兄がいないかどうか確認しに走った。兄が一刻も早く武装闘争から離れてくれることを、ゴルカは強く望んでいた。ラムンチョには（そう、彼だけには）事あるごとにくり返した。

「兄貴が捕まった日には、ぼくが喜んでやる。兄貴のためにも、うちの家族のためにもだ。両親の人生をメチャメチャにしてくれたから」

　午後七時すこしまえ、ラムンチョがラジオ局に着いた。レインコートの肩パッドに雨のしみが散っている。

「午後のテロのこと、きいたか？」

「なにも」

「銃殺されたの、きみの村の事業主だ」

「なんて名前？」

「名前までは知らないな。でも知りたけりゃ、すぐ調べられる」

「いや、いいよ、いいよ」

　きいたところで変わりない。そのうち自分でわかる、ぼくの反応をそばで見る人間がいないときに。名前や顔をいくら思いかえしても、誰が犠牲者になりそうか頭にうかばず、その人物を知れば知った分、いやな——悲しい？——驚きになりそうな予感がした。

　工場や作業場の所有者、店をもつ人、村の人間でなにか商売をする人たちを思いうかべた。何人か思いだした。バスクの民族主義を公言する人、それにバスク語《エウスカルドゥン》を話す人も含めて、ＥＴＡがあるいはプレッシャーをかけることもある、過去にも何度か例があったが、なにより先方から金を巻きあげるためで、命を奪うことはない、そうなると武装集団はバスク民族主義党ＰＮＶと対立することになるからだ。

　けっきょく思いうかばないが、必要以上の好奇心に刺激され、ゴルカは頃合いを見計らって、同僚に声をかけずに通りの角のバルに足をむけた。

チャト。

カウンターに、いま出されたカフェインぬきのコーヒーのカップがある。でも口をつけなかった。

チャト。

テレビ画面に彼のモノクロ写真。ひどすぎる、あんまりだ。

チャト。

ラジオ局にもどると、エレベーターのなかで、痛いぐらい強烈な悲しみの感覚がゴルカの喉もとに突きあげた。子どものころ、自転車の乗り方を教えてくれたのがチャトだったのを思いだしたのだ。父親も手を貸すには貸したが、真にいいアドバイスをあたえ、転倒せずにペダルを踏む正しい方法を説明してくれたのはチャトだった。自分の会社の駐車場で、シャビエルの自転車のサドルを押さえて、手を離しながらそばについて走り、ぼくが片側に傾きすぎるたびに、ずっと横で支えてくれた。乗るのを覚えたら自転車を買ってあげるよと約束し、生まれてはじめての自転車をぼくにプレゼントしてくれた。

そのチャトが死んだ。殺されたのだ。

ラムンチョはゴルカが入ってくるのを見るなり、なんでそんな顔をしているのか、なにを突きとめてきたのか、すぐ察知した。

「つまり、知りあいだったわけか」

「なにかの間違いでなきゃいけないよ。ほかの誰かを標的にしていて、ほんとうは殺しちゃいけない人を殺したんだ」

「革命税を払うのを拒否した人間のひとりじゃないのか」

「彼と、うちの親父は〝ムス〟のパートナーだった、生涯の親友だったんだ。ただ、電話で姉貴からきいた話だと、最近はなにかあって口をきかなくなったって」

「政治的な意味合いでとか」

「そうじゃないと思う。彼は政治には関わらないし、善人で、人に仕事をあたえて、村の人のためにも尽くしてきたんだ。もちろんバスク語《エウスカルドゥン》をしゃべる人だし」

「まあ、善人だろうが、なかろうが、なにかしらしたんだろう。ETAは大義なしに殺さない。いいか、おれは武装闘争を擁護してるわけじゃないぞ。誤解しないでくれよ」

「わからない、わからない。もう長いこと村に行ってないし、ぼくのわかってないことが、きっとあったんだと思う」

「今週末に行きたいか？　アマイアを連れていくか？」

「いや、かえって行かないほうがいい」

　その後、ラムンチョは、バスクの最新音楽情報の番組製作でスタジオにこもった。ゴルカはそのすきに、局の電話をつかって実家にかけた。ホシアンが出た。

「母《アマ》さんは留守だよ。広場に行ったから。大赦をもとめる集会だ」

「村の人が殺されて、いくらも経ってないのに？」

「こっちも言ってやったよ、おまえ頭のネジが飛んだんじゃないかって。しかも、このどしゃ降りでだ。でも〝アベルツァレ〟熱に冒されてるから。誰にも止められやしない」

　ホシアンの電話の声は力なく、おじけて、ためらっているふうに響いた。家から出たくないと言う。あったことを、いちいち耳にしたくないから？　だって雨が降りっぱなしでな。あとリウマチが痛むし。たぶん最後に本音か。

「それに、誰とも顔をあわせたくない」

　会話は弾みをなくし、沈黙の淀《よど》みに入ったが、ちょっとしてゴルカがその沈黙をやぶった。

「どこで殺されたの？」

誰とは言わない。父も息子もいちどとして、犠牲者の名前もニックネームも口にしなかった。

「家のそばだ。待ち伏せされてたのは、たぶんまちがいない」

「お父さん、もうあんまり仲良くしてなかったらしいけど」

「なんで知ってるんだ？」

「ぼくだって時々、村の友だちの誰かと話ぐらいするよ、お父さん」

「アランチャとは？」

「うん、それもそうだし」

ホシアンは故人を友だちだと思っていた。なにがどうあれだ。ここ、おれの心のなかではな。詰はしなかったよ、ひとつは、人になに言われるか知れなかったし、もうひとつには、お母さんのことがあったから。目の敵にしてたんだよ〝あの男と仲良くしようなんて夢にも思うんじゃないわよ〟って。〝みんなの目につくって、あんた、わかってるの？〟ホシェマリのことがあるからだ、まちがいない。それでどうかしちまったんだろう。あと、精肉店の息子のこともあったしな。あの子が死んで、村じゃ、恨みつらみ。誰も自殺なんて思ってやしない。ほんとうなら、ビジョリにお悔やみのひと言も言ってやりたいんだ、あんな長年のつきあいだったんだから、そうするのが人間ってもんだろう。だけど、そんなわけにいかない。おれには先方の家に行くだけの気力がない。こっそり隠れて訪ねていって――ほかに方法がないだろ？――彼女と向きあうなんて。気の毒なビジョリは悲痛な思いしてるだろうし、父さんは、こういう時にどうすりゃいいかわからない人間なんだよ。行こうにも行けないから、ゴルカ、おまえ、ビルバオから、あの縁の黒いカードに書いて、送ってやってくれないか？

「〝ゴルカと家族より〟って書いてな」

「お父さんが書けばいいじゃないか？　顔を合わせるわけじゃないんだから。〝ホシアンと家族より〟

って書きなよ」

「ふた言書くぐらい、手間かからんだろ？　こんなときぐらいしか、おまえに物を頼まんよ」

「まあ、考えておくよ」

夜になって、ゴルカは折りたたみ式の簡易ベッドのうえで、ラムンチョにマッサージをした。ベッドはそのために買ったもの。おたがいオイルを塗りあうので、汚さないようにタオルを掛けていた。ラムンチョの背をこすりながら、ゴルカは、父親との電話の会話の詳細をきかせた。

「その寡婦にカードを書いてやるつもりか？」

「書くわけないよ。最悪、親父には書いたって言えばいい。どうせ、たしかめられやしないんだから。なんで、そうすると思う？」

「卑怯だからだろ」

「そのとおり。ぼくも親父と変わらない、その他大勢といっしょだ、いまごろ、うちの村じゃ、みんな声をひそめて言ってるよ、残虐な行為、意味のない流血、祖国はこんなふうにして築くもんじゃないとかさ。だけど、誰も指一本動かさないから。犯罪の痕跡が残らないように、この時間にはもうホースの水で、路面をすっかり洗い流しているだろうね。あしたは、あしたでうわさの渦、でもけっきょく、なにひとつ変わらないんだ。村の人間はＥＴＡに賛同するデモにまた出かけていくよ、自分も参加してるところを見せておくほうが利口だってわかってるから。沈黙者たちの国で穏便に暮らすために払う代償ってこと」

「まあ、まあ、そうムキになるな」

「言われるとおりだ。ぼくに人の批判をする資格がどこにある？　ほかの人間となにも変わらないだろ。きょうの殺人テロのことを、あした、ぼくらふたりしてラジオで非難するなんて考えられる？　正午になるまえに、もう助成金が打ち切られて、ふたりとも失業だ。ぼくの本もおなじこと。一線をこえたら鼻つまみ者、果ては敵にまでされる。スペイン語で物を書くんなら、まだ救いの道はあるけど。マドリードやバルセロナで出してもらえるし、運がむいて才能があれば、やっていけるかもしれない。でも、ぼくらみたいにバスク語で書く人間はそうはいかないよ。門戸を閉ざされて、どこからも声がかからない、存在しなくなるんだ。子ども向けの本を書いて一生暮らす自分が目に見える、魔女だの、ドラゴンだの、海賊だのに、いいかげんうんざりだけど」

「構想した例の小説、あれはどうなった？」

「メモはある。まあ書くかもしれない。その場合、物語の半分はカナダで、あとの半分は遠くの島で起こるふうにするよ」

「きょうは、あんまり調子のいい日じゃなさそうだな、ゴルカ。マッサージはやめにして、寝室に行くか」

94　アマイア

ラムンチョは隔週末にアマイアをひきとることになっていた。熱愛する娘の面倒を見るのは、向こう四十八時間の怖れと、不安と、ストレスと、失望感を彼にもたらした。ラムンチョ自身が認めている。自分は父親として役立たずだ、なにをしてもうまくいかない。娘は娘で、自分からいい子にして、事を難しくしないようにという気持ちさえない。

ゴルカは確信した。あの小娘は人格がどこかゆがんでいる。彼女の来る音がすると、彼は警戒態勢に入った。さあこんどは、なにをしでかし、割り、壊してくれるだろう?

離婚以来、母親が娘とビトリアに住み、おかげでラムンチョは一週間おきの週末に車での二往復を強いられた。金曜の午後に娘を車で迎えにいって、日曜も午後、娘をむこうに送り、毎度のように自分で自分に腹を立てた。例外をのぞいて、物語は形を変えずにくり返された。行きの旅は期待に胸をふくらませ、そんな父親の期待を、娘が先からぶち壊す。ラムンチョは娘にたいして、とことん願いをきいてやり、徹底して甘やかし、わがままを全部かなえてやった。幼いアマイアはといえば、うれしそうな顔で応えるでもなく、はしゃぐなんて話のほか。こんなあどけない子どものどこに、こんな冷たさが収まるのか? ラムンチョに思いあたる答えはひとつ、母親が娘に年がら年じゅう、彼の悪口ばかり言っているということ。

ゴルカがはじめて会ったとき、アマイアは八歳だった。当時すでに説明のつかない存在で、しかめ面しか見せなかった。小さな悪事は四六時中、一種のあくどい平然さで意地悪な答えを返し、相手の神経を逆立てるここぞという点を見極めていた。オツムの悪い少女みたいなことを突然言うかと思えば、一分後には秀才ぶりを披露する。歳月を経ても事情は好転しなかった。成長すればするほど複雑な子になった。なにをし出すか、さらに予想がつかず、なにより、もっと気難しい。ゴルカに言わせれば〝ゆすり屋〟だ。

「おい、そんなこと言うなよ、こっちが落ちこむだろ」

かわいい少女。お人形のような子、巻き毛の髪、漆黒の瞳、長く薄いくちびるは、美人顔に大人の女のませた彩りをそえた。言葉数のすくない日があった。沈黙の時間は心ここにあらずで、ものぐさな態度。そうかと思うと、じっとしていられず、黙らせるのに一苦労のこともある。バスク語で話しかければスペイン語で返事をし、スペイン語でこちらが会話をつづけると、こんどはバスク語になった。食事の時間はまったく予想がつかない。ある日はトマトソースとチーズのスパゲッティを二皿、ものすごい食欲でがっついた。つぎの来訪では、前回あれほど気に入ったらしきものを拒絶した。一事が万事、その調子。遊びでも、父娘で楽しみに行く場所でも、夜、灯りを消すまえにラムンチョがきかせてやる童話でも。今日よくても明日はだめ、こんどはその反対。場合によっては、なんの理由もなさそうなのに、いきなり泣きだした。ラムンチョは、そうなると動転する。どうすりゃいい？ どうすりゃいい？ そういう彼も目をうるませた。当惑して悲しみに暮れ、ゴルカに告白した。娘をどう扱っていいかわからない、このままいけば娘を失うことになる。

「平手打ちしてやったことはないの？」

「したことないし、するわけもない。母親に告げ口されて、裁判所命令で娘に会えなくなるだけだ」

「でも、もしかして、アマイアなりに頼んでるのかもしれないよ、〝パパ、わたしを打《ぶ》ってよ、この迷路から出してちょうだい〟って」

「きみが父親じゃないのがよくわかる。きみと知りあってこのかた、最悪の戯言《ざれごと》を言ってくれたよ」

二週間ごとに少女がピソに来ることで、ゴルカにも直接の影響がでた。どんな？ そもそも仕事部屋で寝ることを強いられた。薄っぺらな折りたたみマットレスのうえでだ。少女がそばにいるあいだはマッサージができない、ここの住人ふたりのプライベートな時間がもてないのだ。ラムンチョは朝から晩まで少女にかかりきり。ゴルカは、なるべく長くピソを留守にするように努めた。ラジオ局に終日いることもよくあって、そんなときは本を読み、ショートストーリーや詩を綴り、翌週の仕事の処理をして過ごす。映画館をはしごして映画を観まくることもあるし、天気が許せば、小川ぞいを散歩してエランディオまで行くか、アルゴルタまで足をのばして、バスで帰ることもあった。この機とばかりにレンテリーアの姉に会いにも行くが、両親には内緒。村にはめったに行かない。避けられないときだけだ。クリスマスとか、そういうとき。母親の小言の雨あられに身をさらさないため。通りで誰とも鉢合わせないように。

「やあ、カルトゥジオ修道士《カイショ》。久しぶりじゃないか」

だったら少女の気まぐれに我慢するほうがましだが、ラムンチョを見れば見たで、心が痛む。得意のいたずら。三人でごく平和に家にいて、少女はテレビのまえにすわっている。突然、ガシャン、ガシャン、ガラスだか陶器だかが割れたような、すさまじい音にビクッとさせられる。大人ふたりが慌てて駆けつける。彼らの目に映るのは、いつもながらの光景。アマイアは無表情、周囲の床に割れものが粉々に散っている。ラムンチョは娘の母親に告げ口されるのが怖いばかりに、まちがっても叱ろうとは思わない。起こったことを説明し、頼み、たいしたことじゃないと言って自分で破片を拾い集めるか、でなければ、ゴルカにさりげなく〝片づけてくれないか〟と頼んで、少女の注意を別のほうにむけた。ゴルカの目覚まし時計を壊されたときもそうだった。ラムンチョは急いで新しいのを買って、何事もなかったかのようにふるまった。

アマイアに悪気があって床に物を投げつけたかどうかは、ふたりとも定かでない。だが、要注意、知らずに自然に落ちたわけでもない。当然ながら、少女の表情に意図的な徴候を探そうとしても無駄な話。

いちどゴルカは、彼女が自分の手の甲をフォークで引っ掻いているのに出くわした。そのうち平行線から血が噴きだした。そんなふうに、どこにでも線をつけた。カーペットに、テーブルに、バスタブのなかに。冷蔵庫から出したニンジンの列、ティースプーンの丸み、本の山、CDの山、なんでも手当たり次第にだ。

この娘《こ》はふつうじゃない、この娘は頭のネジが飛んでいる。それでもゴルカは、ラムンチョに言うに言えない。彼が苦悩の淵に落ちてしまうからだ。

ゴルカがある土曜日、村から帰ったときのこと。村には前日から行っていた。このときばかりは避けられなかった。アランチャが局に電話してきたからだ。

「もう知ってると思うけど」

「うん。ひとつ言っておく。よかったよ」

「さんざん、やられるのよ」

「いや、そのことを言ってるんじゃない」

「本人のためには、わたしも、あの輪から引っ張りだされてよかったと思う。でもお父さんとお母さんに会いにいってあげて。この状況でふたりを放っておけないから。わたしは午後行くつもり。仕事がおわったらだけど」

治安警察隊がホシェマリを逮捕した。彼といっしょに、オリア部隊の残りのメンバーふたりもだ。その日はこのニュースで、どの局も持ち切りだった。ゴルカは特別の場合にそなえて録音ずみの材料があり、許可をもらって局を留守にした。ただし翌日午後には仕事にかならずもどるという約束だ。いつもどおりバスで行き、両親につきそい、十代のころの古いベッドで眠り、土曜の朝——村に残ってデモに参加しないの？　いや、できない。でも、あんたの兄さんのためでしょうに——ビルバオにもどった。

帰ると、ラムンチョが完全に動転していた。

「アマイア」

「アマイアがどうしたの？」

「いないんだ。どこかに行っちゃったんだよ。おれがパンを買いに、ちょっと外にでて、帰ってきたらピソのドアが開けっ放しで、アマイアが消えてて」

ゴルカが慰め、抱きしめてやるそばで、ラムンチョは悲観的素質をいかんなく発揮した。あの娘《こ》は逃げた先で密輸人の犯罪集団の手におちるかもしれない。臓器の売買だの性的搾取だのと、彼は残虐なパノラマを描いている。おれは娘といっしょにいる資格を剝奪されるか、刑務所に長年服役する刑が下るかだ。

「捜しに行ってみたの？」

「店やバルにきいてまわったよ。誰も見ていない。どうすればいいんだ？　自治警察を呼ぶのか？　でも、もし呼べば、ニュースが局に届いて、おれの別れた妻が知って、問題がとんでもないことになる」

「いっしょに外に出て、そのへんを見てまわろうよ。ラムンチョは片側の歩道、ぼくはもう片側の歩道を行くからさ」

それほど遠くまで行かずにすんだ。建物の玄関を出たところで近所の婦人に出くわし、屋上で少女を見かけたと言う。

そのとおり。まったく平然と、父親のアルバムから抜きだした写真を地面に四角形にならべて、そのまんなかにすわりこんでいた。ラムンチョは、ほっとして娘を腕に抱きしめた。小言の半分も言わない。ゴルカは、せっせと写真を拾った。

当時十一歳のアマイアは、ピソにもどると、いつもどおりのニコリともしない顔で〝ママの家に帰りたい〟と言った。

95　大きなカラフのワイン

〝ホシェマリを釈放せよ《アスカトゥ》〟

バスを降りて、まずゴルカの目を直撃したのがこれだった。大型の垂れ幕が二軒のファサードのあいだに広がっている。その後、一区画ごとに兄の写真と、おなじ釈放の要求。こうやって、ひとりの人間が操られ、英雄が創られる。こういうものに、ぼくがどれだけ吐き気をおぼえるか、村の人間がわかっていれば。両親の家に着くまえに誰にも止めてほしくない、そんな願い、望みにかられて早足で歩いた。

バルの出口で仲間に呼びとめられた。歩道のまんなかで、ゴルカは弱々しい笑みをうかべ、ゆっくりまばたきしながらストイックに耐えた。五、六人の抱擁、汗でかなり湿ったやつもいる。

「おれたちが、ついてるからな」

「必要なことがあれば、なんでも言ってこい」

サラッと〝ありがとう〟を言う以外、なにも言葉がうかばない。ホシェマリの逮捕で、こちらが気落ちしているとでも連中は思っているんだろう。一杯おごるよと、誘われた。ほら行こうぜ。ゴルカはいい
借り着の表情のレパートリーでも、いちばん悲しげな顔をうかべてみせた。悲痛までいかないが、しょんぼりしたふうに〝いま村に着いたばっかりで、なるべく早く両親に会ってやりたいから〟と言

い訳した。自分の流暢なバスク語が相手に感銘をあたえるのをゴルカは知っていた。これが別の状況なら、否応なしにバルのカウンターに引きずっていかれただろうが、こんどは連中も納得し、しつこくは言ってこない。何度もたたかれて熱くなった自分の背中を感じながら、ゴルカはなんとか歩きつづけた。

　集合住宅の玄関ホールは、昔ながらのにおいと薄闇。ステップを三段あがるまえに突然抱擁された。誰？　口臭のある黒い人影。ドン・セラピオが両親の家から出てきたところだった。

「この大変なときに家族に寄り添いに来たのかね？　とてもいいことだと思うよ、きみ。ずいぶん大人になったじゃないか、しかも分別があって。きみのお母さん《アマ》は強くしておられるよ。鉄のごとき女性だねえ、え？　お父さん《アイタ》のほうが心配だ」

　ゴルカの目は数秒で、かすかな明かりに慣れた。やけに甘ったるい神父の顔つき、目のうるんだ光が、こんどはよく見分けられた。以前より背が低くなった感じだ。縮んできたのか？

「ホシアンは気の毒に。神が情けをかけてくださるように。この状況を、はたして乗り越えられるかどうか。お母さんにきいたら、日がな畑にいるそうじゃないか。昼食にも帰ってこなかったと」

「だったら、ぼく、迎えにいってやらなくちゃ」

「行ってあげなさい、きみ、行ってやれ。わたしが祈れるだけ祈ろう、きみたちとホシェマリのために。彼を人間的に扱ってもらえるように神に祈るから。気落ちしないように。しっかりしていなさい。ご両親にはきみが必要だ。ビルバオはどうかな？」

「いいですね」

　神父は別れのあいさつに肩に近い腕をポンと打ち、ゴルカにはそれが悔やみのしぐさに思えた。司祭の平常服ではないが、相手は上から下まで黒一色、きっちりベレー帽をかぶり、表の通りに出ていった。

ピソのなかで声がした。女同士の静かな声。母の声はわかる。もうひとりは？　耳覚えのある声。ドアに耳をくっつけた。アランチャは仕事明けに来ると言っていたが、姉貴の声じゃない。ファニの声？　耳をすますと、たしかにそう、なかにいるのは精肉店の女主人だ。半闇のなかで時計を見た。まだそんなに遅くない。どうしよう？　踊り場にたたずみ、家族の住まいに入る自分を想像する。お母さん《アマ》が出迎えて、あんたは、ずっと家に帰ってこないし電話もしてこないと、どうせ文句を言ってくるだろう。自殺した——それとも殺されたのか？　確実には永遠にわからない——息子をもつファニのまえでだ。

ゴルカは内心言う。いま家に入るもんか。建物のポーチから顔を出して、神父がすっかり遠くに行ったか、たしかめてみた。だいじょうぶだ。それで畑にむかって歩きだした。

父は小屋のなかにいた。素足で、酔っぱらっている。

「なんだ、来たのか？」

「そうだよ」

ウサギのかごの上に板をおいてガタガタのテーブルにし、もうひとつのかごも、おなじように椅子にしている。テーブルがわりの板には、見ると、コップと、大きなカラフに入ったワイン、ガラスの表面はほこりだらけで、蜘蛛の巣が張っている。

「みんな飲み切るまで、家には帰らんからな」

ホシアンは息子が来ても、驚いた様子はない。ゴルカの顔を見るなり、トランジスタラジオを消した。小屋のなかは強烈なにおいだ。湿気のにおい、腐った草のにおい、強いワインのにおい。ウサギたちはじっとしている。何匹かは鼻面を神経質に動かして物を噛んでいる。ホシアンの手の甲は太い血管が走っていた。むくんだ手、まめだらけの手、リウマチらしき徴候が見えだしている。

「兄貴のこと、なにかわかる？」

「おまえの兄貴は殺人者だ。それだけはわかってる。まだ不足か？　この先、相応かそれ以上の罰が下るさ。高等裁判所のクソ野郎どもが、ああいうピストル持ちの能天気どもに見せしめをしたくてウズウズしてるからな。母《ア》さん《マ》の言うとおりだ。おれがだらしない父親だったから。手遅れになるまえに、あいつを二、三発殴ってやってれば、なんとかなったかもしれない。おまえはどう思う？」

「この国は一事が万事、暴力だよ。それで、ずっと来てるんだし。じゃあ、なんにもわからないんだね？」

「あいつがメチャクチャにされるまで、こっちはなにもわからん」

ホシアンは、毎日ワインを飲んだくれて金を浪費する酔っ払いのタイプではない。若いころから酒は欠かさないが、程々、たまに、ちょっとよけいに飲むぐらい。でもきょうのは、なんと言えばいいか？　現実に目をふさぎたい願望か、虚しい反抗心か、立派な父親でなかったことの自身に科した罰か？　量を飲んでいるわりには呂律《ろれつ》がまわっている。理性にかなうことを、ちゃんと言えていた。脇腹を掻いていない。一点に目をすえて長いあいだ動かさず、味わいもしないで、がぶ飲みし、とがめるように頭をたまに横にふる。

ゴルカは小屋の入り口でたたずんだまま、憐憫で胸がしめつけられ、かすかな嫌悪感もおぼえながら父親を見守った。この男はきょう、さんざんワインを飲んでいる。足はスミレ色、むくんで形がゆがんでいた。

「おい、おまえ、まさかETAとかかわってないだろうな？」

「ないよ、お父さん。ラジオ局で仕事してるんだ。給料もらって、誰にも迷惑かけてない」

「兄貴のあとを行く真似なんかするなよ、いいか？　どうなるかわかってるだろ。刑務所行きだよ、ちくしょうめ、あいつは、やるとなれば、とことんやる。どれだけの罪を問われてるか、きいたか？　おれの目の黒いうちに刑務所から出られるもんか。二十年も三十年も待たされてみろ。冗談じゃない。

こっちはそのころ、とっくに土の中だ」

　喉もとにこみあげる嗚咽をもらすまいと、もうひと口、慌ててワインを流しこむ。父と息子は長いあいだ押し黙った。おたがい目をあわせない。

　父がいきなり。

「母さんには会ったのか？」

「まっすぐここに来たんだよ」

「おれが畑にいるって、なんでわかった？」

「神父にきいたから」

「神父？　名前なんか言わんでいい。阿漕《あこぎ》な野郎め。あれこそ最悪だ、嘘じゃない。若い連中に良からぬことを言って歩いて、考えをふきこんで煽りたてる。それで起こるべくして事が起こると、自分はさっと身をひいて、ミサで説教して、聖人面で聖体拝領をするわけだ。このことは母さんに言うんじゃないぞ、ムキになるから。〝だけど、おまえ、どこに目つけてるんだ？〟って、おれは言ってやってるんだよ。〝神父が若い連中に教会の地下を使わして、垂れ幕だの旗だの、落書き用のペンキだのを置かしてやってるのが、わからんのか？〟そんなの関係ないでしょって、母さんは言ってくる。関係あるにきまってるだろうが。おれの知ってるホシェマリはピストルをもって生まれてきやしない。神父とか、友だちとか、あとは知りもしないが、寄ってたかって悪い道にひきずりこんだ。で、あいつはここが足りないから――と指一本で、ひたいのまんなかを指した――エサに食らいついたんだ」

　そのあと息子に〝酒を飲まないか？〟と誘ってきた。ゴルカは誘いに応じたい気になった。カラフのワインを早く空けたいばかりにだ。でも急ごしらえのテーブルには父の使ったコップしかなく、相手の誘いを遠慮した。

「知っておいてほしいことがあるんだよ、お父《アイタ》さん」

「きいた話だと、チャトが殺されたとき、ホシェマリが村にいたらしい。そのことが頭から離れないんだ」

「ぼくのプライベートな件なんだけど」

「たいした偶然だろ、な？　おれのいちばんの友だちが殺された日に、あのバカものが村で、いったいなにしてたんだ？　あいつのテロ部隊《コマンド》のしわざなら、おれは許さん」

「ぼく、ビルバオで、男同士で住んでるんだ」

　ホシアンはタバコに火をつけるのに忙しくて耳に入らない。

「同棲してるんだよ。ラモンっていう名前。まあ、ぼくはラムンチョって呼んでるけど」

「そうだ、最初にやつに会った日には、そう、どこでもだ、直接きいてやる。嘘つこうったって、そうはいくか、おれはあいつの父親だぞ、ほんとうのことは、やつの目見ればわかる」

　ゴルカは、はじめたばかりの告白を、途中でやめることにした。いまはそのときじゃない、父は、とても耳をかたむけて理解するような状況じゃないと、なぜ気づかなかったのか？　たしかに場所はいい。このシーンを様々な機会に思い描いてきた。いまみたいにホシアンと畑の小屋にふたりでいて、母に隠れて秘密を語る自分を思った。父なら、きっと理解の顔を見せてくれる。最悪の場合でも諦めるだろう。非難する？　それはない。この人は祝福するか黙るかだ。それにきっと秘密を守ってくれる、アランチャも守ってくれている。その当の姉が、日も暮れてから突然畑にあらわれた。

「この汚い場所、においがひどくて息もできやしない。お父《アイタ》さんったら、そんなに酔っぱらって、とんでもないわよ」弟には「それに、あんた、ここでなにしてんの？　お母さんは、まだビルバオにいると思って、カンカンよ。夕食の用意しなくちゃいけないのか、きいてこいって。鰯《いわし》、山ほど買ってあるの」

　ゴルカは手をかして父を立たせ、アランチャはアランチャで、ペラペラしゃべりながらウサギのかごのあいだに父の靴がないかと探している。

「ほんとに歩けるの？」

「きまってるだろ、ちくしょうめ」

「〝戦闘員《グダリ》〟はどうなの？」

「すくなくとも、やっと居所がわかるようになった」

「ギジェにもそう言ってきたわ。だけど、お母さん《アマ》のほうが闘志満々の革命家だわね。お父さんとゴルカがここに隠れてても不思議じゃない。ファニがいちいち味方して、ああいう人たちを我慢しろっていうほうが無理よ。たいしたチームだもの」

96　ネレアと孤独

サンセバスティアンの弁護士事務所にはビジョリが電話をした。娘が、たとえ採用されなくても、せめて仕事の見習いができないかと。雇用契約はなし、報酬はお飾り程度で受けいれてもらえた。それもこれも、ここの弁護士のひとりが亡きチャトに借りがあったから、あるいはチャトに起こったことを気の毒に思ったからかもしれない。

山のような仕事、きわめつけの退屈さ、無愛想で傲慢なボス、割に合わない報酬。数か月後、ネレアは母にむかって人生最初の勤めをそう説明した。

「仕事がないよりいいでしょうに。誰でも最初は下からはじめるんだから」

ビジョリの夢。シャビエルが名の通った外科医になったように、娘には弁護士か判事になってほしい。もちろん、そのおなじ夢をもっていた亡きチャトも、それがかなうことを望んでいたはずだ。

弁護士事務所に入って一年三か月後、ネレアは勤めをやめた。退職したいと告げると、こんどは、そう、こんどばかりは労働条件をアップして、終身雇用の契約を交わすと事務所側が言ってきた。ごめんなさい、みなさん、でも、もう遅すぎたわね《バット・イッツ・トゥー・レイト》。ネレアは〝さようなら〟を告げ、ビジョリは自分の夢と永遠にお別れになった。

ネレアは勤めながら仕事の口をひそかに探しつづけ、必須の試験をパスして、オケンド通りにある財務省のオフィスの職を得た。後にエロタブル地区のオフィスに異動になった。経済的な必要性に動かされたわけではない。じっさい物理面での生活は亡き父が解決してくれていた。父は学こそないが、管理経営上の問題を器用にやりくりしていた。それに遺産については、シャビエルも兄らしい適切なアドバイスをしてくれた。ネレアは貯金をし、株を買い、投資した。ともあれ、お金には困らない。でも、そうでしょ、人生はめいっぱいの動機がいる、秩序と方向性をもつこと、夜が明けるごとにベッドから飛びおきる気になる本物の理由づけ、夢がなくても、せめてエネルギーをもって起きられるように、完全な無活動で思考まで鈍化することがないように。

「まあ、ネレアったら、たいした哲学者になったこと」

そう、アマラ地区に三LDKのピソを即金で買った。内装の手入れをして家具も入れた。母いわく、ふたりで家《うち》に悠々と住めるのに、なんでそんなお金をかけて。

「なに考えてるの、ママ、それじゃ、けんかが絶えないでしょ」

一日一日が来ては去り、二十世紀が終わりかけ、ネレアは男たちを知った。というより、男たちが彼女を知った。こちらの気を引くつもりで、にこやかに近づいてきては、格好をつけて彼女を口説き、逢瀬のチャンスをつくった。弁護士事務所の弁護士のひとり、嘘みたいな話だが、結婚して三人の子持ちの男までが何気に誘いをかけてきた。彼女は何日もまえから、この下心を嗅ぎとって、いやらしい接近を急いで断った。家庭をこわすのはネレアの想定外だ。

女性同士では友情を結んだ。スポーツジムでも仕事場でも。村の出身者はいない。それが淋しいといえば淋しい。出身をきかれれば〝サンセバスティアン生まれなの〟と告げていた。女だけのグループに入り、なかに三十一歳の寡婦もいた。土曜日の夕食で、海岸で、カフェテリアで、愛する人間の死による悲しみとか不幸を乗り越えるのは、とても大変だという話を時々してくる。ネレアは黙ってきいていた。自分が殺害された人間の娘だと明かす気はなかった。

たまの情事は別として、自分なりに〝愛〟と理解するものをつかもうとした。

「理解って、どんなふうに？」

伴侶と長年いっしょに生きるのが夢なの、とネレアは女友だちに告白した。子どもがいて、でも二人以上はいらないけど。なにもかも、とっても穏やかで、穢れがなくて、経済的にゆったりして、昔ながらの結婚式を挙げてからの話。

「お父さまに、教会の祭壇に連れていってもらうわけね」

「それは無理みたい。父は二年半まえに肺がんで亡くなったから。ヘビースモーカーで」

三十歳になると、ネレアは恋愛の割り当て分は終わりにした。アバンチュール？ けっこうです。もうじゅうぶん経験ずみだもの。にこやかな顔でグループの女友だちに、ブロンドのハンサムの話をきかせてやった。バカみたいにドイツまで彼を追っていったこと、そこで、ものすごい失望を味わったこと。この冒険譚を彼女たちは微細にいたるまで知っていながら、何度きいても飽きなかった。ネレアは話さざるをえなかった。理由？ 楽しいコメントと大笑いをまちがいなく誘う種だから。それでも路面電車に衝突したフランクフルトの通行人のことは、けっして口にしなかった。

息の長い愛、甘い家庭の愛、応接三点セットとカーペットと室内履きの愛を手にしたい気持ちは、だんだん間遠になり、チャンスがあっても、ことごとく不運な結末になった。失望し、男性にうんざりして独りごちる。もう二度と誰にも恋なんかするもんじゃないわ、ネレア。

ところが何週間か経ち、何か月か経ち、思いもよらないときにまた恋愛体験をする。どこで？　上、下、両脚のあいだ、むずがゆいような興奮と熱中。克服したと思っていた中毒にまたも陥るようなものだった。名前、顔、新たな声の響きが、彼女の人生に飛びこんできて、体について離れない孤独の執拗な感覚をひきはがしてくれる。幸福感と心地よい不安で彼女を満たしながら、そのうち時が経つと、理由はどうあれ幻影はくずれ、あのすてきな存在は自分の願望にすぎなかったのを、またも確認させられる。そばにいても胸のときめきは次第に失せていき、じっさいは卑俗な男で、耐えがたいエゴのかたまりだったとわかるのだ。

待望の例外がひとり。エネコ、彼女より八歳年上。知りあったのはバル〝タンヘル〟、オケンド通りのオフィスに勤めていた時期、ネレアはいつも昼時に、この店で食前酒《ビター》を飲んでいた。ふたりはバルでよく顔をあわせた。彼はここから近いギプスコア広場の不動産会社のオフィスに勤めていた。行きかう視線、会釈、また行きかう視線、ついにエネコは、できるかぎりの勇気を集めてネレアに近づいた。よかったら友だちになりませんか？　とてもシンプルに。

素朴で、素直で、気取りのない男性だった。辛辣な夫婦生活でまだ傷んでいない男、バラ一輪や、本一冊をプレゼントにもって、デートに出かけてくるような男だった。欠点？　見た感じ、許せないところはない。服の趣味はそれほどでなく、いくらか太りぎみで、サッカーが趣味。

ネレアは彼といっしょにいるのに慣れた。やや父親的、保護者的なところがあって、シャビエルより年上で、安心感をあたえてくれ、そこまでの相手はめったにいないが、ネレアを笑わせる術を知っていた。エネコ、ソファみたいな男性、温和で、フンワリして、休息にはもってこい。雨の日はネレアを傘に入れ、自分が雨に濡れている。こういう気遣いはネレアにとって大きな価値。何か月か経ち、デート以上のものを相手に提案しようかと考えた。この男性とは、正直に気があった。女性の友だちについてきいてみた。恋愛経験はあるよ、もちろん、だけど友情もある、それはまた別だろう。ネレアは言った。愛の緊張感がゆるんで炎が鎮まったとき、カップルの関係を支えるのは友情よね。
ところが、黒い亀裂、底なしの亀裂がふたりを引き離していた。亀裂はもとから彼らのあいだにあった。緊密に共生した十か月近く、ずっとつきそいながら、ふたりにはそれが見えなかった。事実、エネコには最後まで見えなかった。だから、もしまだ彼が元気だったら――彼はどうなったかしら？――、なにがまずかったのか、たぶん自問しつづけているのだろう。というのも、ネレアは父親のことを黙っていたし、彼のほうも、テロリズムの罪状でバダホスの刑務所に服役中の弟について言わなかった。愛、友情、笑い、ソファ的男性、プレゼントのバラの花や本、なにもかも、その深い亀裂が一瞬にして呑みこんだ。

　こんなふうに起こった。

　雨の月曜日、一九九五年一月。ネレアとエネコは、いつものように旧市街を散歩して、ピンチョスをつまみ、ワインを流しこみ、彼の家か、彼女の家か、それぞれの家に帰ることにきめていた。あしたは平日だからね、愛しいきみ《マイティア》。バルからバルをはしごして、相々傘をし、八月三十一日通りを歩いていた。エネコの語る愉快な話に笑いながら来た。

　バル〝ラ・セパ〟のあたりで、彼女の笑いが突然消えた。この店内で五、六時間まえに、ＥＴＡの銃撃者が市の助役を殺害したのを、ラジオの報道できいていたからだ。犠牲者は、おなじ民衆党のメンバーと食事をしている最中だった。

「グレゴリオ・オルドニェスが殺されたの、ここじゃなかった？」

「あの男のために流す涙なんかないね。ああいう人間のおかげで、うちの弟が刑務所にいるんだから」

　ふたりは店のまえを素通りした。ネレアはすこし傘から離れ、腕の雨しずくに気がついた。亀裂がすでに見えだしていた。

「刑務所に弟さんがいるの？」

「バダホスだ。言ってなかったっけ？　まだ先の長い話だよ」

「なんで入れられたの？」

「きまってるだろ。愛するもののために戦ってだ」

　サンタマリア教会のあたりに着いた。エネコは、またジョークを言いだした。でも恋人の彼女の口にもう笑いはうかばない。ネレアは話をきいてもいなかった。ハンドバッグのなかの物を探す顔をして、相手の腕をそっと放した。どうするの？　このまま走りだす？　完全にこわばった顔に偽りの苦笑をうかべ、平静さを装った。内部では神経がすさまじく過敏になり、かすかな尿がもれるのを抑えられなかった。

　並木通りまでの道のりが永遠にも思えた。彼は陽気にハメをはずしてしゃべり、彼女は押し黙っていた。嫌悪感と恐怖をないまぜにしながら、頬にキスを許した後、バス停で別れた。歩道に面した窓のそばに席があいていたが、ネレアは反対側に腰をかけた。歩道では傘をさした彼が、いつもの手のしぐさをして待っている。

　アマラ地区への道のりで、別離を正当化する理由が思いうかんだ。家に着くなり電話をした。〝わたしの人生には、ほかの男のひとがいるの〟。こういう場合に、まず確実な嘘。その嘘を言い、彼の反応を待たずに電話を切った。ほんとうのことを言ってもよかった。でもそのときは父のことを話さざるをえない。それだけは、死んでもできなかった。

　関係が終わったことについて、女友だちには二、三の漠然としたことだけ語った。彼女たちにしても、そう興味はない。グループは後年バラバラになった。全員が顔をそろえるわけではないが、はんのたまに、どこかのレストランで夕食に集まった。お決まりの話。何人かはパートナーを見つけ、寡婦は再婚し、もうひとりはバルセロナで職を得た。そんな感じ。

で、ネレアは？　あいかわらず孤独につきまとわれて。地球の果てに旅をしながら傷を癒やした。アラスカ、ニュージーランド、南アフリカ。自由時間を活動で埋めもした。英語の上達のために語学学校に登録し、以前にもましてスポーツジムに通い、料理のコースに参加した。もちろん時には、女友だちとも出かけた。別れたり、別れる寸前の女性たちで、家族やつきあう相手の問題を何時間もこんこんと話してきかされ、アドバイスをもとめられた。よりにもよって彼女に、母親にも妻にもなった経験のない彼女にだ。

そう。こうして年月が経ち、ネレアは三十六歳になった。三十六歳！　いつのまに、こんな月日が経ったのか。でも、わたし悩んだりしないわよ、でしょ？

サンセバスティアンの祝祭だったので、女友だちのひとりと、憲法広場での旗の掲揚に居合わせた。踊って、飲んで、飲みつづけて、ある時点、夜もかなり更けてから、ネレアはタクシーのなかで男性といる自分に気がついた。完璧な歯並び、すてきな香りの男が、わたしの乳房や、あとはどこかきかないで、だって覚えていないから、ともかく手でまさぐっていた。ぼんやりした記憶は、そう、あるにはあった。水の音でわかった、彼が夜中にシャワーを浴びていた。そのあと、こちらに来て彼女の服を脱がした。ネレアは奇妙なベッドでうつ伏せになり、気を失うほど泥酔していた。男に挿入されたのだと思う、翌朝、内腿に精液の跡があったから。

彼は贅沢な内装のサロンで待っていた。とてもすてきな男性、シルクの青いガウンを着て、テーブルに朝食の用意がされていた。花と、ろうそくと、美味しそうな飲み物と食べ物で食卓を埋めている。言葉をつくしても言いきれない。彼の向かいに腰をおろした瞬間、ネレアは相手の名前を知った。

エンリケ。

「友だちには、キケと呼ばれてるがね」

97　殺人者たちのパレード

彼と会って数時間後、ビジョリは娘と電話で話しながら、相手の評価に手加減をくわえない。うぬぼれ屋だわよ。世界じゅう探しても、あんなスカした男はいないわね。鏡が剥げるほど顔を見て、農薬みたいに香水ふりまくって、自分のしゃべりたいことだけ話す男性。そして嫌味たっぷりでネレアにきいた。あのセニョールは夜寝るとき、スーツにネクタイをしてベッドに入るのかしらね。

ネレアは母にくぎをさす。彼に慣れるようにしてよ、わたしの人生に入ってきて、この先もずっといるんだから。


「だって、ハンサムだと思わない？」

「ハンサムすぎるわ」

「それにエレガントでしょ」

「ハッ、エレガントもいいところ。どうやって誰かにとられないようにするつもり？　一日二十四時間見張ってなくちゃいけないわ」


この件について娘と相手が了解しあっているのを、ビジョリは知りもしない。ネレアはさんざん泣いて眠れない夜をすごしながらも承知した。ひそかな打算もあった。メリットとデメリットを推し量り、最後は女友だちにアドバイスされて、彼のエゴを自分のエゴで相殺した。勝手にすれば！　それで譲った。まさにこの瞬間から、自分自身の内的拡張らしきものに気がついた。なにを？　どう？　まあ、自由になったって感じかな。もうひとつの結果。キケとのあいだに類似性、共謀性が生まれ、長年ふたりの関係の堅い礎になった。別れる寸前を周期的にくり返しながらもだ。

　説明がわりに、ネレアは女友だちに例を挙げた。

「この世でわたしたちほど何度も別れたカップルなんかいないと思う。いちど彼の家で〝永遠にお別れよ〟って言ってやったの、こんどこそ最後よって。でも雨が降ってて、何時間も美容院にいたあとだし、傘をもってなかったから、彼といることにしたの。その晩といったら、あんなに甘くってロマンチックな夜なんか覚えがないぐらい」

　いつ何時も、キケはごまかしたりしない。あるとき待ち合わせに遅れてきて、あご先に引っ掻かれたばかりの痕があった。彼はあからさまに、しゃあしゃあと言い訳をした。

「愛しいハニー《シエロ》、遅れてごめんな。若い女の子といたら、手こずっちゃって」

　ネレアの頭のなかに、光り輝く烈火の形で言葉がパッと燃えあがった〝別れる〟。そして打ち上げ花火式の爆発のあと、脳裡の暗闇に枝垂《しだ》れ柳のごとき火花がひらき、こう読めた〝もうこりごり〟。この男は浮気するだけじゃ足りなくて、自分の破廉恥さをこれでもかと見せつける。つきあいだして、まだ一、二か月、それでもうこのザマよ。ネレアは頭の先から足の先まで、さらに折り返して頭の先までキケに恋していたし、彼が完璧で、やさしくて、癪にさわるほどイイ男で、自分に見合うと信じていた。

　相手は当惑し、ジョークを確認する隠しカメラでも探すように周囲を見まわした。

「どうした？」

心底驚いたふうだ。ネレア、おバカさんだなあ、説明しなくちゃいけないのか？

　彼は説明した。

「愛しいハニー《シエロ》、テニスに熱中する男や、切手やコインを収集する男がいるだろ。ぼくはこのとおり、セックスが好きなんだよ。女性の体をモノにする感覚が必要なんだ。何百人でも何千人でも、精力の続くあいだ、できるかぎりだ。一種のスポーツで、ぼくにはけっこう合っててね。わかるかな？　だからって、きみとぼくの関係に影響する話でもない、ぼくらの関係は単にステキだろ。ぼくは死ぬほどきみを愛してる。きみはぼくのネレア、世界に《〃ラ〃》、たったひとりの女《オンリー・ワン》なんだ。それは信じてくれ。だってオルガスムスを提供する女たちは、ベッドを共にしても、どこに住んでるのか、なんて名前かも知らない、感情の観点から言って、ぼくにはなんの意味もないんだよ。くり返す。な－ん－に－も－だ。あれは快楽の道具。それだけだよ。ほら、秘密になんかしてないだろ。きみはスポーツジムに行かない？　なら、ぼくもおなじだ。ただウォーキングマシーンに乗るかわりに、ぼくは魅力的な体に乗って運動する。ありのままのぼくを受けいれてくれないと、ほんとうに残念だな」

「じゃあ、わたしが男性の体でおなじことをしても、あなた、認めるわけ？」

「おいおい、きみに、あれしろ、これはするなって、いつぼくが言った？」

「わかった、時間をちょうだい。考えなくちゃいけないから」

　彼女は席を立った。ふたりはカラバンセライのテラスにいた。青い午後、子どもたちがいて、鳩たちがいる。ネレアは大聖堂の脇を通りながら、深刻な顔で、混乱して、自分にむかって問いかける。ちょっと、でもなんで追っぱらってやらないの？　まあね、だけど彼を追っぱらったら、そのあと、どうやって彼をとりもどすつもり？　状況を想像する。どちらがもっと屈辱的で、どちらがもっと恥ずかしいか、わたしの認識するカップルの関係と正反対だもの、知らないけど、ノーマルで健全な関係、応援三点セットと室内履きの生活。ふたりがお互いのためにいて、貞節を守るとか、そういう関係。たしかに三十六歳では最終列車を逃すような年じゃない、しかもその列車がこんなイイ男では。

信頼のおける女友だちに、すぐ会ってもらった。眠れない夜のあとで目に隈をつくり。テーブルにはカフェ・コン・レチェとクロワッサン。事の詳細をきいたあと、女友だちがネレアに単刀直入にきいてきた。キケが好き？

「まあ、たぶんノーとは言えないな。でなければ、もうとっくに追っぱらってるもん。問題は、ほかの女と彼を共有したくないってこと。彼をわたしだけのものにしたいのよ」

「あなた、かわりに彼になにをあげるの？　三十五歳で」

「三十六歳」

「いい、ネレア、わたしは昨夜電話できいたほど、ひどい状況には思えない。ほんとうに彼が好きなら、あまり選択肢はないもの。即刻別れるか、とすると、なにもかも失って、またひとりにもどるのよ、三十七歳で」

「三十六歳」

「それか、自分の持ち札をゲームに賢く利用して、彼のオルガスムスの趣味に目をつぶるか。あなたは不愉快でしょうけど、大事なのはゲームに勝つことじゃない？」

「もし、ほかの女に夢中になったら？」

「それより、彼を欲求不満にして抑えておくほうが、よっぽどリスクが大きい気がするけど」

「でも、病気を拾ってきたら？　エイズとか、たとえばだけど、それで、わたしがうつされたら？」

「わかった。彼に電話して、ふたりの関係はおわりだって、言ってあげなさい」

「冗談でしょ？」

「だったら、ありのままの彼を受け入れるのね」

「わたしが大変」

「大変でも、できるでしょ」

「ブタ野郎なのよ」

「あなたのブタ野郎なの、ネレア。大切にしてあげたら」

いつも会うような場所では彼と会いたくなかった。なぜ？　従順すぎないようにだ。キケは電話でやさしくて、質問もせずにオーケーした。

並木通りの野外音楽堂《キオスク》の陰にいるネレアの目に、時間ピッタリに来て席につくキケの姿が映った。ピカピカにお洒落をして、カフェ〝バランディアラン〟のテラスのテーブル席にいる。ネレアは、ずっとベンチに腰かけていた。相手から見えない場所で約二十分。キケは人込みを見てすごしている。さんざん待てばいいのよ。ネレアは彼と合流するまえに、コンパクトミラーを見てアイシャドーを直し、いやらしいほど高価な、買ったばかりの香水を腕に二、三滴つけた。

だって、こちらがその気になれば、このうぬぼれ男は、エレガントさでも香水でも、わたしに勝つわけがない。髪をおろしたネレアは、あっちからも、こっちからも男たちの視線を浴びるのを意識しながら、思わせぶりのモデルふうに、コン、コンと、ヒールの靴音をさせて人込みをくぐった。キケの視線もあった。彼女がまっすぐ歩いてくるのを、カフェのテラスから目にとめたらしい。半分まで歩いたところで、くちびるが意に背いた。このほほ笑み、ネレア、否定してもだめ、ひとつの譲歩のしるし。ひとつ？　譲歩そのものでしょ。キケが立ちあがり、キスをして彼女を誉めそやし、いかにも礼儀正しい紳士らしく椅子を引いてくれた。

ネレアは、いきなり言った。

「わたしの目のまえでは、ぜったいだめ」

それだけだ。キケは〝わかった〟というふうに軽くうなずき、注文をとりにきたウエイターに対応したあと、ジャケットの内ポケットから革製の小箱をとりだした。黙ってネレアにさしだした。なかに入っていたのは、イチョウの葉模様のペンダント、純金だ。ネレアは感情を表にださずに、すてきなプレゼントねと言った。返事をきくと、彼は身を乗りだしてネレアにキスをもとめ、彼女はキケにくちびるを重ねた。

いろんなテーマの会話をした。彼はウイスキーのオンザロックをちびちび飲み、たまにグラスをあげて液体ごしに見ていた。彼女は一時間後に英語のレッスンがあるので、トニックを注文していた。

そのとき、ふたりのいる数メートル先のマジョール通りからデモ行進が出てくるのが見えた。例によってETAの服役囚の家族たちだ。男や女がゆっくりした足どりで、二列になって進んでいく。おしゃべりをし合う者もいれば、無言の者もいた。それぞれが長い棒を両手にもっている。棒の先にはプラカードがついていた。服役中のETA戦闘員の写真、下に名前を示したプラカード。写真の上は例外なく若者、これを手にもつ人たちの息子や、兄弟や、伴侶だろう。通行人は脇によけて、彼らに道をあけていった。

旧市街からここに来るとき、ネレアは何度もこの行列に出くわしていた。角を曲がりしなに急に出くわすこともある。近くにいても遠くでも、まったく注目しなかった。存在しないも同然。くるっと背をむけておしまい。

カフェのテラスに近い列に、ミレンの姿があった。不機嫌な揺るぎない表情で、息子の写真を掲げている。ネレアはまえにも相手を見かけていた。

「殺人者たちのパレードが行くぞ」とキケ。

「もっと小さい声で言って。問題はイヤよ」

すると、彼は身をまえに乗りだして、ネレアの耳もとでささやいた。

「殺人者たちのパレードが行くぞ」そして、また深々とすわり直して、ふつうの声にもどった。「これならいいか？　大きい声でも小さい声でも、ぼくの考えはおなじだよ」

こんどはネレアが身を乗りだしてキスをもとめ、彼がくちびるを寄せてキスをした。

98　純白のウエディング

ふたりは結婚式の日取りをきめた。数日後、アマラ通りで、ひとりの女性がネレアに近寄ってきた。

「あたし自殺してやるから。あなたのせいよ」

どうも待ち伏せしていたらしい。知らない相手だし、名前もきかなかった。よけて歩こうとすると、相手（三十歳くらい、魅力的な女）に行く道をふさがれた。

「あなたはあたしみたいに、彼のこと、幸せになんかできないわ」

ネレアは理解しはじめた。至近でこちらを見つめる女の顔に絶望感がある。挑戦的で、獣みたいに激しく、いきり立った目、涙を流したばかりのような目だ。女は攻撃的でも侮辱的でもないが、人を脅し警告するように、ネレアに人差し指を突きつけた。どこかしら病んでいるのが、はっきり見てとれる。

「期待しないことね。あなたの年齢《とし》で、彼を満足させてあげられると思ってるの？」

ネレア、我慢よ。ネレア、我慢よ。でもネレアは我慢しなかった。

「さっさと自殺したらどう？　そうしたら、わたしも安心だけど」

まさかそんな反応がかえってくるとは、相手も思っていなかったようだ。きょとんとした顔で、催眠術にでもかかったように、その場に釘づけになった。女が茫然となり混乱しているすきに、ネレアは相手をひとり残し、コン、コンと潔くヒールの音を立てて道を行った。あれから本人には会っていない。あの女が自分で言った、というか、誓ったとおり自殺したのかしら？　誓った？　意地悪になっちゃだめよ、ネレア。

この出来事をキケに話したい衝動にかられた。でも、なんのために？　キケのまえで脚をひろげたその他大勢の女の、どうせ一人だろうと思った。かわいそうに。〝オルガスムス提供者コーポレーション〟の役割に満足できなかった一人、わたしと玉座を奪いあいたかったのね。

シャビエルにアドバイスをもとめた。夫婦の共有財産か、財産の分離か。どう思う？　兄は躊躇なく後者だと言う。でも、ぼくはキケに敵意があって言ってるわけじゃない、と言いそえた。

「いずれにしても彼は経済的に恵まれた地位にいる男だよ。だけど、将来起こりうることを思えば、ネレアは自分の財産についての決定権をもっているほうがいい」

公証人のまえで彼女はそう手続きし、キケはとくに反対もしなかった。彼は無神論者、彼女の宗教心も怪しいところだが、ふたりはブエン・パストール大聖堂で結婚した。ビジョリは〝司教が司式するのでなければ参列するわ〟と条件をつけた。あのセニョールは、殺人者たちにしか慈悲をかけないもの、お願いだから、わたしのまえで名前をださないでちょうだい、腸《はらわた》が煮えくりかえる、そもそもわたしが信仰を失ったのは、あの司教のせいなんだから。キケの両親はトゥデラに住むナバラ人、彼らはカトリックの信仰を守っていた。その、ほかでもないキケの両親のため、ついでに、この行事に豪奢な式典の輝きをそえるために、ふたりとも純白の装いで結婚した。

何か月ものあいだ、新婚夫婦のほほ笑み（ミラマール城館をバックにした写真）がギプスコア広場のアーケードにある写真店のショーウインドーを飾っていた。

披露宴は海の見えるウリアのレストランで催され、夕暮れまで延々と続いた。ビジョリは帰るとき

——かなり酔っていた？——ひと言残し、それがネレアの頭にひっかかった。

「幸せがいっぱいあるようにね、あなたには、ほんとうに必要になるでしょうから」

すぐあとでネレアはシャビエルに、こっそりその話をした。

「あんまり気にするんじゃないよ。お母さん《アマ》はいろいろあったんだから。きょうみたいな特別な日には、思い出が押し寄せているのかもしれないし」

これが土曜日のこと。月曜日に新婚夫婦は列車でマドリードに移動した。散策し、方々を見学し、たっぷり愛しあった。彼は一刻も早く父親になろうという期待——急ぎ？——にせまられるあまり、ホテルの部屋に入ると、ベッドカバーも外さずに仕事にかかった。そういうときにかぎって、ネレアは女の形相を思いだした。あなたは夫を満足させられないと、街の通りで言ってきたあの女だ。従順に、おとなしく、ネレアはキケに言われるままにした。〝こういう体位になって〟〝向きをかえて〟〝もっと寄って〟。性交の喘ぎも静まらないうちに、キケはもう子どもの名前をあれやこれや口にするが、ネレアは嫌がった。そういうの縁起がよくないわ。

マドリードでプラハ行きの飛行機に乗った。当地でハネムーンの残りをすごす予定でいた。アイディアはネレア。女友だちにプラハのすばらしさをきいていたからだ。これがどうの、あれがどうの、なんとかかっていう橋がこうで、なんとかかっていう大聖堂がどうとかで云々。プラハ？ そうプラハよ。きみの言うとおりでいいよ、愛しいハニー《シエロ》。リキュールの製造販売会社を共同経営するキケは、旅行が絶好のチャンスになると考えた。チェコ共和国でのビジネスの可能性について現地調査をするためだ。いまのところ当国に顧客はいない。運を試そうと、自社製品を案内する英語版パンフレットを一束トランクに入れ、各種リキュールのミニボトルを二十本ほど、段ボール一箱に詰めた。

彼いわく。

「ドイツとオーストリアは毎年大量にパチャラン酒を買ってくれる。近隣諸国で好まれる酒が、チェコ人の好みに合わないわけないだろ」

「でもパンフレットもって、どうするの？　プラハのスーパーで配って歩くわけ？」

「ぼくに任せておきなさい。こういうのは得意なんだ」

　プラハでもマドリードとおなじこと、写真を撮りながら通りを歩き、おもしろいところを訪ねてまわり、子作りのために交尾した。でも違いがひとつ、予想外のエピソードの形で残り、プラハでのハネムーンを思いだすたびに、いまだにふたりの会話にのぼる。

　あれは到着の二日目。マラ・ストラーナ地区に歩いていこうという話になり、そちらで食事をして、訪ねる先から写真を撮ってまわった。歴史的な場所、道々出合う都《まち》の造りのめずらしいディテール。晴天がふたりのプランに幸いした。ホテルのフロントでもらった使いやすい地図も役立った。

　石畳の通りをぬけてカレル橋のほうに下った。感嘆の言葉を口にしながら、入り口の二つの塔をつなぐ小さなトンネルを抜けた。ネレアはサングラスをかけて、銅像のひとつの下で写真を撮ってもらいたがった。橋の欄干のしたにハンドバッグをおいて、彼女が髪を整えていると、どこからか、その少年があらわれた。

　十四歳か十五歳、せいぜい行っても十六歳、少年はネレアのハンドバッグの取っ手をつかみ、あっというまにバッグをもって駆けだした。ネレアは、その瞬間に気がついて、悲鳴をあげた。キケにむかって、石の彫像群にむかって、ヨーロッパ全土にむかって、スペイン語で〝ハンドバッグ《ボルソ》！〟そして中身をかろうじて挙げた。〝パスポートと、ビザ・カード！〟それが効を奏して、夫を駆りたてた。

　キケは、さっそくスリを追いかけた。彼が走るのを見たのは、ネレアはこれがはじめて。しかも、ものすごい速さ！　おまけに状況が彼に味方した。観光客がのろのろ歩き、ほとんど動かない人込みを泥棒少年がくぐり抜けるいっぽうで、キケが着くころには人々が道をあけていた。少年はアジア系の顔つきの男性に衝突した。もう追いつかれると思ったのか、このスピーディーな外国人に一発殴られたのか知らないが、それでも追手にジレンマをあたえようとしたのだろう、泥棒少年は、川にハンドバッグを放り投げるという抜群のアイディアを思いついた。

ジレンマの〝ジ〟の字もない。キケは即刻追跡を中止して、さっと欄干に駆けよった。ネレアは三十メートル手前、見ると、彼がそそくさと靴を脱ぎ、靴のなかに物を入れている。パテック・フィリップ？　それしか考えられない。プラハを流れるモルダウ川は半端な川ではない。とんでもないことになるかも。ネレアは彼を呼びたい衝動にかられた。頼むわよ、飛びこまないで。

だが彼は飛びこんだ、足から先にだ。ネレアは慌てて、靴と高級腕時計をとりに走った。

下を見るとキケ。百二十ユーロの真っ白なシャツを着たまま、濁った川のまんなかで、救いだしたハンドバッグをネレアに見せながら、にこやかに、男らしく、近くの岸にゆっくり泳ぎついた。アジア系の観光客のグループが橋から拍手を送った。

ネレアはキケの靴を手にして、パテック・フィリップをしっかり守り、熟れきったフルーツの気分、いまにも愛がはちきれそうだった。ふたりは岸で再会した。濡れるならいっしょに濡れるわと、彼女はキケの腕にとびこんだ。まわりに何台ものカメラが分散して、ふたりの抱擁にシャッターを切った。

びしょ濡れの夫と、幸せな妻は、歩いてホテルへの帰途についた。ふたりで手をつないで橋をわたりながら、ネレアの脳裡に、何週間かまえに道で待ち伏せしていた〝オルガスムス提供者コーポレーション〟の女の顔がうかんだ。

99　第四のメンバー

監禁生活の長い年月は重たい。ずっしり来る。同志との口論は疲れるし、モラルを低下させる。看守との悶着もハンガーストライキもおなじこと。孤独は逃避や避難に役立つけれど、反面、自分の最悪の亡霊たちを目のまえにさらし、とんでもなく衰弱させられる。

ベッドに横になり、ホシェマリは心が落ち着かない。チャトの女房に手紙の返事を書いたのが、ひょっとして誤りだったのか。くそっ、母さんに知られてみろ。そんなこと考えたくもない。でも、ずっと続けているのは、まさにそれ。ビジョリに手紙を書いて以来、ただただ考えてばかり。疑念に取り憑かれ、記憶の詰まった袋を足もとで空にし、ひと言で言えば、頭がいっぱいなのだ。ここ刑務所では、考えすぎると気が弱くなる。苦い真実のまえに自分をおくことになる。これがおまえの人生だ、ホシェマリ、独房の四方の壁の内側でクズ山みたく無になった人生。

思案に沈み、またも床に目を落とす。なにが見える？　なにを見ようって？　ここの床、こいつがたちまち、あのサラウス通りのピソの床になる。

はるか以前の八月の土曜日、サンセバスティアンの都《まち》は祝祭。おれたちは大掃除の日。以前は三人が持ち回りでやっていた。ところが、そのシステムが諍いの種になった。おれの番？　おまえの番？　誰がやる番？　いつもそんな調子。掃除の当番にあたる人間に仕事がいちどに降ってくる。おかげで作業は最小限。そのへんにちょっと雑巾をかけ、あのへんにちょっと掃除機をかけ、首まで汚れがとどかない程度にというわけだ。指令を出したのはホシェマリ。よお、おまえたち、土曜日はチームで掃除だぞ。こうして軍隊方式で三人がかり。おい、おまえはバスルーム、おまえはサロン、おれはキッチンだ。バン、バン、バン、バン。一時間で完了。

ラジオをつけていた。いつもの習慣。ラジオはかならずつけておく。なにが起こったか知っておくためだ。きのう一斉検挙があったとか、テロ《エキンツァ》がどこであったとか、部隊《タルデ》が捕まったとか、それでわかる。秘密にしておくべき情報にかぎってマスコミで報じられるのが早い。そりゃそうだ、闘争中の人間にとっては、これほどありがたいことはない。なぜ？　用心できるから、雲行きが怪しくなれば、早めにずらかれることもあるからだ。いつなにが起こるかわからない。

午後三時ごろ、モルランス地区で、なにかデカいことがあったのは知っていた。ラジオのアナウンサーがこの地区に非常線が張られたと語り告知した。マスコミが通してもらえない。誰に？　治安警察隊。遠くで銃声がきこえた。たくさんの銃声、爆発音もした。詳細は不明、しかも情報はわずかだが、サンセバスティアンで警察が大規模な作戦に踏みきったのは火を見るより明らかだ。

ホシェマリは当初から、この一件に悪い予感がした。

「チョポ、いましていることをやめて、通りを見張れよ」

午後六時ごろ、最初の確認を得た。警察の犬どもがドノスティ部隊を逮捕した。モルランスのピソで三人死亡と報じられた。ニュースのアナウンサーは、ほかの場所でも逮捕があったと言うが、それがどこかまでは言及しない。

ホシェマリがチョポに言う。相手は窓に張りついたきりだ。

「どうだ？」

「べつになにも」

だがホシェマリは不信感にかられている。予想もしないときに、警察の野郎どもが乗りこんできて、ドアをぶち破るかもしれない。パチョに言った。

「おまえとおれは外に出たほうがいいと思う。チョポに残ってもらって」

「おれたちがドノスティ部隊と、どう関係あるんだよ？　やつらのこと全然知らないし、こっちは援護部隊でもないだろ」

「おれたちの報告作業がみんな、ドノスティの連中の役に立ってたってこともありうる。幹部との連絡員が共通だったかもしれないし、知るかよ。おい行こうぜ、ひと晩だけでもいいから。チョポが、あした教えてくれるだろう、通りに妙な動きがあればな」

　これまで三人だったメンバーに、いまや〝第四のメンバー〟がいる。つきまとう不信、見張られ尾行されているかもしれないという不信が、彼ら三人といっしょに居すわった。メンバーが増えたわけだ。しかも、かなりの影響力をもつ。暗がりでパチョとその話をした。イゲルド山の斜面、寝袋に入って一夜すごした場所だ。

　パチョはそれほど深く考えていない。

「だったら、なんでおれたちのところに来ないか、説明つくかよ？」

「糸をたぐりよせて桛《かせ》ごと持っていこう、って考えだろ」

「おまえ、神経質になりすぎてやしないか、え？」

「このあいだ、エレベーターで近所の住人と会ってさ。やあ、やあって。あの男と会ったの、たて続けに二度目だぜ。おまえはどうか知らないけど、おれは、こういうのが偶然とは思えない。きょうのモルランス地区のこと見てみろよ。どっかの時点で警察の犬どもが誰かの跡をつかんだにきまってる。どうせこんな話だろう〝よし、こいつをつけていりゃ、遅かれ早かれ、群れが見つかる〟。この紛争はそうやって機能してるんだ、パチョ。頭を切りかえろよ」

「そんなに簡単なことだったら、とっくにETAは終わってるだろ」

「ETAには、いくら神さまだって勝ちゃしない。戦闘員は消えるだろうさ、もちろん。だけど一人倒れるたびに、二人、三人が入ってくる。ここにはまだ当分爆薬がある」

遠くで破裂音がした。

「なんだ、いまの？」

すると都《まち》の一部で、夜が光り輝く滝になって燃えた。色とりどりの火花でできた巨大なバラ窓。湾上にうかぶ祝祭週間の花火だ。ホシェマリとパチョはすわって、木立の端からながめた。いまさっきの会話も忘れ、一発一発の打ち上げ花火についてコメントしあう。

「見ろ、見ろ」

「すげえ、なんてきれいなんだ！」

大がかりな見世物がおわると、ふたりは木立の暗がりにもどり、寝袋に入って眠りはじめた。山の夏の夜。

コオロギの合唱。パチョがぶつぶつ言った。

「あそこの下にいる人間がみんなよ、ちくしょう、お祭りで、アイスクリーム屋で列になってるときに、おれたちは連中の解放のために仕事してるんじゃないか。たまに短機関銃をにぎって、パン、パンって、やつらにも、ちょっとばかし撃《ぶ》っ放してやりたい気になるぜ」

「安心しな。完全にこっちの手のうちに治まりゃ、おれたちの音楽にあわせて踊りだすから」

朝七時、法学部の裏でチョポとの約束に出向いた。

「で？」

「べつに」

だがホシェマリは目に隈をつくり、髪はくしゃくしゃ、まだ不信がつづいている。〝パチョとおれが臨時に寝泊まりできる場所を見つけてくれ〟とチョポに頼んだ。それまで寝袋でスヤスヤ眠ってやるさ。すると、パチョが口をとがらせた。ホシェマリはリーダーとしての提案を、こんどは命令に変えた。おれがそうすると言ったら、そうするんだよ。卑語を二言三言吐いて、あとは有無を言わせなかった。ホシェマリが相手では簡単に反対もできない。強靭な腕、隆々とした筋肉、パチョは怖気づいた。

　月曜日、チョポは〝同級生とその彼女のピソに泊めてもらえるぞ〟と言ってきた。ただ先方が条件をつけてきたと言う。どんな？　ふたりが出たり入ったりするのを人に見られないように、ピソの外には出るなという話。七階建ての集合住宅でアニョルガ通りに入り口があり、住人の出入りが激しいこと、そして遅くとも金曜日には出ていってほしいという。ホシェマリは、そのぐらい期間があればいいと思った。例によって食料の心配。チョポいわく、食べ物は心配ない、泊めてくれる連中がバゲットを一本でなく二本買ってくればすむ話だと。

「ああ、ならいい」

　夕暮れにラサルテ行きのバスに乗った。アニョルガ通りの停留所で降りると、彼女がふたりを待っていて、自分たちのピソに案内した。列車の線路に近い集合住宅だ。ポッチャリして、朗らかで、おしゃべりな女は、左派〝アベルツァレ〟シンパ特有の前髪の子。男のほうは、どちらかといえば口数がすくなく、気難しく、兎唇《としん》の手術をしていそうなカーブ形の傷痕が鼻のしたにある。双方の合意で本名は名乗らないことにした。知らない相手だから、こちらには意味がある。むこうの名前はチョポにきくか、下の郵便受けを見ればわかるが、どうでもいい。日課にいくらか冒険が加わるだけの話だ。

　夕食のあいだ、ニックネームを選ぶ段で笑いが上がる。忘れるというより混同して、滑稽なシーンがままあった。そこで混乱を解消するために、あちらのカップルは〝あばずれ《ソタ》〟と〝馬《カバージョ》〟、ホシェマリとパチョは〝パン〟と〝ホットチョコレート〟になった。彼女のアイディアといえばアイディアだが、初日の単なる暇つぶし、けっきょくは役に立たない。その後に声をかけあっても、きめたニックネームで呼ばれずに〝ねえ〟〝ちょっと〟でおしまいだ。もっともパチョは三回に二回、口がすべって〝ホシェマリ〟と呼び、ホシェマリも相棒に同じことをした。

馬《カバージョ》は当初から不機嫌な顔をした。ホシェマリは、あの男、なんかあるんじゃないかと勘づいた。パチョもパチョで、夜、寝床でボソボソ話をしながら、おれたちがここにいるのが、やつは気にくわないんじゃないかと言う。女のほうは逆に、おしゃべりで料理の腕がよく、いつも雰囲気を明るくした。それが、ひょっとして問題かも。

「ジェラシーか?」

「まちがいない」

「だけど、そんな理由どこにもないぜ」

ホシェマリは独房のベッドで横になり、天井を見すえた。落ちこんでいても、こいつはさすがに笑いがうかぶ。

馬《カバージョ》もバカじゃない。でも、そりゃそうだ、夏のシーズンを通じてオンダレタの海岸で貸しパラソルの仕事をしている男は、朝出て、終日家の外で過ごすしかない。火曜日にはもう、乳房の豊かな〝あばずれ《ソタ》〟が薄着でバスルームに入っていった。パチョがシャワーを浴びている最中で、ピソじゅう水音がきこえるのに女は気づかぬふり。彼女が入ってくると(あら、ごめんなさい!)、パチョは相手の下心に気づき、どうするかって? そう、なかに招きいれた。彼女はうれしがった。サロンで新聞を読むホシェマリの耳に、よがり声や喘ぎがきこえてきた。

その夜。

「彼女とやったなんて言うなよ」

「おまえも、そのつもりでいな。あしたはまちがいなく、そっちの番だからよ」

だがホシェマリは女の思惑を見て、肉体の接触をきっぱりはねつける態度をとった。こういう状況はいつも気恥ずかしい。だめなんだ。お堅いジョスネは一度も教えてくれなかった。それにパチョにもこっそり言ったが、馬《カバージョ》は信用ならない。嫉妬で怒りまくり、こっちのことを密告しないともかぎらない。その考えがホシェマリを必要以上に落ち着かなくさせた。デブちゃんが何気にかけてくる淫らな誘いにはうんざりだ。ちくしょう、あんなさかりのついた女いるかよ！

それで木曜日、朝食も待たずに〝世話になってありがとう〟と言い、三十分の間隔をおいて、ふたりはそれぞれサラウス通りのピソにもどった。

チョポは毎日通りを見張っていたが、基本的にそれまで怪しいものは見ていないと保証した。

100　逮捕

テロ活動《エキンツァ》が乗りに乗りながら、それ以上やらないのは物資の受けとりが遅れているせいだった。請求した。どうなってるんだ？　連絡員は不機嫌に、おまえらだけじゃないと応えてきた。治安警察隊の護衛車の通り道で、アンモナールの爆発をしくじった。あれで炸裂していれば隊員の犬どもが屋根まで吹っ飛んで、おれたち、武装集団内部で、ずっと格があがったのにな。

自動車販売店を破壊した。店主については、あれこれ言われていた。ほんとかよ？　そんなのどうだっていい。メチャクチャにしてやった。建物から人を避難させるところまでいった。銀行の支店の強盗は金繰りの助けになった。これこそが問題、必要なものにも事欠く生活だ。退官した元警察官の処刑を計画し、詳細を最後までつめたところでＥＴＡの全幹部の逮捕を知った。ビダール郊外の邸宅だか、家だか別荘だか、そんな場所だ。

完全な困惑。それだけじゃない。寄る辺のない感覚。どうする？　心配、不吉な予感、ホシェマリは、サンティ・ポトロスの逮捕時にＥＴＡ戦闘員の長いリストが押収されたのを思いだした。あの役立たずの幹部連中め、武装集団の全作戦計画まで持っていかれやがって。

パチョがくぎをさした。

「おれ、山にはもどらないからな」

様子見をして、状況がはっきりするまで活動は中止にした。

三人とも終日ピソの外で過ごした。用心のためでもあるし、ホシェマリがそう主張しつづけたからだ。彼は雲の形まで私服の警察官に見えた。釣り竿をうまく手に入れて、天気が良かろうが悪かろうが、パチョとふたりで歩いてチミスタリの岩まで行った。チョポは別口、釣り竿の浮きが沈むかどうか何時間もじっと見ているより、映画館や図書館に行くタイプだ。

外に出るときは、そのまえにドアとドア枠のあいだに、目につかないほどの糸くずと粘着テープで印をつけた。あと、ドアマットのしたにもワイングラスのかけらをおいた。湾曲の薄いガラスの破片なので、踏めば割れる。夕暮れに最初に帰った人間がこの印を確かめることになっていた。もとの場所にあればピソに入り、打ち合わせどおり灯りをつけておく。

何か月も状況が見えなかった。いったい、いつになったら幹部が再編されるんだ？　連絡員との接触は途絶えたきり。武器の支給もない。ピソの家賃を払うのに、チョポが両親に無心するはめになった。そのあいだ、スペイン国家はセビリアの万博やバルセロナのオリンピックを大々的に開催した。ホシェマリが、ある朝〝冗談じゃない、おれがなんとかする〟。彼はアマラ駅で列車エル・トポに乗り、エンダイヤで降りた。その後フランスで三日すごしたはいいが、死ぬほど腹をすかせて、ピッにもどった。体が薄汚れ、意気消沈していた。

「ETAはもう元にもどらない。三月の逮捕がキツすぎた」

「新しい幹部は誰々だ？」

「何人かはいるらしい。でもはっきりしないんだ。どこに右手があって、どこに左足があるか、むこうがわかってないんだよ」

それでも空足を運んだわけではない。グロス地区のバルでの会合の約束を、連絡役の戦闘員とするにはしてきた。ただし、こっちが相手を理解したかどうか、会うのが新幹部か、それに近い人間か、ほかのやつか知るもんか、ちくしょう。ホシェマリは不信が消えず、スリートでも飲んでろと、その一時間まえにパチョを送った。

「どうだ？」

「いや、とくに」

それでホシェマリ自身が出むいて、来た相手に手紙をわたした。チョポがタイプ打ちした手紙で、しばらくフランスバスク《イパラルデ》で三人とも待機したいという請願内容だ。理由。爆弾製造の件で最新情報を得たい、戦略でかなり準備不足だからと。返事がくるまで何週間か待たされた。請願が受理された。フランスへの国境を越えるための道案内人《ムガラリ》が送られてきた。チョポは二、三か月後にふたりを追った。

パチョは野禽飼育の農場での仕事をあてがわれた。フランス人夫妻の所有、バスク民族主義の信奉者だ。家主夫婦や息子たちといっしょに、パチョはマニュアルを頼りに、バスク語の学習に励まされた。しゃべらなかったのか？　そう、否が応でも身についた二十ばかりの言葉をかろうじて口にするぐらい。だから相棒ふたりから、いつも厳しくたしなめられていた。バスク語を話さなければバスク人じゃないと仲間は言う。いくらETAに属していてもだ。パチョは、おれだってバスク独立をめざしていると主張した。勝手にほざけ、と同志たち。

　ホシェマリはといえば、爆弾の知識を高めることに最大の関心をしめした。治安警察隊の護送車向けのテロが未遂におわったことが、とげみたいに記憶に刺さったままだった。チョポは？　チョポはようやく戦闘コースを受けた。一定の期間後に戦闘活動に再編入されると、三人は以前よりもっと有能で、もっと強力で、もっと残虐な死を呼ぶテロ部隊《タルデ》の編成を確信していた。

　五か月後、三人は逮捕された。

　あれから何十年経っても、なにがまずかったのか、誰がしくじったのか、ホシェマリは自問をつづけている。人が言うように、武装集団は〝モグラ〟たちに穴だらけにされたのか？　部隊の三人が警戒を弱めたのか？　おれはちがう、だがパチョはどうなんだ。ほかに説明がつかない。当初は単なる疑いだったのが、やがて確信にかわった。

　大々的な打撃をくわえようという、わずか数日まえの逮捕だった。時間、場所、車に仕掛けた爆弾、なにもかも手はずの整った矢先にだ。密告があったのだと、ホシェマリは頭から信じてかかった。高等裁判所で審理中、パチョとガラス張りの被告席でいっしょになっても、いちども言葉をかけてやろうとは思わなかった。視線もむけなかった。相手が存在しないかのようにだ。

　見方を変えるには、かなりの時間が要った。逮捕されたのがパチョのせいだという思いは、いまも変わらない。でも警察《チャクラダ》の連中に協力するだけして、そのあと刑務所で長い服役に耐えるなんて意味のないことだと思うし、現にパチョも服役中。だから、やつが裏切ったわけじゃない、さすがにそれはない。だけどあいつは軽はずみだった。

　ある晩、パチョがしょんぼりと悲しげなのに、あとのふたりは気がついた。

「どうしたんだよ？」

「親父が最悪なんだ。そう長くはもたないと思う」

ホシェマリの脳裡に赤い光がパッと点火した。

「どうやってわかったんだ?」

口がすべったのに自分でも気づいて、パチョはやむなく、家族をこっそり訪ねたことを告白した。いつだ? ほんとうは何度も。規律の重大な違反行為じゃないか。同志らは詳細をもとめ要求した。パチョは詳しい話をした。ともかく悲惨な話。親父は骨と皮だけで、血の気がなくて、すさまじい痛みで。親父はもう誰のこともわからない。親父は……。

「わかった、もういい」

安全のためにピソをかえて一か月も経っていないのに、こんどはこれだ。ホシェマリはその晩、眠れなかった。何度もベッドから起きあがった。暗がりの部屋から人気のない通りをそっとうかがった。明かりのついた街灯、駐車した車。五分、十分して、また横になる。

朝、チョポとふたりで話をした。

「悪い予感がするんだよ。おまえ、どう思う?」

「やつの姿は、ひょっとしたら見られてない、おまえのよけいな心配かもしれないぞ」

「警察に押収された書類のどこかに、おれたちの名前があるのはまちがいない。それか、逮捕されたやつの誰かが、こっぴどくやられてる最中に名前を吐いたかもしれないし。そうしたら、私服の警察野郎が、うちらの両親の家のそばを張っていりゃ、足りる話だろ。ひとり捕まえれば、みんな捕まるのもいっしょなんだから。ずらかろうか?」

「またかよ? もう何日か待とうぜ。テロを起こして、そのあと気分を入れかえればいい話だ」

ホシェマリは自分を納得させた。あんなに用心深く、あんなに疑心の強い彼がだ。疲れている自分自身に気づいたのかもしれない。なにが疲れたって? こんな行ったり来たりして、こんな見張ってばかりいて、こんな不安と緊張状態の絶えない人生を過ごして、こんな胸クソ悪い地下生活に、じわりじわりと蝕まれて。

自己防衛をしようと思えばできた、ピソの玄関で爆竹音がしてから、先頭の警官野郎《チャクラ》が叫びながら部屋に乗りこむまでに、ホシェマリはピストルを手にする時間があったのだ。でも、つまらねえ、おれはまだ若いし、いつかは釈放されるんだろうから。

夜中の一時二十五分。最初の瞬間、肩の荷がおりた気がした。

ひょっとして、おれがお人よしで、自分になにが待っているか、まるでわかっていなかったせいか。

101
〝鳥は鳥《チヨリア・チヨリ》〟

悲しみの塵が床からあがるのを感じ、予感し、嗅ぎとると、好きなメロディーを口笛で吹く。考えなくていい。自然にやってくる。この歌に深い感謝をおぼえる。おれ自身の心だ。食堂にむかうとき、中庭にいるとき、面会室で母に別れを告げたあと、精神安定の即効性をもとめて、たまに口ずさむ。〝もしぼくが羽を切っていたら《エゴアク・エバキ・バニスキオン》〟と、いつもミケル・ラボアの声を真似しながら、ただ頭で思うぐらいに、ほんとにそっと。自分への誓いがあった。いつか自由をとりもどした日に、村に着いたら、その足で山に登って〝鳥は鳥《チヨリア・チヨリ》〟を歌うんだ。草と木々だけをまえにして。

ピソから連行されたとき、偶然、視線がミケル・ラボアのCDに留まった。久しく聴いていなかった。CDはそこ、机のうえにあって、その場に残された。ホシェマリにとって、それまでの自分の世界、永遠に後にした世界の最後のイメージだ。

家宅捜索は何時間もつづいた。三人はバラバラにされ、ひと部屋にひとりずつ、後ろ手に手錠をかけられて拘束された。武器は？　そう、あるにはあった。残りは隠し場所、でも警察の犬どもが嗅ぎ突きとめることになる。裁判所の補佐官立ち会いのもとで質問された。で、これはなんだ？　どこにおいてある？　どこに隠してあるんだ？

三人は別々の車に乗せられた。ホシェマリが最後に外に出された。

「行くぞ、デカいの」

夜が白みはじめていた。朝の蒼い冷気、小鳥がさえずり、近所の人間が窓からのぞいている。護送車に乗ったとたん、いきなり平手打ちをくらって、ぼうっとした頭と眠気がどこかに行った。治安警察隊員のひとりが、自分に眼《がん》をつけていると思ったらしい。〝人を見るな〟

もうひとり横にいる隊員が冷たくからかうように言った。

「とんだヘマだったな、戦闘員《グダリ》」

移動中、両脚のあいだに顔を入れさせられた。ETA幹部のパキートに面会に行ったときとおなじだ。その体勢で、はじめて歌が頭にうかんだ。

〝もしぼくが羽を切っていたら、《エゴアク・エバキ・バニスキオン》鳥はぼくのものになっていた《ネレア・イサンゴ・セン》〟

車は猛スピードで走っている。歌のなかで一瞬救われた気がした。歌は避難所、深いねぐらだ。おれはそこに隠れこみ、やつらには捕まえたと思わせてやる。

到着点、インチャウロンドの治安警察隊営舎。指紋をとられ、写真を撮影され、服を脱がされ、隊員のひとりに言われた。ここでは大事にしてやるよ、でも、それに見合うようにすることだな。プレゼントはなしだ。耳のピアスをとらされた。ここはゲイはお断りだからな。頭に覆面帽をかぶされた。両目の穴の部分が後ろ向きだったのだろう、まるで見えない。牢に閉じこめられた。罵言もなければ、押しこめられたり、殴られたりもしなかった。何時間か流れた。足音、こもったような声がした。突然、痛みの悲鳴、不満の叫びが仕切りごしにきこえた。パチョか？　ホシェマリは手錠をはめられたまま、歌を思いだしながら寒さと闘おうとした。

　朝のいつごろだろう、尋問に連れていかれた。利口にな。相棒がさっそく白状して、おまえのことを、さんざんこきおろしてたぜ。卑怯者、裏切者、無能者、言いたい放題だ。

「友だちがきいてあきれるな、捕まったのは、おまえのせいだってよ」

　質問攻めにされたが、警察の犬どもはとっくに、答えを知っている。つまらない質問。おまえの名前は？　仲間たちの名前は？　おまえの年齢は？　テロ部隊のピソはどこにある？　質問、質問、質問、たて続けに、すさまじい速さで問われて、ホシェマリは答えが追いつかない。たまに前で声がすると思えば、こんどは後ろから、横から同時に別々の質問をされる。姿こそ見えないが様々な声、足音、雑音からして、大人数の治安警察隊のグループに取り巻かれているのだと気がついた。いきなり六発、七発、八発つづけて殴打が脳天に降ってきた。耳もとで誰かが大声で怒鳴った。バラバラの言葉しかわからない。我慢しろ、否定するのか、疲れさせるな、協力しろ。ただただ怒鳴り声、脅し文句、さらに殴打、罵倒。彼は転倒した。椅子から突きとばされたのか？　床に横たわったまま囲まれて、クソったれの殺人野郎と罵られ、四方八方から嵐のように蹴りが入った。背中で手錠をかけられ、身を守ることもできない。

　また腰かけさせられた。誰かが小声でしゃべった。なにを言ったのか？　わかるもんか。ぼそぼそ声。こんどは別の質問だ。答えるまでの短い間だけは殴られないのに気づき、大方どうでもいいことにも細部をつけ加えては、答えをひきのばした。チョポとパチョを絞りあげて、山のような情報をひきだしたのは目に見える。だから三戦闘員の日常生活の詳細だの、テロ活動の具体的側面だの、物資の受け渡しだのをきいてくるんだろう。警察の犬どもが通じているのはまちがいない。

連中は名前を知りたがった。ちょっとでも口ごもれば殴打をくらう。すこし離れたところにいる治安警察隊員がほのめかした。そのクソったれのETA野郎のうなじに一発ぶちこんで、海に放りこんでやったらどうだ？　ホシェマリは覆面帽のなかで顔がカッと熱くなった。歌は？　出てこない、思いだせない、考えることができない。二時間、三時間の打擲のあとも、むこうは山間の隠し穴《スロ》のことをきかずにいる。たぶん尋問の罠だろう。彼は場所を白状する気になった。そうすれば殴られずにすむかもしれない。だから言った。武器は、どこどこの場所にあります。ああ、そうなのか？　だったら、なぜさっき言わなかった？　それが嘘じゃないと、どうしてわかる？　覆面帽を剝ぎとられた。一本の手が乱暴に髪をわしづかみにし、頭を下げさせられて、顔を見るなと言われた。県の地図を突きつけられた。水まで浴びせられた。生温いが、水は水だ。指の腹で地図の一点を示した瞬間、その場所にもうマークがついているのに気がついた。すると連中、知ってたわけだな。自分は現地に連れていかれない。とっくに相棒のどちらか、それとも、ふたりを連れて隠し穴に行き、ポリタンクを掘りだしたにちがいない。

　夜になってから車に押しこめられて、三人の隊員どもの質問がつづいた。ただ屈辱をあたえるためだけだ。スペインの旗をどう思うか？　女がいるのか、その女と何度やったのか？　そんなぐあいだ。旅のはじめに何度か平手打ちをくらった以外、マドリードまでの行程では殴られなかった。前日の夕食以来、ひと口も食べていない。だが空腹がいちばんの問題じゃない。眠気のほうが、よほどつらかった。まぶたがとじて疲労の重みで頭が下がったとたん、隊員どもに髪を思いきり引っぱられた。

「起きろ、戦闘員《グダリ》」

　連中は自分たちの話をしはじめた。放っておかれるのはいいが、こちらが目をとじないか見張られつづけた。目がとじる。どうやってもまぶたが落ちる。すると激しく揺さぶられ、髪を引っぱられた。やっとすこしだけ眠らせてもらえた。突然、歌がやってくる。〝きっと逃げてはいかなかった《エスエン・アルデギンゴ》〟。それとも、ただの夢だったのか。なんでもない、ほんの束の間、イメージのない言葉たち。ずっと気分がよくなった。

　起こされたらまだ夜、車は全速力でマドリードの通りを抜けた。最終目的地？　グスマン・エル・ブエノ通りの治安警察隊本営だ。なにが待っているのか知らない。知るわけないだろうが、ちくしょうめ、インチャウロンドの営舎内の尋問で、おれはもう規定の殴打に耐えたんだ。駐車場で壁に顔をむけたまま、長いこと立ちっぱなしにさせられた。同志たちもいま到着したところ、おたがい顔を合わさせないためだろう。レンガ造りの建物。オフィスと執務室。でも自分は地下牢に連れていかれた。警告をうけた。協力しろ、誰の顔も見るな、たとえ行き違っても、ほかの逮捕者に言葉をかけるな。

　ホシェマリにとって地獄の連鎖がはじまった。地下牢から尋問室、そこから警察医の診察、ふたたび地下牢にもどされ、またおなじことがはじまる。インチャウロンドの営舎のあと、さらに独房監禁が四日つづいた。協力しろ、抵抗するな、いい気になるな、協力しろ、協力しろ、お遊びはおしまいだ。顔に覆いをつけられた。それから覆面帽、さらにもうひとつ、ぜんぶで三つだ。汗が出て震えがくる。こいつらも名前を知りたがった。何某と会ったことがあるか、何某を知っているか。テロはおまえの仕業だろ。否定したとたん、何度も頭を殴られた。警棒か、なにかを巻いた棒、スポンジゴムだか絶縁テープだか、知るもんか。さらに質問、さらに殴打。下手な期待をもたないようにと、後ろ手でピストルと弾倉を無理にもたされた。しっかり指紋がつくように力を入れて握れよ。おめでとう、ETA戦闘員。おまえはこれで誰々の殺人犯だ。

「おれたちは、これを〝確かな証拠〟って呼ぶんでね」

　かと思えば、いきなり。ほら、腕立て伏せ十回だ。私生活についての質問、両親、仲間、村のバル、学校《イカストラ》、地元の〝アベルツァレ〟の連中について。さらに腕立て伏せ、エレベーター。こいつ、わかってないな。見せしめてやる。壁のまえに連れていかれた、そこでしゃがんでは立ち、またしゃがんでは立ち、というぐあい、汗まみれになって、いつまでも。

ビニール袋に頭をつっこまされた。空気が足りなくて、ホシェマリは暴れだす。ただ苦しくてもがいた。頑強な彼の体を、隊員が数人がかりでやっと押さえつけた。二人、三人とホシェマリのうえにすわりこみ、そのあいだに、ほかの隊員が袋を首のところで結わえつけた。死はビニール袋のなかにある。ある時点に来ると、その先はあちら側。そうなれば、もうおまえを生きかえらせる酸素はない、おまえの体を放棄するしかないわけだ。口をあけてひと口、たとえわずかでも空気を吸いこもうとした。だが、口に入るのはビニールだけ。連中はリスクの限界点を知っている。ホシェマリは肺が破裂しそうな気がした。意識を失いかけると呼吸をさせて、また窒息寸前までおいておく。そうやって八回、九回。最後は、そう、ついに気を失った。

〝拷問をうけた〟と警察医に語った。すると医師はうんざりした顔で、報告書に記せるのは部分的損傷のみで、主観的評価や価値判断を入れるのは無理だと応えてきた。どこか骨折は？　内出血は？　なんにも？　いずれにせよ判事と話しなさい、それほど役にも立たないだろうがね。顔が腫れていても目に見える傷はなく、ホシェマリはそれ以上主張しなかった。以後、医務室には、日付と時間を知るのと、水を飲むためだけに行った。

二晩目、それとも三日目の夜か？　電気ショックをかけられた。裸にされ、覆面帽をかぶせられて、ざらざらの床に寝転がされ、両脚、睾丸、耳の後ろに電極をつながれた。ホシェマリは痙攣し、跳びあがり、悲鳴をあげた。むこうが電気の火花を至近でパチパチやって脅すだけで、体の激しい揺さぶりを体験した。さらに尋問、さらに殴打、ひたいに、背中に、肩に一撃をくらいつづけた。いつETAに入ったのか、誰にスカウトされたのか、どんな訓練をうけたのか、インストラクターは誰か、誰が指令をだしたのか。殴打と電気ショック。赤い斑点、細かい火傷、出血した傷の散った体で、警察医のところに連れていかれた。医師は軟膏を体に塗った。午後六時だと言われた。

翌日はプログラムが変わった。地下牢から連れだされた。オフィスに連行する隊員のひとりが途中で警告した。

「供述によく注意するんだな。違うことを口にしてみろ、また地下に連れていってやるから、そうなれば、もう生きて帰れないぞ」

上階は穏やかで礼儀正しく、官選弁護人が立ち会った。向けられる質問は地下の尋問室とそう変わらないが、大声なしに行われ、会話のような雰囲気だ。指示に従わされた。尋問の残虐行為がかわせれば、どうでもいい。印刷物を蔑視しながらサインした。

虐待はもうない。朝のうちに体をきれいにさせられた。服を着るあいだ、隊員のひとりが親しげに話しかけてきた。おまえの年でETAに入った価値があると思うのか、人生を楽しんで、家庭を築いたりするかわりに、気の遠くなる年月を刑務所で過ごして、若い時代を棒にふって、両親を苦しめて。

相手がタバコを勧めてきた。

「吸いませんので」

午前中、高等裁判所の判事の執務室に連れていかれた。ホシェマリは胸裡に憎悪の球《たま》を抱えていた。堅く熱い球。こんなのは感じたことがない、テロ行為《エキンツァ》の最中にさえもだ。指名された官選弁護人を拒絶した。イデオロギーの波長の合う弁護人、ETAの服役囚の弁護に長けた人物を要請した。長い討議のすえに女性弁護士が呼ばれ、尋問がはじまった。最初の質問を耳にするなり、ホシェマリは拷問にかけられたことを言った。判事は白目を剝いた。

「さっそく、はじまったか」

判事は書類に目を通しながら、投げやりに、当該の裁判所に提訴したらどうですか?と言ってきた。いまはその機会じゃないし、ここは、それにふさわしい場でもないと言い添えた。ホシェマリは自分の無力さを実感し、憎悪の球は体内で大きくなるばかり、心の底では、なにもかもどうでもいい。告発を全面否定し、この見世物にいちどに切りをつけるために供述を行い、そっけなく、簡潔に、バスク語の明確なアクセントで答えた。

供述後、地下牢におろされた。刑務所に連れていかれるのだろう、ひとりでそこに残されて、長いこと護送車を待った。湿気と古びた空気のにおいがした。壁を見たら、なんとバスク語で書いた文と、ETAのアナグラム、しかも〝自由なバスク万歳《ゴラ・エウスカディ・アスカトウタ》〟のスローガンがバスク国の輪郭で囲ってあった。手もとにボールペンがなくて残念だ。

幸福感に似たものが訪れた、ひとりじゃないと感じたからか、たとえひとりでいても、おれにはわかる。それで歌いだした。はじめは口ずさみ、そのあとは、ふつうの声で。

〝もしぼくが羽を切っていたら《エゴアク・エバキ・バニスキオン》〟

102　一通目の手紙

〈親愛なるホシェマリ〉

親愛なる？　とんでもない。書いた文字を見るなり横線で消した。ビジョリの正面、壁にチャトの写真がかかっている。あなたは心配しないで、試し書きしてるだけだから。こんなわざとらしいあいさつの言葉で紙が冒されてしまった。テーブル脇に重なる紙束からもう一枚とった。無理にでも前屈みになって書く。下腹の痛みが我慢できるのはこの格好だけ。午後のおわりから痛みがやまない。

炭子《イカツア》ちゃんはすぐそこ、ソファのクッションのうえで軽い眠りについている。たまに目をあけたり。たまに自分の片脚をなめたり。時計は零時半をまわっていた。

〈ごきげんよう《オラ》、ホシェマリ〉

気どってるわ。

〈こんにちは《カイシヨ》、ホシェマリ〉

表情をゆがめた。これじゃ、ありもしない信頼感を装っているみたい。けっきょく、相手の名前を書いて読点をつけた。あちらの家族が呼ぶように〝変な女《ラ・ロカ》〟と名乗ってやりたい気分になる。自己愛かしら？　アランチャからきいていた。彼女とはよく道で行きかう。アンデス系の南米人の面立ちの女性がいつも介助でつきそって、アランチャを散歩に連れだしていた。

《うちの両親、あなたのこと〝変な女〟って呼ぶのよ、でも気にしちゃだめ》

この内輪の呼び名を明かせば、むこうの姉と弟を仲たがいさせることになりそうな気がした。やめておこう。かわりにこう書いた。

〈私はビジョリです。覚えていますか。あなたを煩わせるつもりはありません、憎んでいるわけじゃないので、信じてください〉云々。

冒頭の段落を読み直し、いい気持ちはしないけど、どうしろというの。とにかく書きなさいよ、それで、なんなら直せばいいじゃないの。

別の用紙に、手紙で言いたい事柄を書きとめていた。そうたくさんではない。長々と書くつもりもなかった。そんな一生懸命になって、あとで返事も来ないんじゃ、なんのために書くの？　それでも、そのわずかな事柄のために何日も神経が張りつめ、気に病み、心もとなく、眠れなかった。

ビジョリは単刀直入に言った。わたしは恨みで言っているのではありません。手紙の主旨？　夫がどう死んだのか、できるかぎりの詳細が知りたい。経緯をなにもかも、とくに誰が撃ったのか。さらに、自分には許す用意がある、でも、そのためには条件がある。どんな？　彼がわたしに許しを請うこと。強要ではなく、これは頼みですと、つけ加えた。これじゃ、かなり下手に出ていない？　どうでもいい。病で先が長くないから、と書いた。すぐ文を消す。まさにその瞬間、痛みがまた直撃した。炭子《イカツア》は気づいたのだろう、びくっと目を覚ましました。

〈もう、そんなに長く生きられるとは思わない年齢になりました〉

読みかえした。そう、この言葉のほうが控えめに響くわ。真実は、どうも衝撃的すぎる。告げたところで嘘だと思われるだろうし、憐れみを買おうとしているなんて思われたら、それこそたまらない。真実を知るのは自分だけ。子どもたちも知らない。ただシャビエルは疑っているふしがなくもない。でなければ、なぜあんなに腫瘍科に行けと言ってくるの？　年齢《とし》のせいにすれば、そうはおぞましくない。この一節を読んだら自分の母親を思うはず、むこうも同じくらい年齢が行っているのだから。きっと心がやわらぐでしょう。それに、もちろん、わたしがお墓に入るまえに、どんな状況でチャトが死んだのか言ってもらえたら、とても感謝しますと。わたしは知る必要がある、それだけなの。

相手に言うべき微妙な箇所にきた。でも現実から目をそむけてどうするの？　チャトが殺された日／あなたたちが殺した日、昼食で帰宅したときに〝ホシェマリに会った〟と言っていたこと、一時足をとめて彼に話しかけたこと。わたしは高等裁判所の審理に出席しなかったし、連絡もこなかったけれど、ホシェマリが殺人に関与したことが……消した。夫の死に関与したことが判決で立証されたのを知りました。

〈事実について、あなたから話をきかせてくれるよう、心からお願いします〉

返事を書く気にならなければ、こちらが刑務所まで行って彼と面会してもいい、そうすれば紙に書いたものが残らない、もしそれが問題ならば。〈わたしの唯一の望みは〉とくり返す、〈死ぬまえに真実を知ること、そしてあなたを許すこと……〉消した。〈あなたに謝罪してもらって、その場であな

たを許し、心の平安を得ること、それで、わたしはもう死ねますから〉

ゴーン、ゴーン。壁時計が夜中の二時を打つ。ビジョリは抹消線だらけの手紙を読みかえした。あしたの朝にでも清書しよう。

そのとき最初の吐き気がきた。うっ、どうしよう。すぐに二度目。三度目でテーブルのうえでもどしてしまった。避けようがなくて、もちろん手紙も紙束の一部も汚れた。テーブルを離れたとたんに転倒した、いや、くずおれたのか、よくわからない。覚えてるのは覚えてる、下腹を突く痛みがあまりに強烈で、いやでもカーペットのうえで体をまるめた。巨大な暗黒のまえにきても、だからって神を信じる心にはならない、ほかの人はそうでしょうけど。なんのために？　わたしは死ぬんなら、死ぬだけよ。

なんとか電話まで這っていく。ほらすぐそこ、あと三メートル、チェストの上、なのに、こんなにも遠い。遠い？　届きっこないわ。どうにもならない。わたしはここで、ああ、これきりってこと。子どもたち。気を失うまえに最後に目に映ったのは炭子《イカツア》ちゃん、雌ネコが近寄って顔をすりよせてきた。黒い毛並みと、やわらかな尻尾でビジョリのひたいをかすった。静かな炭子、真っ黒な炭子、かわいい炭子。さて、わたしが生きて目にするのは、あなたが最後なのかしら。

目が覚めたのは十時ごろ、サロンは朝の光にあふれている。痛み？　跡形もない。体の神秘。

休み休みしながら、ゆっくり掃除をする。まさかの時のために。そしてドアと窓をあけて家じゅうの換気をした。シャビエルに電話をし、母と息子は五分ほど、とりとめのない話をした。つづいてネレアに電話をし、母と娘は三十分、とりとめのない話をした。昼どき、なにも口にしなかった。その気にならない。フダンソウの葉と、ゆでたジャガイモをつまんだ。昨夜の残り、食べ物を捨てるのが嫌なだけだが、それでもだめ。どうして？　固形物を痛む内臓に送りこむのが怖かった。最後は空腹をまぎらわすために、カモミールのハーブティーを一杯淹れた。

まあねえ、わたしから奥さんに手紙を渡してもいいんだけど、彼女、わたしの顔を見たがらない気がするのよね。五時まえに村に行く？　あまり意味がない。ホシアンは午睡《シエスタ》をする人だから畑に行くのはだいたい午後半ば。ビジョリは、はじめのころ川の対岸の木立に隠れて、彼が来るのを待った。そのうち橋からも様子見できるのに気がついた。ほんのハシバミの木のすきまから、でもバス停から近い橋にいれば、そう歩かずにすむ。相手が着くのを見たいだけ。こちらを避けようとしてホシアンが小屋にこもってしまうから。だけど、あの男性《ひと》にはだまされないし、大声で呼びかける気もない。まさか、そこまでは。

ホシアンが手紙を拒むのでは、と一瞬考えた。わざわざ受けてくれるかしら？　あの人、けっこう臆病者だもの。若いころからそうだった。

ビジョリは、ハンドバッグから封筒をとりだした。あそこに置こうか。どこに？　ウサギのかごの上。さわるのも汚らわしいみたいに。

「手紙、ミレンに、あんたからだって渡すよ、な？　でも、そのあとは知らんよ。行くのは女房だから」

「あなたは息子さんに会いにいかないの？」

「おれ？　めったに」

畑に会いにいった最初のころ、ホシアンは無愛想な顔をしてみせた。つっけんどんで、内気だからか、怒っているのか、ビジョリにはわからなかった。この男性はいわゆる恨みぶかいタイプじゃない。彼には憎むのは似合わない。では、どういうの？　気の毒な相手はひどくわずらわしそうだが、彼女が穏やかに話しかけるうちに、とげとげしさが消えていった。

ホシアンは赤い顔をして（ワインのせい？）、くいっと下あごで手紙をさした。

「そいつのせいで、こっちは面倒なことになる」

「まあねえ、わたしから奥さんに手紙を渡してもいいんだけど、彼女、わたしの顔を見たがらない気がするのよ。わたしが彼女に、なにをしたのか知らないけれど」

「あいつが息子に持ってくかどうか、わからんね」

「どうして？　わたしは善意で書いたのよ」

「ちくしょう、そっとしとかなくちゃいけないことを、わざわざ動かすわけか」

ミレンに手紙を渡してくれたのかしら？　二日続きで畑に姿を見せないのに、どう相手に確かめたらいいのか？　すくなくとも、彼はいつもの時間には来なかった。雨が降って畑に水をやらずにすんだからかもしれない。でもウサギはどうするの？　エサぐらいやらなきゃいけないでしょうに。ビジョリは思った。こちらを避けるのに、午後の最後の時間か、夜になってから畑に来たんじゃないかしら、でなければ朝早くとか。

三日目、ビジョリは、あまり期待せずに、それでもホシアンと会えないかと思って村を歩いた。あちこち、ぐるぐる歩きまわったあとで、カフェインなしのエスプレッソを飲もうとパゴエタに入った。そのころは毎日のように村の通りを歩く彼女の姿も人目をひかなくなっていた。バルでは誰も言葉をかけてこない。ただ嫌な目でも見られなかった。勘定をして店を出かけたら、入ってきた人たちが軽く会釈をしていった。

雨が降っていないので、家にむかうのに広場をつっきったあと、ホシアンの家のそばを通るのに、すこし回り道をすることにした。何歩も行かないうちに車椅子が目に入り、その横に、小柄で南米人っぽい顔つきの女性が石の台にすわっていた。

シナノキの木陰から、ビジョリは迷わずふたりのほうに向かった。アランチャが彼女を目にとめて、いつもみたいにパッとうれしそうな顔をした。〝iPadをちょうだい〟と、動くほうの手で唐突なしぐさをし、介助の女性が持たせてやった。ビジョリが身をかがめてアランチャにキスのあいさつをすると、彼女のほうも、いつもどおりの激しい無言の狂喜で応えてきた。それから慌てたふうに、神経質に指一本でキーをたたいた。急いでなにかを伝えたいのがはっきりわかる。
ビジョリは読んだ。
《母があなたの手紙を破ったの》
「破ったの？」
アランチャはうなずいた。また書いた。
《もう手紙を渡しちゃだめ。持っていきやしないから。母は悪い人》
「まあ、自分のお母さんのこと、そんなふうに言っちゃ」
細くて青白い指が文字列のあいだを、せっせと動く。介助の女性は黙って、画面に目をすえている。ビジョリは読んだ。
《うちの家族のテロリストに手紙を書きたかったら、解決法があるわ》
「どんな解決法？」
刑務所宛てに書けばいい。刑務所宛て？　アランチャは二度頭をしっかり縦にふって、〝そうよ〟と応えた。言葉を発音しようとする。鋭い音、理解できない音がもれた。わずかに声の出せるときもあるにはある。でも、きょうはだめ。どうしたのか？　いくら努力してもできずに、つらくなって止めにした。それで書いた。
《刑務所は、プエルト・デ・サンタマリアⅠ、第三ブロック。彼の名前を書けば、確実に着くわ》
「読んでくれると思う？」
アランチャは手のしぐさで〝さあ、どうかしら？〟と表現した。もう片方の手は、お腹を押さえたままだった。

103　二通目の手紙

顔から喜びの跡や目立った感情が消え、アランチャは凍りついた表情で、ビジョリが広場のむこうに立ち去るのをながめていた。

いい女性《ひと》だわ。鳩が何羽か地面を突《つつ》き、そのすきまをスズメたちが跳ねまわる。側道では筋骨たくましい運搬人が薄汚れた格好で、きょう何個目かも忘れるほどのブタンガスボンベを肩にかついで人家のまえにいた。

セレステは、ビジョリが視界から消えるのを待って言った。

「あのセニョーラと立ち話をしたのがミレンの耳に入ったら、カンカンになるでしょうね」

首が完全に頭の向きをかえられず、アランチャは車椅子の後ろのセレステと目が合わせられない。エネルギッシュな怒りの指でｉＰａｄのキーをたたいて書いた。

《母に話すつもり？》

「もちろん言わないですよ、アランチャ。わたしをなんだと思っているんです？　でも、まわりの人をみんな見てくださいよ、もしかして、じろじろ見られてるかもしれないでしょ」

下手な言い訳をして、手紙の内容をビジョリにきくつもりはなかった。だって知っているのに、なんで？　書いたものを読んだの？　そりゃそうよ。しかも油のしみのついた手紙は引き出しにしまっである。

三晩まえ、これから夕食という時の話。うちの母の揚げた魚とニンニクが、ギプスコア県じゅうでプンプンにおったと思う。母とふたりで台所、アランチャは車椅子でテーブルのそばにいた。窓があき、揚げ物のにおいと蒸気が外の通りに出ていく。そのうち耳慣れた錠に鍵をさしこむ音がした。

ホシアンが脇腹を掻きながら入ってきた。ベレー帽が、やや首のほうに下がっている。ビニール袋にレタスとサヤインゲン、ほかにも畑で採れた野菜をもってきて、ガラスケースの聖母の横に置いた。近所の家から家へ、もちまわりで巡る聖母像、きょうはこの家《うち》が守る番だった。

ホシアンは自由なほうの手で――もう片方は脇腹でハープでも弾くみたいに掻きっぱなしなので――毛皮の上着の内ポケットから白い封筒をとりだした。

「これ渡されてな、おまえからホシェマリに持ってってほしいって」

ミレンは口をギュッとつぐみ、目に怒りをたたえて確認をもとめた。

「誰が渡してきたの?」

「きまってるだろ、変な女《ラ・ロカ》だよ」

「あんた、あの女としゃべったの?」

「畑に入ってきたんだから、しかたないだろ？　棒で殴るのか?」

「かして」

ミレンは手紙をひったくるように手でつかんだ。ビリッと破る。高慢な物腰、素早い手つきで、半分になった紙二枚を重ねあわせた。また破る。ビリッ。シンクの下の戸を開けるとゴミ入れが置いてあり、そこに紙片を投げ捨てた。

「さあ、夕食よ」

言い争いになったか？　いや。ひと言だけ。ここ何日かは畑に行かないでよ。じゃあ、ウサギはどうなるんだ？　放っておいて餓死させるのか？

「朝早く行って、エサやればいいじゃないの」

「あの女が塀をこえて、戸のすきまに手紙を置いていくかもしれない」

「うちには持ってこないでよ。そんなの焼けばいいでしょ」

翌日、ホシアンはなるべく早く動物の世話をしに行くつもりで、製錬所に勤めていたころみたいに早起きをした。見ると、アランチャが台所にいる。

ここでなにしてるんだ？　娘は知らぬ顔。シンクのまえに車椅子をつけて、ゴミ入れをひざに抱え、父にむかって〝静かに〟と、口のまえに指を一本立てた。目下の彼女は鉄の意志、杖を支えにするか、家具の縁でもなんでもつかまって自分ひとりで立ちあがり、片足が硬直したまま、ふるえる足どりで怖々歩けるぐらいになっていた。二度ほど転倒しているが、悲惨なことには到っていない。

アランチャは動くほうの手の指を油でベトベトにして、やっと手紙の最後の切れ端をゴミ入れから取りだした。

ホシアンがささやいた。

「お母《ア》さん《マ》に知られたら、大目玉だぞ」

アランチャは肩をすくめ、〝だから、なに？　ちっとも怖くなんかない〟とでも言うように不愉快そうに首をふった。ドアの後ろにかかる母親のエプロンで手紙の切れ端の汚れをぬぐい、不器用に車椅子で移動した。父親が助けてやろうとすると、不機嫌に拒絶するふうに〝そんなことしなくていい〟と言わんばかり。でも、父はいつもながら同情心に負けた。片方の手だけで娘がどう動ける？だって、さっきもそうやって来たのよ。

「ほら、ほら」

まだ寝ているミレンに勘づかれると困るので、音を立てないようにして、さっさと娘を部屋に連れていった。

　アランチャはひとりになると、手すりのないベッドの脇で、めくれたシーツをなるべく平らにして、手紙をもとどおりにつなげた。

〈ホシエマリへ。私はビジョリです。あなたは、きっと妙に……〉

　そんなわけで、午前の半ばにビジョリ本人と会ったとき、アランチャには手紙の内容がわかっていた。手紙をゴミ入れにもどすか、とっておくか迷った。とっておくって、なんのために？　まあ、そのうちに。とりあえず、チェストの引き出しに隠しておいた。

　午後一時、セレステが彼女を家に連れて帰った。父と母と娘が昼食をとりながら、テレビに目をすえていた。〝幸運のルーレット〟。でもホシアンは、ぼんやりと眠そうな顔で、ひとりだけ番組に興味がない。それに若い出場者たちの喧《やかま》しい声が癇にさわった。

「音、もっと小さくできないのか？」

　食事のあとアランチャは、午後いつもリハビリに連れていってくれる救急車を待つあいだ、弟にｉＰａｄで手紙を書いた。彼に語り、説明し、知らせた。チャトの妻のビジョリが刑務所宛てに手紙を書くはず、〈だから、彼女に返事をあげてほしいの。あなたを忘れない姉からの頼みよ。お母さんが知る必要はない〉そんなふうに穏やかにきっぱりと、厳しく情愛をこめて。しめくくりに。

〈彼女はいい女性《ひと》です。キスをこめて《ムシュ・バト》〉。

　左利きの女が左手を使えないのが、そもそもの不運。自分の限界を認めずに、紙一枚に文を書き写そうと必死になった。器用、不器用以上に怒りをこめて、こんなことをしても挫折におわるのを予想しながら。挫折？　完璧に。

　きょうは木曜日。土曜日まで子どもたちには会えない。どうしよう？　誰が手紙を書き写して、すぐポストに入れてくれるのか？　微妙な問題。誰がするにせよ、手紙を読まれることになる。父は論外。セレステは？　あしたまで会わない。それに信用できなかった。ミレンに告げに行ったりはしないだろう、それはない。でも自分の家で話を家族にしているのはまちがいない。障がい者（それとも全身麻痺者か、あの人たちがどういう言葉を使うか知らないけど）との日々の体験談、そのあと彼女の家族があちこちに話してまわらないと、誰が保証できる？

理学療法の一時間。着いてあいさつをすれば、その場の人たちがアランチャの言いたいことを理解する。

「こんにちは」

結果、白衣にかこまれ、誉め言葉や賛辞をうける。患者を励まさなくてはいけない。それが病院の規定、もっともアランチャ本人は、子どもや老人たちみたいに扱われたり、話しかけられたりするのが、ものすごくイヤだった。わたし、まともな人間なのよ。

リハビリ計画。左手、左腕の緊張過度症を和らげる方向の運動。その後は両脚に行こうという話。むずがゆい感じがまた来たかどうか、理学療法士の女性が問いかけた。アランチャは否定した。いい徴候。回復は遅々としている、でも回復は回復だ。そして時間のおわりにアランチャを足で立たせようとした。自分で立って一、二メートル歩く、もちろん支えを使ってだ。

リハビリルームは人の出入りが激しく、ひっきりなしに理学療法士、患者、付き添いが行き来した。声も行きかう。アランチャは手もとにｉＰａｄがなかった。つまり誰かに頼もうと思っても頼めない。でもそのあと、事はうまく運んだ。言語療法士の女性とふたりになったときに説明できたのだ。

「手紙って、すごく長いの？」と彼女。

全然。十四行。いちばんいいのは、ここでメールを入れてもらうことね、そうすれば夜、家に着いたら紙に清書して、うちの通りの近くのポストに入れてあげるから。相手はそう約束した。

送ってくれたのか？　アランチャは確信がない。でも一か月経って、封筒に入ったカードを受けとった。母に読まれないように？　ホシェマリの書いたカード。ジョークや情愛のこもった内容で、こんな追伸があった。

〈手紙が来ました〉

誰からとは書いてないし、その必要もない。

〈それで返事を出しました〉

104
三通目と四通目の手紙

手紙が来た、びっくりだ、姉からの手紙。もちろん開封してあった。ホシェマリは特別の監視をうけている。中庭に出るのが制限され、ほぼ二週間ごとに独房を移され、郵便物がチェックされてコピーをとられ、その写しが保管される。

姉が手紙を書いてきたのは十五年以上ぶり。クリスマスカードは数に入れないでだ。決まり文句のメッセージ、しめくくりの言葉はかわらない。

〈良いお年を――冗談かよ？――お迎えください。あなたを忘れない家族より〉

当初いちど両親の手紙に、励ましの言葉を二、三行添えてきた。それだけだ。アランチャは一家のスペイン人、でもホシェマリは等しく姉を想っている。おれにしてみれば国家の旗に包まってるようなもんだ。身内でそんなやつは許さない。弟でも、そうゴルカはなおのこと。だけどアランチャは特別だ。アランチャは姉貴じゃねえか、ちくしょう。あのバカ野郎と結婚して、見捨てられた。スペイン女の罰というやつだ。

ホシェマリは突然思いだした。服役囚に認められた電話の会話で、あるとき母が超深刻に伝えてきた。姉がマジョルカで重大な事故に遭ったという。マジョルカなんかで、姉貴なにしてたんだ？　アイノアと夏の休暇に出たのよ。でもミレンにはデリカシーのかけらもない。

「あっちの医者と話したんだけどね。あたしの聞きまちがいじゃなければ、一生バカになるって」

手紙は姉の文字ではない。そりゃそうだ。姉は書けないから誰かが代筆したんだろう。近々そちらに手紙が行きます、もうすぐ着くでしょうと言ってきた。誰から？　ビジョリ、チャトの妻から。おまけに、このザマだ。しかも〝この話はお母さんとしないで〟と書いてある。ホシェマリは最初のうれしさが、どこかに消えた。そういうことかよ？

母から話はきいていた。つい最近、面会室で〝あの女はモンドラゴンの精神療養所にでも入ればいい〟と母は言っていた。

「うちに嫌がらせするつもりよ。お父さん《アイタ》に、しつっこいんだから。武装闘争がおわったら、バスク国の敵どもが、またいい気になってさ。苦しんだのは自分たちだけだと思いこんでるの。恨みをはらそうとしてるのは見え見え。あたしたちを潰したいのよ、人に恥かかせて〝謝罪しろ〟だって。こっちが謝るわけ？　そのまえに川に身投げしてやるわよ」

二日後に、姉の予告した手紙をわたされた。

はじめの衝動？　その場で破ること、刑務所の職員の目のまえでだ。いまやっと理解した。アランチャが、なぜ手紙を書いてきたか、しかも、まちがいなく急いで。おれを抑えるため。こっちの本能的衝動にストップをかけるため。でなければ、変な女《ラ・ロカ》の手紙なんか便器に直行だ。それでも、ひとりになると手紙を読んだ。

こいつは、おれの心を落ちこませるための罠だろう。殲滅《せんめつ》のスペインの刑務所にいても、こっらの気持ちがまだ底をついてないみたいじゃないか。へりくだった物の言いかた、迷惑をかけまいと言わんばかりの調子、まるでアホくさい頼み事。だけど、この年寄り女、自分を何様だと思っていやがるんだ？　テロ《エキンツァ》の情報を教えろって？　刑務所の職員にわからせるように？　超ファシストの新聞記者に持っていって見せるためにか？

ビリッ、ビリッ、便箋を破った。〝彼女はいい女性です〟クソでも食らえ。だけど紙片をいくら急いで散り散りにしたところで、なんにもならない。手紙の内容がわかってしまったからだ。

〈私はビジョリです。覚えているかしら……〉

一週間後になっても、几帳面に書かれた文字の綴りが脳裡にうかびつづけた。しかも声までついて。記憶にあるままのチャトの女房の声。四六時中その声がきこえてきた。食堂で、中庭で、夜ベッドのなかで睡魔に負けるのを待つあいだも。

強迫観念。自分を追いまわす亡霊。昔の夢をよく見た。いまはもっと頻繁になった。昔みたいに、パゴエタの入り口にいる自分が見えた。オレンジ味か、レモン味の棒つきアイスキャンディー、チャトが自分の子にも、うちの姉弟にも、子どもたちみんなに買ってくれたやつ。村の通りは陽光にあふれ、みんな日曜日のよそ行きを着ていた。教会の鐘音。バルから漂ってくるにおい、小エビのグリル、葉巻やタバコの煙。

時をやりすごした。でも記憶の底で手放しになった想像上の棒つきアイスキャンディーにも、小エビのにおいにも最後はうんざりした。それで独りごちる。なんでもいいから返事して、頭から追っぱらえ。そっちの手には乗らないとわからせてやれよ。

だからそうした。敵意をこめて、ＥＴＡの戦闘員らしく、謝罪を拒絶する文をさっさと書いた。なんてことはない、ほんの数行。自分は後悔していない。バスク語を話す社会主義の独立したバスク国《エウスカルレリア》をめざしている。自分はいまもETAのメンバーで、あんたの手紙に返事するのはこれで最後だと。つづいて姉宛てに手紙を書いて、封筒二通を職員にわたした。郵便をチェックされて、その後ふつうに投函されようが、ケツ拭きに使われようが、トマトをはさんで食われようが、知ったこっちゃない。

ホシェマリは抵抗をつづけた。武装集団のほかの服役囚が次々に足を洗い、それが彼にはつらかった。あのパキートからしてそうだから驚くしかない。最初のピストルをあてがった男、おれにこう言った男。〝おまえは好きなだけ殺していい〟。パキート、おれたち残りの服役囚が、もう数えきれないほどハンガーストライキをやっているときに、あの男は自分の独房で隠れて物を食っていた。それにサンティ・ポトロス、ジョス・デ・モンドラゴン、通称〝雌トラ《ティグレサ》〟イドイア・ロペスもだ。

やつらは追放されたのか、追放されないのか？　どのみちおなじ、地上で座礁した船から追いだされたって痛くも痒くもない。例の手紙にサインするかどうか、ホシェマリもきかれた。一年ほどまえのことで、それがはじめてでもなかった。〝以下に署名する我々四十五名は、暴力を拒否し、犠牲者に謝罪いたします〟。いたずらして後悔したガキとおんなじじゃないか。悔い改める？　この段に来て、だいいち、なんのために？　ほんとうに悔い改めるのか？　やつらは、ただ家に帰りたいだけだろ。裏切者、軟弱者、エゴイスト。このために自己を犠牲にしてきたのか？

なんにもならない。まったく、なんにもならない。しばらくまえから、そんなことを考えてきた。じっさい何年もまえからだ。老いて体の弱くなる母親を面会室で見るたびに。姉貴のことを知ったときに。甥と姪のことを考えて、ふたりを知らず一緒にも遊べないのに気づくとき。父《アイタ》さんが悲しみでやつれはてた人間になったのがわかったとき。おれのせいか？　まあそうかもしれない。スペイン国家はいつになく強力だ。強気になった敵どもが、おれたちに釈明をもとめている。ETAは武装闘争を放棄して、おれたち服役囚を無用な雑巾みたいに放りだした。

突然のように、怒りと絶望、嫌気と苦悩が襲いかかり、ホシェマリは壁に拳固をくらわした。あまりの強打で指関節の皮がむけ、長いあいだ独房の孤独のなかで泣きつづけた。はじめは無言で、壁に両手をもたせかけて、ボディチェックされているみたいな格好で。そのあと、おなじ体勢のまま、子どものころのオレンジ味とレモン味の棒つきアイスキャンディーをまた思いだしたとき、嗚咽をおさえずに彼は泣いた。たぶん外にもきこえていた。でも、どうでもいい。なにもかも、どうでもよかった。

翌朝、すわって、ノートの四角いマス目のある紙に書いた。

ビジョリへ、

このまえの手紙は忘れてください。頭にきて書いたので。たまにそういうことがあるのです。いまは落ち着いています。手短に言います。あなたの夫を撃ったのは、ぼくではありません。誰がやったか問題じゃない、あなたの夫はETAの標的だったからです。時間を後戻りさせることはできません。あんなことが起こらなければよかったと思います。謝罪するのは難しい。その一歩を踏みだせるほど、ぼくは人間ができていません。じっさい、悪人になろうとしてETAに入ったわけではありません。ひとつの思想を護《まも》ってきたのです。ぼくの問題は自分の国を愛しすぎたことです。それを後悔するのだろうか？　それが、いま言えるすべてです。

どうか、もう手紙は書かないでください。そして、うちの家族にも近づかないでください。あなたに善かれとお祈りします。

別れのあいさつを告げた。短く。〝さようなら《アグール》〟

それで、どうする？　職員の誰にもこの手紙は読んでほしくない。リスクを伴う情報だの、顕著なことが書いてあるわけじゃない、そんな内容はひとつもない。もっとほかのことだった。あまりにプライベートな手紙なのだ。細々と語ってはいない。だけど自分を裸にしている。

ペカスが使い走りすることはきいていた。一般服役囚、第二級、麻薬常習者、鼻のつぶれた男。きついアンダルシア訛りでしゃべると舌の見える男、上も下も歯がないからだ。チップをやれば頼みをきいてくれる。ホシェマリは中庭で男に近づいた。

「ペカス、いつ散歩に出る?」

「土曜日だ」

「五ユーロ儲けたいか? なにをすりゃいい?」

「事によりけりだな。なにをすりゃいい?」

「手紙をポストに入れること」

「だったら十ユーロだな」

「オーケー」

105 仲直り

ミレンとアランチャは五年間、けっきょく口をきかなかった。電話をかけあうでも、クリスマスカードを送るでも、おたがいの誕生日の折に〝おめでとう〟を言うでもない。なんにもない。そのあいだミレンは孫たちの顔を見ず、ふたりの初聖体にも呼ばれなかった。呼ばれる？　型どおりの記念カードの一枚も郵便で送られてこない。この年月は娘婿にも会わずじまい、もっとも、あんな男には敬意もないので、わりとどうでもよかった。

母も娘も石頭、杭《くい》みたいに頑として動かないとホシアンは言う。杭みたい？　まあ、ホシアン流の表現法。そう言う当の彼は、時々サンセバスティアン行きのバスに乗り、そこからレンテリーア行きに乗りかえて、アランチャとギジェルモを訪ねていた。畑の野菜や果物、ウサギまで持っていくこともあり（はじめは生きたのを持っていったが、その後はすぐ鍋で調理できるように、あらかじめ皮を剝いでいった。いっしょに遊んだウサギが殺されるのを知って、子どもたちが怖気をふるったからだ）、午後いっぱい孫たちと遊んで、駄菓子を買ってやり、帰るまえには小遣いをあげた。愛想がなく、無口で、生気に欠けるが、ともかく最高の善意をつくして、祖父役をつとめたわけだ。

家で波風が立たないように、娘を訪ねるときはミレンに内緒で行った。畑におりて、夕食までもどらない。三度目か四度目のとき、子どもだましの嘘にミレンが切りをつけてくれた。

「あんたがどこ行くか、あたしが知らないとでも思ってんの？」

どうやってバレたんだ？　見当もつかない。その後ホシアンはもう嘘をやめた。畑に行くときは、はっきり〝畑に行く〟と言った。レンテリーアの娘夫婦に会いにいくときは、単に〝行ってくる〟とだけ言った。

帰宅すると、ミレンはこう聞くだけ。

「どうなの？」

「みんな元気だ」

それでおわり。悲しげな眉でホシアンが短い会話をひきのばすときは別、いつか孫たちに会いにいってやらないのか？と問いかえす。

「あたしが？　だって、ここに住んでること、むこうだって知ってるでしょうに」

ホシアンがミレンに話していないのは、アランチャとギジェルモの夫婦仲が最悪だということ。むこうに着いても、家のドアのまえの踊り場で足をとめ、ふたりが叫びあっているのをきくことがあった。子どもたちもそこにいて、両親の止まない諍いを目にしている。ホシアンは長ネギの束か、リンゴの入った袋を手にしてピソに入る。見るとアランチャが泣いていて、孫たちはビクつき、ギジェルモは常軌を逸した顔で〝こんにちは〟のあいさつもせずに、ドアをバタンとしめて外に出ていった。

娘が小声で父に語る。

「子どもたちのために、わたし我慢してるの」

アランチャが夫に体を許さなくなって久しかった。そう、通りしなに体にふれるのも許さない。ピソがそう広くなく、二度とギジェルモと体の関係をもつまいと決意した夜のあとも、ふたりは同じベッドに寝ていたが、それも長いことではなく、ほんの十日か十二日、背をむけあって眠り、そのうちアランチャは薄い三つ折りのマットレスを買って、以来、娘の部屋で床に敷いて寝た。

最後の性交を思いだす。ほんとうに嫌悪感だけ。二匹の虫みたい。やさしい言葉のひとつも、おわったあとにキスのひとつもない。夕食の最中、口実かまわず口げんかをした。あれがどうの、これがどうのという話ではもうなくて、あることないこと、とくに、なんでもないことで口論した。ベッドに入ると、彼が急に欲望にかられた。ほら、来いよ。すぐおわった。彼女は心のなかで言った。これが最後よ。わたしはこの男の持ち物じゃない。夫のにおいを憎んだ。昔はあれほど好きだったにおい。それに鼻にかかる声、説明口調のおしゃべり、彼の知ったかぶりが耐えられなかった。

ギジェルモは横柄に攻撃的にでた。

「じゃあ、女を買いに行くさ」

「ああ、だったら、いままでわたしが、あなたの娼婦だったわけね、しかも無料《ただ》」

望みが日毎に強くなっても、自分ではかなえられない。なぜ？　靴店ではまともに稼げないのだ。母とは口もきかないのに、なんの援助が期待できる？　父は助けてくれている。レタス、ハシバミの実、時には不器用な慰めの言葉をかけてきた。義理の両親は善い人たちで、やはりおなじ。よくしてくれるし、親切なので感謝している。おかげで日々の生活にも耐えていけるが、こちらが望む経済的な息抜きまではあたえてもらえない。

身動きできないのがわかっている。ギジェルモにもっと稼げという話ではない。ふたりの給料をあわせれば、もちろん、そう不自由なく家族はやっていける。仕事への道すがら、帰宅への道々、家で、事実どこにいても四六時中、夫と別れることをいつも念頭において算盤《そろばん》をはじいた。家のローン、食費、衣料費、子どもたちの学費。そんな必要経費のほかにもかかるお金。子どもたちを連れて出ていきたい気持ちは山々だが、その場合にかかるお金は、店員としてのささやかな自分の給料ではとても賄《まかな》えない。やがて計算が頭から離れた。心のなかで言う。出ていこう。そのうちなにか見つかるわよ、人生をやり直そう。

すると、キッチンにエンディカが入ってきて何々のお願い、すぐあとで、こんどはアイノアが来て何々が要ると言い、アランチャは井戸の深みにはまっているのを、またも理解した。自分の限られた力だけを頼りにしても、けっしてその井戸から出られないのだ。

ギジェルモ（ギジェとはもう呼ばない、そんな価値はない）がほかの女とつきあうのは、それはど構わなかった。帰ってこない夜もある。アランチャは説明をもとめなかった。嫉妬？　その逆、誰かといい仲になって、離婚をもとめてきてほしい、そして、わたしの人生から消えてほしい。

週末、彼は好きな女とアラゴン県のハカに行った。アランチャはエンディカにきいた。

「パパ、女のひととハカに行ったよ」

「エンディカが、なんで知ってるの？」

「だって、ぼくが、連れてってくれる？ってきいたら、だめだって、女のひとと行くからって」

「恋人ができたのかしら」

「もちろん」

すくなくとも家族を扶養するお金を、彼は出し惜しみしなかった。家では指一本動かさない。掃除も料理も。家事なんか、したためしがない。彼の母親はやってくれた。アンヘリータ、リウマチと腰の疲れで機敏さはなくなったけれど、それでも、しょっちゅう家に来ては、アイロンをかけたり、ガラスを磨いたり、孫のために食事を作ってくれる。ラファエルも頼りにできた。孫たちをあちこち連れていき、迎えにもいってくれた。だからその面でアランチャに文句はない。いちばんの問題は経済的依存。もっとわたしに収入があれば、とっくに離婚しているところよ。でもピソがあって、でも子どもがいて。束縛、枷《かせ》、不確実性。怖れ？　それもあるかもしれない。子どもたちが成人して自立してくれたときのために、ひとりで理想のプランを考えては心を慰めた。

五月の金曜日、ギジェルモとアランチャは言い争いをした。彼女の記憶ではいちばん辛辣な口論のうちに入る。あれ以上エスカレートしなかったのは、怒りと恐怖心にかられたアランチャがハンドバッグをもって、室内履きのまま、家をとびだしたからだ。パトカーのしたにETAの仕掛けた爆弾で、サングエサの国家警察官二人が殺された日だった。

そのひと月ほどまえ、マノロ・サマレーニョの命を奪ったテロから五周年を迎えた。ギジェルモはいまだに立ち直っていなかった。事実、あれ以来いちども近所のベーカリーにパンを買いに行っていない。ある晩、ペンキ缶をもって通りに下りた。その日の午後、建物の玄関脇にあらわれた落書き――〝ETA《エタ》よ、バスク《・エリア・》はきみたちと共に《スレキン》〟――を消しにいったのだ。アランチャは引きとめようとした。面倒なことになるからやめて。でも彼は家を出ていった。かまうもんか。翌日、壁にすごく大きな白いペンキの跡が残っていた。

悲しみか、痛みをともなう懐かしさか、恨みのせいか、ギジェルモの内部に燃えるものが、きっと彼の理性を奪ったのだと思う。だって彼は理性をなくしたんだもの。

どんなふうにかって？　夫と妻は久しぶりに家族で外に出かけようときめた。それで子どもたちを連れて、殺された友人に敬意を表するためにミサに参列した。その数日後、ドカン！　爆弾が炸裂し、二人の男性がマノロと似たような方法で、おなじぐらいの時間に命を失った。犠牲者は誰？　身分証交付のために可動オフィスでサングエサに着いた警察官二人。ギジェルモは頭に血がのぼった。それでだと思う。アランチャには、ほかに考えがうかばない。

ふたりは終日、顔をあわせなかった。彼女は夕方仕事からもどった。まったく些細なことで、はじめ意見が対立し、ギジェルモが爆発した。あの目つき、あの激しさ、あの怒鳴り声。子どものいる人間二人だぞ、と彼は言った。制服を着ているばっかりに殺された二人の気の毒な男たちだぞ。

「おまえの弟みたいなやつらに殺されたんだ」

おまえの弟？　ホシェマリのことなんか話したこともない。わたしが傷つくってわかっていて、どうして弟のことをもちだすの？　しかも〝刑務所でくたばりゃいい〟とまで言った。誰のこと？　ホシェマリ？　弟をいっしょにしないでよ、と、アランチャは頼み主張した。相手は彼女が弟をかばったと思いこみ、あのクソったれの殺人者をかばうのかと言ってきた。エンディカはそこで学校の宿題をしているし、アイノアも自分の部屋でたぶん話をみんなきいている。父親がとんでもない大声をあげて、ひとりでがなり立て、われを忘れて言いたい放題、子どもたちにバスクの名前をつけることを、あのとき承知した自分を罵った。なんでだ？　〝アベルツァレ〟の祖母を満足させるためにだ、いまじゃ口ひとつきかないのに。

「おれの子どもたちはスペイン人だし、おれはスペイン人だ」

「外にきこえるじゃない」

「きこえればいい。スペインにいながら、スペイン人でいちゃいけないのか？」

アランチャは、エプロンを引きちぎるように外した。そして床に投げつけた。醜い表現が口をついて出た。それは認める。傷ついたのだ。自分がバスク人だから？　いや、ちがう、だって、わたしはバスク人だろうが、スペイン人だろうが、何人だろうが、どうでもいい。だけど弟を侮辱されて黙っていたくない。だから言いたいことを言ってやった。わずらわしくて、知ったかぶりで、卑劣な男、でも、すくなくともその日まで暴力的ではなかった夫が、ついに手をあげた。わたしを殴るため？　でなければ、なんのため？

そのときだ、拒絶された顔にたった今のぞいた恐ろしい怪物を目にして、彼女は恐怖心で後退りした。周囲を見まわした。包丁でも、おたまでも、ハサミでも、自分の身を守れるものが目につけば、まちがいなく手にとったはず。でもアランチャが手にしたのは玄関の洋服掛けに下がるハンドバッグだった。

激しい胸の鼓動を感じながら、外の通りに走りでた。室内履きさえ脱がなかった。ハンドバッグ、まあ、ハンドバッグをもってきたのは、小銭入れが入っているのを反射的に思い出したから。ドアをしめる瞬間、背後でギジェルモが〝民族主義者《ナシオナリスタ》〟と彼女にあびせた。彼の口から出ると侮辱にしかきこえない。

はじめの考え？　義理の両親の家ですごすこと。近くに住んでいて頼ることもできる。でも道々、疑念が押しよせた。義父母に理解をもとめるのに、不穏な夫婦の実態を暴露しながら説明する自分の姿を思ってぞっとした。それに要注意、彼らが息子の味方につかないとも限らないし（ひとり息子、一家の王さま）、とくにアンヘリータが妻としての服従、母としての服従、嫁としての服従をもとめてくるかもしれない。ショーウインドーの灯りで財布のお金を数えたら、だいじょうぶ、これなら悠々とバスに乗れる。

一時間後、ミレンが玄関のドアをあけた。驚いたふうでもない、このときを待っていたような感じだった。母はアランチャの室内履きに視線をおとした。とくに、なにを言うでもない。その場で母娘は五年ぶりでキスのあいさつをした。おたがい、よそよそしくも、愛情をこめてでもなく。

「夕食、どうする？」

「なにがあるの？」

「野菜の炒め煮《ピスト》と鱈《たら》」

「うん、いっしょに食べさせてもらえれば……」

「あんた、なに言ってるの。食べさせないわけないでしょ」

三人で、台所で夕食をとった。アランチャはギジェルモとの諍いについて告げず、両親のほうから突然来た理由を娘にきくでもない。三人とも押し黙り、めいめいのフォークで深皿をつついた。トマトの輪切りが並び、ニンニクのみじん切りとオイルで味つけしてあった。ホシアンが、うつむいてニコニコしている。

「あんた、なんで笑ってるのよ？」とミレン。

アランチャは、父がひょっとして応えるまえに口をはさんだ。

「笑わせてあげたら。すくなくとも、この家にひとりは笑う人がいるんだから」

106 拘禁症候群

それは後でわかったこと。だけど病院で司祭に〝終油の秘跡〟を授けられたなんて、わたしは知りもしなかった。いちばん怖れたのは、自分が死んだと告知されること。未熟な医師（あるいは腕が立っても、バスク人にいい感情をもたない医師）か、若すぎる女性の看護師、給料が不満で働く意欲もなさそうな看護師が病室に入り、こちらがピクリともしないのを見て、あまり確認せずに言うかもしれない、この患者さんはもう生きていません、遺体安置室に運んでください、ほかの患者がベッドを必要としていますから。

アランチャ、寝たきりの影像はまぶたが動かせるだけ。ほかの動きはひとつもできない。それで誰かが病室に入ってくると、パチパチまぶたを動かしつづけた。わたしは死んでいないんだから気がついてよ。目が見えるし、耳がきこえるし、頭で考えているのに、動くことも話すこともできない。そばで人の言うことが全部わかるだけにつらい。チューブや管が体から出て、コードだの機器だのに囲まれて、呼吸器を頼りに生きている、仮にもこれを生命と呼べるなら。

動けない体に囚われた自分。肉体という武具に閉じこめられた脳。わたしはそんなふうになってしまった。切ない思いで子どもたちのことを思いだし、仕事のことを考え、女店主にどう言おう、わたしったらバカみたい、でも仕事にもどったら、そう、もどれたらの話。なんて不運。わたし四十四歳なのよ。ふと思いうかんだ考えが後々何度もやってきた。もしかして死んだほうがよかったのか。死んだ人間、死んだわたしたちは、すくなくとも面倒をかけない。

　視界のなかに、やがて母の顔があらわれた。

「こんにちは《カイショ》、かわいいアランチャ《マイティア》。お医者さんにきいたら話はわかるって言うから、いちおう知らせておくわ。ギジェルモがアイノアを迎えにきてさ。きのうパルマに着いたって。いまはご親切でも、だまされませんからね。ちょっと話したんで言っとくけど、お別れのあいさつに来たんだって。いい？　もうこれっきりってこと。でしょ、あんたの状態じゃ興味ないのよ。あの男のシャツにアイロンもかけられないんだし……まあ、やめときましょう。ねえアランチャ《マイティア》、あたしの言ったことがわかったら、こっちにわかるように目を二回つむって」

　三十分後にギジェルモが病室に入ってきた。

「きこえるか？」

　彼にひたいにキスされてもアランチャは拒否できない。このときはギジェルモの顔さえ見えなかった。彼、どんな顔するんだろう？　わたしの視野の外にいるので気の毒な顔をしてみせる必要もない。声がしないと誰に話しかけられているかもわからない。なんで、ささやき声なのか？　葬儀場にいて、死者にそれなりの敬意をはらわなくちゃいけないとでも思ってるの？

「アイノアのことなら心配するな、いいか？　おれが面倒見るから。こんなことになって、ほんとにかわいそうだったな。お母さんにきいたら、言ってることはみんなわかるって話だから」

　ギジェルモが顔を突きだしたので、やっと相手の顔が見えた。実験してるわけ？　彼がすこしずつ顔を後ろにひくと、そう、アランチャはわずかに、いくらかでも目で追えた。相手に試されているのに気づいたとたん、まぶたを閉じた。眠っているふうに。ギジェルモは勘づいていないのだ、彼女が沈黙の深みから頼んでいるのに。これ以上しゃべらないで、子どもたちの相手をしにいって、わたしのことは放っておいて。だけど、ちょっと。彼ったら気づいてくれないの？　この病室にあなたがいるせいで、こっちは体が不随になった悲劇を痛ましいほど直視させられてるんだって。この男、どこまで鈍感なのかしら？　なのに、アランチャは相手への嫌悪感を言葉にできない。

「行くまえに、きみに感謝しておきたくてね」

しゃあしゃあと、よく言うわ。

「きみも知ってのとおり、いろんなことで。長年ふたりでやってきたことも。きみが授けてくれた子どもたちのことも」

わたしが授けてあげた？　ちょっと勘弁してよ。お酒でも飲んでるんじゃない？

「それに、楽しかったときのことも。つらかったときのことは、はっきり言って、おれに責任がある。ほんとうだ。自分のせいだと思ってるし、心からきみに謝りたい」

ギジェルモがその文句を暗記してツラツラ口にしているのか、それとも学生時代のカンニングペーパー式に紙に書いたのを読んでいるみたいに、アランチャには思えた。頭を動かせないので、たしかめることができない。彼は彼でマイペースだ。

「たぶんお母さんからきいただろうが、お別れを言いにきたんだよ。ほんとうだ。きのうお母さんに言ったままを、いまきみに言う。あいだに人なんか入れないで知ってほしいと思うからね。きみにはその権利がある。ぼくの決意は、きみに起こったことと、まったく関係ない。わかるだろ、これは以前にふたりで話しあったことだから」

自然の欠陥。見たくないときに見ないでいいように、目にまぶたがあるのだから、耳の管に蓋《ふた》があってもいいはずだ。その蓋を閉めれば、聞きたくないことを、もう聞かずにすむのに。

「みんなにとって、そのほうがいい。子どもたちにとってもだ。エンディカはもう一年で成人になるし、アイノアはあとすこし。もうすぐ人生で自分たちの道を歩きだして、親を必要としなくなる、すくなくとも小さいころほどはな。おれたち夫婦が喧嘩ばかりして、いやな思いをしながら人生の残りの年月をいっしょに過ごして年《とし》とる意味がどこにある？　言わないでもわかるだろうが、おれは別の相手と生きようと思う。正直に言って、父親としての役目はもう果たしたと思うし、この先も果たしていくから心配しないでいい。子どもたちのことは心の底から愛しているからね。だけど、おれ自身だって、すこしは幸せでいる資格がある」

　黙ってくれないのかしら？　アランチャは目をつぶったままでいた。わたしが知りたいのはひとつだけ。ギジェルモが子どもを放ったらかしにしないこと。それ以外は知るもんですか。でも子どもたち。ああ、子どもたち。だいいち、相手の女に邪険に扱われたら？

「もちろん、おれたちの財産で、きみに相当する分は受けとってもらう。ピソの半分とか、そういうものだ。いま以上にひどいことには、なってほしくないからな。あと、必要な時点でおれの助けが要るようなら、当てにしてくれていい。きみがこんなことになって、ほんとうに心が痛んでいるんだ」

　突然別の声。どこから？　そこの近く。とげとげしい声、憤慨した強い声。看護師の誰か？　ちがう、母だ。なに言ってるの？　あんたの同情はいらないって？　つまり盗み聞きしてたわけ。ギジェルモが黒い服を着ているといって文句を言っている。

「まだそんなときじゃないのに、喪服なんか着てきたわけ？」

　アランチャには、どちらの姿も見えない。ギジェルモは黙っている。まだそこにいるの？　言い訳をしない。母はあれやこれや責めるばかり、服がどうの、マジョルカに着いたのが遅いだの、自分にお荷物をみんな押しつけるつもりだの。ちょっと、お母さん《アマ》ったら！　ミレンは微妙な話題にまで首をつっこんだ。お金のこと、愛情、あんたはロクな夫じゃなかった云々。廊下に出て口論してもいいでしょうに、そうしない。こんな騒ぎを、看護師たちはなんで許しておくの？　だったら外に行けばいい。それとも母は娘に教訓をあたえようとしているのか。自分勝手で恥知らずの相手には、こういうふうにするもんよ。

　そのあいだギジェルモはどうにも我慢できなかったのだろう、言い返した。部屋から出ていくのかもしれない、声がすこし遠くなった。彼は冷静に、礼儀正しく、教師ふうに話した。最後にアランチャとの離婚は決定的なことだからと、しめくくった。

「今回起こったこととは関係ない。ふたりでみんな話しあったことですから。うちの子どもたちも知っているし、承知しているんです。だから、こっちが逃げるとか、お荷物を押しつけるとか言わないでもらいたいですね。すこしは敬意をもったらどうですか。ぼくじゃなく、すくなくても自分の娘さんにですよ、彼女のことを、ぼくはお荷物だなんて、ぜったい言いませんからね。でもあなたは言うでしょ。どうぞ、うちの娘《こ》のために使わせた分ですから、取っておいてください」

　それで出ていった。ミレンはぶつくさ言いながら残った。五十ユーロ札二枚をもった手をアランチャの視野に入れた。その札を宙でひらつかせた。

「このお金、あたしに投げつけていったわよ。まったく礼儀知らずな」

　あの男はけちではない。夫としては悲惨。でも父親としてはアランチャに文句はない。なにがあろうと子どもたちを見捨てることは、けっしてないと思った。それに、ちくしょう、お荷物をなぜ引き受けなくちゃいけないの？　そう、お荷物よ。彼がもし急発症におそわれたら、わたしだって、きっとおなじことをしたと思う。

　アランチャの心がほんとうに痛んだのは、自分でも驚いたけれど、とうとう彼にわずかな愛情も感じなかったのに、集中治療室から立ち去るときに、キスひとつ、そう最後のキスもしないで彼が行ってしまったこと。すべては余計なところで母が割りこんだせいだ。

　うちの母。まだ、母がそこで罵っている。アランチャは目をとじて考えた。

　好きなときに耳に蓋ができたら、どんなに助かるかしら。

107　広場での待ち合わせ

　ペロタの球技場の反対側、広場の角のひとつ、公衆トイレの真上に、手すりで囲った小さな空間がある。しばらくまえから、アランチャが毎朝ここでビジョリを待つか、逆にビジョリのほうが早く着けば、ベンチにすわってアランチャを待つようになった。つまり偶然の出会いではない。待ち合わせ？　いや、でも、そう。いちいち待ち合わせる必要もない。

　ビジョリとアランチャの、この朝の出会いを、村の人間は当然のように知っていた。体の不自由な彼女が抵抗することも走っていくこともできないから、相手がつけこんでいるのだと、まことしやかにささやかれた。

「だけど、なに言ってるのかしらねえ？」

「ふん、どうでもいいんでしょ。かわいそうなアランチャは、どうせ、わかりゃしないんだから」

　はじめ、会うのは短い時間だった。短いって、どのくらい？　ほんの数分のこと。あいさつのキス、iPadに頼った短い会話、さようならのキス。バルでも、店の入り口でも、診療所でも、バス停でも、うわさの種でもちきりだ。おかしいわ、そうよねえ、だってアランチャがあの婦人と会いたくないのに、おなじ場所に毎日連れていかれるわけ？

「それとも、あの南米人が無理やり連れていくとか？」

「まさか」

　いっしょにいる時間がだんだん長くなる。ふたりの女性のあいだで笑顔や気の合うしぐさが見られ、車椅子の後ろに立つセレステの沈黙が補完する。遠くからでも、それがうかがえた。人はホシアンにあれやこれや言ってくるし、ミレンはミレンで、暇さえあれば夫に愚痴や文句を言いつづけるが、ホシアンはどうでもいい。どうでもいいって、どういうこと？　彼は仏頂面でこう答えた。

「娘が喜んでいるのに、それもいけないって言うのか？　ちくしょう、会って話せばいいじゃないか。なにが悪いっていうんだ？」

　ミレンは怒りでジリジリした。

「あんたはバカよ」

　それで、さあ、窓をあけっ放しで世界じゅうにきこえるように〝あたしは裏切られたのよ、みんなに見捨てられたの〟とはじまる。時にはいきなり頭に血がのぼり、エプロンをかなぐり捨てて、バン！とドアをしめて出ていくと、さっそうとした足どりで精肉店にむかい、ファニに愚痴を言いまくった。ファニはといえば、今日のアドバイスが明日は逆になるけれど、悲しい眉はあいかわらず。自殺したのか殺されたのか、ともかく息子のため、そして、本人の悲しみぐらい大きな腫瘍で死んだ夫のため。なのに、いまさら犠牲者はほかの人間で、こっちは違うですって。

　女同士、ひとつの点で一致した。

「ＥＴＡがいないと、通りを裸で歩いてるようなもんだわ。誰もあたしたちを守ってくれやしない」

　娘を変な女《ラ・ロカ》と会わせまいとするミレンの試みは、ことごとく失敗した。怒鳴ってもだめ、脅してもだめ。侮辱されたとか、つらいとか、心の痛む様子を見せても変わらず、なにを言っても娘はいらだつばかり。アランチャはｉＰａｄの画面上で手厳しい言葉で返してくるか、神経を逆立てるか、お皿をひっくり返して食事を拒むか、食べ物に唾を吐きつける。

「ちょっと、あんたは、なんてきかん気なの、しかも、人にこんな仕事までさせて」

きびしく脅しをかける態度で、ミレンはセレステを手なずけようとした。なにかしら共犯性があるはずよ、だって彼女の助けなしに、娘がどうやって、あの女のところにひとりで行くっていうの？

台所で車椅子に乗ったアランチャをセレステが外に散歩に連れだそうとすると、ミレンは、ちょっと話があるから来てちょうだいと声をかけた。礼儀正しく従順な介助の女性、死んだ蚊みたいにおとなしく、心やさしいアンデス系の女性は、しっかり者で、学がなくても大司教顔負けの表現をする。彼女はミレンに半ば逆らった。

「セニョーラ・ミレン、わたしのお手伝いがご不満でしたら、お断りいただいてけっこうですよ。わたしはアランチャがとても好きですし、彼女の幸福が自分の務めと思っています。アランチャが気を悪くしたり悲しんだりすると、胸が張り裂けます」

ミレンは不機嫌に、上司面《づら》で彼女をクビにした。女中ならすぐ見つかるわ。女中とおっしゃいましたか？　自分の娘にあれほど尽くしてくれた相手を辱めて、ミレンがそう言い、セレステはといえば、すくなくとも表面上は顔色を変えない。毅然とした態度で、ひたいに冷静さをただよわせ、小柄な体をかがめて、アランチャに別れのキスをした。

アランチャはいきなり顔をひっこめた。首が許すだけの分で、わずかと言えばわずか。それから動くほうの手をのばして、そのときテーブルにのっていたものを端から床に投げとばした。フルーツ皿、塩入れ、エッグスタンド、女性向けゴシップ雑誌〝プロント〟。洋ナシと、バナナと、ブドウとリンゴが転がった。卵が四個か五個、カシャッ、カシャッと音を立てて割れ、残りは殻にひびが入った。最後に、粉々のガラスの破片と、闘牛士と有名人女性の新婚カップルの写真の表紙のあいだに、食塩が勢いよくこぼれ散った。アランチャはくちびるの曲がった口をあけるが、音は出ない。真っ赤な顔で頭を激しくふっている。声はしないけれど、叫んでいるのと変わらない。この彼女の無声が耳をつんざくように響く。顔の動きが限られていても、アランチャの苦しげな苦渋、表情の麻痺した怒りは無視できなかった。

ミレンは大きく息をついた。この一息が、肺にたまった怒りをまるごと放出したかに見える。あ然とした目を天井にむけて、一瞬、降参を先延ばしにし、おもむろにセレステにむかうと、わざとつっけんどんに言った。

「ねえ、あなた、あんなこと言って悪かったわね。あんたたちといると目がまわる」

セレステは解雇が取消になり、散らばったフルーツを集めて、割れた卵を掃除しようと、床にしゃがみこんだ。でもミレンがとめて、こう言った。

「いいから、いいから、それより、この娘《こ》を外に連れてってよ、あとは、あたしがやるから」

アランチャを外に連れだした？　そう、さっそく。広場まで連れていった？　そう、最短距離で。ただ最後はちがう。どういうこと？　広場は傾斜坂がないので回り道をしなくてはいけない。人家沿いの坂をあがって行けば、あとは楽に車椅子を押してアスファルトの上を進めるのだ。

ビジョリがいつもの場所で待っていた。ふたりの姿をみとめ、あいさつするように宙で紙をヒラヒラさせた。一枚、それとも紙切れ？　遠くからだとティッシュに見えたが、そうではない。ビジョリの顔からして、なにかうれしいものだと気づかされた。

アランチャとセレステは、彼女のところに行った。アランチャの向けてきた頬にビジョリはキスをして、けさはいい顔しているし、顔色もいいわねと、ほめ言葉をかけながら、愛情をたっぷりこめた手で彼女の短い髪をなでた。

「もう来ないかと思ったわ」

「ちょっと急なことで、家で時間をとってしまったもので」

アランチャは怒ったふうに眉をひそめ、ｉＰａｄに書いた。

《ほんとのことを教えてあげて》
セレステは礼儀にかなった遠慮深さを、このときだけは脇にやった。
「わたしがミレンに怒られて、解雇されたんです。でもそのあと、また雇ってもらってね。とってもイヤでした。アランチャとあなたが会うのを、ミレンは面白くないんですよ」
アランチャは介助の女性のひと言ひと言に首を動かしてうなずいては、こう言っているような顔をした。そのとおり、そういうことがあったのよ。
ビジョリの紙、ひろげたら四角いマス目のあるノートの用紙で、ホシェマリの二通目の手紙だ。一通目とはちがう。あれは不機嫌な戦闘員の手紙、けんか腰で、恨み深く、悪意があり、頑固で……。
アランチャは手をのばした。弟の手紙を読みたい一心で、見るからにもどかしげに、唯一動かせるほうの手をのばしてきた。読むと頭をゆらした。気にいらなくて？　それより、やさしいとがめ、姉らしい意見の相違、このおバカさんは正しい道を行きかけているけれど、まだまだ先が長いわね、とでもいう感じ。手紙をビジョリに返した。落ち着いた指でｉＰａｄに書いた。
《怖気づいているのよ。でもだいじょうぶ。わたしが謝らせるから》
「もう手紙を書いてくれるなって言ってきてるのよ。あなたなら、どうする？」
アランチャは、にっこりした顔で応えた。
《魚は餌《えさ》に食らいついたの。あとは水から揚げるだけ》
ビジョリは、やはり暗喩の理解が得意でないらしい、それでアランチャは、はっきり伝えた。
《弟に手紙を書いて。わたしも書くから》
そして車椅子の自分を連れて、教会をまわってほしいと伝えた。セレステには。
《あなたは、ここで待ってて》
ビジョリは驚いた顔、それ以上にびくついたのかもしれない。その散歩の意味することに気づかないわけがない。挑発。それどころではない、挑戦だ。アランチャの母親が知ったら、そうよ、知られるにきまってる、この村ではすべて筒抜けだもの、いったいどんなことになるか！

広場のシナノキがつくる枝の天井の下でアランチャの車椅子を押して、ビジョリはペロタの球技場のほうに行った。何年かまえにはETAシンパのスローガンや、左派〝アベルツァレ〟のシンボルがやたらに落書きされていた場所が、いまは緑一色、テロの犯罪がなくなって以来、村役場が壁を塗りかえたのだ。過去のことは忘れて未来を見なくてはいけない、勝者も敗者もないのだと。

ふたりは教会をゆっくりまわった。とてもゆっくり、といっても見せびらかすためではない。まだ早い時間で人もわずか、それよりビジョリに痛みがまたやってきたからだ。なんとか我慢しても痛みは激しくなるばかり、さすがに耐えがたくなってから、アランチャの車椅子をセレステに委ねた。

別れを告げて彼女たちが視界から消えると、ビジョリは手すりにつかまりながら階段をおりて、三、四十メートルも歩いたか歩かないか。やむなく地面にすわりこんで、ほこりだらけの敷石に体を横たえた。人――誰だろう？　通りがかりの人――に介抱してもらっていたら、声がした。

耳覚えのある声、ミレンの怒りの声。

「うちの娘に近づかないでよ」

それきりだ。ほかにひと言もない。

ビジョリは数分後、意識がもどっても確信がもてなかった。

さっきの言葉は現実にきこえたのか、それとも想像だったのかしら？

108　医師の診断書

ネレアは兄に電話をして、名前が新聞に載っていたわよと告げた。

「どの新聞？」

「エギン紙。お兄さんが、このあいだ入院したETAの戦闘員を診た医師だって。お兄さんの表明によれば、この男は拷問をうけたはずだって、新聞には書いてあるけど」

「ぼくは誰のインタビューにも応じてないし、あんな宣伝パンフの新聞なんか、なおさらだ」

　ぼくの表明？　なんでそんなことが？　頭がスッキリ働かない。朝の九時。昨夜は寝たのが遅かった。何時だったろう？　もう覚えがない。夜中の三時から四時のあいだか。コニャックを飲みつくしたからで、でなければ夜明けまでパソコンのまえにいたところだ。口が乾き、頭痛の兆しがある。眠気？　どうせ午後病院でやってくるだろう。

　新聞を買いに出た。朝食はまだ。事実、ネレアの電話でベッドから起きた。いつも家の近くの書店兼文具店で新聞を買っている。毎日ではないが、大体この店だ。バスク日報紙か、エル・パイス紙。なにか大きなニュースがあれば二紙とも買う。

　書店主は何年もまえからの顔なじみなので、いまさらエギン紙を買うのは気がひけた。店主は根っからの社会主義《ソシアリスタ》労働党派。〝アベルツァレ〟系のエギン紙を宣伝パンフだと非難するのは、まさにこの店主だ。その言いかたをシャビエルも拝借している。

書店の数メートル手前で足をとめた。あそこに入るのはやめよう。暖かな朝、南風、まぶしい空なので、自由大通りの売店《キオスク》まで歩いていった。記事を読み、新聞をゴミ入れに捨てて、近くのカフェテリアに朝食をとりに入った。

自分が意見表明したなんて、冗談じゃない。

テロリスト、二十三歳、先日の月曜日、治安警察隊員数名に護衛されて自力で病院に入ってきた。脇腹に強い痛みを訴えた。体をまるめて歩き、苦痛で顔をしかめ、息をするのも苦しがっていた。折り入って話があるからと、治安警察隊の大尉がシャビエルに合図をした。

「いいですか、先生、この男の言うことに耳をかさないでくださいよ。殺人者ですから。当局に抵抗したので、力ずくで押さえざるをえなかった。こういう連中に手加減はいらない。ごらんのとおり、危険な人間なのでね」

大尉の主張では、逮捕時にテロリストは武器をもち、しかも〝自分は拷問をうけた〟と言うように武装集団に指示されている。それでシャビエルは？　黙っていた。ぼくが誰の息子か、この制服の相手が知っていたらどうなのか。大尉が言うだけのことを言うまで、じっと相手に目をすえていた。それから冷静に？　いや、むしろ無表情でくるりと背をむけて、患者が自分を待つ一室に入った。

「先生、拷問をうけたんですよ。ここいらへんが、ものすごく痛くて。どこか折れてるんじゃないかと思うんですけど」

同類の人間がうちの父にしたことを、この若造が知っていたら……。脳裡に閃光が走った。だって当然だろ、ぼくは氷じゃない。電話のむこうでネレアが〝わかるわ〟と言った、わたしがお兄さんの立場なら、なにをしたかわからないけど、たぶんおなじだと思う。

患者。それがシャビエルの目に映ったこの若者。治療の必要な体。この顔、この胸、この肢体に誰かがやったことは、ぼくの関知するところじゃない。いまのところはだ。診察をおえたとき、あるいは数時間後か明日になれば、もちろん知りたい。いや、眠気も吹っ飛ぶだろう。

ドアがあきっ放しで、治安警察隊員の声や足音がした。いちばん近くにいる隊員に、ドアを閉めてもらえないかときいてみた。廊下から〝それはできない〟と返された。礼儀を失してではない、そうではない。白衣にたいしては、それでも敬意をおこすらしい。

「用心のためですよ、ご理解ください」

上半身裸の若者を見たとたん、シャビエルは個人的思念の片鱗さえも消えた。看護師が二人がかりで、打撲傷だらけの体の服を脱がすのを手伝った。患者ひとりでは無理だった。ブリーフ一枚にならせた。ＥＴＡ戦闘員、テロリスト、まちがいなく殺人者をだ。

いま考える。あのとき電話でネレアに言ったこと。自分の仕事を全うすることしか頭になかったと。

「まったく、お兄さんったら、よくそこまで強くいられるわね」

「そうじゃない。自分の務めをはたしただけだよ。そのために給料もらってるんだから」

目の血腫を見ただけで、シャビエルはどんな損傷が見つかるか予測できた。患者を裸にし、最後にブリーフも脱がせると、全身に無数の挫傷がひろがっているのが確認できた。左の脇腹は、肩甲骨から腰部まで巨大な気腫が伸びていて、一瞥して内臓に深刻な損傷が考えられた。原因？　それを追及するのは自分の仕事ではない。それでも、このただれや、ひざと踝《くるぶし》の皮膚の剝離が、なにに起因するか、火を見るより明らかだ。シャビエルは患者を即刻、集中治療室に入れるよう診断をくだした。

「ほんとうですか、先生？」と大尉。

なにを期待していたのか？　絆創膏《ばんそうこう》でもくっつけて、本人を帰すとでも思ったのか？

「皮下の気腫が見られます。おそらく肋骨が骨折して、肺の穿孔をともなっています。適切な検査が必要になりますが、患者は重傷と思われますので、あらかじめ申しあげておきますよ」

「ごぞんじのとおり、患者はテロリストで、逮捕された身ですよ。厳重な監視が必要でね。本人の病室に出入りする人間も同様の扱いになりますが」

じゃあ、ぼくはどうなんだ？　でも、もちろん言い返さない。どうでもいいことだ。自分の無実を証明でもするように、シャビエルは両手のひらを見せた。

「わたしは医者の務めをはたすだけです」

「こっちも、こっちの務めがあるんですよ、ちくしょうめ」

この挑戦的で、女衒《ぜげん》ふうの無作法な物の言いかたと、人を射る目つきの組合わせがシャビエルの意気をくじいた。これ以上会話をしたくない。ひとりになったら、すぐ抗うつ薬を飲もうと考えた。反射的に腕時計で時間を確認した。自分と治安警察隊員とのあいだに想像上の壁を立てるようなものだ。ふいに母親を思いだす。理由？　母のためでなければ、はるかな距離のある場所で、いまごろ医療に従事している。たぶん別の大陸で、あの、アランサスが行ったみたいな遠い土地で。でもぼくは母をひとりにはできない。

警察医の報告書に鑑みて、サンセバスティアンの警察法廷の命ずる調査がきっとはじまっている。患者の全般的な精密検査のデータをまとめ、シャビエルは自身の診断書を作成した。多打撲症、左第九肋骨骨折、肺挫傷、左気胸、出血をともなう左眼周囲血腫、頸部から骨盤までの皮下気腫、両脚の血腫、糜爛《びらん》および皮膚剝離。すべて短く冷静な文で記した。患者は逮捕後の損傷の診断を目的として治安警察隊員により病院に移送されたこと、また損傷の生じた原因については、頭部、胸郭、腹部および両脚への殴打と足蹴を患者本人が明言している旨、特記した。作成がおわると、（ふだんの習慣に反して）読み返さずに日付を入れて署名した。

三日後、患者は一般病棟に移った。シャビエルは〝話をしたいという人物がいる〟と連絡をうけた。自室には来てほしくなかった。面倒な相手を追いはらうのは、よけい難しいからだ。それに机上に父の写真があり、知らない人間に見られるのはいい気がしない。コニャックのにおいが漂っているかもしれない。だから廊下に出た。

三十代の男性、赤ら顔で、太って体格がよく、まず糖尿病患者だろうと思った。きけば、ETA戦闘員の兄弟で、礼にきたという。シャビエルは礼を言われる筋合いではないと応えた。そして治安警察隊の大尉に言ったように、自分の務めをはたしただけだと述べた。

すぐに気がついた。この大柄の男は礼を言うためだけに病院に来たのではない。自分の兄弟が拷問に遭ったのを医師の口からきこうとした。

「先生は、どういうご意見ですか？」

シャビエルはやや口語体で、診断書の内容をくり返しただけだった。それが翌日の〝エギン〟に、同紙にたいする医師の表明として掲載されたわけだ。

ネレアは電話で。

「うちの父親がETAに殺されたって、言ってやればよかったのよ。相手がどんな顔をしたか」

「疲れていたからな。頭にうかばなかった」

「ほんとうにETAの兄弟か、知れたものじゃないわ」

「はじめからそんな気はしたけどな。お母さんには言わないでおこう、いいな？」

「当たり前じゃないの。お兄さん、どうかしてない？」

109　埋み火に風があたれば

チャトが帰らぬ人となって数年して、家族でテーブルをかこんで話すチャンスがあるにはあった。テロの犠牲者集会に行く？　ぜったい行かない、その点は兄妹も母も一致した。

ビジョリが言った。

「自分の悲しみを人様のまえでなんか、さらすもんですか。あなたたちは好きにしなさい」

〝わたしたちの内にある埋み火〟のイメージを思いついたのはネレアだった。

「一人一人がちょっとずつ、その火を冷ましていく方法を見つけることね」

〝埋み火に風があたれば、炎がまた大きくなる〟とも母は言う。おたがい口にはしなくても、じっさいテロが起こるたびに三人は内なる火傷を痛感した。ふだんテロのことは会話にださない。ＥＴＡの犯罪については口をつぐもうと、暗黙の了解でもしたように、コメントひとつせずに見て見ぬふりをした。もちろんチャトのことは常々話題になるが、殺害された話はまず出ない。それより、チャトの石頭、チャトの団扇《うちわ》耳、善良な心を冗談まじりに笑って話していたかった。お父さんのことを忘れないでちょうだいと、ビジョリが子どもたちに言いきかせてもいた。朝も犠牲者、昼も犠牲者、夜も犠牲者。もっぱらテロの犠牲者、犠牲者以上の何者でもない存在として、三人とも残りの人生を送るつもりはなかった。

「まあ、ぼくらが犠牲者だってことは否定できないけど」とシャビエル。

ビジョリは、おたまを鍋に入れた。

「そうよ、でも食事にしましょうよ、スープが冷めちゃうから」

こうして歳月がすぎ、雨が降り、爆弾が炸裂し、銃撃があった。新しい世紀が来て、さらに月日がすぎ、十一月の朝、シャビエルは新聞を読むうちにサンセバスティアンでのイベントを知った。テロの犠牲者とテロ犯罪についての記念行事、主催はバスク自治州のテロ犠牲者団体。ぼくは行かないぞと思った。こういう行事にはぜったい行かない、行けば落ちこんで帰り、しばらく心的迷路の暗闇をさ迷うことになるのがわかるし、それが自分で怖かった。

だが見ると、その日のシンポジウムの予定講演者リストに、父の事件の判決を下した判事の名があった。思案するうちに好奇心が動き、人目につかない傍観者として参加してもいいかと思いついた。いずれ誰もぼくを知らないんだし、もう長年経っている、講演者のテーブルから遠い席にいればいいじゃないか。

シンポジウムのはじまる一時間まえ、それでもまだ躊躇した。怖れ、迷い、かすかな不安の兆しと闘うのに、錠剤の助けをかりた。どの方向に行くか自分でもはっきりわからないまま、彼は家を出た。すでに黒い空、車のあふれる通り、道の選択をただ自分の足にまかせるためだけに歩きだした。さんざん回り道をした末に、ホテル・マリアクリスティーナの正面玄関前に行き着いた。その一階のホールのひとつで、あと何分もしないうちに、判事、作家、その他の講演者が順にスピーチをはじめる。

ぼくのかわりに足がきめてくれたんだ。シャビエルは心臓が高鳴り、すぐそばのバル〝タンベル〟で、コニャックをダブルで飲んでから、もう一杯お替わりした。なぜ？　神経を鎮めるため。勇気を集めるため――ぼくが何者か気づく人がいるだろうか？――時間をつぶし、プログラムが開始して参加者が壇上に注目するころホテルの会場に入るため。

ドアのひとつに近い席をとった。後ろから二列目、知らない人のあいだにすわる。前方は人の背中や首筋が列なり、椅子はけっこう空いていた。四十人、五十人？　せいぜいそのぐらい。奥の壁の手前にテーブルがあって、講演者たちがすわり、マイクが据えてある。判事はそこにはいない。

誰かが話しおえて作家に言葉を譲ると、熱のこもらない儀礼的な拍手があがった。作家が言葉をうけて、あいさつし、招きにあずかったことへの謝辞を述べた。彼はこう切りだした。

「書かれるチャンスを待って、自分のなかで歳月をかけて育っていく本というものがあります。わたしの本、本日みなさんにお話しするつもりで来た本も、そんな一冊です。当初のアイディアは……」

シャビエルはそれとなく会場の後方から、参加者にどんな人がいるか見極めようとした。後ろから観察しても、すぐにはわからない。そもそもＥＴＡの犠牲者も家族も、個人的に面識があるわけじゃない。何人かは知っている、そう、世間に知られた人、テレビで見たり、新聞に写真の載ったりした人なら。

「文学的フィクションを介してテロ集団の犯した残虐行為の証しを構築しようというプランは、わたしの場合、二重のモティベーションから生まれています。ひとつはテロの犠牲者に寄せる気持ちから。もうひとつは、法治国家にむけられた犯罪と、あらゆる侵害にたいする断固たる拒絶の意味でです」

作家はつづいて、自分がなぜ若いころＥＴＡに入らなかったかを問い返した。会場全体に息を殺した当惑の沈黙がひろがった。

「しょせん、わたしもバスクの若者であり、同時代の多くの若者同様、テロに傾倒するプロパガンダや、その礎となる信条に身をさらしました。そして、これについて、くり返し考えてきて、答えが見つかったように思うのです」

前方、最前列の招待席に判事がいて、自分の出番を待っていた。有名な判事。頭が禿げあがってテカテカ光り、すぐ当人とわかる。それに、なんの訴訟だか覚えがないが、当時マスコミに頻繁に登場した。シャビエルの知るかぎり、いまはもう高等裁判所には所属していない。

「ある者たちが他の人々にあたえた苦しみにたいして、その苦しみが何に起因するか、そしてもちろん、誰がそれを生み、どんな身体的、心的結果が、生き残った犠牲者にもたらされるのかを示そうと努めながら書きました」

三列目か四列目で注目する人物がチラッと横をむいた瞬間、シャビエルは見覚えのある横顔をみとめた。

「同様に、政治的口実のもとに祖国の名において行われる犯罪にたいして書きました。その祖国では、ひと握りの武装した者が社会の一派の恥ずべき擁護のもとに、誰がその祖国に属し、誰がそこを後にし、あるいは消えるべきかをきめている。わたしは憎悪の言葉にたいし、また自らの計画と全体主義的信条のために歴史を捏造しようとする者たちが企む記憶の消滅と忘却にたいし、自分からは憎しみを抱くことなく書きました」

確信はない。ベージュのウールのベレー帽の女性が真後ろにいて、もうひとりの女性がはっきり見えない。そうだ、きまってるよ、あんなに有名な女性じゃないか、グレゴリオ・オルドニェスの妹だ。なんて名前だっけ？　マリア・オルドニェス、エステル・オルドニェス、マイテ・オルドニェス。ほんとうの名前が出てこない。突然。コンスエロ・オルドニェスだ。くそっ、やっと思いだした。

「しかし、なにかしら前向きなものを同胞に提供するという、励ましの意味でも書きました。文学と芸術、つまり人間が抱く善なるもの、崇高なものの側に立って。それに個々の人間性をもつ犠牲者の尊厳のためにもです。ＥＴＡの犠牲者は統計上の単なる数字ではない、そこでは一人一人の名前が失われる、具体的な顔も、かけがえのないアイデンティティも失われてしまう」

これこそ、まさに母の望まないこと。自分の苦しみ、子どもたちの苦しみが、作家が本を書くための材料になり、あるいは映画監督が映画を撮る材料になる、そして彼らに後々拍手が送られ、賞をうけるというわけだ。ぼくらが自分たちの悲劇を背負いつづけるいっぽうで。

「この類いの文学でもっとも深刻とおぼしき二つのリスクを避けるように努めました。まず、悲劇的、感傷的なトーン。もうひとつは、明確な形で政治的立場をとる物語にとどめようという誘惑です。わたしにしてみれば、そのためにこそインタビュー、新聞記事、そしてこのようなフォーラムがある」

二列目、端に近い席の赤っぽい髪はクリスティーナ・クエスタだとわかった。ぼくとおなじく、父親を殺害された女性だ。その左はカティー・ロメロ、サンセバスティアン市警察の軍曹の寡婦。どこで読んだか覚えがないが、亡き軍曹はどうやら、ETAに協力して情報を漏えいする同僚たちを警察組織から一掃するのに尽力した警官のひとり、当然ながら、テロリストは最後に二発銃弾をぶちこんで、この軍曹を始末した。

「具体的な質問にお答えしたいと思います。自分の父親、夫、兄弟をテロで亡くした不幸を個人的にどう生きるのか？ ETAの犯罪後、夫を亡くした女性、父を亡くした子ども、体に傷を負った人は、どう人生と向きあうのか？」

作家は冷静沈着に話していた。シャビエルは善意と受けとめたが、誰かが本を書いたからといって、本質的になにが変わるわけでもない。思うに、いままでテロの犠牲者はバスクの作家たちにそう注目されなかった。作家らは、加害者とその良心の問題、感傷的背景とかそういうものに、むしろ興味をもっている。しかもETAのテロは右派への攻撃には役立たない。そのためには内戦のほうが、はるかにいいわけだ。

「……恐怖心に服する社会の表象的全体像を描こうと、わたしは努めています。大げさかもしれない、しかし強く確信しています。文学のうえでも、ETAの打倒がはじまっていると」

このとき、コンスエロ・オルドニェスの真後ろにすわる女性、ベージュのベレー帽の彼女が顔を軽く横にむけた。わずか一瞬、でもシャビエルは心臓が飛びだしかけた。彼のあれほど見慣れた顔がそこにある。
ネレアが、ここでなにしてるんだ？

〝テロの犠牲者の集会になんか、お金をもらったって行きたくない〟とまで言った妹が？　けっきょく、ぼくとおなじか。自問の愚かさに気がつきながら、それを省察する余裕もなく、もっと切迫した別の考えに急かされた。どんな考え？　まあ、たとえば、ネレアに見つからずにいる方法。

ドアまでは三歩もないと目算する。シャビエルは躊躇しなかった。作家への拍手が自分の動く音を消してくれそうなすきを見て席を立ち、廊下に出ると足を速めて、ほとんど走るように出口にむかった。

110　夕暮れの会話

ふたりが会うのは久しぶり。しばらくって？　どうでもいい。二週間か、三週間。そのあいだ、ビジョリにいろんなことがあった。何ひとついい話はない。とくに、すごく心配なことがひとつ。シャビエルとネレアの考えは一致した。母がらみの深刻な話をゆっくりするのに電話ではだめだということ。どうする？　まさか？　サンセバスティアンの中心街ですぐ会おうという話になった。

肌寒い午後、でも陽はでている。ネレアが提案した。パセオ・ヌエボを歩かない？　広々とした青い海のそばで話しましょうよ。シャビエルは妹のアイディアを異存なく受けいれた。

散歩道ぞいに、人々と子どもたち、軒を列ねる手工芸品の露店。人込みでほとんど通れない。向こうのほうで高圧のホース一式を揃えた市の職員たちが落書きを消していた。ラ・ブレチャの魚市場の外壁に書かれたETA賛辞の落書きだ。水のハネを避けるのに、兄妹は反対側のファサードになるべく身を寄せた。

「いつか、そう遠からぬ日に、なにがあったか誰も思いださなくなる」

「機嫌悪くしないで、お兄さん。人生の法則じゃないの。最後に勝つのは、いつも記憶の消滅よ」

「でも、ぼくらがそれに荷担する必要はないだろ」

「もちろん。こっちの記憶はホースの水でなんか消えないわ。でも見てて、わたしたち犠牲者が未来に顔をむけないって非難されるから。逆に仕返ししようとしてるって。もう、そう言いだしてる人たちもいるし」

「ぼくらが迷惑をかけてるってわけか」

「想像もできないほどね」

サンテルモ美術館のところで肝心な話に入った。シャビエルはネレアに、雌ネコのことを話してくれよと言った。なにがあったんだ？　どういうことなんだ？

「炭子《イカツア》は死んじゃった、でもママは知らないの。知らないでいるほうがいいって、なんとなく思う」

「ネレアは、どうしてわかったんだ？」

「きのうママの家に行ってきたのよ。キケに車でサンバルトロメ通りまで乗せてもらったんだけど、あの夫《ひと》、急ぐことしか頭になくて文句ばっかり。お客さんと大事な約束があるだの、わたしのせいで時間に遅れるだのって、だから言ってやったの。ここで止まって、坂を歩いていくからいいって。あんまりいい予感がしなくてね。わかる？　そのまえにママに電話したけど出ないんだもの。かけ直しても出ないし。それで二日経っちゃって。だから直接会いにいくほうがいいと思ったの」

「日中、村に行ってるからだろ」

「たまに墓地に行くもんね。パパのお墓に行くことに、あいかわらず執着してるし。でも変に思ったのは、ふだんの夕食の時間にも電話に出なかったから」

それでアルダペタの坂を途中まであがったら、アスファルトに真っ赤な肉と黒い毛のかたまりかあるのを見かけたという。車が何台も上を通りすぎ、さらに市バスが一台通った。歩道でちょっと足をとめた瞬間、首輪が目についた。ネレアは母を訪ね、一時間後に帰るときに、なにげなくネコのことをきいてみた。

「炭子《イカツア》ちゃん、どこにいるの？　姿が見えないけど」

「好きにしてるのよ。そのうち小鳥を口にくわえて、バルコニーに顔出すでしょう」

ネレアは片手で鼻と口をおさえて、そのとき死んだ動物をアスファルトから引きはがし、車が来ないすきに、肉と毛のかたまりを、道路の向かいの路肩まで押しやった。反対側は歩道がないので、なんとか母の目にとまらないことを願った。不快な作業に低木の枝を使い、最後に枝の先にひっかけて、べとついた首輪を塀のむこうに放ったのよと、彼女は嫌悪感をうかべて兄に話してきかせた。

「お母さんに隠しておいてくれてよかったよ」

「サンバルトロメの坂を下りながら気持ち悪くなっちゃった。それで最初のバルに入って、一杯飲んだの。ふだん明るいうちからは飲まないんだけど、あの不快感をともかく舌からとりたくって」

潮風を吸いながら、ふたりで並んで歩いた。靄のかかる長い海岸線は目に心地いい。散歩道のしたで、波が寄せては返し、波消しブロックにぶつかって泡を立てている。

ネレアは兄に言った。電話で話してたこと、もっと詳しくきかせて。

「ラモン・ラサのこと覚えてるか？」

「救急車の運転手？　もちろん」

「一週間まえに、ぼくの部屋に来てね、人にああ言われただの、誰にこうきいただのって。なんのこと？　で、よくきいてみたら、うちの聖なる母上が村の広場でアランチャの車椅子を押してるのを見たって言うんだ。アランチャが車椅子にすわってさ。そのシーンを想像してごらん。ふたりだけで昼日中に散歩してるんだから、人目につくなって言うほうが無理だろ。なんのために？　誰がそんなこと考えたのか？　だいいち、アランチャに毎日ついてる介助の女性が、なんで一緒にいない？　それが村の人のあいだで、どんなうわさになってるか、想像できるだろ」

「ちょっと変だわね、たしかに。あちらの家族とはもう何年も話をしてないし。アランチャには、わたし学生時代から会ってないから。でも彼女のことは、いまでも友だちだと思ってる。あの家族でわたしたちに思いやりを見せてくれたの、アランチャだけだもの。ママには、そのこときいてみないの？」

「お母さん、すこし頭が疲れてるんじゃないかと思ってね。だから事を面倒にしたくなかった。でもラモンの顔に書いてあったよ、びっくりしたって」

「アランチャのご両親、どう思うかしらね？」

「ホシアンは、たぶん昔どおり人が善くって、みんなそのまま受け入れてるんだと思うよ。だけど彼女はどうかな？」

「ミレンはきっと、まるで気にくわないでしょうね」

「これもラモンからきいたんだが、アランチャと散歩したあとで、お母さん、道のまんなかで意識をなくして人に助けられたらしい。それで電話でも話したけど、ぼくが直接立ち入ろうと思って」

　太陽が沈みかけ、海面にチラチラ揺れる鏡みたいな帯を描いている。船？　一隻もない。港口のそばに帰ってくるボートが一艘、それだけだ。シャビエルとネレアは欄干にひじをついた。彼はそろそろ薄くなった頭にスコッチ帽をかぶっている。彼女は何年かまえまではウールのベレー帽を愛用していたが、いまは髪を見せていた。ふたりの背後でオテイサの彫刻が錆びたまま放置され、つぎの風を待っている。兄妹から数歩離れたところで、釣り竿をもった釣り人がひとり、波立つ海に揺れる浮きにじっと目をすえていた。

「ぼくの車でお母さんを医者に行かせたんだ。〝どこに行くの？〟って言うから〝すぐわかるよ〟って。これまでも、アルアバレーナのところに診察予約を何度も入れといてやったんだけどね。行くって約束しても絶対行かないで、すっぽかすんだ。なにかある、もう血液検査でそう思ったよ、お母さんの体はどこか正常じゃないって。だからアルアバレーナに診察してもらったんだ。できる検査はみんなやってくれた。一昨日、彼から電話があってね、ともかく来てくれって言うんだ。彼の顔を見たとたんにわかったよ、最悪の話をきかされるんだろうって」

「悪性ってわかったの？」

「子宮。かなり進行している。もっと早く見つかっていれば処置できて、ある程度は治る保証があったのに、お母さんは放っておいたし、ぼくもかまってやらなかった。いまはほかの臓器にも行ってる、とくに肝臓だ。まあ、臨床的な詳細は省くよ。気分のいいことじゃないから、それは言っておく」

「あと、どのくらいなの？」

「アルアバレーナは、せいぜいよくて二、三か月だろうって。でも今夜にも逝く可能性がある。摘出して、きつい治療をしたら、もしかして今年の末まで生きられるかもしれないよ。だけど、そこまでする意味はない」

「ママは自分で知ってるの？」

「アルアバレーナはお母さんとは直接話していない。結果を伝える役は、ぼくのほうがいいと思うかって、彼がきいてきたんだ、ともあれ患者の息子で、しかも医者だから。彼の言うとおりだと思う。ぼくは自分に大きな責任があると思ってるよ、まだ病と闘っても間に合ううちに問題に気づかなかったんだから」

「自分を責めてる場合じゃないわよ。ママは病気がわかってた気がする、人に知らされるよりまえに」

「車のなかで、お医者さんになんか行く必要ないって文句言ってたよ、生理不順で痛みがあったのは昔からの話だって」

兄と妹はまた歩きだした。水族館の階段をおりて港についた。都《まち》に街灯がポッポッ灯りはじめた。

「いずれにしても緩和ケアをすることで、アルアバレーナとは話がついている。お母さんがなるべく苦しまないように、彼はできるかぎりのことをしてくれると思う」

ネレアはシャビエルの肩に手をおいた。そうやって無言で、おたがいの顔を見ないで、しばらく歩いた。そのうちネレアがまた言葉をつづけた。ママがいなくなったら、どうするつもり？

「知ってるだろ、ぼくがこの都《まち》にいるのはお母さんのためだって。お父さんの埋葬の日に誓ったことだから。心のなかで言ったんだ、お父さん心配しないでいいよ、お母さんはぼくが守るから、ひとりにはさせないからって。なのに、けっきょくは、なにが起こってるのかわかっていなかった。いま考えてるのは、村の墓地で夫婦一緒のお墓に入りたいっていうお母さんの昔からの望みを、なるべく早くかなえてあげること。それがすんだら、この都を出る。どこに？　わからない。遠くに行くことだけは確かだね。助けが必要な人たちの役に立てる場所かな。ネレアは？」

「わたしはここにいる」

人通りが多いので旧市街の道は避けた。並木通りのカフェテリアのカウンターで話の続きをした。日が暮れてから別れた。深刻な顔で、落ち着いて、兄妹らしく頰をあわせて。彼はこちら、彼女はあちら。そのころには空がすっかり暗くなり、午後の耐えられる肌寒さは、夜のもっと厳しい寒さになっていた。

考え事をしながらエルカノ通りを歩くシャビエルに、焼き栗の温かなにおいが鼻をくすぐった。ギプスコア広場の角に、焼き栗売りの露店があった。十二個で二ユーロ五十センティモ。金を払うとき、市庁舎のカリヨンが午後八時を打った。

手のひらに焼き栗の入った紙包みの心地よい温かさを感じながら、シャビエルは広場のベンチに腰をおろした。下弦の月が、葉の落ちた木の枝間からのぞいている。一個目の栗の皮はすぐむけた。とても美味い。ちょうどいい焼きぐあい、生の堅さもないし、焦げすぎてもいない。口にひろがる快い温みで、吐く息の蒸気が濃くなった。二個目の栗も、すごく美味い。美味しすぎる。

彼は立ちあがった。ほとんど中身がいっぱいの紙包みを屑入れのなかで逆さにした。焼き栗が一個、また一個と、なかに積もったゴミのうえに落ちていった。

そのあと、自由大通りの方向に歩きはじめ、人込みにまぎれた。

111
カラモチャの夜

通例だと、ミレンはホシェマリを訪ねるとき、ETA服役囚の援護団体〝ヘストーラス・プロ・アムニスティア〟の出すバスで行く。たまにホシアンも同伴した。それは最初のころ。その後、年月が経つにつれて間遠になった。

冬のある土曜日、もうずいぶんまえだが、テルエル県のカラモチャから数キロの地点で不慮の出来事があった。あれ以来、ホシアンは旅をする気がなくなった。でも理由はそれだけではない。もうひとつ、もっと大きな理由はミレンだ。人に命令ばかり、すぐ口論になって息子の話どころじゃない。ホシェマリはミレンの脚の鼠蹊部《そけいぶ》のようなもの。触れようものなら、いきなり怒りだす、なんて女だ！

　カラモチャの事件の日、ピカセントの刑務所での家族の面会で、ふたりは朝出かけた。でもバスではなく、ご近所のアルフォンソとカタリナの車で行った。あちらの夫婦の息子も、当時バレンシア県の刑務所にいたからだ。

　双方の夫婦がとても親しい間柄だったとは言えない。なによりむこうがバスク語をしゃべらないと言って、ミレンは陰口をたたいた。ホシアンは、どう話そうが関係ない。それでも、とくに親しみを覚えなかった。なんで？　彼はひょいと肩をすくめる。さてな。

　ともあれ、アルフォンソとカタリナは村の人、ただし一九六〇年代に南から来た人たちだ。ミレンに言わせれば、バスク人らしさはないし、吸う空気もちがう。とくに夫人のほうは、訛りでどこの出身か察しがついた。あちらもＥＴＡの戦闘員になった息子がいて、当時はホシェマリとおなじ刑務所、若者同士で気が合ったらしい。

　ある日、ミレンは道端でドン・セラピオにつかまった。まったく、お節介な神父だこと。むこうは村役場のポーチのしたで、カタリナと立ち話をしているところだった。この司祭は誰でも足止めさせては話しこむ。人の心も体も管理する。というか、そうしようとする。その後にミサに行っても、特別の祝祭日以外、ほとんど人が来ないからだ。

　司祭はミレンに目をつけた。彼女が足をとめて露店でチーズを買おうとすると、さっそく声をかけてきた。ごきげんよう《カイショ》、ミレン。ほんの八歩ほどの距離しかなく、ミレンは知らんふりをしたくてもできずに、チーズを買うのをあきらめて、司祭のほうに行った。そこにいたのがカタリナ、きけば、夫といっしょに息子に面会に行く日がホシアン、ミレン夫婦と同日らしく、さすがの司祭はそのへんを見逃さない。

　ホシアンは昼食時に。

「それは、おまえが口をすべらしたからだろうが」

「だって、あたしの聴罪司祭だもの」

「そんなら、ほかの村に行って懺悔しろ」

　というわけで、ドン・セラピオ立ち会いのもとに、ミレンとカタリナは話をきめ――だって、しかたないでしょ――、アルフォンソの車に四人で同乗してピカセントに行くことになった。まあ、お陰で一歩まちがえば、司祭が四人分の葬儀ミサをあげるハメになるところだった。

　事故は帰り道でおきた。数日後にエギン紙にニュースが載った。アルフォンソがテルエルから同紙の記者と電話で話したからだ。行きはホシアンが助手席に乗り、となりは運転するアルフォンソ。これがまたわずらわしい。だから親しみがもてないのか。知ったかぶりの男めが。一時として黙らない。サッカー、車、料理、キノコ、なんでもござれというわけだ。旅の途中でカセットテープをかけたと思えば、スペインふうオペレッタ〝サルスエラ〟。あちらの夫婦と別れて刑務所に入ってから、ミレンは小声で。

「血のなかに流れてるんでしょうよ。そのうち〝スペイン万歳〟って叫ぶから見てなさい」

　面会がすんで、帰りに車に乗ろうとしてホシアンが見ると、カタリナが助手席にもう腰かけている。しかたなく後部座席のミレンの横にすわった。旅がはじまったとたん、ミレンに太腿をぎゅっとつねられ、ホシェマリのことを口にするなと戒められた。ホシアンがさっそく話をしかけていたからだ。

　二日後、家で。

「カタリナに助手席をとられたこと、聖イグナチオに感謝するんだわね」

「おれの守護天使は、あちらさんのより、まちがいなく賢いらしい」

アルフォンソはハンドルをにぎり、会話を仕切っていた。うちの子は刑務所でよく運動をしているだの、英語の勉強をはじめただのと、自分たちの息子を誉めまくる。かわいそうに、息子はこっちの耳でしか話ができなくってねえ、もう片方は、ほとんどきこえない。そこで彼はアクセルを踏み、トラックを一台追いこしてから説明した。

「逮捕されたとき、殴られたせいですよ」

ミレンは、たまに口をはさむ。

「訴えなかったの？」

「相手にもされないのに？　うちらの息子は国家の餌食でしょうが」

「あたしのホシェマリも殴られたのよ。しかも何人がかりで。息子は体が大きいもんだから、ひとりずつじゃ、とても手に負えないの」

ホシアンは上の空、いつもながら悲しい思いで（よし、おまえ、元気でいろよ）ホシェマリと別れてきて、会話に耳もかたむけずに景色をながめていた。といっても限度があった。ドライブもかなり長くなり、こんどは彼がミレンに〝すこしは黙ってろ〟と、こっそり手を打つ番だった。午後も遅くなってから、テルエル県を通過した。荒涼とした大地、雪がまばらに見られ、遠くに列なる山稜が闇に消えかけて、車の外は強烈な寒さ。

突然、カタリナが何気に口をすべらした。信頼関係のないところに信頼があると思ったのかもしれない。それとも、ミレンの愛国主義的政治熱がどこまで極端に上がるか、単に知らなかっただけか。

ピカセントの刑務所のＥＴＡの服役囚に、あるとき、ハンガーストライキを決行せよとの指令がとどいた。弁護士が来て言った。〝ストライキ〟。ホシェマリはこの件でも、ほかの問題でも人一倍厳格で、囚人仲間を監視した。強硬派の戦闘員。それをミレンは自慢の種にして〝ホシェマリは梃子《てこ》でも動かない、誰もあの子の意志を曲げられやしないわ〟と、あとから村で言っていた。

　折も折、カタリナが〝うちで焼いたカステラ菓子《マダレナ》を一袋分、あのとき面会室で息子に差し入れできたのよ〟と言いだした。刑務所の職員と気心が合うか合わないかの問題で、食べ物を差し入れできるときもあれば、できないときもある、いちどダメなこともあったけど、こんどは許してもらえたと。

「わたしたちの目のまえで、あの子ったら、すっかり平らげてねえ」

　ミレンは頭に血がのぼった。

「食べ物の差し入れを許すの、当たり前でしょうが。戦闘員がハンガーストライキをやってるの知ってて、わざと違反させて、結束をくずそうとしてるんだから」

「ああ、あなた、だって誰も気づきゃしないでしょ」

「だけど、あたしは、これでわかったわ。ストライキはね、全員でやるか、誰もやらないかなの」

　それ以上は口をつぐんだ。ホシアンに隠れて手を叩《はた》かれたのだ。気まずい沈黙が車内にただよい、このときとばかりに、アルフォンソが、陽気な〝サルスエラ〟のカセットをかけた。朝のではない、でも、どれもこれもおなじこと、スペイン音楽を聴くには、先々までいくらでも距離があった。


　ヒマシ油は、もう呑みにくくない。

　へえ、そりゃまたなんで？

　錠剤で呑めて、効き目はおなじ。

　いきなり起こった。どうやって？　ミレンは覚えがない。ホシアンは悲しみと思案に沈み、腕組みをしてコックリ居眠りをしていた。ほとんど気づかなかった。アルフォンソの罵声で目がさめた。つづいてカタリナの悲鳴。どうしたんだ？

車が道路脇の溝に正面から突っこんだのだ。ミレンが真っ先に車から飛びだした。ホシアンの側のドアがあかない。まえの席のふたりは黙っている。サルスエラの歌い手も黙っていた。

ミレンは外からホシアンをつかんだ。

「ほら、出なさいよ」

腕をひっぱって外に出し、とたんに寒さが、ふたりの肌を刺す。ホシアンはミレンに怪我はないかときいた。

「平気。この人たち、出さなくっちゃ」

だだっ広い野原に四人きり。夜の帳がおりた荒れ地。雲ひとつない夜空、星がチラチラと出はじめて、凍結を予告しているようだ。ふたりは急いでアルフォンソを助けた。問題はなかった。ドアさえもない。それでホシアンが両脇をつかんで運転席からひっぱりだした。相手の顔は見えないが、血だらけだ。岩がちの地面に寝かせようとした。でもその必要はない。傷はそうひどくない、すくなくとも本人はそう言った。ひたいに切り傷、あとは頭皮が傷ついて白髪が赤くなっている。それだけだ。アルフォンソは恐怖心にかられた。妻が車のなかで黙ったきり、頭が片方の肩に垂れている。車の反対側で、ミレンがドアをこじ開けようとしていた。

「こっちに来てよ。あんたたちで開けられるかどうか」

製錬所の炉の作業員、まめだらけの手、たくましい腕、ホシアンが駆けよって、こんちくしょうと、ドアのハンドルをひっぱった。車のへこんだボディーの出っぱりに片足をかけて歯をくいしばるうちに、クソいまいましいドアをこじ開けて引っこぬくと、そこにカタリナがいた。血もなにも出ていない、この女、なんていいにおいだろう、でも苦痛と嘆きの消えいりそうな声で言っている。

「わたしの脚、わたしの脚」

いっぽう、ミレンは道路のまんなかで、対向車線から来た白いライトバンを止めた。運転手は〝怪我慢した女性をテルエルまで連れていきましょう〟と言い、荷台の空いた場所にカタリナをそっと寝かせるのに手をかしてくれた。アルフォンソとふたり、ちょうど乗れるだけのスペースで、彼のほうはセーターを頭にターバンふうに巻いて、出血をおさえていた。ほとんど完璧な闇のなかに、またたくまにライトバンは消え去った。

ミレンとホシアンは、車のトランクから自分たちの所持品と、泥棒でも来るといけないので、アルフォンソとカタリナの分も取りだした。

「カタリナの脚、見た?」

「二本とも折れてたな。医者じゃなくても、それぐらいはわかる」

「ちゃんと治るように、お祈りするんだわね」

荒れはてた場所が静寂につつまれた。ふたりは慌てて服を重ね着した。なんて寒さだ、これからどうする? どこにいるか見当もつかない。テルエルとサラゴサのあいだ、それはたしかだ。家も灯りも交通標識もない。この荒れ地のまんなかで身を寄せる場所もない、知らないが、せめて羊飼いの小屋とか、野ざらしから守ってくれるような木立とか。

「ぜったい怪我してないでしょうね。ほんとのこと言いなさいよ」とミレン。

「してないよ、うるさいな」

「べっとり血がくっついてるじゃないの」

「アルフォンソのだろ」

「首に、なんか巻いたら? 風邪ひくわよ。遠くの刑務所にやられるから、こういうことが起こるんだわ」

「いま言ってもしかたないだろ。治安警察隊に報告しなくちゃ」

「ホシェマリの拷問者と口きくぐらいなら、死んだほうがましだわよ」

「じゃあ、どうすりゃいい?」

「考えたら」

ミレンはすこしまえに村の近くを通った気がしたが、定かではない。ホシアンは居眠りしてきたので、わからないし、覚えてもいない。いちばんいいのは車を止めることだ。そのうち、ヘッドライトをつけた車が来るのが目についた。合図はしなかった。壊れた車を見て運転手が事情を察してくれると信じていた。車は止まりもしない。

「手をふらなかったら、車なんか止まるわけないじゃないの」

「そんな賢いんなら、自分で手ふりゃいいだろ」

「ちょっと、けんかしてる場合じゃないでしょ、ねえ?」

何分か経って、つぎの車は止まってくれた。怪我してますか? 寒さにふるえながら、ふたりは首を横にふった。運転手はカラモチャに行くという。すぐそこ、うちの村ですよ、よかったら、お乗せしていきましょうか。

ふたりは乗せてもらった。相手は〝パスクアル〟と自己紹介した。五十歳ちょっと。立派な太鼓腹で、かなりのおしゃべりだ。三つ目のカーブを曲がるまえに、わたし、不整脈と糖尿病もちでねえ、と告白した。

「ここ、まだテルエル県ですか?」

「そうですよ、セニョーラ」

「だったら、今日じゅうに家には着けないわねえ」

「ちょっと無理だな。サラゴサ行きの最終バスは、もう行っちゃいましたし」

ミレンは、どこから来て、誰といっしょで、なにがあったか説明した。

「おたくさんたち、休暇ですか?」

「ええ、そう、アリカンテ県の海岸《ビーチ》のベニドルムでね」

相手は、ホシアンに血のしみがついているのを目にしていた。いやでも目につく。ほんとうに怪我してないですか?と、またきいてきた。ホシアンは、わたしの血じゃないんですと説明した。

パスクアルとかいう男性は、きついアラゴン訛りで、カラモチャの最初の家並みが見えると、こう言ってきた。

「よかったら、家《うち》に来ませんか? 息子たちがサラゴサでね、上のやつは銀行勤めで、つぎのふたりは大学で勉強中、娘はパリにいて、フランス人の音楽家と結婚してるんです。立派な男ですよ、礼儀正しくて落ち着いた人間で。まあ、スペイン語はひと言もしゃべらないが、それでもよく通じますから。あのね、家は何人でも泊まれる場所があるから安心してください。休んでもらって、おたくは血をきれいに洗いおとして、あしたの朝、ゆっくりサラゴサの列車の駅までお送りしますよ。いずれにしても、わたしも行かなくちゃいけないし。わたし寡夫でね、言ったとおり、誰もいない大きな家に住んでますから」

彼はふたりに、すばらしい夕食のごちそうを用意し、部屋の天井に梁木のある寝室に案内した。冷たく重たい寝具のベッドが一台。翌日の朝食後、パスクアルは朝いちばんにせっせと、愛想よく車でサラゴサまで送ってくれた。ミレンとホシアンは、お礼にお金を払おうとした。いや、そんなの、とんでもないですよ。ふたりは不器用におずおずと、それでもお金を受けとってもらおうとした。パスクアルは両手で太鼓腹をつかんで言葉を返した。〝アラゴン人の有名な頑固さは、おたくらバスク人どころじゃありませんからねえ〟。道々、彼はバスク人を誉めた。〝バスクの人たちは高潔で働き者ですよ。ETAのテロが悪いんだ〟

ポルティージョの駅前で、彼らは別れた。日曜日、死にそうに冷たい北風が吹いていた。

翌日、午後、ミレンはサンセバスティアンの郵便局まで出かけていった。村の郵便局になんか行くもんですか。テルエル県の〝セニョール〟とつきあいがあるなんて、村の誰かに知られてみなさいよ。箱にはトロサ産のインゲン豆一キロ、ビニールの緩衝材で包んだオリーブやトウガラシの酢漬けのビン詰がひとつ、それにイディアサバルのチーズを空いたすきまに入れたら、あとはもう箱に入らない。

ホシアンが、からかった。

「頑固さで、カラモチャのアラゴン人に勝とうってわけか」

「頑固なんじゃないわよ、感謝してるの」

「おまえも、スペイン人っぽくなるかどうか」

「あっち行ってよ、でくの坊、あんたなんか、でくの坊以下だわよ」

112 孫たちと

どっちを向いても悪いことばかりだ、ホシアン。悪い？ ひどすぎる。息子のひとりは刑務所で、たぶん釈放された姿は見られない、そのまえにこっちが死ぬのは目に見えている。もうひとりはビルバオにいて、電話もしてこなけりゃ、手紙も書いてこないし、親に会いにきもしない、家族を恥ずかしく思っているからだろうと、ミレンは勘ぐっている。娘は娘で、母親と口をきかなくなって早一年以上、自分の夫とも、いがみあいの連続だ。

レンテリーア行きのバスのなかで、ホシアンは苦悩のハンドルをにぎりつづけた。おれたちは、なんでこう運が悪いんだ！　もうすこしぐらい、まともになれないもんか？　ふいに、ほかの乗客の視線を見て気がついた。きっと独り言を声にだして言ってたんだろうよ。年寄りみたいに現実の感覚がなくなっている。このおれが年寄りなんだ。バスに乗ったって高齢者や妊娠女性の優先席にすわってるだろうに。

　いつものバス停で降りた。ミレンに内緒で孫たちに会いにいっている時期のこと。家を出るとき〝畑に行くよ〟と言っておいた。そのとおり、畑に行って、なにがしかの野菜と果物、たまにはウサギもいっしょに持った。ウサギはその場で殺して皮を剝いでいく。孫たちのまえでは、もうできないからだ。そのあと産業地区の停留所でバスに乗った。

　ピソの呼び鈴を押す瞬間、ホシアンは来た道をひき返したい気分になった。ビニール袋には長ネギが三、四束、エンダイブがひとつ、それにハシバミの実が一摑《つか》み入っている。ギジェルモの叫び声、アランチャの叫び声、幼いアイノアの泣き声、常軌を逸した者たちの家。呼び鈴を押した。キンコーン、その音で家のなかの声がピタッと止み、小さい娘だけがキャーキャー泣いている。

　ドアがあくまで、さらに十秒、十二秒。熱臭いにおいが鼻を直撃する。食べ物、体臭、閉めきったにおい。ギジェルモが無愛想に、そそくさとあいさつして外に出ていった。

　どっちを向いても悪いことばかりだ。どこもかしこも散らかって汚れている。怒り、涙にぬれたアランチャの目つき、目のまわりに隈ができ、ホシアンは、がっくり力がなくなった。アイノアは五歳、おじいちゃん《アイトナ》を見たとたん、ピタッと泣き声をあげるのをやめて、ビニール袋になにかプレゼントがないか見たくて駆けよった。おなじ好奇心にかられて、七歳のエンディカも急いでやってきた。妹を押しやると、幼い娘《こ》も自己防衛で兄を押しかえす。最後に野菜の束とハシバミの中身を見て、ふたりとも一緒にがっかりした顔を見せた。

「おじいちゃんと外に行きたい？」とアランチャ。

ふたりは同時に「イヤだ」

「なんでイヤなの？　いつも駄菓子買ってくれるでしょ？」

男の子が頭を横にふって、なおさら否定を強調した。

「だってさ、ママ、つまんないんだもん」

ホシアンは、なにも言葉がうかばない。子どもたちを夢中にさせたり、約束してやったりする術がない。疲れた感じで気力もなく、最後はアランチャのほうに視線をそらし、元気のかけらもない声で〝どうだ？〟と問いかけた。

「ごらんのとおり。最悪。仕事が山積みで、家のことと、子どものことと、夫はわたしを雑巾以下に扱うし。不幸でいる時間もない」

「カタリナのこと、覚えてるか？」

「カタリナって、どの？」

「アルフォンソのとこの」

「お父さんたちと行ったときの事故で片脚を悪くした人？　だったら新聞の死亡広告、もう見たわ」

「長いこと具合が悪かったんだよ。あしたが葬式でな」

「息子はどうなったの？」

「そのままだ。バダホスにいると思ったが。あれは手をさんざん血で汚してるよ」

「うちの弟より？」

「もっとずっとだ」

エンディカが話に割って入った。

「ママ、お腹すいた」

「冷蔵庫のヨーグルト食べなさい」

「ないもん」

アランチャは子どもをあやし、おじいちゃんと一緒に、そのへんでおやつを食べていらっしゃいと、母親らしい物腰でけしかけた。そして自分の父に〝悪いけど連れてって〟。アイノアは？　幼い娘は〝ぜったい行きたくない〟の一点張り、やさしい言葉にも心を動かさない。ペストリー、ケーキ、クリーム。下くちびるを突きだして、むっとした顔。なんで行きたくないかも言わず、行かなかった。

「いいわよ、お父さん、エンディカと行って」

「なにか買ってきてほしいか、アイノアちゃん《マイティア》？」

少女は幼い頭を左右にきっぱりふって〝いらない〟と答えた。

祖父と孫は家を出た。表玄関でエンディカは手をつながせない。そんなふうに手をひかれて外を歩くほどの年齢じゃないと思っている。近所のベーカリーに入り、子どもはドーナッツをふたつ頼んだ。砂糖をコーティングしたのと、チョコレートのと一つずつ。ホシアンが硬貨を数えているあいだに、空きっ腹で、食いしんぼうの子どもは、最初の二口、三口かぶりついた。通りにもどるころには、もう食べきっていた。

ふと足をとめると、チョコレートだらけの口で言った。

「ここだよ、爆弾。ぼく、パパと、パン屋さんにいたんだ」

「なんの爆弾？」

「ぼくの部屋のガラスが割れたときの爆弾。死んだセニョールが、パパの友だちで、マノロっていう人。そこに倒れてたんだよ、おじいちゃん、その黒い車のあるところ。ぼく見えたんだ」

「そう、なんで見たりしたの？」

「見たんじゃない」

「だったら、どうして見えたんだね？」

「うーん、こっちの目でちょっと見ただけ」

「ブランコのところに行くか？」

「いいよ」

子どもが爆弾の話をもちだすのは、はじめてではない。すさまじい轟音が記憶から消えないのだ。それに、だんだん成長して大人たちのことに興味をもつのも確かで、質問もしてくる。

児童公園で、祖父と孫はベンチにすわった。子どもたちのはしゃぐ声。こちらに、あちらに、ベビーカーを押す母親や父親たち。いきなりエンディカが。

「パパが言ってたんだ、爆弾を仕掛けたのは悪者たちだって」

「そうらしいねえ。なにか飲みに行きたいかね？」

「治安警察隊が捕まえたら、悪者は刑務所に入れられるんだって、ホシェマリおじさん《オサバ》みたいに」

「それもパパが言ったのか？」

「ううん、それはアンヘリータおばあちゃんが言ったの」

ホシアンは、そうなんだよと言いたい気持ちになった。あとから、よけいなことを言われないように。なるべく早くこの話題をおえるために。それに、息子のことが出るたびに、スコップで一撃をくらう気分だった。

「ホシェマリおじさんの写真、見せてくれる？」

そんなことを頼まれるのは久しぶりだ。

「なんで見たいんだ？」

「いいじゃん、おじいちゃん《アイトナ》、見せてよ」

ホシアンは札入れから、色あせて傷んだ写真をとりだした。十八歳のホシェマリ、笑い顔で、ふさふさの長い髪、あごひげを生やしている。あと少しでハンドボールのプロ選手になれたころの写真。

「ピアスしてるね」

「エンディカも大きくなったら、ピアスするのかな?」

「ううん、だって、耳に針つき刺して、すごく痛いでしょ。ホシェマリおじさんが刑務所入ってるのは、超悪者だから?」

「アンヘリータおばあちゃんが、そう言ったの?」

「ううん、それはパパが言ってた」

「まあ、なにかやったからだろうねえ。ピアスしてるから刑務所に入れられたんじゃないと思うが」

それからすこしして、ホシアンは子どもを家に連れ帰った。孫たちに百ペセタずつ小遣いをやった。娘には五千ペセタ札をやり、すこしでも家計に役立てなさいと言ってから暇《いとま》をつげた。

サンセバスティアン行きの帰りのバスで、行きと、まったくおなじ考えがうかんだ。

なに? ふと気がつくと、人の目が自分にそそがれている。どうせ独り言を声にだして言っていたのだろう。

113 坂のおわり

心のなかで言う。雨なら行かないぞ。

朝九時。窓から見た。雨だ。でもホシアンは行った。アノラックを上に着て、防水用のズボンをはいて、あとは知ったこっちゃない。出かけようとすると、ミレンが。

「こんな天気で、よく自転車で出かける気になるわよ。自分で二十歳《はたち》だとでも思ってるの？」

アランチャは車椅子で、父親に親指を突きたてて見せた。人をからかっているのか、〝行ってらっしゃい〟という意味かよくわからない。

「娘にまで笑われて」

迷っているのは、自分の健康のためでも力のためでもない。さて、雨の日にサイクルツーリングクラブの行程を何度やってきたか？　雨でも晴れでも、風が吹いていようとも、いま参加するのは短距離だけ、よくて五、六十キロの行程だ。ごらんのとおり、年齢、持病、歳月とともに、ますます坂道が急な感じになる。三年ほどまえ、ある日曜日に、オンダーロアまで仲間といっしょにペダルを漕いだ。これがまたキツかった。帰りは心臓が破裂しかけた。気をつけろよ、ホシアン、じゅうぶん気をつけろ。何度も休むはめになった。昼食に遅れて帰った。大目玉をくらった。

迷いは自転車だ。雨に濡れるし、泥だらけになるし、傷むし、どこにでもある自転車とはわけがちがう（炭素繊維の車体、カンパニョロの交換部品）。部品をすこしずつ高価なものに交換してきたから、なにしろ金がかかっている。そんなわけで自転車を漕ぎだすまえに、ともあれパゴエタに入り、ミルク少なめのコーヒーを飲んで元気づけをした。さて雨があがってくれないか、まだ走りだす決心が完全にはつかなかった。

なんと雨がやんだ。おまけに雲が切れ、サンセバスティアンに着くまえにマルトゥテネのあたりで太陽がでた。ホシアンはクラブのユニフォーム姿。緑と白のシャツに黒のスパッツ、それに自分好みのヘルメットに手袋。あんな厳粛な場所に……この格好で来たのは、ほかでもない、ミレンが疑いだして、問いつめられたり文句を言われるのが面倒だったから。

上りにそれほど苦労せず、ゆっくりだが、エギア地区の坂をあがった。最後の急坂で、はしゃぎまわる子どもたちが右手に見えた。学校の校庭でグループに分かれて遊んでいる。左手にフラワーショップが一軒、そのとき簡単な安い花束を買っていこうかと思いついた。おれは派手なのは苦手だから。自転車を下りたとたん、くそっ、家に鍵をおいてきたのを思いだした。

フラワーショップから見張っていられる位置に自転車をおいた。片方の目はこっち、もう片方はあっちを見て、ほしいものと目的を伝えた。けっきょく二分も店にいなかった。最初の花束を見せられた。小さくて、いろんな花が入っている。ほかに見せてもらわなくてもいい、それでいいですよ。金を払い、外に出て、墓地の入り口で二十分ほども待った。ヘルメットはかぶったままでいた。花束も自転車も、手から離したくない。

フェンスの片側の壁、入場時間案内の黒いプレートの横に、さらに小さなプレートがあって、見れば〝犬を連れた人、自転車走者の入場、お断り〟と書いてある。

なんてこった、ちくしょうめ。だったら、どうすりゃいい？

そうこうするうちに、市内バスがそこの停留所で止まった。ビジョリが降りてきた。黒いオーバー姿。彼女はプレートを見て、心配しないでとホシアンに言った。

「お墓のあいだを自転車で走るのは禁止しているけど、自転車につかまって入るのは平気だから」

「ほんとうかね？」

「行きましょう、ホシアン、だいじょうぶよ」

ふたりで墓地に入った。平日の朝、この時間は人影もない。上のほうだけ、誰？　清掃の職員が車で騒音を立てて先を行く。それで、自転車がなんだって？　音も排気ガスもださないのに。

なだらかな坂をあがるうちに、墓碑と木々（松、糸杉）のあいだに、ほかの参拝者がポツリポツリと目についた。大理石とセメントの灰色の厚みのなかに散っている。

ホシアンと彼の自転車が道幅の半分を占領した。ビジョリは一、二歩まえを歩いて案内した。たまにふりむく顔が、見るとほほ笑んでいる。この女性《ひと》は、なんだって笑ってるんだ？　ひとつも喜ぶような場所じゃないだろうに。どうかしてるのかね、まったく、ろくなもんじゃない。

「来てくれるか、それとも来てくれないか、わからなかったわ」

「見てのとおりだよ」

「あなたは約束を守る人だわね」

「うちの娘とあんたが面倒にひきずりこんでくれたせいだ。こっちが約束を守ったんだから、そっちも守って、わざわざミレンに話したりしないようにな」

「そのことなら安心してちょうだいな。あなたは心がやさしいって、アランチャが言うのがよくわかるわ。その花束を見ただけで。チャトは喜ぶと思いますよ」

ホシアンは無愛想な親切心を盾に、自己弁護しようとしたが、相手の機知と妙ちくりんな態度に、つい気がゆるんだ。

「まあ、まあ」

「それに、あなたがクラブのユニフォームで来たのを見たら、うらやましがるかも」

「やめてくれないか」

「そうじゃなくて、チャトを敬う意味で、その格好で来てくれたんだと思ったから」

ふたりは着いた。遠く海のほうに雲がかたまり、雨になりそうだ。でもポジョエの墓地のうえでは太陽が輝きつづけている。アスファルトの路面に乾いた部分がひろがっていた。

ホシアンは真剣な目で、気後れして？墓碑を見た。簡素な十字架がついて、四人の名前が上から下に並んでいる。故人が誰々かわからないけれど、亡くなった年月日（一九六三年というのがある）と共通する二番目の名字からして、一人以外は、古い親戚だろうと推測した。

いちばん下に友人の名前があった。ニックネームはない。

「彼、ここよ。長年、村の墓地に移りたがっているの。まだそうしていないのは、グレゴリオ・オルドニェスみたいにされたくないから。このもっと下に埋められているけれど。よければ、あとで教えますよ。お墓に侮辱の落書きをされていた時期があってね。あなたも新聞で読んだかもしれないけど。あなた方〝アベルツァレ〟はテロで死んだ犠牲者さえも、そっとしておいてあげない」

ホシアンはうなだれて黙っている。瞑想か、祈っているのか？　ふいに友人の名前に目をすえた。亡くなった日付にも。道の角での死。家とガレージのあいだの道の角、そのガレージに友人は車と自転車をおいていた。没年月日のあとにチャトの年齢、銃撃された雨の午後の……。

「きのう言ったけど、あなたの息子さんが手紙を書いてきてくれてね。そうなの、わたし、ほんとうにうれしかったわ、銃を撃ったのは彼じゃないって教えてくれたから」

ホシアンは口をひらかない。この男からただよう気弱な、物思いにしずんだ沈黙、外から内への、当時からいま現在への沈黙。彼女の執拗なおしゃべりとは対照的、この場所と、この瞬間の自分の想いがなにもかも、相手の女性の饒舌で壊れていく。

「畑でわたしに言ってくれたことを、チャトに言ってもらえないかしら？　そのために来たんだと思ってたけど」

こんどばかりは、彼も動作をした。なんの？　ビジョリのほうに顔をむけた。心配げな眉間、下がった眉、愁いのある間の抜けた眉、うるんだ瞳に不鮮明な哀願に似たものが濃さを増す。そっとしておいてくれ、どうして黙ってくれないんだ？

「ひとりにしてもらえないかな、お願いだ。一分でいい」

さっき二人であがってきたほうに、見ると彼女がゆっくり離れていく。相手がじゅうぶんに距離をおき、こちらの表情をうかがうことも、ささやき声をきくこともできないと確信するまで、ホシアンは墓に目をむけなかった。

ビジョリは三十歩ほど先、ふたつの大きな霊廟のあいだで足をとめた。道にたたずみ、太陽から目を守るのにひたいに手をかざして、ホシアンを見守った。彼は夫の墓のまえで動かない。墓石と墓碑と十字架の列のすきまで哀れな男がつくる、どこかコミカルな妙な姿、派手な色合いのサイクリングウエアのホシアンが、自分の自転車を後生大事に扱う姿は、チャトとひとつも変わらない。ホシアンが墓石に花束をおくのが見えた。どこから持ってきたのかしら？　まさか村から？　自分の奥さんにわかるような危ないことはしないでしょう。彼はヘルメットを手にもって、胸で十字を切った。なにか言ったとしても、ビジョリにはきこえない。でも畑の小屋で昨日約束したとおりに墓地に来てくれただけで深い満足感があった。

ホシアンが突然、両手で自転車を押しながら、彼女のほうに歩きだした。なんて早いこと、自分の友だち、いちばんの親友だった友人への訪問をおえたようだ。

彼はビジョリのところに来た。足をとめずに、急ぐような声で、自然を装って言った。

「じゃあ、これで行くから」

「来てくれて、ほんとうによかったわ」

ホシアンは返事をしない。

なんで、彼、いきなり急ぐのかしら？　こんな突然帰るなんて言いだして。ビジョリはその意味がすぐわかった。

ホシアンは四歩やっと歩いてから、はじめて嗚咽をもらした。足を早めた。顔をふせたまま激しく両肩をふるわせて、彼は自転車を押しながら墓地の出口にむかった。

114　ガラス越しに

刑務所の一職員との深刻な事件がもとで、ピカセントからアルボロテに移送されるまえに、ホシェマリは、ついに！弟の訪問をうけた。

母親にはよく愚痴を言った。ゴルカはどうした？　なんで来てくれないんだ？　すごく会いたいのに。ミレンはミレンで答える。うちにも全然来ないのよ、あんな近くにいるくせに、ホシアンもあたしも、あの子がどうなってるのかわからない、あたしたちから隠れてるみたいだもの。

めずらしく電話で話すとき、ミレンはゴルカを説得しようとした。どうやって？　そう、彼女なりの方法で。ガミガミ叱りとばして文句の雨あられ、もちろん事態は悪化する。それで、また何か月もしないと近況がわからないというわけだ。

アランチャは、弟が両親に内緒でレンテリーアのピソに来ているころ、口添えしたことがあった。彼女自身もホシェマリに会うことは会った。でもあれが最初で最後、ギジェルモに、はっきりダメだと言われ、〝テロリストの叔父〟に会いに子どもたちを連れていくのも前から許してもらえない。テロリストときたわ！

アランチャが適度に姉らしく、やんわりと穏やかな言葉で頼んでみても、弟は〝うん〟とは言わなかった。

「まあ、考えておくよ」

ゴルカが〝考えておく〟と言うときは、じっさい考えていない。ただ、姉の言葉は迷いも呼んだ。しかも、わずらわしい内心のささやきが棲みついた。良心の呵責？　まあ、そうかもしれない。

わずらわしさから解放されたくて、ゴルカはラムンチョに相談した。ぼくの立場ならどうする？　相棒は彼を思って判断した。つまり、なるべく早く兄貴との面会をきめろと。気が進まないなりにも、ゴルカは言うとおりにし、翌月、三人でピカセントに車で行った。ラムンチョが運転して、助手席にアマイア、娘はバレンシアで買物をしようという父親の約束をあてにしていた。後部座席にはゴルカ、ひとりで気落ちし、車が走りだした最初の何キロかで、この旅に出たことをもう後悔した。

「きみと兄さんとの関係って、言葉で言ったらどんな感じ？」

「まあ、無関係だね」

「兄さんが怖いか？」

「ぼくにインタビューするつもり？」

「きみに興味があるんだよ。怖いのか、イエスかノーか？」

「まえは怖かった。いまはわからないな。長いこと会ってないから」

「この話、したくないか？」

「つらくなるんだよ、わかってるだろ？　だから、なんでぼくを嫌な気分にさせたいのか、理解できないね」

「悪かった。インタビューは終わりです。ラジオをお聴きのみなさん、ここでコマーシャルになりますが、一、二分後に、またつぎの話題でお会いしましょう」

ゴルカは刑務所の駐車場で、ラムンチョ、アマイア父娘《おやこ》と別れた。長身で、ぶざまな姿、うれしくもなく建物に入る。食肉処理場の入り口にいる家畜なんてもんじゃない。セキュリティーチェックのあと、面会室を特定された。

狭苦しい小部屋、すわり心地の悪いプラスチックの堅い椅子、窒息しそうな暑さ、垢まみれ、とくにガラス、左も右も、ここにいる人という人が、大声でマイクに口をくっつけて話している。このなかにどんな黴菌があるか知れたものじゃない。

兄がこちらを見るより、ゴルカのほうが先に兄を見た。まず目についたのは筋肉が削げ落ちたこと、とくに髪の毛がなくなった。いやでも兄の手に目がすいよせられた。ハンドボール選手の手、力強く、分厚くて、子どものころどれだけ憧れ怖れたか、その後に人間の命を奪う道具と化した手、何人の命を？　兄貴は自分で知っているはず、一瞬、背筋に軽い悪寒が走り、自分が兄でなく、兄の立場にもないことに鋭く悲しい喜びを感じた。

弟の顔にホシェマリはなにか垣間見たのだろう、椅子にすわるまえに、笑みがすっと消えた。きびしい目、相手を窺うような目。ガラスを隔てて何秒か見つめあった。

口を切ったのはホシェマリだ。

「ごらんのとおり、おまえに抱擁のあいさつをしてやれない」

「気にしないでいいよ」

「ものすごく会いたかったぜ、ゴルカ」

「だから、ここにいるだろ」

「なんか冷たいな。おれに会ってうれしくないのか？」

「もちろんうれしいよ。でも、できれば、もっと別の場所で会いたかったな」

「くそ野郎、おれだってそうだ」

くそ野郎は余分だ。兄は昔のゴルカにむかって言っている。やせっぽっちで、ひっこみ思案の十代の少年だったゴルカ。上から下への命令調、いばりくさった声色、ゴルカはいい気がせずに、体を退いてマイクからわざと離れながら、態度で兄にこんなふうに示した。その手には乗らないよ、ぼくはテロ部隊の兄さんの手下じゃない。

ホシェマリのなにひとつとっても、ひそかな激しい嫌悪感を呼ばないものはない。おまけに、この場所の強烈な臭気。換気ぐらいしないのか？　気の毒？　まるで思わない。この歳月でいちばん変わっていないのが、あるいは兄の目かもしれない。相手を処刑するまえに自分の犠牲者たちを見た目。そして禿げあがったひたいは殺人者のひたい、その下にある殺人者の眉、殺人者の鼻、殺人者の口（歯の状態はよくない）。頭でそう考える、だけど、それは言葉にするものじゃないし、ぼくにはその気もない。

おたがいの日々について、とりとめもないことを語りあった。どれも、すこし要約して表面的に。ふたりの見知らぬ人間が、とっくに失くした信頼と家族らしさを装っている。実家で部屋を共有したころみたいに会話しようとしても無駄だった。ゴルカは自分のことを話さずにすむように、あれこれ質問をむけて自己防御した。このネズミの巣窟での四十分が永遠にも思えてきた。

ホシェマリも気分が悪くなりだしたにちがいない。なぜ？　ガラスのむこう側からの連帯感と情愛、思いやりと理解が伝わらない。ほほ笑みはなおのこと。いったいどうしたんだ？　弟の目の奥に読みとろうとするが、そこに見えるものが、どうも兄は気に入らなかったらしい。いきなり表情を硬くした。

「心のなかでは、おれがETAの戦闘員なのを責めてるんだろ、ちがうか？　軽蔑してるんだな」

ゴルカには予想外だった。守備にまわった。

「なんでそんなこと言うの？」

「おれに会いに行けって、父さんと母さんに強制されてきたことぐらいわかるさ。おれに嘘つくな」

「ぼくは自分できめて来たんだよ」

「悪く思うなよ。おまえをひきとめる気はないし、おれの立場を悪くするつもりなら、なおさらだ。それとも、おれが気がつかないとでも思ってるのか？」

「ぼくは、なにか悪くするために、こんな長旅をしてきたわけじゃないよ。弟の役を演じるために来たんでもない。もちろん、この場所に兄さんが来ることになった原因にぼくは賛同しない。いちども賛同したことはない」

「おまえも、おれがここにいるのが当然だと思う連中の仲間か？」

「それは、自分の犠牲者にきいたらいい」

「逮捕されてから、さんざんな目に遭ってきたけどな、いまおまえに言われたことほど、おれに痛みをあたえたものはない。自分の弟にだ、冗談じゃねえ」

「兄さんの弟だからこそ、思ってることを言うんだよ。それとも嘘ついてほしいの？　兄さんが、どれだけたくさんの家族を苦しませたか知らないけど、そのことを〝おめでとう〟って言うのか？　なんのために？」

「おれの国を救うためだ」

「人様に血を流させて？　そりゃすてきだ」

「おれたちを日々痛めつける抑圧者の血だよ、おれたちを解放しようとしないやつらのだ」

「兄さんたちが殺した子どもたちも、そうなわけか」

「このガラスがなけりゃ、おまえに、もっとよくわからせてやるぜ」

「ぼくを脅すの？」

「まあ、そうかもな」

「なんなら、ぼくを撃ってもかまわないよ。その分、祖国の名のもとに殺す相手が減るんならね。その祖国に、兄さんたちは伺いもたてていない」

「よし、やめよう。おたがい、わかりっこないから」

「兄さんがはじめたことだよ」

「おれたちみたいに祖国の呼びかけを受けた人間がいる。ほかのやつらは、ひたすら楽な生活をして、好き放題に楽しんでる。昔から、それは変わらないんだろう。自分を犠牲にする人間がいて、あとの連中は、それにつけこんでるってことだ」

「楽な生活なんか、誰がしてるの？」

「おれは、もちろんちがう」

「ぼくはバスク語でラジオ番組をやってるんだ。バスク語で本を書いて、ぼくらの文化を助けてる。ぼくなりのやり方で、ぼくらの国になにかしら貢献してる、でも建設的なものでだよ。自分の歩く先々で、父親を亡くす子や、夫を亡くす妻たちを山ほど残したりはしない」

「おまえは、なかなかうまい物の言い方をするよ。さすがはアナウンサーだ。満足してるんだろ？」

「不満はないよ」

「きいたら、おまえ、男と同棲してるんだってな。そのおまえが、おれのしたことを責めてるわけだ。昔っから、どこか変わってたからな、ゴルカ、でもまさか、そこまでだとは想像もしなかった」

　ゴルカは黙りこくった。表情がこわばり、怒りで顔がカッとなった。

　兄は挑戦的な面持ちだ。

「母さんは、おまえが家族を恥じてると思ってる。こっちこそ、ゲイの弟がいるのが恥ずかしいね。うちの名字に泥塗って、まるで平気な顔してるわけだ。それで村に近寄らないんだろ？」

「ぼくが男と同棲してるって、誰が言った？」

「どうだっていいだろ？　皆殺しのスペインの刑務所にいたら情報がとどかないとでも思ってるのか？」

「ぼくがいっしょに住んでるのは、ぼくを愛してくれて、ぼくも愛してる人だよ。兄さんには、ぼくの言うことが理解できないと思う。人を銃で殺す人間に、愛のなにがわかる?」

この最後の言葉を兄に言いながら、ゴルカはさっと立ちあがり、怒りまかせに椅子を押しやった。マイクに最後に口を近づけたが、喉もとに突きあげた攻撃的な言葉は呑みこんだ。くるりと背をむけて、この暑くて、不潔で、悪臭のするクソ面会室を出かけたら、背後でホシェマリのすがるような言葉がきこえた。ゴルカには初耳、相手を立てたことなど一度もない兄が、もどってきてくれ、いま行かないでくれ、おれたちはまだ話が……。

ドアがしまる瞬間、最後の言葉が断ち切れた。

ビルバオへの帰り道、長いドライブ、夏の赤と黄色の夕暮れ、アマイアは座席で眠り、ラムンチョが、面会はどうだったか、また別の日に行く気があるかときいてきた。

「考えとくよ」

言ったのはそれだけ。そのあとゴルカは眠った、それとも眠ったふりをしていたのか。

115　マッサージのひと時

ゴルカに何度も言われて、ラムンチョは小型ベッドにやっと横になった。それでも、なにも変わらない。マッサージがあろうと、なかろうと、自殺するのは目に見えた。なにが問題か?　彼の別れた妻、あのずる賢い悪女、人生で、おれに致死毒を注入することしか頭にない毒蛇女が、まんまとやってくれたんだ。

ラムンチョがアマイアを迎えに、車でビトリアに行ったのは四週間まえ。当時娘は十六歳だった。ゴルカにしてみれば、週末父親と過ごすような年齢ではない。父がいくらプレゼントを買ってやり、どんな我がままをきいてやってもだ。少女（まあ、あの乳房と、あのずうずうしい口ぶりはともかく）は太った。肥満以上に、これも不運ながら、ニキビのせいで醜かった。ねじけた性格になった。不幸のかなり攻撃的バリエーションを実践していた。

ゴルカは、なるべく一歩退いていた。でも時にはラムンチョを見ているとつらくなり、つい口をはさんだ。

「アマイアにいいようにされてるの、自分で気づかない？」

「もちろん気づいてるさ。でも、どうしろって言うんだ？」

隔週末にラムンチョは娘を車でビルバオに連れてきて、日曜の午後送っていった。金曜日のいつもの時間に、彼はインターホンのベルを押した。誰も建物の玄関のドアをあけてくれない。近くのバルで時間つぶしをした。またもどった。さらに何度もベルを鳴らした。通りから見ると家の窓には灯りがない。毒蛇女／ずる賢い悪女の車も周囲に見あたらない。

おなじ集合住宅の住人が出てきたすきに、建物に入りこみ、別れた妻のピソまであがった。ドアマットが、どうしたことか、そこにない。ラムンチョはピソの呼び鈴を押し、しつこくドアをたたいた。ドン、ドン、返事なし。こういうのは、はじめての話じゃない。神経が立ち、父娘の関係を何年も妨害している性悪女にむかって、罵詈雑言を吐きちらした。

とうとう、しかたない、ラムンチョはひとりでビルバオに帰った。頭にきて、悲しくて、悪口を言いたい放題。せっかく映画のチケットを買ったのに、いったい、どうしろっていうんだ？　以前もあったが、母娘はきっと週末遠出をして（ふたりはマドリードが大好きだった）ラムンチョに連絡し忘れたのだろう。それか思いだしても、彼を苦しめようという考えで、連絡をとろうとしなかったのか。

ゴルカは、ほっと一息。平和な週末だ。あの娘《こ》がいると頭痛の種がつきない。できるかぎり彼女を避けていた。ふだん以上にラジオ局ですごしたり、長い散歩をしたり、誰かと会ったり、別の誰かと食事をしてみたり。つまり、家にいる時間をなるべく短くしていたわけだ。

以前はラムンチョが娘といる日を利用して、アランチャを訪ね、何時間か叔父役をした。泊まることもあって、サロンのソファに窮屈な寝方をしたが、それもいまはなくなった。甥と姪に、もうかなり長いこと会っていない。姉が口をすべらしたことを、いくら謝ってきてもだ。当初から疑ったとおり――ほかに誰がいる？――男とビルバオに住んでいることをホシェマリに語ったのは彼女だった。秘密を守るなんて、よくも言ったもんだ！　家族で唯一信頼していた相手、ほんとうに好きだった姉に、ゴルカは裏切られた思いだった。アランチャの失言を責める気はない。いつもどおり控えめな態度と言葉で別れを告げた。でもそれ以来、レンテリーアにはもう行かないし、電話もしていない。

ラムンチョに言わせると。

「きみの問題は、許すことを知らないことだな」

「こっちを大事にしてくれないことが、ぼくにはもっと問題なんだよ」

娘の音信がないまま何日かすぎ、ラムンチョは悪い予感がして、平日にビトリアに行くことにした。

「つきあってくれるか？」

「録音があるんだけど」

「頼む」

ある午後、ふたりで行った。おなじ話のくり返し、呼び鈴、灯りのない窓、毒蛇女／ずる賢い悪女の車が周辺のどの通りにも見あたらない。彼女の名前は郵便受けのラベルにまだあった。手紙も広告のチラシも入っていない。ふつう住人が長く留守にすると、いっぱいになるはずなのだ。それとも誰かに頼んで、定期的に郵便受けを空にしてもらっているのか？　不安、不信、怖れが昂じて、とんでもない推測がエスカレートするばかり。別れた妻のピソにあがって向かいの住人にきいてみたらと、ゴルカは提案した。

「引っ越し屋さんが来てね、みんな持っていきましたよ。家具も冷蔵庫もマットレスも」

「いつです？」

「さあ、二週間ぐらいまえかしら」

「そのあと、うちの娘も、娘の母親も見かけてらっしゃいませんか？」

「八月ですからねえ。休暇じゃないかしら、ご近所さんたち、だいたいそうだもの」

どこの誰が山に家具を持っていき、どこの誰がビーチに冷蔵庫だのマットレスだのを持っていくのか？　最後の頼みの綱、娘の学校に電話をして確認をもとめること。虚しい期待、この時期は教師たちも、どこかの観光地でのんびりすごしているのだろう。

ビルバオへの帰り道、ラムンチョは捜索願を出そうかと言いだした。ゴルカが説得した。もうちょっと待ってみなよ、あのふたりは、どこかの観光会社のプロモーションで急に思いついてバカンスに出かけたにきまってる。いずれにしても、これは故意にきめたことじゃない気がするけど。

「でも、なんで連絡してこない？」

「反対されると思ったんじゃないかな。正直に言ってみて、反対する？」

「おれがアマイアとすごす日に重なったら、反対するな」

「ほらね？」

「家具はどうなんだ？」

「それは説明つかないな。でも、きっと理由があるよ。ビトリア市内でピソを引っ越したのかもしれないし。いままで住んでたところより、もっといい地区があるのは否定しないだろ？」

九月に手紙が来た。昼近くに郵便受けから手紙をだしたのはゴルカだった。アメリカ合衆国の切手を見たとたん、不吉な疑念がわいた。封筒の裏に差出人の名前があった。〝アマイア〟それだけた。名字もなければ、住所もない。仕事で毎日大変な時期だったし、家では苦しげな沈黙が終始ただよっていた。ゴルカは手紙をラムンチョには隠しておくことにした。手紙を破り捨てたい衝動にまで駆られた。そうすれば、相手はまず嫌な思いをしないですむはずだ。一週間しまっておいた。最後に、いま郵便受けに入っていたような顔をして手紙をわたした。

ラムンチョは読んだあと、バスルームに駆けこんで吐きもどし、苦悩の悲鳴にしゃっくりが混じった嘆きの声らしきものをあげた。くしゃくしゃの便箋がカーペットに放りだされた。ゴルカは読んだ。

パパへ
ママはアメリカでお仕事が見つかったので、ここで一生暮らします。お願い、わたしたちを探さないで。大人になって、お金が稼げたら会いにいきます。
お元気で《オンド・パサ》。
アマイア

娘は遠くにいてまで問題をおこした。まったく情愛のかけらもない！　いつか彼女がこんなことを言ったのを、そういえば耳にした。

「パパ、放っておいてよ。パパは惨めな男だわ」

でも、これはもちろんラムンチョに思いださせるようなことじゃないし、だいいち苦しんで死んでしまう。シャワーでも浴びて頭を整理したら？とゴルカは言ってみた。そのあと好きなマッサージをしてあげるから、いいだろ、そうしたら幸せになれるよ。でも相手は、気の毒なラムンチョは、このときは快楽どころの話ではない。ゴルカはそれでも説得しつづけ、やっと相手も折れたが、おれはどうでもいい、いずれ自殺するつもりだからと言い張った。

「きょうだ。どんなふうにかは知らない。そのうち考えつく。でも心配するな、家から遠いところで自殺するから、警察が来て、きみをわずらわせる真似はしない」

シャワーを浴びながら、ラムンチョが悲劇的な調子で独り言をつづけている。ゴルカは、そのあいだに手紙を読み返した。この便箋から冷気が立ちのぼる。スペルミスがないので、おや？っと思った。学校でアマイアはろくな生徒でなく、いつもギリギリで及第し、最終学年はやり直している。母親の差し金か？　まず封筒の、つぎに便箋のにおいを嗅いだ。なんのために？

ラムンチョが半分濡れたままバスルームから出てきた。見るからに苦しげな雰囲気で、やや曲がった、毛深く青白い裸の体が、寄る辺のない老いた子どもの風貌をつくっている。簡易ベッドにうつ伏せになって嘆きを再開しようとするが、いまは涙腺も涸れてしまったらしい。そこで、自殺してやる、きょうすぐ家から遠いところで云々という話をまたはじめた。そのそばで、ゴルカはオイルを塗ったやさしい手で、首、肩、背中を、せっせとマッサージしてやった。

「訴えても意味がない。刑法でこの件は、まず未成年者の誘拐とは見なされないよ。娘の母親は職業上の理由で海外に居住していて、いままで娘を父親に会わせなかったことは、いちどもないと主張できる。こっちが半月ごとに飛行機に乗ればすむ話だ」

「だけど、どこに住んでるのか、はっきりしないよね」

「ややこしく考えるな。あの汚らわしい女狐はアマイアを連れて、できるかぎり遠くに行ったんだ。おれが娘と仲がいいもんで、ムカついてるのがわからないか？」

「手紙がまやかしだったら、どうする？」

「ちくしょう、ゴルカ、物書きの空想はやめてくれよ。これは小説じゃない。現実そのものだぞ」

ゴルカは、あおむけになってと言った。胸、腹とマッサージをし、陰茎で止まって勃起させてから、そのあと両腿に移った。彼はラムンチョに言った。

「小説だったら、ぼくなら離婚した妻に、娘を連れてアメリカに移住したふりをさせるな。友だちか仕事の同僚で、現地に旅する予定のある女性が、前もって彼女の書いた手紙をシカゴか、サンフランシスコの郵便局から送るんだ。母と娘は、たとえばマドリードに住む、だってアマイアも、別れた奥さんも、スペインの首都があんなに好きだろ。父親のほうは、なにかいい結末が思いうかぶよ、彼本人が深い苦悩を乗りこえたあとにね。心的治療をうけるのでも、なんでもいいけど、自殺はしない。それだと単純すぎるからさ。ひょっとしたら主人公はアメリカに旅してもいいな。それで現地で娘を捜すあいだに、サマンサっていうブロンドの魅力的な女性と知りあうんだよ。彼女には暗い過去がある。売春と麻薬の過去だ」

「それなら、すぐ書きはじめたらどうだ?」

「考えとくよ。いまは、こっちのほうが忙しいから」

そうやって愛情と慰めの言葉とともに、ラムンチョの早くてわずかな射精のあとも、ゴルカは長々とマッサージをつづけた。

116　アラビア・サロン

ホテル・グラン・ドミネのレストランで、愛する者同士向かいあい、ふたりだけで祝った。広いガラスの窓ぎわのテーブル席は、目のまえにグッゲンハイム美術館の銀灰色にきらめく湾曲《カーブ》がある。七月、心地よい気温、青空。完璧な日。ラムンチョは、ほろ酔い加減で、見るからに幸福そうだ。

なにを祝っているかって？　前日、同性間の結婚を可能にする法律がスペインの下院で通過したこと。社会主義労働者党ＰＳＯＥの功績だ。この党にたいして、ラムンチョは昔からどうしても嫌悪感を拭えないが、せめて感謝をしめす意味で、たとえ最初で最後でも次期選挙では一票を投じてやってもいいかぐらいに思っている。

かたやゴルカは、どんな選挙にも参加しないのを自動的にきめていた。感謝も援護も、罰することもしない。政党や政治のにおいを放つものがことごとく拒絶感?を起こさせる。それ以上に無関心か。ゴルカは生真面目な顔でワイングラスをあげて、ラムンチョが音頭をとる乾杯のグラスを合わせた。けさのラムンチョはいつになく饒舌だ。ワインで上機嫌の彼が言った。

「いつか、きみに結婚を申し込もうな」

「けっこう飲んだろ、はっきりわかる」

「まじめに言ってるんだよ、愛しいゴルカ《ビオッア》。まだ早いがね。この新しい法律の一件がどう展開していくか、まず見ないことには」

「まだ一グラム分の正気が保ててるらしいね。無駄にしないように」

「そりゃ、きみ、慎重でいるほうがいい。つい最近まで、毎日午後になればロザリオの祈りを捧げていたカトリックの保守的社会なんだから、ここまで極端な変化に心の準備ができていると思うか？

それはそうと、《青年よ、コンケロの夕暮れに、丘のむこうからきみが現れた》、おれはきみを見る、もっときみを見る、きみを見已《や》まない、なにを考えてるかわかるか？」

「ほら、詩人さん、言っちゃいなよ」

「誓ってもいい、結婚するっていう考えを、きみだって完全に捨てたわけじゃないだろ」

「だったら、ぼくにふさわしい夫になるんだな、すてきなラムンチョ」

「きみのほうこそ。自分をなんだと思ってる？」

　五年半後に、市庁舎のアラビア・サロンで、アスクナ市長がふたりの結婚式を挙げた。すばらしい白バラの飾りをまえに司式する市長は、当時もう不治の病の苛酷な兆しが顔に見られた。市長のスピーチは時に感動的、時に愉快、文学的引用や、楽しいエピソード、ラムンチョ——〝ラモン〟と終始彼は呼んだ——との長い友情についての話がちりばめられた。招待客の笑いを誘い、最後はみんなが目をうるませた。

　新婚のカップルは、この日のためのネクタイをし、ライトグレーのスーツを着ていた。誰かが言ったとおり〝双子みたい〟。キスがそっけなかったのはゴルカのせい、内気な彼はコチコチになっていた。するとアスクナ市長が、壇上から気さくな弁舌で二回目のキスをうながした。〝でも、こんどは、ほんものをお願いしますよ〟。集まった客たちが歓声をあげて市長の求めを支持すると、新婚のカップルは堅く抱きあい、みんな（二十人ほどの友人や仕事仲間）の声に応じてくちびるを重ねた。ほとばしるような情熱のキスに、列席者のあいだから割れるような拍手喝采と口笛があがった。

祝いの言葉、抱擁、励ましの言葉、〝たくさん子どもを作れよ〟と友人連中特有のジョークが飛びかった。愛で結婚した、ただ愛ゆえに結婚した、誰もがそう思った。でも、あの日の午後のアラビア・サロンで、自然の成り行きで決まった気ままなアイディア、遊びの演出、つまり、ちょっとした気まぐれに立ち会ったと考える列席者がいたとすれば、それはちがう。ラムンチョとゴルカは、他の多くのカップル同様、現実的な理由で結婚した。おそらくラムンチョの怖れが、なにより大きかった。彼は一年まえに腎臓を摘出していたからだ。

四十歳になってまもなく、ラムンチョに腫瘍が見つかった。その時点では問題なかった。血液透析もせずにすんだが、本人は納得していなかった。医師たちも疑いをもっていた。転移？　きょうまで悪いものは見つかっていない。おたがいの関係を法的に正式なものにしようときめたのは、診療所の病室でふたりきりのとき。はじめゴルカは抵抗した。だって、そもそもなんのため？　でもけっきょく相手の言い分を認めた。遺産。ピソにはじまる財産、これはおれが退院したら、退院させてもらえたら、すぐ共有財産にしよう、それにたとえば年金、おれがいなくなったら年金が受けとれることも考えろ。家にもどるとラムンチョはさっそく、ゴルカの利益になるような遺書を作った。そして云々の場合はアマイアの経済的必要性に応じるようにという約束も、相棒からとりつけた。

かれこれ十年以上、ラムンチョには娘の消息がわからなかった。彼女の誕生日、クリスマス、特別な記念の日がやってくる。

「おれのこと覚えているのかな？」

皆無、手紙もなければ、カードの一枚もない。ラムンチョは苦しんだ。自分でも、ゴルカの助けをかりてでも、インターネットの検索でアマイアの痕跡がないかと、せっせと探しまわった。ソーシャルネットワークで追跡の手をひろげた。念のために、娘の母親の追跡も含めた。なにかの登録、なにかの会員か参加者リスト、写真のキャプション、知らないが、どこかしらに娘か母親の名前が出てくるはずだ。それとも名前を変えたのか？

　アマイアの誕生日や、主の御公現の祝日が来れば、いまごろもう一人前の女性になっている彼女のために、相応のプレゼントをかならず買った。色のリボンや祝いのカードを添えたプレゼントのパッケージが、洋服だんすの中で山になり、どんどん場所をとっていく。なんでこんなことするの？　自分を痛めるだけじゃないかとゴルカがきくと、相手は答えた。

「きっと帰ってくるって、おれの心が言ってるんだよ。この人生で一時も忘れたことがないって、娘にわかってもらいたいんだ。約束してくれないか、おれが死んだら、このプレゼントを彼女にやってくれるって」

　ゴルカにとって結婚のプランは、障害との救いようのない衝突を意味した。両親だ。この決意に反対されるのは、まず確実としても、それ以上に、結婚式のニュースが村に流れはじめたとたんに両親が恥ずかしい思いをする（というか、ゴルカがそう想像している）ことのほうが悩ましい。

　電話で母と話すことはほとんどない。姉が急発症になった当初の何か月かが、いちばん頻繁だった。テーマはきまっていた。アランチャのこと、天気のこと、食事のこと、近所のうわさ話。ホシェマリの話はほとんど出ないし、ゴルカのプライベートな生活については皆無。ラジオのアナウンサーの仕事について、ちょっとした話をするぐらいだ。ホシアンは電話アレルギーなので、めったに電話口に出てこない。おれからゴルカによろしくと、いつ実家に来るつもりかきいてくれと、ミレンに頼むぐらいのものだった。

　両親が腹を立てて不愉快な場面になるのが怖いばかりに、ゴルカは結婚の承諾を思いとどまった。だいいちラムンチョが強要しているわけでもないんだから。ロマンチックな、すてきな可能性であって、急ぐ話でもなんでもない。だが、その後にラムンチョが病気になった。ほとんど死にかけていたと、あとから医師にきかされた。それで状況が変わった。ゴルカは自分が臆病なのを認めて――それを否定したことはいちどもない――家族に内緒で結婚するつもりでいた。でもラムンチョが反対した。

「そりゃだめだ。招待したくなかったら、しなければいい。うちのお袋も、どうせ来ないんだから。頭が疲れて、鏡を見ても自分のことがわからないんでね。だけど、せめて、きみの両親には報告しなくちゃ」

「そんなこと、とてもできないよ、わかるだろ」

「いいか。嘘や沈黙のうえに自分の人生を築こうなんて考えるなよ。それは最悪のことだからな、保証する」

「いずれにしても、書面では通知を送るよ、な？　電話なんかしたら脚がふるえるから」

というわけで通知を書いた。ほんの短い文なのに、午後いっぱいかかった。ラムンチョは夕食のときに目を通し、細かい手直しを二、三アドバイスしてから、オーケーをだした。結婚式を一週間後にひかえて、ゴルカはやっと度胸をきめて郵便で送った。返事はなかった。だから自分が勘当されたものと頭から信じてかかり、両親はぞっとするか、恥じ入って縮こまり、外に出る気にもならないのだろうと思った。

結婚式をすませたばかりのゴルカとラムンチョは、手をとりあい、幸せいっぱいで、にこやかに市庁舎の階段をおりた。慣例どおり、祝福の米粒の雨がそこでふたりを待っていた。通りすがりの車が祝祭のクラクションを鳴らしていく。招待客たちが歓声をあげた。〝キスしなよ、キスしなよ〟。その大騒ぎに、通行人たちの視線が集まった。

あらためて抱擁と祝いの言葉。ゴルカの髪にたくさん米粒がくっついていた。人に言われて、彼は手で掃い落とそうとした。それで、ふと小川のほうに視線が行った瞬間、その姿が目に入った。

誰の？　誰って、きまってるでしょ？　家族が向かいの歩道にいたのだ。立ち入るのを遠慮でもしているみたいに、三人して離れたところに。

母が車椅子につきそい、父はベレー帽をかぶって、セーターを肩にかけている。

ゴルカの奇妙な反応、突然の表情の変化に、ラムンチョは気がついた。夫になにか心配事がおこったしるしだ。

「どうした？」

「ここに来てたんだよ」

ふたりで会いにいった。ラムンチョは、にこやかに。ゴルカは呆然と深刻な顔で、どぎまぎして。

「来てくれたの？」

ミレンが代表して、力強く首を縦にふった。

「うちの息子の結婚式に来ないわけないでしょ？　こちらがお婿《むこ》さん？」

堂々とセニョーラらしく首をのばし、ミレンは相手にあいさつの頬をむけた。それで、さっそくラムンチョに、バスク語で質問をひとつした。母のことだから試そうとしたんだ、まちがいない。ラムンチョの返事が一同の笑いを誘った。なのに、ゴルカだけが、まだ通夜の顔。当然だよ。どうして？父が気の毒でならなかった。父はぎこちない笑みをうかべ、涙をためて手すりのそばで立ちつくし、どうしたらいいか、なにを言えばいいかわからない、別の惑星からいきなり送られてきたみたいな顔をしていた。

ミレンがとがめるように、素早く割って入った。

「ちょっと、ホシアン、あんた泣いたりしないわよね？」

アランチャは車椅子で、音のない喜びを放出するホースのようだ。健康なほうの手をハタハタとふり、沈黙で叫び、目に大笑いをうかべている。ラムンチョは身をかがめ、あふれるほど情愛をこめて彼女のひたいにキスをした。それから抱きかかえるようにしてホシアンに抱擁のあいさつをし、肩甲骨をパンパンとたたいた。ホシアンのひたいは、ラムンチョのネクタイの結び目のほんの数ミリ上。

エレガントな婿は最後に、デリケートで機知に富んだ幸運なひらめきで〝こんなすてきなお義母《かあ》さんが持てて幸せです〟と言った。ミレンはすっかり満足して言った。

「息子を自慢しようと思ってビルバオまで来たのよ。新しい靴まで買ったの」

みんなが彼女の靴に視線をむけた。

タクシーが来た。ミレンは車から降りるなりゴルカの腕をつかみ、そうやって腕をくんでレストランに入った。つまり家族が披露宴に出たってこと？　なんて質問！　もちろん。

新婚のカップルは並んですわった。ラムンチョの右に椅子がひとつ空いていた。娘用の椅子だ。短いあいさつのスピーチの合間に、彼女本人が招待客にそう説明した。

ゴルカの左にすわったのはミレン、彼女は頃合いを見計らって、テーブルのしたで息子にそっと封筒を手わたした。中身は千ユーロ。家《うち》からの結婚祝いよ、せめてこのくらいの金額でなくちゃ、と言う。それから息子の耳もとでささやいた。

「ホシェマリに言われてきたの、おめでとうって伝えてくれって」

117　見えない息子

キケはとてもエレガントで贅沢な装い。スーツ、ネクタイ、仕上げは、まるでチグハグで合わない有名ブランドのスニーカー、自分で気に入ってるんだから、勝手にさせてくれ。ネレアはスカートの裾が膝上十センチ、ローズ色の口紅、アイシャドー、網ストッキングにハイヒール。見たかったら、みなさん見てちょうだい。前世紀の末に知りあって以来、挑発的で、セレブで、自由に動き、見せびらかす時間を、キケとネレアは楽しく共有した。ふたり並んで香水のプンプンひろがる源をつくっている。

やあ《オラ》、ぼくたちは何某で云々。ふたりは、梁を支える二本の大柱のあいだのテーブル席についた。いい場所だ。調理室のドアからも、レストランの入り口からも遠い。きょうは何日？　土曜日、夜九時半。キケが前年の投資について知ったのはこの日の午後、投資先はロドサ産のパプリカとおぼしき（おぼしき？　そう、じつはペルーから低価格で入れている）缶詰の事業で、これが莫大な損失を生んだ。彼は完璧な歯並びのシニカルな笑みを盾に、ネレアにその話をきかせた。ステーキレストラン〝ポルトゥエチェ〟は満席だ。

キケはメニューを手にして、説明ふうに、物語るように。

「子どものころ、ここは農家でねえ。ぼくら子どもはハシバミの枝を使って、ふつうの釣り道具で魚を釣ってたんだ。エサはパンくず。でも釣りの場所はここじゃない、このへんだと川に白い水が流れてきて、白も白も、まっ白け、マジだよ。牛乳工場のせいでね。だから、シルベティのくず鉄商のもっと上流まで行ったもんだ。鱒《ます》までいたよ」

ネレアの勧めるアペリティフに耳もかたむけず、キケは、そのまま言われたものにオーケーを出した。テーブルに、サーモンとチャングロ添えのチコリの深皿が運ばれてきたのを見ると、こんどは驚いてきいた。

「このマズそうな料理、きみが頼んだの？」

ネレアが〝そうよ、ダーリン〟と返すと、ぼくはマッシュルームのスクランブルエッグでいいんだが、と彼は言った。赤ワインのボトル、四十五ユーロの品は却下、グラスをゆらして芳香を嗅ぎ、まぶたを閉じて試飲をし、キケが蔑むように〝ノー〟と判断すると、給仕係が別のボトルをもってきた。また芳香を嗅いで試飲し、最後に〝これでいい〟と言ってから、彼はいかにも知った顔でワイン醸造学の講義を、とうとうとウエイトレスにきかせた。

ネレアとキケは、グラスを合わせた。

「あなたの考えが読める。最初のワイン、美味しかったんでしょ」とネレア。

「もちろん。しかも、これより上等だった。でも使用人のまえでは上層階級の距離をとるほうがいい。いまごろ調理室では怖気づいてるよ。最善の努力をするはずだ。当たり前だろ。連中の生活がかかってるんだから。ぼくらが頼んだものは、みんな最高のものをもってくる」

「それとも、お皿に唾を吐くかもよ。このソース、泡みたいのが混じってるもん。食べるのやめとくけど」

「チコリはどんな味?」

「チコリの味。マッシュルームは?」

「マッシュルームの味だよ」

結婚生活十二年、何度も別れては情熱的な和解がつづき、いまも別々のピソに住んでいる。きみの空間、ぼくの空間。あなたの汚れはここ、わたしのはあっち。噛みながら、パンをソースに浸しながら、そのことを話すうちに、キケが確証を得たのか、突然うれしくてたまらない顔をした。なんの? 気がついたら結婚して最初の六年は、彼のほうが彼女にいっしょに住もうと言いつづけたのに（天井もあるし、ベッドも一台あるけど、バスルームがひとつしかないでしょ）、その後の約六年は、いまにいたるまで、彼女のほうがいっしょに住んでと頼みつづけ、彼が拒否している。

「なんで、わたしがダメって言ってたか、あなたは知ってるじゃない。でも、わたしは、なんで拒否されるのか、わかんない」

「きみの秘密が好きだったんだよ。秘密だから、当然ぼくにはわからなかった。きみがプライベートな生活で大事なことを隠してると思うと興奮してね、なのに、そこにぼくが行って、きみの秘密を奪って壊すんじゃ、きみを犯したあとでパンティーを盗むようなもんだろ。それにいいか、よく考えてごらん、損が大きくなるのはぼくのほう。お気に入りのオモチャを壊した子どもとおなじ幻滅をもつことになる。だからいっしょに住みたくないんだ。きみをそこまで知るようになったら、とても残念だよね、いくらかでも、ぼくらのあいだに意外性の余白がないと」

　秘密が崩壊したのは、ビジョリが口をすべらせたせいだった。余計なことをしたと気づいて、彼女はわざと無邪気な顔をした。

「あら、でも知らなかったの？」

　ネレアにとっては苦しい場面、キケと並んでソファにすわり、嘘がバレた者の顔で炭子《イカツア》をひざに抱いていた。それ以前にキケには、肺がんで父親を亡くしたと言ってあった。しかも嘘をほんとうらしく見せるのに、計算ずくの尾ひれ羽ひれまでつけていた。

　真実が明るみにでた以上、ネレアはもう別居する意味はないと思った。

〝わたしの場所《マイ・プレイス》〟と彼女の言うピソには、父《アイタ》に捧げる記念の博物館が保管してある。それを人が目撃して、質問だの意見だの、手でさわったり、つかんだり、汚したりだけはしてほしくない。父の遺品の陳列。一部は見える場所に、ほか（大部分）はドアの後ろや、ファイルや引きだしや家具のなかに何気にしまってある。写真、新聞記事の切り抜き《ETAが何処何処で事業主を殺害》《ETAが犯罪の声明。人民連合党《エリ・バタスナ》以外の全政党が断固非難》、故人の服、所持品。たとえば？　子どものころ、わたしがプレゼントしたサボテン形のろうそく、万年筆、サイクルツーリングや〝ムス〟の勝者のトロフィー、銃弾で二つ穴のあいたシャツ、オフィスの小物、靴が数足、テロの午後履いていた靴も。つまりネレアにとって感傷的価値のあるもの、母にもらったものもあれば、シャビエルにもらったものある。そしてピストル。

　父のシャツをクリーニング店にだそうというのは、シャビエルの考えだった。ネレアなら血痕のついたまま、とっておくところ。個人的に面識のなかった義父がどう亡くなったかをキケに知られたいま、ネレアはそれ以上遺品を隠しておく必要性を感じない。でもこんどは相手のほうが、テロの犠牲者のガラクタを手元におくのをいやがった。よくても写真ぐらい。あとは不吉な感じがするという。ネレアはひとつも手放す気はない。とんでもないわ。そんなわけで、おたがい自分のピソに住みつづけ、頻繁に、ほとんど毎日会うかと思えば、そうでもなかったり、まあ場合によりけりだ。

　キケは、携帯をいつもどおりテーブルの皿の横において、のぞいてばかりいる。土曜日、でもビジネスは休みなし。アンコウのグリルのアサリ添え（ネレアは鱈《たら》のポルトゥエチェふう）のメインディッシュに手をつけるうちに、ワッツアップのチリリン音がメッセージの着信を知らせた。なんでもない、エリサルデのおふざけ、禿げたサッカー選手が球を顔にバウンドしつづけている短いビデオ、ただ笑うためだ。かつてのビジネスパートナー、いまや友人の彼がメッセージをジョークで送ってくる。ネレアなりの持論があった。

「あなたが暇で、今夜いっしょに遊びまわれるかどうか、お伺いを立ててるんじゃない？」

「きみがマリサと喧嘩しなけりゃ、いまごろ、ここで四人で夕食をとりながら笑いころげてるところだったがね」

「いまでも思うわよ、なんであの女の目を引っこ抜いてやらなかったのかって」

　女同士、気が合った。友だち？　そんな大げさじゃない。楽しい会話、たまにビルバオのデパート〝エル・コルテ・イングレス〟でショッピングしたり、ベッドでの睦言を語り合いもしたが、深い話には立ち入らなかった。べつに。だって性格が違うし、好みも違えば、興味も違う。ネレアに言わせれば〝ひがみっぽい女なのよ〟それであるとき、ビルバオの〝エル・コルテ・イングレス〟のカフェテリアで、なんと、相手がいきなり言いだした。

「よけいなことに口出しするつもりはないんだけど、あたしがあなたなら、もうちょっとダンナを見張るわね。あれだけ女の尻ばっかり追いかけてるとさ」

サンセバスティアンまで別々に帰った。ネレアはバス、むこうは自家用車。それで、きょうに到る。

「わたしたち夫婦の仲をこわそうとしてるのよ、冗談じゃないわ」

「鱈、どうだ？」

「オイシイわよ、赤ワインは合わないけど」

「だったら、白を頼むか」

「エリサルデは、あのバカ女に内緒で浮気しないの？」

「しょっちゅうだ」

「利口ぶってるバカな女の典型よね」

ウエイトレスが白ワインのボトルをもってきた。よろしかったら試飲なさいますか？　キケは、テーブルにボトルを置いておくように頼み命じた。美味しくなければ呼ぶからと。

「イチョウの葉のついたあの金のネックレス、ぼくがプレゼントしたやつ、もうしないのか？」

「頭がプツンと切れた日に、テムズ川に放り投げたの。でもだいじょうぶ、どこに落ちたか、ちゃんと覚えてるし、いつでも取りもどせるもの」

「別なのをプレゼントするよ。きみにまともでいてほしくないからね」

あのとき、朝のひとりぼっちの部屋で、ネレアは最高に頭にきて叫んだ。キケにというより、自分にたいしてだ。なによりまず、キケが外を歩くときに、存在しない息子の手をつなぐみたいな真似をしてほしくない。ロンドンではそればっかり。一度や二度の話じゃない、何度もだ。最後にネレアが怒りの極致に達したのはホテルの窓から見ているとき。スーツをバシッと着て、エレガントな装いでミーティングに出かけていくキケが、通りを横断するときに、見えない自分の子の小さな手をひいた。まさか、わたしが六階の窓から見てると思ったから？　これじゃママみたいよ、ママはわたしたちが帰るとき、いつもピソの窓からのぞいているもの。それを自覚して腹を立てまくったのだ。

ネレアはデザートがなくてもよかった。キケは食後にプリンと、エスプレッソと、パチャラン酒、自分の売るブランドがあるか確認してから注文した。

何年ものあいだ、ネレアはキケに生殖能力がないと思いこんでいた。彼も気落ちして、そうかもしれないなと言っていた。彼女は精液の検査をしてもらいましょうよと、説得した。なんのために？さあ、精子が足りなかったり、オタマジャクシの尻尾が動かないで、もう役に立たないこともあるから。試験所の検査結果でキケの精液は良質だと証明された。となると、いずれ不妊は彼女の問題になるけれど、ネレア本人は自己弁護した。

「それか、あなたが、しっかり的を射てないんじゃない？」

ネレアは、キケと似た身体的特徴の種馬男性を探すのは断念した。だってそうよ、もしブロンドの息子や、肌の黒い息子ができたらどう説明するの？　カッコウの卵を夫に押しつけることを考えたけれど、できなかった。精子の提供者ならいくらでもいたのにだ。

しばらくまえからキケは、自分にいない息子の手をつなぐようになった。けっして彼がもてない子、すくなくとも、わたしとは。それが不健全な遊びだと彼は知っている、わたしに非難をむけるひとつの方法？　ネレアは神経が逆立った。キケが苦しみ、彼女が苦しみ、彼が苦しむから、なおさら彼女はいらだった。

「お会計、お願いします」

クレジットカードをウエイトレスに差しだすのは、ネレアのほうが早かった。キケが断った赤ワインとおなじ金額のチップをおいた。

レストランの外に出て、車に入るまえに薄暗がりで甘い言葉をささやきあい、キスをしあい、体をまさぐりあった。夜空は満天の星だ。

「おい、ちょっと、パンティー、はいてないのか」

「あなたに盗まれないようによ」

「きみの股間のにおい、たまらないよ。いまここでやりたいなあ」

「ここはよくないわ。川が白いもの」

「それは昔の話だ」

「くず鉄屋さんのもっと上に行きましょうよ、さっき言ってたでしょ」

それで都《まち》に帰るかわりに、車でイガラ方面の道を行った。山だけの場所へ、上のほうへ、暗闇の木立のほうへと。

118 予告のない訪問

ビジョリとアランチャが毎朝のように村の広場で会っているのを、ネレアは兄にきいて知っていた。昔親しかった彼女が病院の理学療法室にリハビリに通い、それが何曜日の何時か教えてくれたのもシャビエル。兄の情報は、訪ねてあげたほうがいいという意味を暗に含んでいた。ネレアはごく自然な衝動で、アランチャに会いにいこうと思った。でも気をつけなよ、彼女につきそうのが、背の低いエクアドル人女性のときと、母親のときがあるから。

「ミレンが、わたしに噛みついてくるの？」

「いちおう言っておくだけだよ、鉢合わせしたくなければね」

どのくらいアランチャと会ってなかったかしら？　フーッ、わたしがサンセバスティアンで法学部に通っていたころ以来。ちょっと考えさせて。もっと、二十年以上どころじゃない、サラゴサの大学に移るまえからだもの。当時アランチャはもう結婚して、靴店の店員の仕事をつづけ、レンテリーアで夫と暮らしていた。彼女と会わなくなって十年すぎて、二十年すぎて、もうそれ以上になっている。最後に会ったのは、ずっと昔、いつだっけ？　さあ。アランチャは急発症を患った。ネレアがそれを知ったのもシャビエルからだ。

「正直言って、いまの状態の彼女を見るのはショックだよ」

「わたしを庇護しなくていいわよ、お兄さん、彼女とは、話できるの？」

「人の話はみんなわかる。自分の言いたいことはｉＰａｄを使って伝えてくるし。こっちが質問すれば、書いて答えてくるから。言語療法士のリハビリも受けてるのは知ってるけど、いま現在、きいてわかる程度に言葉が発音できるかまでは、知らないな」

ネレアは水曜日の午後病院に行った。シャビエルの指示どおり、案内してくれる人を訪ねた。行ったら、アランチャは車椅子にすわって廊下でひとり時間をつぶし、理学療法士が迎えにくるのを待っていた。

ネレアは倒れそうに胸がしめつけられた。ショートヘア、かなり白髪、片方の手は利かずに握ったきりだし、首が曲がり、顔はいくらか、でも見てわかるぐらいにゆがんでいる。あの健康を損ねた女性が十代のころの友人とは、瞬時に判別できなかった。まず頭にうかんだのは、ひどい、人生にここまでやられるの！　つぎに、予告なしに来ちゃって、彼女、怒らないといいけど。

「アランチャ、かわ《マ》いこちゃ《ハ》ん、ほら、あなたにお客さんよ」

本人が首をこちらにむけて、驚き、いぶかったのは束の間。突然、顔全体が激しい喜びの表情にかわった。ネレアに型どおりのキスを受けると、アランチャは右手をのばして、さわろうとし、手をとろうとし、なんてもどかしい！　なんとか抱擁のあいさつをしようとしたが、ネレアはもう身を退いていた。アランチャは、いくら声を発しようとしてもできない。それを必死で示そうとするばかりに、一瞬、窒息しそうに見えた。

「おふたりでどうぞ、お話がたくさんあるでしょうから」

ネレアは自分の指関節をやさしく、同情的に？アランチャの頰にあてて撫でてあげた。相手は諦めのまなざしをむけ、こう言っているようだ。〝ね、こんなもんよ〟とか、そういう感じ。

ネレアは説明調のおしゃべりで楽しくし、再会の悲劇的な熱を冷まそうとした。兄からきいて、云々を知って、云々言われて。最後に正直に。

「ひどいよね？」

アランチャはウエストと脇腹のあいだの車椅子のすきまから、もうｉＰａｄをとりだして、悲しい目で〝そうなのよ〟と首をふった。ひざにｉＰａｄをおいて書いた。

《会えて、ほんとにうれしい》

「わたしもよ。調子はどう？」

《悪い》

「バカな質問だったわね、ごめん」

アランチャが笑うのを見て、ネレアも倣ったが、くちびるが力ない。

《わたし、離婚したの》

その青白く細い人差し指が、文字のあいだを敏捷に跳んだ。文章を書きおえると、ネレアは画面をのぞいて読んだ。
《夫に捨てられたの。べつにかまわない》
　お子さんはいるの?と、ネレアはきいてみた。何人かも知っている。シャビエルにきいていたが、話しては書く会話の形になかなか慣れず、自然さが身につくまで、ありきたりの下手な質問ばかり口にした。
　アランチャはVサインの意味と重ねて、指二本をだして見せた。
《人生でいちばん愛している。子どもたちは彼と住んでるの、でもよく会ってる。もしかして後で来るかもしれないから、紹介してあげる》
　つづいて一文字一文字、でも素早くふたりの年齢を記し、名前を書き、賢くて、かわいくて、やさしい子たちなのよと評価した。
《わたしに似たの》
「お子さんたち、自慢なのね?」
　満足げに、しっかり頭を縦にふりながら〝そうなの〟と示した。こんどは、こちらの人生についてきいてきた。ネレアは要約した。結婚していて、子どもはいなくて、財務省で働いているの。また画面を見ようと身をかがめた瞬間、友人の書いたものを読んで、思わず感動で胸がつまった。〝あなた、とってもきれい〟
「そんなことない。わたしだって齢《とし》はとってきてるから」
《いま両親と住んでるの。あなたのお母さんと、よく会ってるのよ》
「うん、きいたわ」
《お母さんの病気、お気の毒》
　ああ、つまり、アランチャはもう知ってるんだ。

「シャビエルとふたりで、なるべく一緒にいてあげようと思ってるの。シャビエルのほうが長くいてあげてるけど。これまで、ずっと母親べったりだったから」
《ビジョリがいちばん心を痛めてるのは、うちの弟が謝罪するまえに自分が死んでしまうことだって》
「そう、その慰めがいるんだ」
《わたし、ホシェマリにプレッシャーかけつづけてるから。やめないからね》
「彼に手紙書いてるの？」
アランチャは首を縦にふり、二本の指先を何度もつけたり離したりしながら、手紙だろうが、メッセージだろうが、ともかくなんでも、さんざん送っているという意味のことを伝えてきた。
《弟は怖がってるの》
「怖がってる？」
《自分が謝罪の言葉を書いたら、その手紙をビジョリが新聞社にもっていくんじゃないかって。それで仲間に知られるんじゃないかって》
廊下のむこうに、白い歯のほほ笑みがあらわれた。白衣はさらに白く、清潔そのもの。若い顔、理学療法士の女性が、人なつこい陽気なおしゃべりで話しかけてきた。
「あら、すてきな《グアペトナ》アランチャちゃん、お客さん？」
iPadの画面に、アランチャは急いでなにか文を書きこんだ。理学療法士はすぐ同意を示した。つづいてネレアに〝すぐ声をかけるから、あちらで動かずに待っていてください〟と言ってきた。
ネレアはひとり廊下で待った。彼女たち、なにが忙しいのかしら？　ふたりの顔からして、なにか楽しいことらしい。そのうちに呼ばれた。ネレアはリハビリルームに入った。まさかと思うことを、むこうは用意していた。

見ると、アランチャが足で立ち、両側には理学療法士がひとりずつ。不安定な、緊張した顔で、助けも支えもなしに、彼女が小幅で一歩進んだ。ふらつきながら、おっと危ない、転んじゃう、さらに二歩、ぜんぶで四歩。理学療法士が後ろから車椅子を近づけて腰かけさせてやった。その場の全員が拍手し、誉め言葉を浴びせた。ネレアも拍手した。涙がこぼれそうになった。

数分後、アランチャに別れを告げて、またこんど来るわね、と約束した。廊下を進みながら、ネレアは考え、というより心配が頭にあった。アランチャの母親のこと、当然よ。

ちょうど階段につくところで、来てよかったわと思ったら、すぐそばで、あいさつの声がした。〝こんにちは〟。愛想のない、とげとげしい感じで、誰にあいさつされたのか、たしかめる余裕もない。後ろをふりかえった。見ると、ミレンの背が廊下のほうに離れていく。ミレン？　もちろん彼女、四十センチほど彼女より背の高い男の子と、すごくかわいい女の子を連れていた。女の子は長い髪をポニーテールに結っている。年齢からして、それにミレンが連れてきたのだから、言わずもがな、アランチャの子どもたちだわ。

119　我慢

夜、ネレアは兄に電話をした。そう約束してあった。午後のアランチャへの訪問がどんなふうだったか、あまり詳しいことは抜きにして語った。ミレンにあいさつされたことも忘れずに言った。

「まさか。ほんとうか？」

「わたしの横に、ほかに誰もいなかったもん。だから、わたしにあいさつしてきたんでしょ。〝こんにちは〟って、パッと。あちらの顔見るヒマもなかったけど」

最後にいちばん心配なことを言った。

「ママの病気のこと、アランチャ知ってたわよ」

「病気のなにを知ってるのか、わからないがね。ぼくはまだお母さんに検査結果を話してないんだから」

「ママはバカじゃないもの。咽頭炎で腫瘍科に行く人間なんかいないことぐらい知ってるわよ。自分の体がどうか、きっと勘づいてると思う。名前はつけられなくても」

「できれば、お母さんのところに行ってあげて、もしものことを考えておいてくれないか。ぼくは、いま、そんな元気がないから」

「だいじょうぶ。あした、すぐ行くわ」

「お願いだ。気にいらないことがあっても、お母さんと口げんかしないでくれよな」

花束を買った。いいアイディアではなかったと、あとになってわかった。母の家に行く途中でフラワーショップのまえを通りがかり、ふいに思いついたことだった。ほんの心遣いに、お花でも買っていってあげようかな。

ビジョリは、その花を見たとたんに。

「ちょっと、わたし、まだ死んでないわよ」

我慢。家に入るまえに、踊り場で足をとめ、ネレアは〝ロンドンのドアマットはどうしたの？〟ときいてみた。

「まえにも何度も言われたけど。好きじゃないことぐらい、わかるでしょ」

「そんなこと、ママ言ってくれなかった」

「ネレア、世の中には言わなくてもいいことがあるの」

我慢、我慢だわ。兄に言われたことを思いだす。お願いだから、お母さんと口げんかしないでくれよな。

「ダンナさんは？　それとも、また別れたの？」

「そのへんに行ってる」

「あのひと、いつも、そのへんに行ってるのね」

「仕事が忙しいのよ、ママ。悪くばっかりとらないで」

ビジョリは花びんに水を入れて花束を活けた。いいにおいね、と言い、あなたさえよければ、土曜日にチャトのところにもっていくけど。ネレアは文句をやんわりした調子で、この部屋、寒いんじゃない？　バルコニーの戸が完全にあいているのを見ながら、そう言った。

「ネコが帰ってくるかと思って。なんか悪いことに遭ったような気がしはじめてるんだけど」

「きのう病院に行って、アランチャと会ってきた」

「けさ、きいたわ」

「ああ、そうだったの。ほんとうは、その話をしに来たんだけど、でも、もうみんな知ってるんなら……」

「彼女の口からきいた話はね。あなたのほうは知らないけど」

我慢。ふたりで腰をおろす。ネレアはこちら、母親は低いテーブルのむこう側。ふたりのあいだには花を活けた花びん、それにカップが二つ、インスタントコーヒーと、ノンカフェインのコーヒーだ。ネレアは、どんな目的で病院に行って、アランチャとの面会が、どう進んだか説明した。

ビジョリは事あるごとに口をはさんだ。

「そう、知ってるわよ」

おかげでネレアは神経が立つばかり、でも我慢よ。深呼吸しなさい、ネレア。落ち着いて、我慢して。また別のことを話した。

「そう、知ってるわよ。それで、こんどはアランチャが誰の助けもなしに六歩歩いたって話でしょ？」とビジョリ。

「四歩」

「あら、わたしは六歩ってきいたけど」

「出るとき、彼女のお母さんを見かけたわ。それもアランチャからきいた？」

「それは、きいてないわね」

バルコニーの戸から黄昏の冷たい空気が入りこみ、海の湿気がだんだん強く感じられる。明かりは？　ほとんどない。ビジョリはこれでいいと言う。ネレアは家のなかの洞窟にいるみたいな嫌な感じがした。知ってたら懐中電灯ぐらいもってきたのに。壁では振り子時計がボーン、ボーンと、物憂げに、いつもどおり午後八時を打った。奇妙な雰囲気、ほとんど明かりのない、悲しい気だるさだ。装飾品、壁、家具、独特のにおい、嫌悪感とは言わないが、なにもかもが歓迎とはほど遠い。抱擁のあいさつのとき、母の体と服から漂ってきたのと、おなじにおい。

「立ち話、したの？」

「まさか。誰にあいさつされたのか、こっちが気がついたときは、もうお孫さんたちといっしょに素通りしたあとだったから」

「ああ、お孫さん連れてたの？　どんな子たち？」

「男の子は背が高かった。女の子はかわいい娘《こ》。でも後ろ姿を見ただけだし。そういえば、アランチャにきいたわよ、ママがわたしに、まだ話してくれてないこと」

「どんなこと？」

「アランチャが言ってた、ママが病気で気の毒だって。そういう話で、わたしより詳しいから、びっくりしちゃった」

「でも、あなただって知ってるんじゃないの？　時々お兄さんと話してるらしいから。シャビエルが知らないのは、このあいだ、わたしが自分でアルアバレーナ先生に電話をしたってこと。お医者さまはシャビエルにすっかり話してあるって、だから説明するべきことは、息子さんが説明することになっていますからって。でね、それが先週の金曜日なんだけど、わたしはまだここで待ってるわけ。そのあいだ、あなたのお兄さんは毎日電話してきてるのよ。検査結果のことを、なにか話してくれたと思う？　ひと言もよ。それで、こんどはあなたが花束なんかもってきて。たいしたチームだわね！」

「お花はママへの心遣い。それだけよ」

「家族のあいだで話が通じてなければ、誰かになにがあっても、あとの人間が知らないの当たり前でしょ」

「それなら、いまわたしに話してくれるチャンスじゃない。できれば、電気をつけてもらえない？　そばにいるのに、ほとんどママの顔も見えないから」

「電気をつけると、蚊が入ってくるのよ」

我慢。ネレアは意地悪く母親にきいた。ねえ、ひょっとして、わたしのコーヒーカップ、どこにおいたか覚えてる？　それでテーブルの表面をさわって探すふりをした。なによ、だったら電気つけなさい。でもそのまえにバルコニーの戸をしめてちょうだい。ネレアはニッコリ。さっそくこれをして、あれをして。

娘がすわり直すと、ビジョリが深刻な顔で、毅然と言った。

「わたしはここまで生きてきたし、この先、生きるとしても、たぶん、あといくらもない。体にあるものぐらい、わかってるから。化学療法だの、そういう苦しい思いをするものはやりません。お父さんといっしょになりたいのよ、その時がきてるし、誰もだめとは言えないでしょ。まだあと一年生きるの？　それとも二年？　なんのために？　わたしはもうずっと昔に殺されたのよ。あれ以来、ただの亡霊だもの、よくて半身だわね。だって自分の受けた痛みを感じる場所が、どこかに残ってなくちゃいけないから、それに子どもがふたりいるんだし、なにがなんでも、がんばらないと」

　ネレアは口答えをしかけたが、ビジョリがさえぎった。

「話しているのはわたしでしょ。遺産のことは心配ないわよ、みんなきちんとしてありますから。あなたたち兄妹で争うことはひとつもない。ふたりで半々よ。さあ、ここからは、よくきいてちょうだい。あなたに言うのは、こういう話がお兄さんにはできないからなの。シャビエルは、すぐ落ちこむでしょうし」

　ネレアは母の聡明な顔を見つめた。決意にみちた、理性に輝く顔。生まれてはじめて母を見るかのように。時々、花にも目をやった。こうして見ると、たしかに死の装飾に思える。

「わたしの遺志はこうですよ。ポジョエの墓地に、お父さん《アイタ》といっしょに埋めて、彼の上にわたしの柩を乗せてちょうだい。霊廟にもうひとり分のスペースがあるの。わたしの結婚指輪は、お願いだから、はめたままにしておいて。お父さんも指輪をしたまま埋葬したでしょ。それと、あなたにやってほしいことがあるの、結婚式のときの白い靴をわたしに履かせてちょうだいね。寝室の洋服だんすの見える場所においてあるから。この仕事はシャビエルには頼めない。あの子は理解しないだろうし、やってもらえないでしょう。だけど、あなたは女だから、説明しなくたっていいことがある。あとバスク日報に死亡広告をふたつ載せて。ひとつはスペイン語、もうひとつはバスク語。両方ともお父さんの呼び名を入れてあげて。わたしのお葬式はしないでほしい。そしていちばん大事なこと、まあ、ほんとうはどれも大事だけど。一年後でも、二年後でも、何年後でもいいから、ともかく政治的な状況が落ち着いて、ほんとうにテロがなくなったら、お父さんとわたしを村の墓地に連れていってほしいの。わたしからのお願いはそれだけ」

「シャビエルには、いまの話、せめて部分的にでも話したの？」

「何日も会いにこないのに、いったい、どう話をするのよ。こういう大事なことは、電話でなんか話したくないわ」

「おたがい正直になったついでにきくけど、ママがミレンの息子にどうしても謝罪してほしくて、アランチャが一生懸命応援してるってきいたんだけど、ほんと？」

「なんで、わたしがまだ生きてると思う？　その謝罪が必要なのよ。謝ってほしいし、どうしても謝らせたいの。それがかなうまで死ぬもんですか」

「ママ、すごい自尊心ね」

「自尊心なんかじゃないわ。あなたたちに墓石をかぶせてもらって、チャトといっしょになれたら言ってあげようと思って。〝あのバカが謝罪したわよ、これでやっと、わたしたち、安心して眠れるわね〟って」

120　オンダーロアの若い女の子

刑務所の環境にもめげなかった。しかも、あれほど苛酷なのに。刑務所によって大なり小なり差はあった。さて、先々どうなるのか。こいつが、だんだんつらくなってくる。歳月は、きまってるだろ、無為には過ぎていかない。でも自分が乾いた材木みたいに真っ二つに折れたのは、年月のせいだとは思っていない。もちろん、それも否定はできないさ。だけど根本的には別のことだった。なに？　ホシエマリは、自分の精神的倒壊のはじまりが、オンダーロアの若い女の子だと思っている。確信かあった。あのエピソードは、あんなにステキにはじまったのに、以来、キクイムシみたいな悲しみが入りこんで、ちくしょうめ、自分でも気づかないうちに、ジワジワ、ジワジワと、おれを蝕んでいって、最後は虫食いだらけの家具にされてしまった。

　面会室のガラスのむこうで父が泣くのを見た。親父が憐れだった。その悲哀は、なんて言ったらいいのか？　服みたいなもんで、面会のおわりに親父自身が背中にくっつけて持っていった。あのころ、おれには悲哀なんて入る余地もない。なによりまず、バスク国《エウスカレリア》。その大義のためにこそ自己犠牲をはらってきた。おれの存在理由、おれのすべてだ。それで父親が立ち去るとき実感したのは、なに？　ちくしょう、失望だよ。その言葉がピッタリだ。ヤワな親父をもったという失望感、軟弱な男から自分が生まれたことへの失望感。

「母《アマ》さん、もう来させないほうがいいよ」

「心配しないで、つぎの時は家においてくるから」

　ひとりになると、ホシエマリは、自分のなかに弱さのしるしを探した。自分の体に、知るかよ、ノミとかシラミでもいないかと、じっくり調べるみたいな感じだ。そういう徴候がないか、あれば徹底的に殲滅してやるという烈しい思いがあった。心理的に厄介なことに、こっちまで感染したらたまらない。中庭でも、テレビ室でも、ほかの場所でも落ちこんだり、涙をうかべる同志がいると、叱りつけて規律を強要した。おれたちはいまも戦闘員なんだぞ、この野郎。弱虫になる？　弱虫に見られる？　だったら腕の一本も切り落とすほうが、よっぽどましだ。

ハンガーストライキにもめげなかった。そりゃキツイにきまってる。でもやらなきゃいけないなら、やるまでだ。誰か重病を患うETA服役囚の釈放を要求するためでも、刑務所政策にたいする抗議でも、武装集団が刑務所間の連絡網を通じて、指令だろうが、なんだろうが送ってくるからだ。所内のエコノマートに必要以上に同志が近づかないように監視して、板チョコとか、袋入りのポテトチップスとか、そういうものを一般服役囚《アルンタク》の誰かに買わせにやるのも自分の役目。ハンガーストライキで最長記録は四十一日、アルボロテの刑務所にいたときだ。さんざん水を飲んだ。十九キロやせて、面会室に訪ねてきた母が見たとたん怖気をふるった。

「ちょっと、あんた、悪い病気じゃないでしょうね？」

すげえ元気だよと、返事した。嘘っぱち。四六時中めまいが止まず、まるで力が入らない。数日まえから尿が赤いことも母には言わなかった。医師に話そうかとも考えたが、ヤバい診断結果に直面しないですむように、やめにした。その後全体会議があり、全員がハンガーストライキ中止に賛成票を投じた。何日か経つと、小便《ピシャ》はふつうになった。慢性の便秘と痔にはいまもひどく悩まされ、自分ではハンガーストライキのせいだと思っている。

隔離規定に服した長い月々にもめげなかった。独房に日に二十時間の監禁。夏はメチャクチャ暑い。すさまじい大声で命令する看守。面会時間が八分とか十分に削られた。夜間のいまいましい捜索は二時間ごと、でなければ連中の気のむくまま。そのあいだも金属板のドアを外からたたいて、こっちが眠れないように追いたてる。やつらは、いきなり独房に入ってきた。怒鳴り声、服を脱げ、腕立て伏せだ。そんなぐあい。さらにお決まりの罵倒。だがそれでも、へこまされなかった。

ミゲル・アンヘル・ブランコの誘拐のときは、三人の看守にさんざん殴られた。まあ、相手はひとりか。あとのふたりは体を押さえつける役。拉致のニュースは三日まえに刑務所にとどいた。ETAの最後通牒を知り、ホシェマリは小声で同志に言った。

「あの若いやつ、殺されるな」

七月十二日午後のおわりに、頭部に銃弾二発撃たれたのがわかった。ミゲル・アンヘル・ブランコは、サンセバスティアンの病院に収容された。生死のあいだをさまよった。翌朝いちばんで、死亡確認のニュースが流れた。テロで死者がでると刑務所内の空気に緊張感がただよう。憎悪の視線をむけられる。

「どうだ、おまえら満足か？」と看守のひとり。

ホシェマリは自分で薄笑いをしたか覚えがない。そうかもしれないが、看守が想像した理由とはちがう。夜になると、独房の検査を装って、おれのところにやってきた。殴って殴って殴りまくられた。

「さっきの薄笑いのお見舞いだ、クソったれのＥＴＡ野郎。もっとしてほしけりゃ遠慮するな」

後年ピカセントの刑務所で、一般服役囚二人との喧嘩に巻きこまれた。夕食の最中だった。理由？取るに足りないこと。じっさい二人の男が、こっちの顔が気にいらないという、それだけのことだ。バシッ、バシッと相手を楽に打ちのめしたはいいが、むこうの片割れに不意をつかれ、椅子で殴られて頭がパックリ。どくどくと血が流れ、八針縫われた。刑務所長がやってきて、それ、隔離だ。数かぎりない出来事のひとつ。もっとひどいこともあり、時には死人が出た。歳月が経ち、ホシェマリは刑務所を移されて、頭が禿げ、ある日鏡を見たら、髪でもう傷痕を隠せなくなっていた。

ともあれ、いろんなことがあった。ほとんどは刑務所外の誰にも知られていない。それに、いちいち心配をかけないように、家族には言わないにかぎる。どのみちおなじだろうが。ホシェマリは毅然と、石のごとく堅固で、嵐にも揺るがない直立したマストのようだった。頑強な身体にくわえて、逆境や、モラルの低下時や、降りかかるどんな災難にも耐えるための縁《よすが》があった。どんな縁？　なによりまず仲間。仲間が基本、同志の結束だ。母にはこう言った。

「あいつらは、ここでの、おれの家族なんだ」

イデオロギー上の忠誠心もくわわった。逮捕前は身につかなかったことを、こんどはやっている。なに？　政治に関心をもつこと。以前はこういう長談義や、ややこしい理論は、みんな目的への道のりからの逸脱に思えた。武装闘争が近道だった。いまはＥＴＡの出す記事、パンフレット、どんな宣伝文句や声明文でもじっくり読む。紛争に関与しつづけるという意識を養うだけに満足せず、この戦いを正当化する論拠の収集に心を砕いた。紛争が正しく必要であることを明確な方法で示そうとした。ああ、しかも大半のバスク人に支えられてるだろうに、そんな自覚で気合が入る。そしてチャンスが来れば（たとえば、外部から受けた指令に応じて、ＥＴＡの服役囚が刑務所内の行動指針を決定する週ごとのミーティングで）、熱くなって、過激に、罵詈雑言を放ちながら独壇場で演説し討論した。

なにより励みになるのは、ひとりでも複数でも、バスク語で同志と話をするひと時。故郷の歌〝星の屑《イサレン・アウツァ》〟や、レテやラボアの歌、ベニート・レルチュンディの歌を、騒ぎにならないように、あまり声をあげずに歌ったり、ふざけた話をすることもある。そんなときホシェマリは、ここから遠いところ、監視も、塀も、鉄格子もない場所に運ばれた気分になる。おなじ冗談を言い、おなじ歌を大声で歌い、りんご酒《シードル》やカリモチョやビールを飲みながら、昔の仲間といる気分。まぶたを閉じれば、村のにおい、父が畑から採ってくる長ネギのにおい、あと自分にとって最高の香り、刈りたての草のにおいが感じられた。

すでにアルボロテの刑務所で書きだした詩を、その後、プエルト・デ・サンタマリアⅠの第三ブロックで、さらに熱心に書きつづけた。心地よい内的感覚がおとずれた。誰にも見せる気はしない、たいしたものじゃないし、気恥ずかしさもあった。詩を書きながらゴルカを思いだした。弟が孤独を好み、本好きだったことを。ゴルカのやつ、いまごろ、なにしているんだろう？

それでも郷愁や良心の呵責、挫折感の〝毒〟には、憎しみの薬がいちばん効いた。刑務所でホシェマリのなかに深く緩慢な怒りが生まれた。燃やし尽くせず、胸裏にその炎を保ちつづけた。銃をにぎった時代でさえ、いまのやりきれない憤怒に匹敵するものはない。あのころは別のモティベーションがあった。知らないが、義務の意識とかだ。誰かを処刑しなくちゃいけない？　だったら相手が誰であれ、銃弾二発撃ちこめばいい。でも、いまのは生粋の憎しみ、自分の受けた殴打の結果、屈辱感の結果、自分がやられたことはバスク国にやられたも同然という確信の結果なのだ。憎悪はホシェマリにとって、うだるように暑い夏の最中の冷たい飲み物や、冬の夜の暖房の役目をした。感傷趣味のどんな徴候をも無感覚にした。視線で人が殺せるもんなら躊躇はしない。自分の収監された全刑務所で、ひとりずつ連続殺人を犯していただろう。

そんなときに現れたのがアインツアネ、オンダーロアの若い女の子、ホシェマリより二つ年下だった。両親がレストランを経営し、彼女自身もそこで働いていた。

彼女と知りあうまえにも、ホシェマリはバスクの女性たちから手紙を受けとっていた。〝アベルツァレ〟系のバル、左派勢力の集会所《エリコ・タベルナ》や、その他の場所で、服役中のETA戦闘員の写真入りのポスターを張る習慣がある。写真にはたいてい服役囚の名前と収監先が記されていた。ホシェマリや同志にも、わりと頻繁に若い女の子たちの手紙が届いた。彼女たちにとって彼らは生粋のヒーロー。手紙は憧憬と親近感にあふれ、戦闘員《グダリ》に励ましを送って、すこしでも淋しくないように助けたいというわけだ。そんな手紙が歳月を経て、恋愛の可能性に向かうこともあった。

ホシェマリとアインツアネは一年の長い文通を経て、はじめて顔をあわせた。最初はバスク語で手紙をやりとりした。スペイン語にかえたのは、そのほうが通信文のチェックを早く通過して、もっと迅速に彼の手に届くのがわかったからだ。

ある日、彼女はプエルトIの面会室にホシェマリを訪ねてきた。太っているというより、大柄で体格がよく、かわいくて、よく笑い、自然な魅力があって、とても度胸のある女性だった。〝内密の面会時間〟をとろうというのは彼女側のアイディア。大きな図体のわりに小心のホシェマリは、まごつきを抑えつつ、面会室で相手に告白した。じつは、おれ、まだ、いままでいちども……村につきあってる女はいたんだけど、堅い女で……。

「外でキスもさせてくれなかったから」

その瞬間、面会室じゅうにアインツアネの高笑いが響きわたった。

ホシェマリは彼女に導かれるままにした。やさしさと愛撫をうけ、耳もとに愛の言葉をささやかれて悦びに浸った。これが問題だった。夜一睡もできず、まるで独房の天井が自分のうえに崩れ落ちたみたいに突然理解した、おれは人生の最高のものを逃しかけている……。いままで考えなかったわけじゃない、でも、自分は若さを台無しにしてきたのだと、いま、はじめて体で感じたのだ。

数日後テレビで、レアルとアスレティックのサッカーの試合を見ながら、画面にじっと目をすえた。サッカーボールでも、ゲームの行方でもない、アノエタのスタジアムを埋めつくす人々、自分とおなじバスク人にだ。バスクの旗《イクリニャ》や垂れ幕を手にし、〝服役囚をバスクの刑務所に近づけよ〟という請願文の垂れ幕もなかにある。誰もが熱狂し、歌い、お祭り気分に沸いていた。国営テレビで映像とともにイベリア半島北部が高温を記録したというニュースも報じられ、コンチャ湾が映った。水着姿の人で海岸があふれていた。リラックスしたバスク人、たぶん幸せなバスク人たちが、波打ち際を散歩し、泳ぎ、日光浴をし、愛しあうカップルがビーチタオルに身を横たえ、若者たちがシェルボートに乗り、子どもたちはプラスチックのシャベルで砂を掘っている。

口のなかに急に苦い味がこみあげた。そして口のもっと先、自分の信念と思考のまさに中心に、苦い思いがこみあげた。

アインツアネとは、もういちど内密の逢瀬をし、どこか性急な快楽の閃光を味わった。あのベッドのある場所は、正直言って、何組のカップルが寝たか知れたものじゃないし、ロマンチックな雰囲気に誘われる感じでもない。ホシェマリは、またひとりになって気がついた。内部のなにかが、おれを倒そうと葛藤している。マストが折れはじめ、船全体が沈没しかけている。

その後、アインツアネは手紙を書いてこなくなった。まあ、ほかの男でも見つけたんだろう。よくあることだ。ただ、そういうことは刑務所にいると、はるかにつらい。

121　面会室での会話

はじめ、かなり最初のころ、ミレンは月に二回、いや三回までホシェマリに会いにいった。闘志満々、決然として、英雄気分で家を出た。そして刑務所の建物を目にすると勇気がわいて、不機嫌な眉になり、歯をギュッと噛みしめた。面会室が清潔さに欠けていると文句をつけた。面会の時間がほんとうに四十分経ったのかと疑いをかけた。当番の看守と角を突きあわせて、敬語もつかわず〝バスク人の服役囚〟分散について制服を着ている人間がなにもかも悪いとでも言うように相手を責めたてた。だいたい、なんで家族をこんな遠くまで旅させるのよ。うちの息子がこの刑務所にいても家の近くにいても、いいじゃないの、どうせ、おんなじ四方の壁に囲まれてるんだから。奥さん《セニョーラ》、クレームがあれば、どこそこに行ってください。言葉づかいから、訛りから、意図から衝突し、ある日、ピカセントの刑務所で面会室に行くのを禁じられた。しかもタイヤがパンクして危うく死にかけた災難の旅のあとだ。ごらんのとおりよ。というか、それが後々村のみんなに言ってまわったこと。以後おとなしくなった。おとなしくなったって？　とんでもない。あれ以来、行きも帰りもバスのなかで愚痴の言い放題。年月とともに、腹立ちを抑えるようにした。年月とともに、怒りを呑みこんで、あきらめることを学んだ。

会いにいくのを月一回にしたのは、ホシェマリが収監されて一年経たないうち。この頻度でいまに到るが、稀少な例外はアランチャが急発症を起こしたとき。ミレンは三か月続けて娘を介抱し、そのあいだホシェマリを訪問できなかった。ホシアンは？　夫がつきそうといっても、せいぜい一年に二回。はじめはもっと頻繁だったが、なにしろ寄ると触ると口論だ。

ホシェマリとミレンはいつもバスク語で会話をし、話題によっては謎含み、言わずと通じる表現を工夫した。録音でもされていたら、たまらない。

「ホセチョが亡くなったの。月曜日がお葬式。わかるでしょ、あんなことがあったから。腫瘍であっというま」

「精肉店は？」

「ファニがなんとかね、しかたないもの。お客さんは大勢。みんなで、できるだけ助けてあげてるけどさ」

母親が自分を励まそうと一生懸命なのがホシェマリは見てわかった。それに村のニュースを伝え、ホシェマリのことを尋ねたり〝よろしく〟と言ってくる人の名前をあげるとき、母が自慢に思っていることも。

いちど祝祭日で息子を訪ねてきて、こんなことを語った。

「タベルナの店主が、あんたの写真がほしいって言ってきてね。やっとわかったわよ。あんたも、ほかの仲間も村役場のファサードにいるの。こーんなに大きくて。そのしたに名前があって。まんなかは垂れ幕、ほら、大赦を要求するやつ。毎朝行って、あんたにあいさつしてるのよ。ミサのあと教会を出て最初に見るのが、あそこの大きな顔写真。あっちからも、こっちからも止められて〝ホシェマリによろしく〟って。必要なことがあれば、なんでも言ってくださいって。お店の女主人《おく》さんたらだって買物のお金なんか取らないのよ。〝あら、お願いだから、払わせてよ〟こっちがそう何度も言うもんで、むこうも、あたしが厚かましいのイヤだって知ってて、受けとってくれるんだけど、ジャガイモ二キロ買えば、四キロぐらい入れてくれるの、おんなじ値段でよ。袋にレタス入れてくれる店《うち》もあるし。お父さんが畑から採ってくるのに。魚屋さんでもいっしょ。このあいだは鯛。〝ちょっと、それはダメよ、おたく〟って言ってあげたわよ。でも、ききやしない。村役場のまえで集会があってね。若い子たちが、みんなで、あんたたちのために歌ってくれたんだから。あたし鳥肌立っちゃった。吹奏楽隊《チャランガ》も家《うち》のしたを通って、ひとグループ一曲ずつ捧げてくれるしさ。聖イグナチオに〝ホシエマリを守ってください〟って、お願いしてるからね。たくさんお祈りしてるの。あたしの代わりに守ってやってくださいって。ミサがおわると、教会にひとりでしばらく残って、聖人と話すのよ。ついこのまえ、ドン・セラピオがそばに来てさ。神父さまも、あんたのために祈ってるって、ホシエマリの名前で、代わりにあたしに祝福をあたえてくれたわよ」

「何某が手紙書いてきたよ。村役場の左派アベルツァレ系議員が、ジョキンとおれの名前を村の通りにつけようとしてるって」

「あら、それは知らなかった」

「そうなりゃスゴイけど、まあ、きびしいだろうな。〝テロの賞賛〟だとかって」

「フン、よく言うわよ、ほかのやつらなんか、なんにもわかってないくせに」

年月と顔のしわ。年月と、白髪と、抜けた髪。ある日ミレンが。

「ちょっと、あんた、ちゃんと食べてるの？」

「出されるもんはな」

「すこし、やせたみたいに見えるけどねえ。そうそう、あのパチョって、ほら、あんたの相棒だった男のこと、知ってる?」

「最後にきいたのは、カセレスⅡの刑務所にいるって話だけど」

「あれは裏切者」

「どういうことだよ?」

「例の手紙に署名したの、ほかの仲間と」

「ああ、そのことか。やつも?」

「生き恥さらしたのよ、社会復帰させてもらいたくて。ファニったら、このあいだ、ホシェマリもそうなのかって、きいてきてさ。〝あんた、どうかしたんじゃないの? うちのホシェマリが?〟すごい顔してやったから、もう二度ときいてこないと思うけど」

あるときミレンが着くと、ホシェマリが怒って見えた。どうしたの?

「アランチャに電話できいたんだよ、ゴルカの話」

「あの子のこと、まるでわからないけど。ほとんど話もしないし、わかるでしょ?」

「あいつゲイだよ」

「どこで、そんなこと?」

ホシェマリは母に語った。ゴルカは男と同棲している、最悪の罪だと。

「いま刑務所にいてよかったって、生まれてはじめて思ったぜ。これで外にいたら、どうしたかわからない」

「お父さんが知ったら、どんなイヤな思いするか。うちは、どうしてこう悪いことばっかり続くのかねえ、あんた《チコ》。まったく運が悪いったら」

「それに村のやつらに、なんて言われるか? ちくしょうめ、なんか人に言われるぐらいなら、ここにいるほうがマシだよ」

ホシェマリは両こぶしを握りしめ、辛辣な言葉で弟をけなしまくる。

「ガキのころから、あいつ、メチャクチャ妙ちくりんだったからな。こんどは母さんをゲイの母親にして、おれをゲイの兄貴にして、うちの名字に泥塗ってくれたわけだ。いちどでも、ここにお訪ねくださらないかって、おれは、いまでも待ってるけどな」

一過性の病気、家族の問題、予想外の原因で、ミレンは息子を刑務所に訪ねていかれないことがあった。何回でもない。そういう場合どうしたか？　中断した旅をほかの日にふりかえて、おなじ月の週末に二週連続で刑務所に行った。たとえ這ってでも、彼女は息子に会いにいく。ろくでもない看守連中が一度ならずホシェマリに脅しかけたらしいけど、息子がカナリア諸島に移送されたら、あたしだって水泳ぐらい習ってやろうじゃないの、なんでもやってやるわよ。

ミレンが悲しんだことはない、いつも強くて闘争心に燃えている。でも一度、長年で、たった一度だけ、面会室で堅固な自己抑制を失った。彼女の目に涙がうかび、声がかすれた。ホシェマリはその母を見たとたん、怖れとショックに似たものを感じて、なにを言ったらいいかわからなかった。あの面会は一生忘れられない。彼のなかにあるもの、例のオンダーロアの若い女の子に肉体の愛を教えられて傾きだしたものが、あの日の面会で完全に倒壊したからだ。

あれは、アランチャが急発症を起こしたときだった。ミレンは深刻に、揺るがず、つらいニュースを電話でホシェマリにきかせた。刑務所には三か月会いに来なかったが、電話では時々話をしていたし、定期的にエコノマートで買物するお金も入れてきた。

「いまはそこにいるのよ、カタルーニャの診療所。村の人たち、味方してくれてね。言葉じゃ、とても言いつくせない。アラノ・タベルナはもちろん、どこのバルもお店も、みんなアランチャのための募金箱をおいてくれて。その面では心配ないの」

「医者たちは、なんて言ってるんだ？」

「希望をあたえようとしてくれてるけど、あたしは、あの人たちの目が読める。死ぬってことはないって、むこうは思ってるわよ、だけどあの娘《こ》はもうしゃべらないし、歩きもしないし、なんにもしない。だって、ここいらへん、お腹に入れてるカテーテルで栄養摂ってるんだもの」

この瞬間、母の言葉が途切れ、いきなり嗚咽を放った。両手で顔をおおっている。面会室のこちら側で、ホシェマリはガラスに両手をあてて、ただ〝母《ア》さん《マ》、母《ア》さん《マ》〟と言うことしかできない。こんなに大きな図体で、この場の状況にこんなに圧倒されて、昔からすれば見る影もないが、それでも、たくましい体のなかに、こんな寄る辺のない子どもがいた。何分かしてミレンは落ち着きをとりもどし、話題をかえて、最後の別れのときまで冷静さを保っていた。

年月が流れ、訪問がつづいた。ミレンが。

「お祝い、言っといたわよ。とっても満足してた。それにすごくエレガントでさ。グレーのスーツにネクタイ。つぎに来るとき、写真持ってきてあげる。あたしたち市庁舎の外で待ってたの。すこしして、あの子とダンナさんが出てきてね、ラムンチョっていう人。あたしはもう〝ダンナさん〟っていうのに慣れたけど。だってねえ、とっても感じいいのよ。お嬢さんがひとり。でも、けっこう悲しい話で。別の日にまた話してあげるけど。でね、市庁舎の階段のところで大勢の友だちが待ってて、お米粒を投げはじめたの。通りのむこうから、あたしたちのこと見て、ふたりですぐこっちに来てくれたわよ、ゴルカがどんな顔するか見当もつかなかったけど。招待されたってわけじゃないから。でも当然でしょ、そりゃ三人して行ったわよ。村を出てから、お父さんったら、うるさくてしょうがない。あたしがゴルカを叱ると思ったらしくてさ。だから〝ほら、黙って、黙って〟って言ってやったわ。ビルバオまでは、セレステのご主人がライトバンに乗っけてくれたの。かわいそうに、あのご主人、夜中の十二時まで、外であたしたちのこと待っててくれてねえ。あの人がいなかったら、アランチャを車の座席にすわらせてやれなかった。だって、お父さんったら、まるで不器用になっちゃって……。

そんなわけで、とってもよかった。ディナーは最高級、あたしたちも残ることにしたの、もちろんよ、で、あたしはゴルカのとなりの席、買ったばっかりの靴履いてって、よかった、すごくよかった。あんた《チコ》、だってそうでしょ、なるようになったんだから。ファニが言ってるわよ、世の中には、もっとひどいことがあるって。このことは聖イグナチオと、ずいぶん話したし、聖人は、あたしが正しいって言うからね」

「ゴルカが幸せだって、母さん思う?」

「そうだと思うわ」

「だったらいい。それ以上、なにも言うことないよ」

122 あなたの牢獄、わたしの牢獄

独房でひとり、ホシェマリ、四十三歳、刑務所で十七年、ETAをやめた。よくあるふつうの日、寝るまえに姉が送ってきた一枚の写真に目をやり、心のなかで言った。

もうたくさんだ。

こんなにもあっけない。誰も知らない、自分の決意は誰にも知らせていないから。同志にも家族にも。誰ひとり。しかも武装闘争の完全停止をETA側が発表する半年まえだ。

ETAをやめて、ぐっすり眠った。しばらくまえから信念は揺らいでいた。すべてが影響する。刑

務所生活の孤独。疑念、これは周囲にまとわりつく夏の蚊みたいなもんだ。いくつかのテロ、ふだんから正しいと思っていても、その正当化の余地は狭くなるばかりで、いくら押し潰しても入りきらない。それに同志たち、当初は逃亡者ときめてかかったが、いまは連中が理解できる、ひそかに敬意ももっている。

おわった。この先は、おれなしでやってくれ。数か月後にテレビにあの三人の覆面が映り、〝ETAは武装闘争を終結する〟と宣言したときですら、ホシェマリは眉ひとつ動かさなかった。どうでもいいのではない。これは自分には関係ないことだと認識した。

同志のひとりが混乱、当惑したらしく、彼に意見をもとめてきた。

「意見はない。なんで意見する必要があるんだ？」

「なんだよ、おまえ、ずいぶん変わったな」

以前なら討論をもとめ、長い演説のひとつもはじめたところ。いまは相応な分しか話さない。日によってはそれもしない。独りに返り、考えるだけ考えた。平静に見えても、彼のは倒れた木の静けさだった。自発的孤独、日毎に疲れていく男の孤独。そして疲れとともに募る不信感。沈思、内省、その意識のなかでスローガンや論拠、感傷的な言葉のクズのいっさいが徐々に響くことをやめていった。長年こういう虚言で内的真実を闇に押しやってきた。では真実はなにか？　きまってるだろ。人を傷つけ、殺してきたこと。なんのために？　その答えが苦い思いをもたらした。なんのためでもない。あんな大勢の人の血を流しながら、社会主義も、独立も、クソひとつない。だまされてきたのだと強く自覚した。

聖イグナチオ・デ・ロヨラにあれほど信心する母のことだから、あの聖人も若いころ武器をもつ男だったのを、母は知っていると思う。彼は人を殺したのか？　ホシェマリは刑務所の図書室にある百科事典で記述をさがしてみた。見つからない、でもまちがいないと思った。人を殺し、聖人になった。

人を殺し、天国にいる。

でも自分の場合、決意させたのは戦争の傷でも、敬虔な本の読書でもない。いくつもの原因があったと思う。原因の原因の原因が新たな原因にいたり、この状況にいたった、四方を壁に囲まれた独房がいま目に映るすべてという男の状況、ほかの人間が考えだした大義の名において自分がやってきたことの重みに圧倒された男、自分は無邪気にも、素直に服従してきたわけだ。

何年も何年も希望（次期選挙、リサーラ協定、国家の政府との交渉、紛争の国際化）にしがみついたが、けっきょく、なにひとつ成就しない。この先もだ。ここでかなうのは、一年がおわり、つぎの一年が来るというそれだけだ。

そんなとき突然、姉の写真が届き、その写真ではじめて車椅子の姉を見た。決定的な斧の一振りで〝木〟は倒壊した。それとも船のマストか、どうでもいい。

アランチャは写真を普通郵便で送ってきた。同封された手紙は、例によってエクアドル人の介助の女性の文字で書いてある。

ホシェマリは読んだ。

《お母さん《アマ》に、私の写真をもっていってと頼んだの。でもだめ。〝待ちなさい、ここしばらくホシェマリは元気がないから〟って。だけど私は、いまの自分の姿を見てほしい。なんのために隠さなくちゃいけないの？　そんなこと言ったら、私だってホシェマリの写真を見てるのよ。髪の毛がなくて、けっこう二重あごで、ますますお父さんに似てきたわね。あの間の抜けた顔は、わが家の男の顔》

かわいそうな姉貴。姉貴はずっと好きだ。あのスペイン人面《づら》したレンテリーアの男と結婚したときだって嫌いにならなかった。あいつはけっきょく姉貴を捨てやがって。

封筒から写真を出したとたん、ホシェマリは、あ然とし、寒気が走った。

ちくしょう、ちくしょう、ちくしょう。やっと気がついた。頭でわかっているはずのことが自分でイメージできていなかったのだ。

姉貴。痛ましく、動かし得ない現実、姉の肢体不自由と車椅子。

写真を撮る瞬間、アランチャはまっすぐカメラを見つめていた。いまは印画紙の四角形からホシェマリを見つめている。笑みで目が細くなり、自分の記憶よりもっと小さな目に見える。口は、ちょっとゆがんでないか？　この笑いかた、大げさで、そりゃないだろう、顔の筋肉を自由にできない人特有だ。年齢を感じさせる。しわがあるし、かなりの白髪。髪を切ったんだな、かわいそうに。短い髪だと醜く見える。ひざには、ｉＰａｄ。片方の手は利かずに握りしめ、オモチャみたいなブレスレットをしていた。整形外科用の靴下らしきものか、くるぶし用のサポーターか、よく見分けがつかないが、脚の片方に巻いている。

この手紙にアランチャは書いていた。

《あなたには、あなたの牢獄があり、私には私の牢獄がある。私の牢獄は自分の体です。私は終身刑になってしまった。あなたはいつか、あなたの牢獄から出るでしょう。いつかわからない、でもきっと出られる。私は自分の牢獄からけっして出られません。あなたと私には、ほかにも違いがあるわ。あなたは自分のしたことで、そこにいる。だけど私はこんな罰を受けるような、なにをしたの？》

この最後のフレーズ、じっさい、このくだり全体がホシェマリを激しく打った。その日は中庭に出ずにいた。人との会話を避けた。食事もほとんど口にしなかった。ここしばらくお気に入りの避難所になっている図書室にも行かなかった。床につく直前に写真をまた見て、ＥＴＡをやめる決心をした。でも誰にも言わなかった。同志たちにも武装集団にも。

母にも言わなかった。

母はそういえば、つぎの面会訪問で、何枚か別の写真を見せてくれた。アランチャが母に一枚持たせたことは、ホシェマリも知っていた。村の広場にいるアランチャ、セレステと一緒のアランチャ。

畑の入り口で親父《アイタ》とふたりで。ゴルカの結婚式の日に弟本人や結婚相手と一緒に。家の台所で。理学療法のリハビリの最中に危なっかしい足どりで立って、何歩か歩いているところ……。ホシェマリは写真に興味をもって、冷静に、時にはジョークまじりにコメントした。それでもあの最初の一枚ほど、強烈な印象をあたえたものはなかった。

姉は彼に手紙を書きつづけた。不規則に書き送ってきた。一週間に二通来ることもあれば、一か月手紙を書いてこないときもあった。その年がおわった。

一月に入り、アランチャは別の写真を送ってきた。裏にこんな文が読めた。

《いちばんの友だちと一緒にいるところです》

車椅子の後ろにビジョリが写っている。アランチャほど嬉しそうではないが、それでもほほ笑んでいる。ホシェマリは、このやせた婦人がチャトの妻とは、なかなか思えなかった、健康を損ねているのが見てはっきりわかる顔。こんなに年をとったのか。うちの母さん《アマ》より老けている。そのことは同封の手紙に説明があった。

《彼女は重い病気です》

二行下にこうあった。

《彼女がみんな話してくれました。私たち、ほとんど毎日会っているの。とてもいい友だちなのよ。もう先が長くないのを本人は知っています。治療を受けるのは嫌ですって。まったく希望がないのに、なんのため？　やっと生きているのは、あなたからの人間的な態度を待っているからだと話してくれました。ほかになにも望んでいないって。マヌケで不運な、あなたの姉からお願いです。私をがっかりさせないで。言い方をかえるわね。彼女に謝罪してあげてください。そんなに大変なこと？　あなたがそうしてくれなければ、私はとても心が痛みます》

女たちのやることだ。おれたち男を惑わすことをよく知っている。

ホシェマリはベッドに横たわり、頭を空っぽにして、窓の青空の四角を見つめた。長いことじっと動かず、無気力な体勢で、両手をうなじの下で組んでいた。

やっと思考がやってきた。それよりイメージと言うべきか。

突然〝時〟がものすごい速さで逆もどりした。〝時〟は映画みたいに人生をさかのぼって見せていく。まもなく刑務所を出て、別の刑務所に入り、その後にまた別の場所、虐待をうけ、そのあと逮捕され、武装闘争にもどり、チャトが自分の目を見つめた雨の午後にもどり、生まれてはじめて人間を撃ったパブに、フランスに、故郷の村に、十九歳にたどりつき、脳裡のスピーディーな映像がいきなり静止した。

そのとき頭にうかんだのは、別の運命、人生の大きな夢がかなうこと、FCバルセロナのハンドボールチームにスカウトされること。

納得した。謝罪するのは、人を銃で撃ったり爆弾を作動させるよりも、ずっと勇気のいることだと。銃撃や爆弾テロは誰でもやる。若くて、信じやすくて、煮えたぎる血があればいい。それに、ただの言葉にすぎなくても、自分の犯した残虐行為を真剣に償うには、度胸以上のものがいる。

でも、ホシェマリを躊躇させているのは、別のことだった。なに？　知るか。ほら、臆病野郎、さっさと言っちまえよ。

ちくしょう、だってあの年寄り女が手紙を新聞記者なんかに見せてみろ、悔悛したテロリストのお決まりの見世物がお膳立てされて、村で悪口がはじまって、アラノ・タベルナの、おれの写真も外されるだろうに。母さんだって気絶するよ。

123　閉じた環

　雲の午後。ビジョリはバルコニーから顔をだし、海から近づく天気をたしかめた。水平線の端から端まで黒い雲が一面にひろがっている。

〝雨が強いんだから、ひとりでポジョエの墓地になんか行かないで、ぼくに車で連れていかせてよ〟

　朝は、それでも太陽がすこし顔をだしていた。ビジョリはいつもどおり、アランチャと広場の隅で話をした。正午すこしまえにバスに乗り、家に着くのも間にあわないうちに、空がとんでもない雨を降らせだした。それから雨は降りっぱなし。

　シャビエルが電話で。

「こんな、どしゃ降りなのに、よくお墓に行こうなんて気になるな」

「チャトに、とっても大事な話があるのよ」

「お母さん、頼むから、そういう遊びはやめてくれよ」

　レインコートの肩をびっしょり濡らして、シャビエルが午後四時に迎えに来た。ビジョリは、もう支度をすませていた。傘をもち、手紙をハンドバッグに入れた。この女性の目に、しょっちゅう幸せの輝きがうかぶ。幸せでなければ嬉しさだろう。シャビエルにはその理由《わけ》がわかる。きのうの遅い時間に家族三人で集まった。ネレアが気がかりに、なんでこんな急に？ときいた。母親は幸福感を隠しきれずに、子どもたちに話をし、手紙を見せて、読んできかせた。子どもふたりは、そばで悲痛に顔を曇らせた。

「これが、あれほどママの望んでいたもの？」

「そのとおりよ、ネレア」

「じゃあ、手に入ったってこと。よかったわね」

　こんどはチャトに報告する番だ。

　踊り場でシャビエルは、母親が室内履きのまま出てきたのに気がついた。

「目につけてくれて助かったわ」

　道中、たまにシャビエルは一瞬道路から視線をそらして、ビジョリのほうに首をむけた。ほんとうに母はすごい、あんな病気を抱えていて。

　ワイパーが、シャッ、シャッと、休まず役割をはたしている。

「この雨を見て、わたしがなに考えているか、想像つかないでしょ」とビジョリ。

「お父《アイタ》さんが殺された日みたいな雨だって」

「どうしてわかったの？」

「あのときから、おなじ強さで何度も降ってるから」

　墓地の入り口になるべく近いところで母を降ろしてやった。大雨の午後。ビジョリはゆっくり、不器用に降りた。口にできない腹部の痛みがそうさせているのか。よかったらいっしょに行くけど。いいえ、いいわ。ここで待とうか。まあ好きにして、どうせ三十分もかからないから。息子の言葉と母の言葉のあいだに無数の雨粒の音が響き、激しいささやきで地面に砕け、パシャパシャ生気ある音符を奏でて、ビジョリの傘に砕けていく。風がなくてまだしもだ。

《我らに今言われしことを、汝らもやがて言われんなり。〝死んでしまった!!〟と》

不吉にして軽薄。借りた原子を惑星にもどすのを、人はどうして抵抗するものか。じっさい、こうして生きているのが奇妙で異例なことなのに。喪の黒を着た母が墓地に入るのを見届けてから、シャビエルは車の停められる場所を周囲にさがした。

ビジョリは、ハンドバッグに四角いビニールとネッカチーフを入れていた。でも、なんのために？　水たまりの墓石にすわれってていうの？

「チャト、チャトくん、きこえる？　あなたが殺された日みたいな雨降りよ。きょうはニュースがあるの」

そして語った。墓のまえに立ち、傘をさして。アランチャがいなければ、彼女の寛大な仲介がなければ、環を閉じることはかなわなかった。アランチャがテロリストの心を解きほぐし、説得して、進むべき一歩を進ませた。なぜ？　彼が好きだから。自分の弟だからよ、いまならわかる。彼のやってきたことを正当化はしない。逆に、きびしく裁断したの、容赦なく。だけど弟ですもの。尽くせるだけ手を尽くして、彼が自分自身から解放されるようにしてあげた、残虐な過去から引っぱりだしてあげたの。遠い刑務所にいる服役囚の良心の痛みを知ると、ｉＰａｄでわたしに書いてくれたのよ。《彼のなかで、なにかが変化している。ずいぶん考えているわ。いい兆し》

でも彼は怖気づいていた。

「それで、いったい、なにを考えついたと思う？」

言葉で謝罪するかわりに、シンボリックな物を送ってこようとした。とても心細かったのね、あの子、まあ、いまは一人前の大人だけど、まえはなにも考えのなかった人が、どうやら、こんどは考えすぎているらしい。ビジョリには受けいれられない、その彼女の考えを、アランチャが先回りして弟に告げた。

「もちろん、そんな考えはだめ。二週間ぐらいまえのことよ。会いに来られなくてごめんなさいね。

でも、そういうニュースが重なったり、何日か痛みが続いたりで、墓地に来る方法がなかったの」

ホシェマリはどう考えついたものか、物を送ってよこそうとした。なにを？　見当もつかない。封筒に入るぐらいのもの。写真とか絵とか。ビジョリに郵便でなにか送って、それで謝罪の意味にしようとしたのだ。

「わたしアランチャに言ったのよ、そんなのはだめ、暇つぶししてるわけじゃないからって。彼女はiPadで書いてくれたわ、自分がその立場でも受けとらないって。要するに、あのとんでもない臆病者、怖いのよ、謝罪の手紙を送ったら、こっちが新聞社に駆けこんでそれを見せるんじゃないかって。そんな考え、よく思いつくでしょ。長年刑務所にいて、頭のネジがもっとゆるんだみたい。新聞記者と話すなんて、わたしは頭にうかんだこともないわよ。それだけはしたくない、新聞に載って、記者が家に来て、写真を撮られたり質問されたりなんて」

だから、だめだと断った。アランチャがすぐ後で、表沙汰にしないことをホシェマリに保証してもらえるかと、きいてきた。こちらの正直な心に疑いをもたれて傷ついたけれど、ともかく保証した。そうしたら、きのう手紙が届いたのだ。

「読んであげる？」

読んだ（ほとんど空でも読めた）。

《こんにちは《カイショ》、ビジョリ
姉のアドバイスどおり、手紙を書きます。ぼくは口下手なので、単刀直入に言います。あなたと、お子さんたちに謝罪します。ほんとうに申し訳ありませんでした。時間を戻すことができるなら、そうしたい。だけど、できません。ごめんなさい。許してくれるよう願っています。自分の罰もすでに受けてきています。

ホシェマリ》

お元気で

墓に、アスファルトの道に、その道の両側の暗い木立に雨が降っていた。弔いの石、雨に濡れた石、そして静寂の清々しいにおい。都《まち》のうえと、その向こう、山々のうえに、遠い海のうえに厚い雲がうかんでいる。墓地のどこにも人の影ひとつ見えない。

「よかった、でしょ？　わたしには、この言葉がとっても必要だったから。もうひとつあるの、チャト。あとすこしで、あなたのところに行くからね。いまは安らかにここに来られるのがわかる。そのあいだ、わたしのためにお墓を温めておいて、昔ベッドを温めてくれていたみたいに。じゃあ行くわね、シャビエルが待っているから。子どもたちは、ちゃんとわかってる、できるようになったら、かならず、わたしたちふたりを村に連れて行くってこと。だから、そのことは安心しててちょうだい。わたしの埋葬の日はきょうみたいな雨じゃないといいけれど。来る人たちが気の毒だもの。ずぶ濡れになっちゃう。お花もそう」

シャビエルは車を降りて手をふりながら、自分がどこにいるか母に知らせた。三十メートルほど道を先に行った場所だ。雨はまだ降っている。

どこか行きたい場所はある？　ううん、家に行って。

「お父さんからよろしくって」

「ひとりで話してきて、よかったんでしょ？」

「心の慰めになったわ。いずれにしても、そばで人の話をきくような人間もいないし。ところで、わたしの頭がどうかしたとか、まさか、あなたが思っているんなら、それはちがうから」

「そういうことを言ったんじゃないよ」

「忘れるまえに言っとくわ。チャトがきいてたわよ、あなたがいつ結婚するのかって。そろそろ潮時だろうって」

車のなかに静寂がただよう。赤信号のまえで止まった。灰色で霧にけむる通り、シャビエルは母のほうに顔をむけた。

「そうだよ、完全に思うね、お母さん、どうかしてる」

信号が青になり、ビジョリが笑いだした。

124
雨に濡れて

曇りの午後。ミレンの家、昼食後の日常風景。たわしと洗剤の泡、シンクで食器を洗いおえたところ。ドアの裏の釘にエプロンをひっ掛けて、ミレンは雨がやんだかどうか、台所の窓から外をのぞいた。降りが強く、ダイニングで娘に〝きょうの午後は外に出られないわよ〟と言った。

「セレステに電話をして、無駄足運ばないように言ってあげたほうがいいわねえ」

ホシアンは眠そうな顔、むっつり黙って台所に残り、食器をふきんで拭いている。アランチャは母親の言葉を無視して、ｉＰａｄの画面に文字を打っていた。

「なに書いてるの?」

書いたものを彼女は母親に見せた。

《お母さんは知っておくことがある、心が痛むかもしれないけど》

ミレンは猜疑心。

「あの女と関係あることなら、ききたくないわよ。冗談じゃない、そのうち家に連れてくるつもりじゃないでしょうね」

怒った指が、こんどはもっと素早く書きこんだ。

《この家で知らないのは、お母さんだけ》

「知らないって、なに？　なんのこと言ってるの？　そういうお芝居、やめたらどうなの？」

《ホシェマリが彼女に謝罪したの》

「ちょっと、ホシアン、あんた知ってたの？」

台所から。

「なにを？」

「しらばっくれないでよ。ホシェマリのこと」

「ああ、もちろん。食事のまえにアランチャにきいた」

「だったら、なんで、あたしに言ってくれないの？」

「いいだろ、いま、きいてるんじゃないのか？」

ミレン、ミレン、まさかこんなことは思ってもみなかった。歯ぎしりするみたいに話した、罵った？　そんなことありえない、そんなの信じない。このおバカさんたち、なにか勘違いしてるんだわ。

「あの子のところに行ったの十日まえよ。なにも言ってなかったけど」

教会の塔で、悲しげに、物憂げに、午後三時の鐘が鳴る。タッ、タッ、タッ、アランチャの神経質な指が、ひざに抱えるｉＰａｄのキーを一文字ずつたたいた。

《言う気がしなかったのよ。お母さんが怖くって》

首をのばすのに疲れ、新たな事実の発覚にそなえて、ミレンは車椅子のそばに椅子を一脚近づけた。腰をおろし、真剣な顔で、すっかり話しなさいよ。彼女の言葉に辛辣さはないし、怒ってもいない。ただ、気分を害したような張りつめた表情があるにはある。画面に文章が次から次にあらわれて、一文読むごとにミレンは、よけい癪にさわった。
《ホシェマリは手紙で彼女に謝罪したの》
《ビジョリが今朝、わたしに読ませてくれた》
「あの女が自分で書いてたらどうなのよ？　ふつうじゃないって、誰でも知ってるじゃないの」
《わたし、ホシェマリの文字、知ってるもん》
《うちの家族で謝罪したの、ホシェマリだけじゃないし》
「あと誰よ？」
《台所できいたら》
「ちょっと、ホシアン、すぐこっち来て。あたしに隠れてなにしてきたのか、はっきり言いなさいよ」
ホシアンはセーターで手を拭きながら、ダイニングにやってきた。顔色ひとつ変えずに、きっぱり、はっきり、簡潔に、すっかり告白すると、午睡《シエスタ》をとりに行った。ミレンは娘に。
「ほかには？」
《それでおしまい》
その後、ひとりはベッド、もうひとりは、しゃべるのが不自由でテレビのニュースに熱中し、ミレンは誰にも説明する必要がない。どこに行くとも、行ってきますとも、なにも言わなかった。ホシアンがよもや目をさましているかもしれず、寝室に入らないように、着の身着のままで表に出た。出かけるとき、玄関のドアが用心深く、苦しげに、カシャッと音を放った。ふだんの怒りにみちた〝バタン！〟という轟音の影もない。

　どこに行こう？　雨はどしゃ降り。あの男が殺された午後とおんなじだ。殺されたんなら、それも一理あったんでしょ。あたしの知るかぎり、うちの息子がやったんじゃない。だったら、なんで謝罪しなきゃいけないのよ。

　通りを横断して、舌を打ったのは不機嫌のあらわれ。傘を持ってくりゃよかった、でも、いまさらもどるもんですか。裏切られた気分、家族の陰謀の犠牲者の気分、当然ながら、雨は自分のうえにだけ降っているのだと確信した。

　精肉店は閉まっている。それはそうよ、まだ四時まえだもの。見ると、なかに電灯がついているので表門のほうから入っていった。はじめてのことじゃない。ファニなら、あたしのことを理解してくれる。でなかったら、あと誰がいるの？

　静寂の薄闇にただよう脂肪と肉と腸詰製品のにおい。近所の人間はこのにおいに慣れりゃいいんだわ。呼び鈴を押すと、けたたましく耳ざわりな音がした。まちがいない、ドアがあいて彼女が顔をだして、あたしの立て板に水のごとき愚痴に耳をかたむけてくれるはずよ。いずれにしても、ミレンは言うだけ言わないと気がすまない。

　ところがファニは出てこない。かわりに、ドアがしまったままで。

「どなた？」

「あたしよ」

「誰？」

「あたし、ミレン」

〝ちょっと待って〟と言う。変ねえ。そこにいるんなら、なんでドアをすぐあけないの？　髪をおろした彼女を見て、ミレンは直感した。ひとりじゃないんだわ。

長居はしなかった。相手の男にもあいさつした。齢《とし》のわりに容姿がいい。つまり、おふたりさんってこと？　上辺をとりつくろうのに、これのスライスを何枚、あれを百グラム。

「こんな時間に来て悪かったわね、でもちょっと忙しくって。あした払うから」

「気にしないでよ、あなた」

それでまた通りに出た。またも天気の悪い午後と、水たまり。教会に入るまえに、ハム製品の入ったビニール袋をゴミ箱に捨てた。上から下までずぶ濡れで、聖堂内のいつもの信者席にすわった。祭壇の下で奉納のろうそくが燃えている。神さまにお願いするのに、これまでの生涯でいったい何本のろうそくに火を点したことか、家に良かれと考えて、子どもたちのために神さまのご加護をいただきたくて。

教会には誰もおらず、ミレンは雨に濡れていた。司祭が出てきたら、あたしは帰る。誰とも話をしたくない。話すとしたらロヨラの聖人像だけ、むこうの装飾用持ち送りのうえだ。やったわね、イグナチオ、よくもやってくれたわ。あたしをこんな目に遭わせて。けっきょく、あたしが悪者なわけ。

聖人に苦々しい非難をむけた。声にして、ささやいて？　いや、いつもどおり頭のなかで。ふいに疑念をもった。この聖人、あたしたちの偉大な守護聖人としての適性があるのかしら。道をまちがってやしない？　ねえ、なんで、こちらが謝罪しなくちゃいけないの？　ＧＡＬの犯罪はどうなのよ？あの事件で誰か謝罪した？　治安警察隊の営舎や警察署内の拷問や、服役囚の分散や、バスク国を抑圧してきた何もかもにたいして、誰かが謝罪した？　こっちのしてきたことが、そんな悪いんなら、どうしてそのまえに止めてくれなかったの？　あたしたちにやらせておいて、あとから、その犠牲がなんの役にも立たないって、自分たちの国を愛する無数のバスク人が間違ってきたっていうの、まるでバカみたいに？　さあ、イグナチオ、やってちょうだいよ。うちの娘を足で立たしてやって、息子を刑務所から出してあげて、でなければ、二度と口なんかきいてやるもんですか。ちくしょう、あたしだって苦しんでるのがわからないの？

　腰をあげた。十分、十五分すわっていたベンチの部分が湿って、まるい跡がついている。堂内は寒い。ミレンはいきなり震えがきた。いやだ、ちょっと、これじゃ病気になるわ。

　外に出ると雨が降っている。黒々した空、ほとんど明かりがなく、通りには人影もない。ミレンは街路樹を傘がわりにしたが、たいして役に立たなかった。

　ふと、ゴミ箱に目がとまった。ハム製品の入ったビニール袋がまだそこにある。とりだして家に持ち帰った。食べ物を捨てて歩くほど、こちらは贅沢な身分でもないわよ。

125
日曜の朝

姿が見えなくなって何週間、もうかなりの日数になる。

　ビジョリは前日に心をきめた。バルコニーに午後遅くに置いた二つのお碗――片方は水、もう片方はネコの食べ物――が、あしたの朝目が覚めたとき手つかずだったら、炭子《イカツア》ちゃんは永遠に消えたものと考えよう。そのあとは？　心が痛んでもゴミ用のコンテナに捨てる。お碗だけじゃなく、搔き具、衛生石を敷いた寝床のトレイ、ブラシ、ともかく動物用の道具はみんなだ。

　ふだんより、かなり早く起きた。最初にしたのはバルコニーに出ること。下着姿で晴れた空をながめた。海の幅広い帯、サンタクララ島、ウルグル山、ここに住んでいるわたしは恵まれている、ボックス席からながめる風景みたいにコンチャ湾が見えた。もっとも目のまえに家が一軒あって、海岸はふさがれている。そのあとバルコニーの隅に目をやり、お碗がきのうの午後のままになっているのがわかった。

朝七時すこしまえ、ミレンは、ホシアンが台所に自転車を入れるのを察知した。日曜日。ちょっと、家のなかで自転車に雑巾かけて油をさすあのクセ、どうにかしてよ！　ある日、夫がきいてきた、冗談で？　おまえ自転車に焼きもち焼いてるんじゃないか？　そうかもしれない、だってそうでしょ、うちの夫《ひと》、最後にいつ愛撫してくれた？　まったく、子どもを作ったときだって、そんなの、なかったじゃないの！　夫の愛情は自転車と、バルで飲むワインと、畑のためにある。

ミレンはベッドから起きたくなかった。台所でホシアンと会うのがイヤなのだ。話なんかする気になれない。まるで眠れなかった。なぜ？　音楽、爆竹。騒々しい夜遊び人たちが一晩じゅう、通りでワイワイ騒いでいた。昔は村の祭りが好きだった。いまは興味がなくなるばかり。

バタン。家の玄関のドアの音がした。ホシアンが出かけていったのだ。どこに行くって言ってた？　知りやしない。ミレンはシーツに包まって五分待った。ホシアンが忘れ物でもして、もどってこないともかぎらない。それから、ゆっくり起きた。

ビジョリはコーヒーメーカーの底に、きのうのコーヒーの残りがあるのに気がついた。ミルクすこしと、水道の水をちょっと足せば、カップ一杯分になるわと思った。温めなおしたコーヒーと、堅くなったパンのくず、それで朝食だ。

部屋をととのえて、身支度をして、炭子《イカツア》の不用品にとりかかり、ビニール袋に入れていった。いっぺんに表通りのコンテナに運ぶのは無理だった。まずいくつかを捨てて、そのあと、またいくつか捨てた。ハンドバッグと密封容器をとりに、もういちどピソにあがった。容器に肉の煮込み、ポテトとピーマンとトマトソースを添えたものをひと皿分詰めて、村の家で昼食にしようと思った。

外の通りを歩きながら、いくらか妙な感じがした。痛みがないのだ。それでも疲労感と目まいらしきものが続き、バス停に着くまで何度も立ちどまっては息をついて、また元気をとりもどした。


セレステが九時ごろ家に入ってきた。彼女は鍵をもっている。だから呼び鈴を押さないでいい。年月とともに、家族みたいな存在になっていた。家に着いて、あいさつをし、陽気な明るさをふりまいて、さっそく介助の仕事にかかる。

一日のはじめは、アランチャにシャワーを浴びさせること。足で立てるようになって以来、動かせるほうの手で壁の手すりにつかまっていられるので、仕事はずっと楽だ。ミレンとセレステは、それでも用心に用心を重ねた。ひとりがアランチャを支え、もうひとりが石けんをつけて洗い流す。ふたりは慣れたものだった。五分もかからない。そのあと、ふたりで乾かした。

青白く、肉づきのいい体を乾かすあいだ、突然アランチャが、だしぬけに言った。

〝アマ〟

ミレンは慌ててドライヤーを消した。きこえたような気がした。でも当然だわよ、ドライヤーの音がしていたから確信がもてない。アランチャが言葉をくり返した。昔の声でもあり、昔の声でもなし。いずれにしても声は声。耳できいてわかる声だ。セレステが大喜びの身ぶりで誉めちぎった。

ミレンはそれで思いだした。アランチャが赤ん坊のころ、はじめて発音したのも〝アマ〟だった。もちろん〝アイタ〟よりも先。

十時ちょっとすぎ、ビジョリはバスを降りた。音楽、どこ？　そのへんの近く。紙の花飾りがファサードとファサードを結んでいる。そりゃそう、でしょ？　人々は生を生きている。まずは家のほうに歩いていった。なにより食べ物の容器をおいてきたい。

通りの角で吹奏楽隊《チャランガ》と鉢合わせをした。奏者がかたまっている。遠い日、チャトが四発の銃弾を浴びた場所だ。チュンダ、チュンダ。緑色のシャツと、白のズボン。太鼓の奏者は、アルコールの入った幸せそうな赤ら顔、打音の轟きで仲間の奏でる曲を消してやれという勢いだ。そのうち曲がおわった。彼らをよけて歩くのに、ビジョリは仕方なく歩道をおりた。おしゃべりのグループから、そのとき陽気な声があがった。

〝やあ《アウバ》、ビジョリ！〟

ビジョリは足をとめずに応えた。一瞬、視線をむけてみたが、誰にあいさつされたか、わからなかった。


ミレンは彼女たちを追いたてた。ホシェマリから日曜の電話が入ることになっている。息子と話をするときは、ひとりでいたかった。セレステにむかって、お願いだから、もう娘を連れてって。青い朝、通りは祭り。ほら、ほら、楽しんでらっしゃいよ。

やっと電話のベルが鳴った。五分、服役囚にあたえられる通話時間はそれだけだ。ああ、こっちから、かけられたらいいのに。でも外部からの電話は許可されていない。ミレンはホシェマリに狂喜を隠せなかった。アランチャが〝アマ〟って言ったの、はっきりわかるようによ、そのうちしゃべれるかもしれない。母は感激し、ホシェマリは電話のむこうで彼らしく冷静に感激をともにした。変わったことは？　べつに。そう、ひとつあるよ。医者と相談して痔の手術をすることにした。これ以上我慢できなくてさ。こっちの南は暑さがはじまって、口にできないぐらいつらいんだ。ミレンは村の祭りにふれたが、細かい話はたくさんしたくない、あとで懐かしさにかられて息子が苦しんだりしないように。かわりにアランチャの話をくり返す。シャワーを浴びたあとで〝アマ〟って言ったのよ。それで五分が過ぎた。

村の家には電子レンジがない。ビジョリは容器の中身を深鍋にあけた。さんざん使い古した鍋、だけど使えるんだもの、ほらね。外にでようと思った。それで帰ってきてから温めるわ。あと、ベーカリーでバゲット半分も買ってこよう。

ちょうどそのころ、ミレンは時間を節約しようと思い、トレイの底に炒めたひき肉を敷いてから、ホワイトソースを流しこみ、その上に茹でて細かくしたカリフラワーをのせていた。教会のミサから帰ったら、あとは粉チーズをふりかけてオーブンに入れればすむ。自転車乗りは、もし遅く帰ってきたら、冷たいのを食べりゃいいわよ。

村祭り、日曜日、晴天。広場は人であふれている。子どもたちが行ったり来たり、そこここに集まっておしゃべりを楽しむ人たち、周囲は客で満席のバルのテラス。鬱蒼としたシナノキの葉がアスファルトに心地よい影をつくっている。

ビジョリはいつもの片隅に、アランチャと、彼女の忠実な介助者の姿を見つけた。身をかがめて友だちにあいさつする。すぐそばの教会の塔で正午のミサのはじまりを告げる鐘が鳴った。

セレステは、ビジョリに急いで話してきかせた。アランチャがね、けさ言葉をひとつ発音したんですよ。女性ふたりは主役のほうにむいて、もういちどお手柄を見せてちょうだいと促した。アランチャは精いっぱい努力して、ふたりを喜ばせてくれた。

ビジョリは感動して、彼女の手をぎゅっとつかんだ。きっと話せるようになるわ、心からお祈りしているから、闘いをやめないでちょうだいね。

アランチャは横向きの笑みをうかべ、〝わかった〟と何度も頭を縦にふった。


ミレンは、かれこれ二か月、いつもの席でミサに与《あずか》っていなかった。ロヨラの聖人に腹を立てて、ずっと聖堂内の右側の席に移っていたが、きょうは、また左側の像の近くに席をとった。ドン・セラピオは年寄りの声で、おごそかに、くどくどと、退屈な説教をした。どのミサもおなじこと、よく言うわ。信者席には信者がポツポツいるぐらい。若い子は？　あの前の席に女の子がふたり、それだけだ。ミレンは頭のなかで感謝しつつ、顔はきびしく、声の響きは警告すれすれ。いいスタートよ、イグナチオ、だけど、あなただってわかるでしょ、言葉を言うことと話すこと、つまり話をするっていうのは違うじゃないの、ねえ？　もうすこし期待してますからね。それと、もうひとりのほうは、お願いだから痔を治してやってちょうだい。それ以上は頼みませんよ、だって、どうせ刑務所から息子を出してくれるつもりはないんでしょうから。

ミサがおわり、頭のなかの会話がさえぎられた。


ビジョリは広場の隅で、アランチャとセレステに別れを告げた。

ミレンが教会から出てきた。

ひとりは、すぐにでもベーカリーに行こうと思った、でないと閉まってしまう、もう閉まっていなければの話だ。

もうひとりは、娘のところに行って、セレステや娘といっしょにバルで何かつまんで、そのあと家に帰って食事の支度をしようと思った。

ふたりの女性は五十メートルほど離れたところで、おたがいを遠目に見た。

ビジョリは、そのとき顔にちょうど陽があたり、ひさしみたいに手をかざしたら、あらいやだ、わたしが見たって、むこうは気づいたらしい。でも、わたしのほうから避けたりするもんですか。

ミレンはミレンで、日曜らしく気楽にのんびりと、シナノキの木陰のほうにやってくる。あの女ったら、こっちを見てるじゃないの、だけど、あたしが避けると思ったら大まちがいよ。


ふたりがふたりとも、まっすぐ相手にむかって歩いていく。広場にいる大勢が気がついた。子どもたちは別。子どもは駆けっこをし、はしゃぎ声をあげている。大人のあいだでボソボソと、さっそくうわさの輪ができた。見て見て。あんなに仲の良かったふたりがねえ。

顔をあわせたのは、野外音楽堂《キオスク》のあたり。

短い抱擁だった。ふたりは一瞬だけ目を見つめあい、そして離れていった。

なにか言葉はかわしたのか？　いや、ひと言も。おたがい、なにも言わなかった。

訳者あとがき

ある雨の午後、夫のチャトがバスクの武装集団〝ETA〟に殺害された。故郷の村を離れて暮らす妻ビジョリにとって、あの日から二十年以上経てもなお、頭から離れないことがある。

いったい誰がチャトを撃ったのか？……

ETAが武装闘争の完全停止を宣言した二〇一一年十月、夫の死をめぐる真実と謝罪をもとめ、ビジョリが〝村〟に帰るところから、小説『祖国（*PATRIA*）』は幕をあける。

作者のフェルナンド・アラムブルは一九五九年サンセバスティアン生まれ。一九八五年よりドイツに在住し、小説、評論など幅広い執筆活動をつづける実力派の作家である。三年がかりで執筆された本書は九作目の小説で、二〇一六年の初版上梓以来、百二十万部を超えるロングセラーとなり、すでに三十二か国語に翻訳され、国内外で数多くの栄えある文学賞を受賞、イタリアやドイツ、イギリスなどでも高い評価を得ている。昨年秋にはHBO制作のドラマ（八回シリーズ）が公開されて、映像化作品でも大きな感動を呼んだ。

舞台はスペイン北部バスクの名もない村。市街の中心に村役場と、教会と、ペロタの球技場、隣接する広場には東屋ふうの野外音楽堂（キオスク）があり、夏になればシナノキが木陰をつくる。村の男たちは近くのバルでトランプゲーム〝ムス〟に興じ、左派アベルツァレの溜まり場ではＥＴＡシンパの若者が〝チャコリー〟やビールの小グラスを片手に危険な議論に明け暮れている。製錬所や町工場のある山懐に抱かれた村、サンセバスティアンからそう遠くない独立気運の高い閉鎖的な土地柄。ギプスコア県のエルナニがモデルとも言われるが、著者はあえて言及していない。ＥＴＡ称賛の標語や落書きのある風景は、一時代のバスクで珍しくなかった。

二〇一一年十月二十日にはじまるストーリーは、現在と過去を行きつ戻りつしながら、翌夏に半世紀にわたる大きな環を閉じる。語り手は二家族の九人――ビジョリ、チャト、シャビエル、ネレア、ホシアン、ミレン、アランチャ、ホシエマリ、ゴルカ――、彼らは独自の視点から〝祖国バスク〟を描く客観的語り手であり、それぞれの人生の主観的語り手でもある。彼らの語りの断片が各所で交差し繋がりながら、見る位置によって形の変わる影像のような小説世界の全体像が現出する。

本書の一二五章は各章が短く、語り手と時系列が無造作に入り組んで見えるが、じつは九人の物語を精緻に組み合わせた〝パズル的手法〟を作者は意図している。巻末の一覧表を参考に読み返していただくと、冒頭と終章を結ぶ半年余りの流れとともに、九人の過去から現在にいたる九つのストーリーが浮かびあがり、『祖国』の世界で、ひとりひとりが自分の物語をどう締めくくっているかが見えるのだ。温かな焼き栗を捨てるシャビエルや、母との確執がつづいたネレアに当の母が遺志を託す場面は意味深い。アランチャの写真を目にしたホシエマリ、結婚式の日のゴルカ。ポジョエを訪問するホシアンや、ビジョリを支えるアランチャの力強い姿は小説中でも深い印象をよぶ。そしてチャトが撃たれた午後と同じ強い雨に打たれ、ずぶ濡れでひとり通りに立つミレン……。そのすべての要素が響きあいながら、村祭りの夏の日のラストシーンに結びつく。バスク語のビジョリの名がスペイン語名の〝ビクトリア（勝利）〟に一致するのも、たぶん偶然ではないのだろう。

作者が描こうとした故郷バスクの人々は、悲劇の一時代を生きた普通の人たちだ。テロ活動に身を投じたホシェマリさえ例外ではない。その導火線が祖国愛であれ宗教であれ、ある特殊な——当人にとってはごく日常的な——環境のなかでテロリストがつくられていくプロセスの、あまりに自然な流れに、読む者は背筋の凍る思いがする。

二家族の周辺にいる人物も同時代のバスクの現実にスライドする。キリスト教者でありながら武装闘争を援護する在俗司祭のドン・セラピオ。未来のテロリストに温床の場を提供する〝アラノ・タベルナ〟の店主パチ。ホシェマリと共に武装集団に入り、不可解な死を遂げるジョキン。恩人がテロの犠牲になり、自らも現場にいあわせたギジェルモは、義母ミレンとは逆に〝反バスク〟の不寛容な精神を増長させていく。

作者は〝謝罪と許し〟という人間性のテーマを小説の中心にすえた。ホシェマリの謝罪に救いをもとめようとするビジョリの姿勢は揺るぎない。謝罪を受ける以上に、相手を許すという行為によって自身が癒されるのを彼女が信じていたからだろう。テロで夫を亡くした理不尽な現実に意味を探しつづけるのは苦しみの反芻でしかない、それに区切りをつけるために、ビジョリには必要なことだった。その頑ななまでの彼女の意志が、長い内省のプロセスにあったホシェマリをも救ったのかもしれない。

テロの犠牲者にたいするETA側の謝罪は現実に残された最大の課題である。服役囚の待遇改善や分散政策の検討において、悔悛と謝罪は必要不可欠な条件とされている。解体に先立つ二〇一八年四月二十日、ETAは謝罪の声明文をだした。だがそれは国家側の〝抑圧〟を口実に犠牲者を色分けした不完全な謝罪で、社会全体に到底受け入れられるものでなかった。精神的な決着には、まだ遠い道のりなのだ。

不鮮明な立場をとっていたバスクとナバラ、バイヨンヌ(フランスバスク)のカトリック教会の高位聖職者たちも同日に謝罪した。作中のドン・セラピオとビジョリの確執が思い起こされる。

　本書中、愛国主義者が分離独立をめざす〝バスクの国〟は、スペインのバスク自治州三県（ギプスコア、ビスカヤ、アラバ）とナバラ州、フランスバスクの三地方（ラブール、低ナバラ、スール）を包括した、ピレネー山脈の北と南にまたがる古来の〝バスク語〟圏をさす。この歴史的七領土を統一したバスク語を話す人《エウスカルドゥン》の地が、彼らにとっての〝エウスカレリア（*Euskal Herria*＝バスク語のくに）〟である。

　バスク語は世界で最も古い言語のひとつ、起源は七、八千年前ともいわれるが、非インド＝ヨーロッパ語族の孤立した言語で、その実体はほとんど明らかにされていない。独立不屈の精神をもつ山岳民族バスク人が文献に登場するのは、十一世紀の『ロランの歌』や、十二世紀のサンティアゴ巡礼案内（『聖ヤコブの書』）。彼らは領土上スペインやフランスに属しながら、中世以来の慣習法《フエロ》によって伝統的自由を頑なに守りつづけた。ビスカヤでは〝ゲルニカの樫の木〟のもとで評議会がひらかれ、歴代の王はこの神聖な木の下で慣習法の尊重を誓ってきた。

　その慣習法が王政下で禁止された十九世紀の末、民族主義的気運の高まるなかで〝古い法〟の復活をもとめて結成されたのが、現在もバスク自治州で与党をしめるバスク民族主義党ＰＮＶ。初代の党首アラノ・サビナは〝エウスカディ（*Euskadi*＝バスク国）〟というロマン主義的な新語をつくり、バスク人の独立した国家としての構想を描いた。ところが、それから半世紀も経たない一九三六年にスペイン内戦がはじまり、翌年四月のゲルニカ空爆で〝樫の木〟に象徴されるバスクの自由は壊滅的な打撃をうけた。一時的に発足したバスク自治共和国政府の首長は亡命を余儀なくされ、内戦後のフランコ政権樹立とともに、バスク人は母国語を禁じられた。

ヨーロッパで最後のテロ組織といわれるETA（*Euskadi Ta Askatasuna*＝バスク祖国と自由）は、スペインの独裁政権下の一九五九年にPNVの若手組織から派生した。急進的な分離独立思想を掲げる〝左派アベルツァレ（*abertzale*＝祖国を愛する者）〟は、穏健派の民族主義者《ナショナリスト》にたいする反動としてETA周辺で生まれた呼称という。当初のETAは反独裁の活動組織と見られ、七三年の爆弾テロによる首相暗殺は一部で英雄行為とまで解釈された。だが七五年のフランコ没後も武装集団は解体への道を歩まずに、民主主義への移行期に警察や軍隊を標的にした最大数の犠牲者を出し、八〇年代後半からは一般市民をも巻き込む無差別爆弾テロ、九〇年代には護憲派の政治家、ジャーナリスト、判事、企業家にまで標的を広げ、ピストル射殺や車の爆弾テロによる殺害、誘拐、脅迫の犯罪行為をエスカレートさせた。

　ETAの歩みは『祖国』の二家族の歴史と並行する。二夫婦の結婚は一九六三年、ホシェマリの生年はETAが初めて殺人を行った一九六八年におそらく一致し、小説の中枢をなすチャトの死は、細部の記述から一九九〇年の五月末―六月ごろかと推定できる。

　実際の事件、ETAの名立たる幹部やテロの犠牲者を随所に織りこみながら、作者はホシェマリを通してETAを内部から書きあげた。ホシェマリの悔悛への道のりは、弱体化するETAの行く末に重なる。歴代幹部の逮捕、人民連合党HBの非合法化、またアルカイダ系イスラム教徒によるマドリードの無差別テロの残虐さはETAの犯罪行為に歯止めをかけるという皮肉な現象を生んだともいわれ、武力による紛争解決に意味を見出さなくなった服役中の戦闘員や左派アベルツァレ内部の動きのなかで、ETAは何度かの停戦宣言をくりかえした末に、武装闘争の完全停止宣言にいたった。二〇一一年十月二十日、本書『祖国』の冒頭である。

二〇一八年五月三日、ETAは解体の声明とともに、五十九年の存続に終止符を打った。歴代のE

TA戦闘員数は三千八百人、テロ行為は三千五百回以上にのぼり、八五四人の犠牲者をだした。うち五四四人がピストルによる射殺、バスクの地で五七九人が殺害され、脅迫状を受けた企業家は判明しているだけで一万五千人、十二万五千人もの人々がバスクの地を後にしたという。小説中のチャトはこの犠牲者の一人にすぎない。だがその数字のむこうにどれだけの人生の物語があったのか、私たちには想像すらおよばない。

「この『祖国』のような本を、願わくば書かずにいたかった。しかし私の生地の歴史が他の選択を許さなかった」と作者アラムブルは述懐している。

＊

ETAの時代のほぼ後半を、思えば、訳者はスペインで過ごしている。連日のようにテロの惨事がニュースで報じられた時期もあり、バスクの自治警察〝エルチャンチャ〟や、治安警察隊の営舎〝インチャウロンド〟の固有名詞が日々耳にとびこんできた。本書の「炎の箱」の章に見られる若者の街頭の騒乱〝カレボロカ〟も、テレビ画面に映る日常の光景と化していた。衝撃的な事件は数えきれないほどあった。誘拐の二日後に予告どおり殺害された若い村会議員ミゲル・アンヘル・ブランコの事件は、なかでもスペイン全土に甚大な衝撃をあたえ、反テロの象徴として真っ白に塗った両手のひらを掲げる無数の人々が各都市の通りを埋めつくした光景はいまだに脳裡を離れない。あのときのデモ行進者は全国で六百万人ともいわれている。

個人的に忘れられないのはサンセバスティアンを旅したときのこと、夕刻の旧市街の広場でETAにたいする抗議集会に遭遇し、犠牲者への追悼とテロへの抗議をこめた沈黙の数分間に立ち合ったとき、沈黙というのがこれほど重いものかと実感した。その翌日だったか、ETAの脅迫を受けている書店を訪れたとき、店内にいるあいだ異様に張りつめた空気感が肌についてまわったのを覚えている。本書にも名が登場する元ETA女性幹部、同志に暗殺されたジョジェスの伝記を、その店で買った。

おそらくもう手に入らない。わが本棚の貴重な一冊だ。山深い各地への旅も思い出す。ＥＴＡが誘拐者を幽閉していたといわれるモンドラゴンや、ＥＴＡ賛美の標語があふれるナバラ州の村の重苦しく閉鎖的な空気は、まさに『祖国』の世界だったのだと、いまにして思う。

大西洋とピレネーの緑の丘陵、内陸部の森と深い谷、美しい自然に恵まれたバスクの地には色彩があり、音があり、においがある。小説『祖国』はバスクの原風景だ。蒼いコンチャ湾、活気にみちたラ・ブレチャの魚市場、市庁舎のカリヨンと教会の鐘の音、村祭りのにぎわい、民族衣装を着た踊り手の軽やかな跳躍、即興詩人《ベルチョラリ》の語り部、縦笛《チストゥ》と小太鼓の素朴な響き、風にひるがえる赤と緑と白のバスクの旗《イクリニャ》、球技場の壁を打つペロタ（球）の音。畑のにおい、刈りたての草のにおい。降りつづく雨、そして雨あがりの光。

テロの悲劇の日々がおわり、バスクの若者でさえＥＴＡを知らない時代がやってきた。

亡きチャトは〝村〟に帰っただろうか？　悔悛したホシェマリは、いつか山にのぼって〝鳥は鳥〟を歌う日が来るのだろうか？　〝鳥〟は逃げていった、ぼくが羽を切らなかったから、鳥を自由にしてあげたかったから、ぼくは鳥を愛していたから……ミケル・ラボアの歌が奏でる深く悲しい旋律は、自由を愛するバスク人の心模様かもしれない。

〝祖国〟とは自分の帰る場所、自分の言語なのだろう。バスク人にとっての「くに」は母国語バスク語であり、私たち日本人にとっては日本語だ。

祖国にあって、私たちは限りなく自由である。

＊

末筆ながら、本書訳出の機会をくださった河出書房新社、この度もお世話になった田中優子さんに、この場をかりてお礼申し上げたい。バスク語の発音については、マドリードのバスク自治州政府出先機関のイツィアルさんにご教示いただいた。重ねて感謝したい。
日本語の訳文は、言葉の力を信じ、言葉を愛して已まない *mi alma gemela* に。

二〇二一年三月

木村裕美

鳥は鳥

もしぼくが羽を切っていたら
鳥はぼくのものになっていた
きっと逃げてはいかなかった
もしぼくが羽を切っていたら
鳥はぼくのものになっていた
きっと逃げてはいかなかった

でも、もしそうなら
鳥ではなくなっていた
でも、もしそうなら
鳥ではなくなっていた
だって、ぼくは……
ぼくは鳥が好きだったから
だって、ぼくは……
ぼくは鳥が好きだったから

（詞　ホシェアン・アルツェ／曲・歌　ミケル・ラボア）

ビジョリ	チャト	シャビエル	ネレア	ミレン	ホシアン	アランチャ	ホシェマリ	ゴルカ
1	**12**	9	1	4	4	**18**	**7**	**37**
2	**31**	17	**10**	**7**	**11**	**21**	**8**	**38**
3	**33**	21	27	**8**	**12**	23	**34**	**39**
5	**44**	**22**	28	**13**	**47**	40	**35**	**50**
6	**45**	23	**29**	**14**	**★48**	**41**	**36**	**51**
9	**★46**	27	**★30**	16	49	**42**	**51**	**52**
14	**60**	28	**53**	**19**	**62**	**43**	**56**	**62**
15	**84**	**59**	**54**	**20**	**64**	**55**	**57**	**63**
17	**85**	**60**	**55**	24	**69**	**87**	**58**	**72**
21	**★86**	**61**	**66**	26	**70**	**88**	**78**	**73**
25		**75**	**67**	**★48**	**95**	**89**	**79**	**74**
26		**★76**	**68**	**62**	102	102	**80**	**★93**
27		**77**	**81**	**63**	**112**	103	**90**	**94**
31		**81**	**82**	**64**	113	**105**	**91**	**95**
32		**108**	**83**	**65**		**106**	**★92**	**114**
49		**109**	**96**	**69**		107	**99**	**115**
60		110	**97**	**71**		118	**100**	**116**
65			**98**	**89**			**101**	
★76			110	92			104	
102			117	**111**			**114**	
107			118	**121**			**120**	
113			119	124			**121**	
119				125			122	
123								
125								

〈一覧表〉上記は著者の「作品ノート」をもとに、登場人物９人がそれぞれ主役になる章を一覧にしたもの。回想を含む過去の逸話の章は太字で示した。★印はチャト殺害の日。

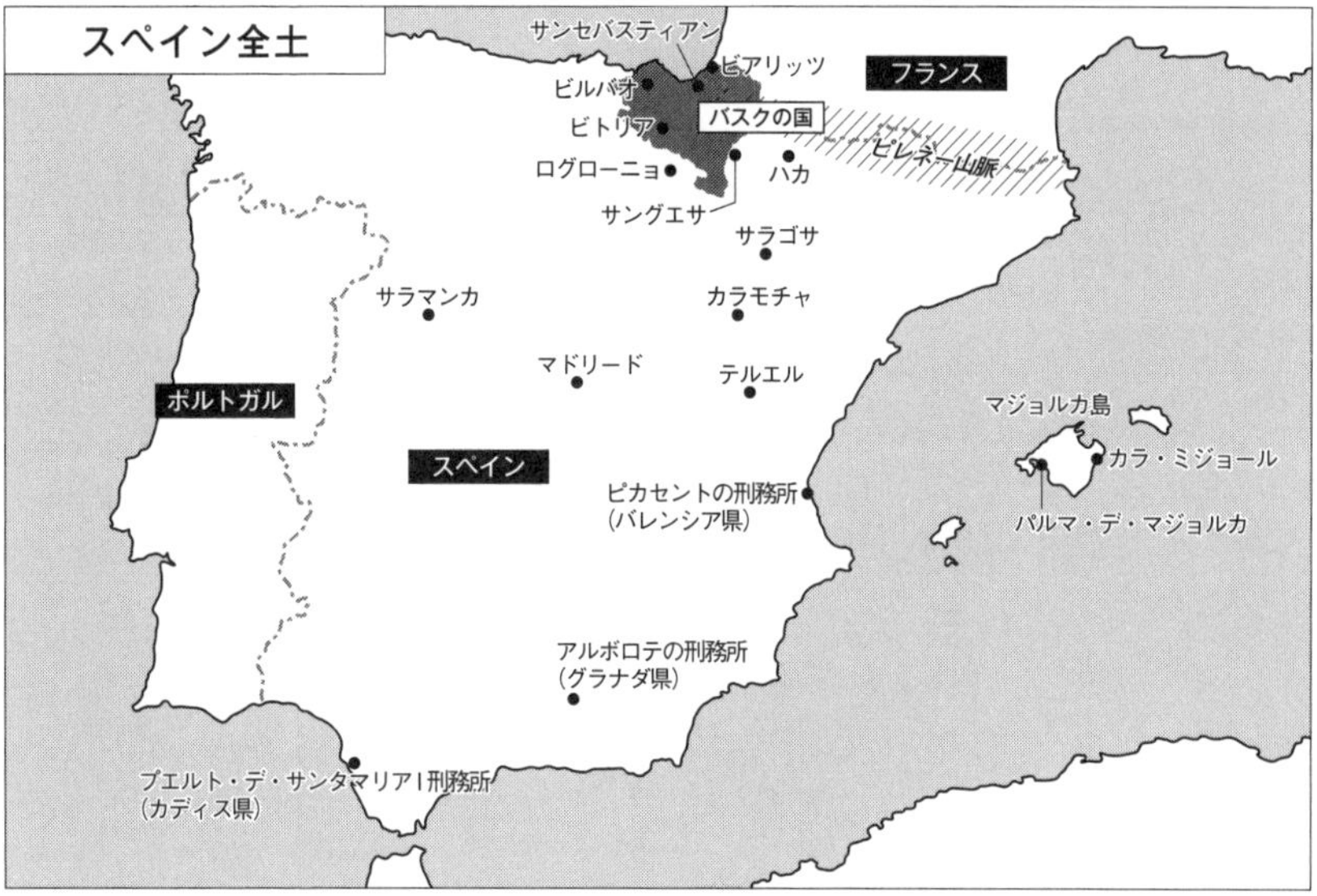
スペイン全土
サンセバスティアン
ビアリッツ
フランス
ビルバオ
バスクの国
ビトリア
ピレネー山脈
ログローニョ
ハカ
サングエサ
サラゴサ
サラマンカ
カラモチャ
マドリード
テルエル
ポルトガル
マジョルカ島
スペイン
カラ・ミジョール
ピカセントの刑務所
(バレンシア県)
パルマ・デ・マジョルカ
アルボロテの刑務所
(グラナダ県)
プエルト・デ・サンタマリアⅠ刑務所
(カディス県)

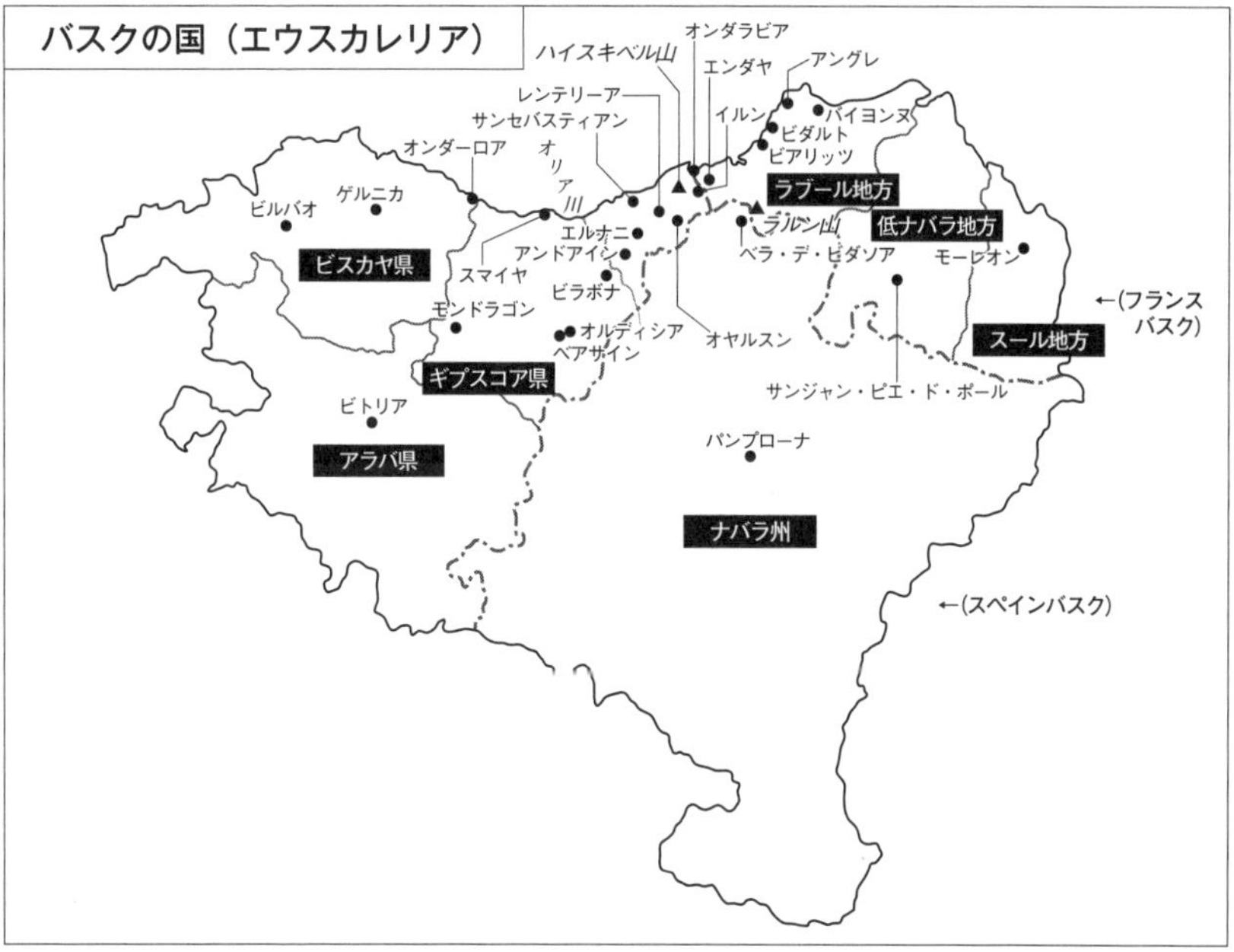
バスクの国（エウスカレリア）
オンダラビア
ハイスキベル山
エンダヤ
アングレ
レンテリーア
イルン
バイヨンヌ
サンセバスティアン
ビダルト
オンダーロア
ビアリッツ
オリア川
ラブール地方
ゲルニカ
ビルバオ
エルナニ
ラルン山
低ナバラ地方
アンドアイン
ベラ・デ・ビダソア
モーレオン
ビスカヤ県
スマイヤ
ビラボナ
←(フランスバスク)
モンドラゴン
オルディシア
ベアサイン
オヤルスン
スール地方
ギプスコア県
サンジャン・ピエ・ド・ポール
ビトリア
パンプローナ
アラバ県
ナバラ州
←(スペインバスク)

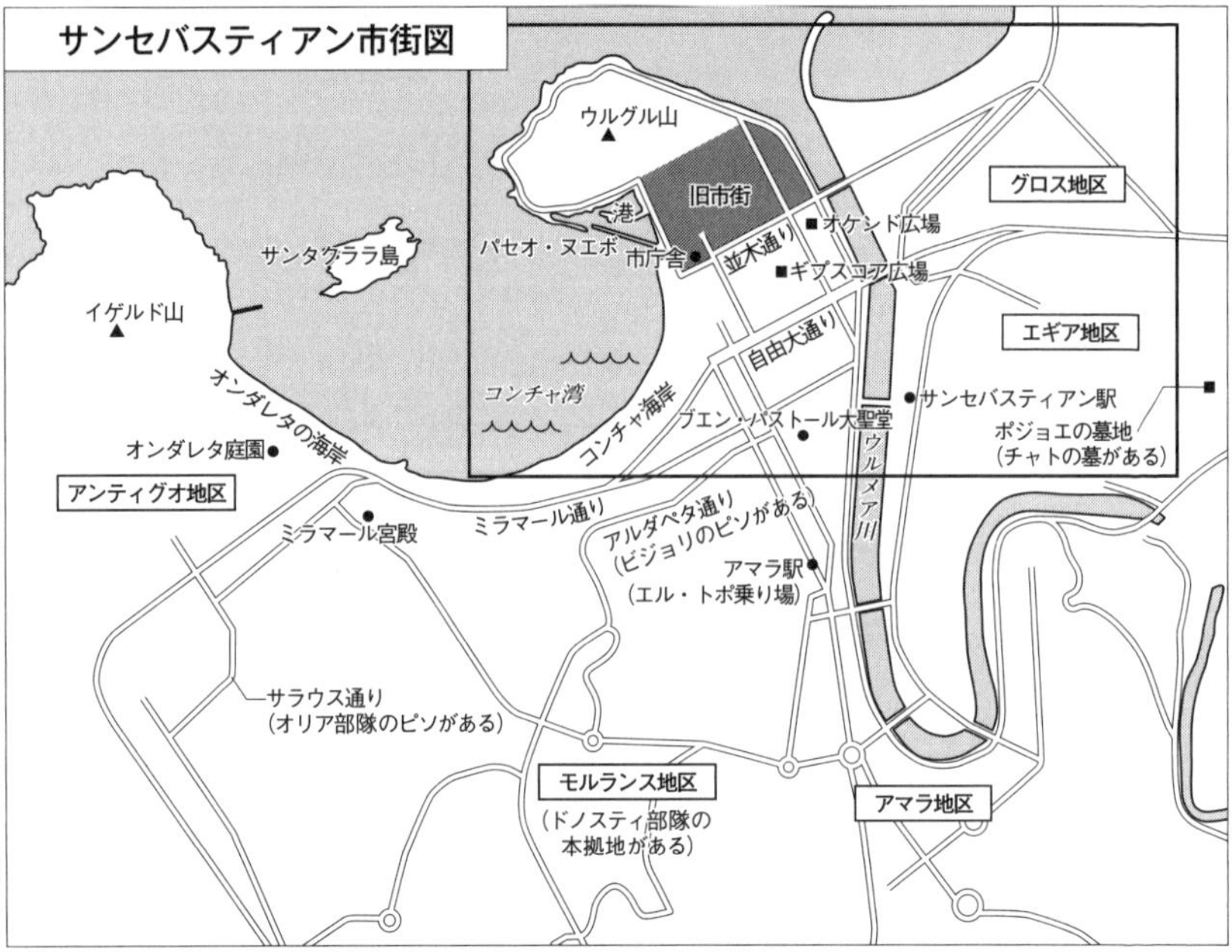
サンセバスティアン市街図
ウルグル山
旧市街
港
グロス地区
オケンド広場
パセオ・ヌエボ
市庁舎
並木通り
ギプスコア広場
サンタクララ島
イゲルド山
エギア地区
自由大通り
オンダレタの海岸
コンチャ湾
コンチャ海岸
サンセバスティアン駅
ブエン・パストール大聖堂
ポジョエの墓地
(チャトの墓がある)
オンダレタ庭園
ウルメア川
アンティグオ地区
ミラマール宮殿
ミラマール通り
アルダペタ通り
(ビジョリのピソがある)
アマラ駅
(エル・トポ乗り場)
サラウス通り
(オリア部隊のピソがある)
モルランス地区
(ドノスティ部隊の
本拠地がある)
アマラ地区

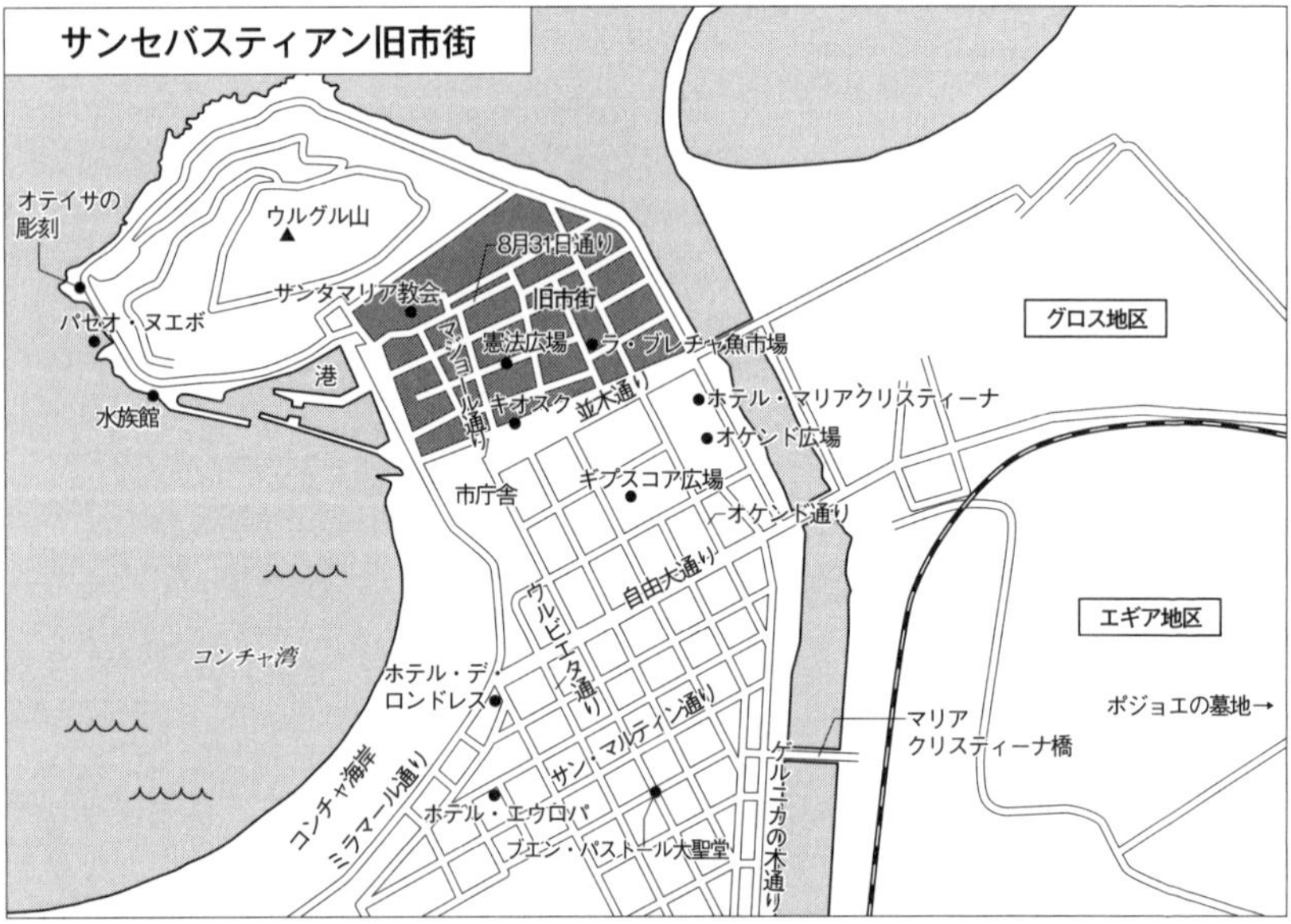
サンセバスティアン旧市街
オテイサの
彫刻
ウルグル山
8月31日通り
サンタマリア教会
旧市街
パセオ・ヌエボ
憲法広場
ラ・ブレチャ魚市場
グロス地区
港
マジョール通り
キオスク
並木通り
ホテル・マリアクリスティーナ
水族館
オケンド広場
市庁舎
ギプスコア広場
オケンド通り
自由大通り
エギア地区
コンチャ湾
ウルビエタ通り
ホテル・デ・
ロンドレス
サン・マルティン通り
ポジョエの墓地→
マリア
クリスティーナ橋
コンチャ海岸
ミラマール通り
ホテル・エウロパ
ブエン・パストール大聖堂
ゲルニカの木通り

本作品は、スペイン政府文化スポーツ省の
助成を受けて翻訳出版されました。

GOBIERNO DE ESPAÑA
MINISTERIO DE CULTURA Y DEPORTE
DIRECCIÓN GENERAL DEL LIBRO Y FOMENTO DE LA LECTURA

祖国 （下）

2021年4月20日　初版印刷
2021年4月30日　初版発行

著　者　フェルナンド・アラムブル
訳　者　木村裕美
装　丁　田中久子
装　画　荻原美里
発行者　小野寺優
発行所　株式会社河出書房新社
〒151-0051　東京都渋谷区千駄ヶ谷2-32-2
電話　03-3404-1201（営業）　03-3404-8611（編集）
https://www.kawade.co.jp/
印　刷　株式会社亨有堂印刷所
製　本　小泉製本株式会社

ISBN978-4-309-20825-1